"自我"迷思：
20世纪90年代以来
美国小说与民族性建构

AMERICAN MUSINGS: American Fiction and the
Construction of National Identity Since the 1990s

孙璐 著

中国社会科学出版社

图书在版编目(CIP)数据

"自我"迷思：20世纪90年代以来美国小说与民族性建构/孙璐著． —北京：中国社会科学出版社，2023.3
ISBN 978-7-5227-1411-0

Ⅰ.①自… Ⅱ.①孙… Ⅲ.①小说研究—美国—现代 Ⅳ.①I712.074

中国国家版本馆CIP数据核字（2023）第033828号

出 版 人	赵剑英
责任编辑	刘 芳
责任校对	赵雪姣
责任印制	李寡寡

出　　版	中国社会科学出版社
社　　址	北京鼓楼西大街甲158号
邮　　编	100720
网　　址	http://www.csspw.cn
发 行 部	010-84083685
门 市 部	010-84029450
经　　销	新华书店及其他书店
印　　刷	北京君升印刷有限公司
装　　订	廊坊市广阳区广增装订厂
版　　次	2023年3月第1版
印　　次	2023年3月第1次印刷
开　　本	710×1000　1/16
印　　张	14.75
插　　页	2
字　　数	264千字
定　　价	78.00元

凡购买中国社会科学出版社图书，如有质量问题请与本社营销中心联系调换
电话：010-84083683
版权所有　侵权必究

国家社科基金后期资助项目
出版说明

　　后期资助项目是国家社科基金设立的一类重要项目，旨在鼓励广大社科研究者潜心治学，支持基础研究多出优秀成果。它是经过严格评审，从接近完成的科研成果中遴选立项的。为扩大后期资助项目的影响，更好地推动学术发展，促进成果转化，全国哲学社会科学工作办公室按照"统一设计、统一标识、统一版式、形成系列"的总体要求，组织出版国家社科基金后期资助项目成果。

全国哲学社会科学工作办公室

目　　录

绪　言 ………………………………………………………………… (1)

第一章　美国民族性与美国小说：双向建构与跨界互读 ………… (8)
 第一节　美国民族性的建构—反思—再建构 …………………… (9)
 第二节　美国文学与民族性的双向建构：以"伟大的
    美国小说"为例 ……………………………………………… (34)
 第三节　美国文学与民族性的跨界互读：美国（文学）研究
    经典范式 ……………………………………………………… (50)

**第二章　美国"自我"的审视：冷战结束后美国小说中的
   民族性反思** ………………………………………………… (59)
 第一节　美国民族性之宗教信仰：约翰·厄普代克
    《圣洁百合》中的公民宗教 ………………………………… (60)
 第二节　美国民族性之"亚当"神话：菲利普·罗斯
    《美国牧歌》中的田园主义 ………………………………… (74)
 第三节　美国民族性之杂糅观：杰弗瑞·尤金尼德斯
    《中性》中的"自我重塑"传奇 …………………………… (85)

**第三章　美国"自我"的拯救：21世纪"悲剧现实主义"
   美国小说中的民族性协商** ………………………………… (96)
 第一节　"悲剧现实主义"的诞生：社会小说的新方向 ……… (97)
 第二节　美国民族性之文化价值观：《纠正》中的
    危机与重生 ………………………………………………… (102)
 第三节　美国民族性之"自由"悖论：《自由》中的
    矛盾与和解 ………………………………………………… (113)

第四节 "悲剧现实主义"的启迪：《纯洁》中的
坚守与创新 ………………………………… (126)

第四章 美国"自我"的展望："9·11"之后美国小说中的
民族性重构 ……………………………………………… (134)
第一节 美国民族性之"美国梦"：约瑟夫·奥尼尔
《地之国》中的"伊甸园"假象 ……………… (135)
第二节 美国民族性之"后种族时代"：保罗·贝蒂
《出卖》中的种族主义质问 …………………… (147)
第三节 美国民族性之"世界主义"：阮越清《同情者》
中的身份伦理 …………………………………… (160)
第四节 美国民族性之"永恒局外人"：游朝凯《唐人街
内部》中的亚裔困境 …………………………… (173)

结 论 ……………………………………………………………… (187)

附 录 ……………………………………………………………… (190)
对话朱诺·迪亚兹 ……………………………………… (190)
对话西格莉德·努涅斯 ………………………………… (203)

参考文献 …………………………………………………………… (210)

后 记 ……………………………………………………………… (230)

绪　　言

民族国家可谓人类历史上最强大的观念之一，回顾近现代以来的重大历史事件，都与民族国家有关。民族国家的概念起源于欧洲近代早期，它既是独立自主的政体形式，也包含其成员对同胞及其共同的社会体制、价值观、文化、历史的认同。也就是说，在构建民族国家的历史过程中，除了以公民顺从和忠诚为核心的法理性要素（即"国家"），凝聚民族成为一个共同体的认同感也发挥着不可或缺的作用。英国学者厄内斯特·盖勒纳在其《民族与民族主义》一书中曾指出，民族是社会和文化建构的实体，而非简单依靠自然演化的人类聚合产物，民族特征体现在一种有意识的主观性。[1] 美国政治学家本尼迪克特·安德森在其代表作《想象的共同体》中曾对民族有如此界定，"它是想象的政治共同体——并且，它是被想象为本质上有限的、同时也是享有主权的共同体"，民族成员之间更多地依靠文化想象塑造民族意识、维系民族认同。[2] 就美国而言，澳大利亚政治学家大卫·坎普贝尔曾将其称为"最典型的想象的共同体"[3]，美国历史学家迈克尔·林德在《下一个美国民族》一书中也曾提出"美利坚文化民族"的概念，它是超越了族裔和公民身份的文化理想，依靠共同语言、习俗、记忆和道德信仰而确立。[4] 事实上，美国作为民族国家的出现有着自身的独特性：身为移民的后代，美国继承了欧洲文明的衣钵、拥有多元族裔的文化基因，但与欧洲故土的重洋相隔、以民族独立的方式争取与母国（英国）平等的自主权利、坚守融合多元文化后的统一的立国原则和政

---

[1] 参见 Ernest Gellner, *Nations and Nationalism*, Ithaca: Cornell University Press, 1983。

[2] Benedict Anderson, *Imagined Communities: Reflections on the Origin and Spread of Nationalism*, London: Verso, 1983, pp. 6 – 7.

[3] David Campbell, *Writing Security: United States Foreign Policy and the Politics of Identity*, Minneapolis: University of Minnesota Press, 1998, p. 198.

[4] 参见 Michael Lind, *The Next American Nation: The New Nationalism and the Fourth American Revolution*, New York: The Free Press, 1995。

治信仰，使美国走上了民族国家的建构之路。

综观美国历史，美国民族性[①]一直是文学家、思想家和评论家关注的焦点，特别是在20世纪下半叶，美国研究作为一门独立学科日渐活跃于美国学界，大量思想、评论著作致力于探究美国民族性的"建构—反思—再建构"过程。不难发现，这些著作大致因循两种研究范式：一种是从勾勒历史演变轨迹的方式阐述美国民族性的核心内涵，例如奥斯卡·汉德林的《连根拔起：成就美国人的大迁徙史诗》[②]、弥尔顿·戈尔登的《美国生活中的同化：种族、宗教和民族起源》[③]、萨克文·伯克维奇的《美国自我的清教起源》[④]、罗伯特·贝拉的《心灵的习性：美国人生活中的个人主义和公共责任》[⑤]、吉姆·卡伦的《美国梦：筑造一个民族的理念简史》[⑥]等；另一种则以反思的态度、批判的视角，围绕20世纪特别是下半叶以来美国民族性的改变，就其中的问题和危机提出重构美国民族性的思路，例如大卫·利斯曼等著的《孤独的人群：美国人的性格改变》[⑦]、丹尼尔·贝尔的《资本主义文化矛盾》[⑧]、克里斯托弗·拉什的《自恋主义文化》[⑨]等。冷战结束后，有关美国内部"文化战争"的争论愈演愈烈，如何使不同价值观及多元文化群体达成民族共识成为美国学界热议的焦点，例如詹姆斯·亨特的《文化战争：界定美国的斗争》[⑩]、迈克尔·沃尔泽的《身

[①] 本书中的美国民族性指称使美国成为"美国"的典型特征，包括赖以建国的政治理念、广泛达成的文化价值观共识、不同于别国的种族构成、为区分他者而自我标榜的理想话语等。因此，本书探讨的美国民族性建构是一种象征建构，诸如社会谱系、经济条件、军事力量、外交战略等普遍意义上的民族性构成因子和生成机制不在本书的研究范畴。

[②] Oscar Handlin, *The Uprooted: The Epic Story of the Great Migrations That Made the American People*, Boston: Little, Brown and Company, 1951.

[③] Milton M. Gordon, *Assimilation in American Life: The Role of Race, Religion, and National Origins*, New York: Oxford University Press, 1964.

[④] Sacvan Bercovitch, *The Puritan Origins of the American Self*, New Haven and London: Yale University Press, 1975.

[⑤] Robert N. Bellan, et al., *Habits of the Heart: Individualism and Commitment in American Life*, Berbeley: University of California Press, 1985.

[⑥] Jim Cullen, *The American Dream: A Short History of an Idea That Shaped a Nation*, New York: Oxford University Press, 2003.

[⑦] David Riesman, Nathan Glazer and Reuel Denney, *The Lonely Crowd: A Study of the Changing American Character*, New Haven: Yale University Press, 1950.

[⑧] Daniel Bell, *The Cultural Contradictions of Capitalism*, New York: Basic Books, Inc., 1978.

[⑨] Christopher Lasch, *The Culture of Narcissism: American Life in An Age of Diminishing Expectations*, New York: W. W. Norton & Company, Inc., 1979.

[⑩] James D. Hunter, *Culture Wars: The Struggling to Define America*, New York: Basic Books, 1991.

为美国人意味着什么》①、罗伯特·休斯的《抱怨的文化：破碎的美国》②、托德·吉特林的《共同梦想的衰落：文化战争中的美国为何遭受重创》③等以反思的视角评述美国民族的碎片式文化走向，以再建构的思路探讨冷战结束后美国民族性的定位。21世纪伊始，诸如塞缪尔·亨廷顿的《我们是谁》④等著作提出以"美国信条"为核心的重振美国民族的理念。这些著作从历史、宗教、政治、社会和文化习俗等不同角度论述了不断建构中的美国民族性，为后续研究提供了可借鉴的范式和宝贵的思想史料。

从20世纪中后期开始，依托美国文学作品阐释美国民族性也是诸多美国研究学者采取的研究路径，例如弗兰西斯·奥特·马提森的《美国文艺复兴》⑤、美国神话与象征学派的3部代表著作——亨利·纳什·史密斯的《处女地》⑥、R. W. B. 路易斯的《美国亚当》⑦和利奥·马克斯的《花园中的机器》⑧均通过解读19世纪到20世纪初的美国文学经典，阐述美国民族性不断建构、巩固和重建的发展轨迹。自20世纪60年代末以来，随着多元文化主义理论的盛行，传统意义上的以盎格鲁—撒克逊、白人、男性作家作品为主导的美国文学经典不断遭到质疑，有关美国文学与民族性的探讨也开始逐渐关注族裔、种族、性别身份问题，例如维尔纳·索罗斯的《超越族裔性：美国文化中的共识与血统》⑨、凯瑟琳·罗登伯格的《演绎美国性：现代非裔和犹太裔美国文学中的种族、阶级和性别》⑩分别选取美国族裔文学文本，论述了美国多元族裔性与统一民族性的相互关系。而进入20世纪80年代，随着文化保守主义思潮的不断蔓延，多元文

---

① Michael Walzer, *What It Means to be an American*, New York: Marsilio, 1992.
② Robert Hughes, *Culture of Complaint: The Fraying of America*, London: Harvill, 1994.
③ Todd Gitlin, *The Twilight of Common Dreams: Why America Is Wracked by Culture Wars*, New York: Metropolitan Books, 1995.
④ Samuel P. Huntington, *Who Are We: America's Great Debate*, London: The Free Press, 2005.
⑤ F. O. Matthiessen, *American Renaissance: Art and Expression in the Age of Emerson and Whitman*, New York: Oxford University Press, 1941.
⑥ Henry N. Smith, *Virgin Land: The American West as Symbol and Myth*, Cambridge, Mass.: Harvard University Press, 1970.
⑦ R. W. B. Lewis, *The American Adam: Innocence, Tragedy and Tradition in the Nineteenth Century*, Chicago: The University of Chicago Press, 1955.
⑧ Leo Marx, *The Machine in the Garden: Technology and the Pastoral Ideal in America*, New York: Oxford University Press, 1964.
⑨ Werner Sollors, *Beyond Ethnicity: Consent and Descent in American Culture*, New York: Oxford University Press, 1986.
⑩ Catherine Rottenberg, *Performing Americanness: Race, Class, and Gender in Modern African-American and Jewish-American Literature*, Hanover, N. H.: Dartmouth College Press, 2008.

化主义在美国学界引发了诸多争议,不少思想家和文学批评家从回归传统的角度审视美国民族性,例如萨克文·伯克维奇和麦拉·杰伦主编的文集《意识形态与美国文学经典》[1]、伯克维奇的《惯于赞同:美国象征建构的转化》[2]、杰夫·沃德的《美国书写:清教以来的文学和文化身份》[3] 等,通过研究美国的清教辞令,自建国以来的政治、文化文本以及19世纪美国文学经典和通俗小说,阐述了文化想象对建构美国民族性的重要作用。总体而言,国外学界有关美国文学与美国民族性的探讨要么局限于传统经典辖域内的主流作家(白人—盎格鲁—撒克逊—新教)作品,要么聚焦于多元文化视野下的少数族裔作家作品,鲜有学者从两者兼顾的整体美国文学观对美国民族性进行全面考量,更未出现针对20世纪90年代以来出版的最新文学作品的系统研究。转向国内学界,相比国外学界对美国民族性的持续关注和多角度探讨,以及文学评论界对美国文学经典参与民族性建构的广泛论述,我国学者对相关论题的讨论仍处在起步阶段,缺乏全面系统的研究成果。近年来,重要的针对性专著仅有陈致远的《多元文化的现代美国》[4],主要围绕美国的族裔构成,从历史、人类学、政治等角度探讨美国多元种族的民族认同问题;江宁康的《美国当代文学与美利坚民族认同》[5],主要将美国按不同族裔区隔,从历史和理论层面探讨了当代美国文学中的美国书写和民族叙述。不难看出,有关美国民族性及其在美国文学中的建构研究虽然已引起国内学界的一定兴趣,但大多数仍停留在宏观评述层面,选择的文学文本也基本因循了国外学界"主流作家—边缘作家"的阵营两分法,对20世纪90年代以来美国文坛的新锐作家作品关注欠缺,研究的广度和深度均有一定局限。

本书借鉴了美国研究的经典范式,将一直以来美国学界的热点议题——美国民族性的探讨引入对20世纪90年代以来美国小说的阐释当中。20世纪90年代初,冷战的结束被弗兰西斯·福山视为"历史的终结",标志着西方自由民主体制的普世化,但在美国保守主义者看来,冷战仅仅为美国消除了"外患",而并未减轻"内忧",美国正在经历的内部"文

---

[1] Sacvan Bercovitch and Myra Jehlen eds., *Ideology and Classic American Literature*, New York: Cambridge University Press, 1986.

[2] Sacvan Bercovitch, *The Rites of Assent: Transformations in the Symbolic Construction of America*, New York: Routledge, 1993.

[3] Geoff Ward, *Writing of America: Literature and Cultural Identity from the Puritans to the Present*, Cambridge: Polity Press, 2002.

[4] 陈致远:《多元文化的现代美国》,四川人民出版社2003年版。

[5] 江宁康:《美国当代文学与美利坚民族认同》,南京大学出版社2008年版。

化战争",即多元文化间及价值观体系间的冲突困扰着美国的民族身份定位。21世纪伊始,"9·11"事件更是给了美国一沉重打击,使美国不得不从民族理想、文化价值观、宗教信仰、多元族裔构成以及种族主义问题等诸多方面重新审视"自我"。可以说,美国民族性是冷战结束以来的美国学界反思的焦点,美国民族性的再建构也成为诸多学者、思想家和社会批评家探讨的议题。而每逢重要历史时期,文学对社会、文化话语的建构意义就会越发凸显,冷战结束后和"9·11"事件后的美国小说同样不甘寂寞,众多作家通过虚构的故事、戏剧化的表现手法诠释美国民族性的要旨,由此也成为20世纪90年代以来美国文学研究的重要课题。本书选取了冷战结束后出版的10部最具代表性的小说,将其置于"大文化"背景中,在对小说进行文本细读的基础上,与20世纪90年代以来的美国社会形态、思想走向、文化争论等非文学"文本"进行互文解读和思想互证,旨在系统深入地阐明美国小说与美国民族性建构之间的双向互动关系。

本书在尽可能吸收国内外相关领域最新研究成果的基础上,提出了新的研究框架,即以美国"自我"为圆点、以各个小说文本为半径,进而描绘出20世纪90年代以来美国思想家和小说家对美国民族性进行的方方面面的反思,提炼出他们为美国民族性的再建构而进行的不同角度的努力。除了本绪言对本书选题的依据和意义进行简单陈述、对该选题的国内外学术史进行粗略梳理、对本书的方法论和研究框架进行大致勾勒之外,本书的主体内容包括以下四个部分。

第一,美国民族性与美国小说建构的关系及研究范式。作为全书的导论,该部分重点介绍冷战结束后美国的历史背景和文化语境,从"他者—自我"建构民族性、价值观之争反思民族性、多元文化主义重构民族性和"9·11"事件后再振民族性四个方面论述了20世纪90年代以来美国学界对美国民族身份和国家形象的危机意识和反思倾向。同时,该部分以"伟大的美国小说"为例,梳理阐释了对美国这个最典型的想象的共同体而言,美国小说在民族性建构的动态过程中所扮演的至关重要的角色。此外,该部分从美国研究学科历史发展的角度介绍了本书所采用研究范式的学理依据。

第二,美国民族性建构的核心要素及其各自的内在悖论与所处危机。该部分聚焦约翰·厄普代克1996年出版的《圣洁百合》、菲利普·罗斯1998年出版的《美国牧歌》和杰弗瑞·尤金尼德斯2002年出版的《中性》3部小说,分别从宗教信仰、民族神话、美国梦三个角度阐述美国民族性的构成内核及其在20世纪的衰变,剖析美国内在的矛盾因子以及修复的可能性，评述美国小说为美国"自我"审视所作出的努力。

第三，21世纪美国小说的理念创新及其拯救民族性危机的美学意义。该部分从小说创作理念的转变入手，重点评述了乔纳森·弗兰岑提出的"悲剧现实主义"社会小说创作观，并具体分析了他的3部代表作——2001年的《纠正》、2010年的《自由》、2015年的《纯洁》。这种对传统现实主义进行修正性继承的小说叙述形式，不仅有效再现了20世纪90年代以来美国陷入的矛盾境地及和解愿望，更体现了美国文化和思想界的保守主义倾向，为美国"自我"的拯救提供了一种思路。

第四，"9·11"事件之后美国小说对民族性重构的新展望。该部分锁定20世纪90年代以来美国的又一重大历史事件，但并未探讨专注于"9·11"事件及其影响的文学书写，而是继续关注小说对美国"自我"的剖析，并着重阐述"9·11"事件之后美国小说在全球视野下对美国民族性的重新审视和重构愿景。该部分选取了约瑟夫·奥尼尔2008年出版的《地之国》、保罗·贝蒂2015年出版的《出卖》、阮越清2016年出版的《同情者》和游朝凯2020年出版的《唐人街内部》4部小说，剖析了它们对诸如美国梦、后种族时代等典型美国话语虚伪本质的拆穿，以及对完善美国的自我认知、实现真正意义上的种族平等、世界主义理想等美好愿望的表露，体现了美国对"自我"的展望。

需要说明的是，尽管本书的核心论题是冷战结束后30年的美国小说和美国民族性之间的互构关系，但并未将这一时期的美国小说视为一种界定清晰的新文类，也并未建立在美国民族性是一个具有确定内涵、明确指涉的预设之上，而是将研究注意力集中在阐明美国民族性是一个不断被建构、反思、再建构的动态概念，尤其是美国小说在这个动态过程扮演了怎样的角色。因此，本书选取小说的基本原则是代表性和影响力，并力求在作家、主题、叙事手法等方面实现多元化，因此既有厄普代克、罗斯这样的常青树作家的新晋作品，也有弗兰岑、尤金尼德斯这样的在21世纪之交的美国文坛确立一席之地的新兴作家代表作，更追踪了奥尼尔、贝蒂、阮越清、游朝凯这样的刚刚斩获大奖、引发热议的文坛新星成名作。另外，尽管本书横跨文学、历史、文化、政治、社会学等多个领域，但始终以文学文本为主导、以兼顾文学形式和内容的文本细读为根本原则，旨在避免泛谈文化而忽略了文学研究的应有之义。将文学置于由各种文本纵横交织形成的复杂背景中进行"互文"解读，对理解文学性本身及文学的意义都是一种有价值的尝试。

本书的附录是笔者 2019 年在哈佛大学访学期间，与当代美国重要作家朱诺·迪亚兹和西格莉德·努涅斯的对话录。迪亚兹是多米尼亚加裔美国作家，曾任普利策评委会主席，在 2008 年凭借《奥斯卡·瓦奥短暂而奇妙的一生》① 荣获普利策小说奖。努涅斯出生在纽约一个移民家庭，在 2018 年凭借《朋友》② 荣获美国国家图书奖。两个对话录分别从《奥斯卡·瓦奥短暂而奇妙的一生》和《朋友》两部小说出发，内容涉及作家个人的成长和写作经历、小说的叙事策略、人物主题、少数族裔美国人的身份焦虑、世界小说创作、当代美国小说走向等诸多方面。两个对话录亦包含两位作家针对美国小说和美国民族性建构问题的看法，为理解当下美国文学和文化的发展动向提供了一种重要参考。

  本书由笔者独立完成，书中直接引用的英文文献的中文翻译均为笔者自译。

---

① Junot Díaz, *The Brief Wondrous Life of Oscar Wao*, New York: Riverhead Books, 2007.
② Sigrid Nunez, *The Friend*, New York: Riverhead Books, 2018.

第一章　美国民族性与美国小说：双向建构与跨界互读

美国历史学家西奥多·H. 怀特曾如此评价美国的独特之处："其他国家都是在这样一群人中形成的，即他们出生在其家族自古以来繁衍生息的地方，无论他们的政府如何更迭，英国人还是英国人，法国人还是法国人，中国人还是中国人。而美国却是由一个观念产生的国家。不是美国这个地方，而是美国独有的观念缔造了美国政府。"[①] 这些缔造了美国国家本身的观念既源于对"他者"的想象，也来自对"自我"的定义；既包括对"上帝选民"和"新迦南"的笃信，对建造"山巅之城"和成为世界"拯救者"的使命感，也涵盖对自由、民主、平等、公民权利的捍卫，对新教工作伦理和个人主义精神的恪守，对多元族裔相互尊重、共同拥护美利坚民族的追求等。不仅如此，著名美国社会批评家小阿瑟·施莱辛格曾总结道："美国身份绝非一成不变，也压根没有所谓的终极解读，因为它一直处在被建构的状态。"[②] 美国的民族性也表现在其不断"建构—反思—再建构"的动态性，在于其巅峰之时的自省与反思，以及低谷之时的重构努力。

作为一个民族文化想象的精华，文学不仅是演绎民族历史、呈现社会现实的载体，更是塑造社会话语、建构民族特性的积极参与者。就美国而言，美国小说在美国民族性的"建构—反思—再建构"过程中扮演了独特且重要的角色。其中，最令人瞩目的莫过于"伟大的美国小说"。自19世纪中叶被首次提出，"伟大的美国小说"概念便成为文学批评界热议的焦点，也成为众小说家不懈追求的创作梦想。冷战结束后的30年可谓美国

---

① Theodore H. White, "The American Idea", in Diane Ravitch ed., *The American Reader: Words That Moved a Nation*, New York: Harper Collins Publishers, Inc., 2000, p. 572.
② Arthur M. Schlesinger Jr., *The Disuniting of America: Reflections on a Multicultural Society*, New York: W. W. Norton & Company, 1992, p. 138.

历史上的一个重要转折时期,众多小说家通过虚构的故事、戏剧化的表现手法诠释美国民族性的要旨,反思美国内部的诸多问题,并为重构美国民族性作出了种种努力。长久以来,对美国小说和美国社会进行跨越边界的"互读"与"互证"是美国研究的基本范式之一,不仅有助于阐明文学与民族性的双向建构关系,也为理解美国、理解20世纪90年代以来的美国文学与文化走向打开了一扇窗户。

第一节 美国民族性的建构—反思—再建构①

> 我亲爱的朋友,如果可以,试想一个包含了世界上所有国家的社会,人们有着不同的语言、信仰和见解,总之,这是一个没有根基、没有回忆、没有偏见、没有惯例、没有共同观念、没有典型国民性的社会,幸福感却是我们的一百倍……是什么将如此不同的元素连接在一起?是什么让他们融合为一个民族?
>
> ——托克维尔

100多年前的19世纪,当年轻的法国贵族托克维尔一踏上美国土地,这片与生俱来一元与多元混杂、没有历史纠葛的"新世界"令他艳羡,也让他困惑,"美国如何成为美国"成了他接下来几年力图解开的谜团。100多年后的21世纪,当冷战的结束使美国失去了近半个世纪用来定义自我的"他者",当"亚民族的、双重国籍的和跨国的身份自20世纪60年代以来日渐兴盛以至于消解了(美国)民族认同的重要性"②,"美国如何继续成为美国"成了令美国学界忧心忡忡的关切。而事实上,从早期殖民者约翰·温斯罗普发表建立"山巅之城"的布道,到建国之父托马斯·杰弗逊写下"人生来平等,生命、自由和追求幸福的权利是天赋人权"的宣言,再到拯救美国于分裂之水火的亚布拉罕·林肯宣告美国是"世界最后的最佳的希望","何为美国"是每个与美国命运攸关的重大历史关头无法回避的反思与自省;从历史学家弗莱德里克·特纳用"边疆学说"解释美利坚民族性格的塑造,到文学评论家R. W. B. 刘易斯用"美国的亚当"描

---

① 本节部分内容原载于《河南大学学报》(社会科学版)2020年第6期。
② Samuel P. Huntington, *Who Are We: America's Great Debate*, London: The Free Press, 2005, p. xv.

述美国之于欧洲的独特,再到政治学家塞缪尔·亨廷顿用"美国信条"定义美国文化的内核与民族活力的来源,"何为美国民族性"是美国研究学界反复论证的核心议题。正如美国研究鼻祖之一的佩里·米勒所言,"成为美国人并非继承而来的,而是一种自我实现"①,美国的国家身份与民族认同也并非一成不变,而是始终处在"过去与现在"的交锋与协商中,使之成为不断"建构—反思—再建构"的动态产物。

广义而言,动态而非固化的民族性也是现代民族国家的特征之一。作为一种政治共同体形式,民族国家是在近代欧洲资本主义发展和绝对王权国家崩溃的背景下,追求自由、平等、民主和自治的人们反对教会和王权的专制统治而形成的新型国家形态。英国历史学家阿尔伯特·波拉德在研究欧洲社会发展史时曾总结了四种典型的国家形态:古代高度同质化的城邦国家、中世纪依靠宗教力量凝结的教会国家、欧洲近现代的民族国家,以及东方专制主义王朝国家。② 值得注意的是,民族国家与其他三种国家形态的不同之处不仅在于它是拥有主权、人口、领土等明确法律标识的政治共同体,更在于它是一种由民族主义意识建构的、凝聚了民族共同价值理念的文化共同体。美国学者本尼迪克特·安德森在其研究民族主义与国家起源的经典著作中曾提出,民族国家可以视为一种"想象的政治共同体",它由社会与文化话语体系建构而成,是"被想象为本质上有限的、同时也享有主权的共同体"③。如果说古代国家是强调地缘关系和血缘因袭而自然生发并演化的人类组织,近现代民族国家则具有很强的主体建构性,无论是单一民族国家还是多元族裔国家,它的存在本身在很大程度上依靠其主体即国家的全体公民从政治、信仰、伦理等不同层面"想象"并达成广泛一致的共识。需要指出的是,这种"想象"并非凭空、随意地虚构,而是基于整个民族国家的共同经历和共同利益、基于其中各个成员"感同身受"的内在联结。就这个意义而言,这些"想象并达成一致的共识"确立了界定民族国家文化疆界的基本价值观,塑造了全体成员根深蒂固的集体无意识。然而,文明的进步、时代的发展以及每一个关乎民族国家命运走向的重要历史事件都有可能挑战甚至颠覆曾经的"共识",而为了避免共同体的解体,反思与修正、争论与协商进而维护旧的或者达成新

---

① 转引自 Werner Sollors, *Beyond Ethnicity: Consent and Descent in American Culture*, New York: Oxford University Press, 1986, p. 3。
② Albert Pollard, *Factors in Modern History*, London: Constable & Company, 1907, pp. 3 – 4.
③ Benedict Anderson, *Imagined Communities: Reflections on the Origin and Spread of Nationalism*, London: Verso, 1983, pp. 6 – 7.

第一章 美国民族性与美国小说：双向建构与跨界互读　11

的"共识"就成了亟待完成的任务。

　　作为一个民族国家，美国的独特之处在于它"没有统一的族裔特性，没有共同的宗教信仰，没有共同的历史积淀，而只有共同的反叛的经历"，因此，"美国不得不自己发明那些欧洲通过继承就获得的东西：团结意识、全部的国家象征符号和强烈的政治情感"[①]。不仅如此，美国作为"最典型的想象的共同体"，时常通过"言说危险，具化差异和塑造他者"确立国家的意义。[②] 也就是说，美国的民族性不仅有赖于一套由其"自我"想象建构并被广泛认可的共识，而且这种建构本身也是不断寻找"他者"的过程，这里的"他者"既包含不同群体相互对抗的"内部他者"，还包括敌对民族或国家的"外部他者"。不难想见，无论是"内部他者"对昔日达成的广泛共识的挑战与抗争，还是"外部他者"的崩塌与遁形使国家使命和民族特质不再明确，美国的国家身份和民族认同都有可能遭遇存续的危机，从而也面临着再建构的需求。从这个角度来看，冷战结束后的美国由于意识形态"外患"的消除而陷入自我迷茫，也因文化战争、多元文化主义等"内忧"的加重而步履维艰，还因新千年之初突如其来的"9·11"事件而信心倍挫，由此引发的美国各界对美国民族性的反思和再建构的努力也格外瞩目。

一　"他者"想象与"自我"认知

　　作为"想象的共同体"，民族国家用以定义"自我"的想象不仅包括共同体成员之间达成的一系列"共识"，还包含对"他者"的建构，即通过与其他民族国家的对比甚至反差进一步凸显自己的身份与特性。意大利学者安娜·特里安达菲里多曾指出，"国家身份还暗指差异性。国家身份的存在本身预设了'他者'、其他国家和其他个人的存在，他们不属于我们这一共同体，我们必须与他们区分开来。也就是说，国家意识既包括共性意识，也包括差异性意识。它既涉及对共同体自我的感知，也涉及对国家寻求与其相区别的他者的感知。这意味着，国家身份本身是无意义的，而只有在与其他国家的对比中才有意义"[③]。也就是说，一个"有意义的他者"是建构国家身份和民族认同不可或缺的参照物。值得注意的是，"想

[①] David Ryan, *US Foreign Policy in World History*, New York and London: Routledge, 2000, p. 13.

[②] David Campbell, *Writing Security: United States Foreign Policy and the Politics of Identity*, Minneapolis: University of Minnesota Press, 1998, pp. 91, 198.

[③] Anna Triandafylidou, "National Identity and the Other", *Ethnic and Racial Studies*, Vol. 21, No. 4, 1998, p. 599.

象的共同体"的主体建构性决定了其身份与特质并非一成不变,相反,在不同历史语境下共同体成员可以针对不同需求去寻找或建构不一样的"他者",正如爱德华·萨义德所言:"自我身份的建构……牵扯到对'我们'不同特质的不断阐释和再阐释。每一个时代和社会都重新创造自己的'他者'。因此,自我身份或'他者'身份决非静止的东西,而在很大程度上是一种人为建构的历史、社会、学术和政治过程。"① 换句话说,"自我"认知和"他者"想象是一个双向互动的关系,两者共同决定了民族国家对其身份的界定和对其特质的解读。

就美国而言,对"自我"的认知更是从一开始就离不开对"他者"的想象。当1620年"五月花号"搭载的102名逃离英国主流宗教迫害的清教徒登抵普利茅斯港并迅速建立起一个殖民地,这片北美的蛮荒之地就被冠以"新迦南"的头衔,而自认为是"上帝选民"的他们肩负着开辟旷野、打造"山巅之城"的神圣使命。一段充满了宗教避难悲情的"出埃及记"化身成了一部"新世界"的诞生记,使美国在还未成为美利坚合众国之前就拥有了"想象"的共同体存在的合法性。而所谓的"新世界"则是相对于逃离身后的欧洲"旧世界"所言,作为一个"有意义的他者",欧洲帮助美国奠定了最原初的民族特质。按照 R. W. B. 刘易斯的观点,美利坚民族可视为"伊甸园中的亚当"形象,它是"由上帝创造的第一个亚当在旧世界饱受摧残后,上帝赐予人类的第二次机会"②,因此,"美国的亚当"凭借其与生俱来的纯真品性与无拘无束的自由气质而拥有了开辟新世界的无限可能。到了18世纪,美国作为一个独立的民族国家身份形成之时,以英国为代表的专制的、等级制的、蒙昧的、堕落的欧洲成了13个殖民地想象建构的、进而极力驳斥的"他者",与此相对的自由、平等、民主、理性则是美国定义"自我"的主要标识。例如,在建国的重要文献《常识》中,托马斯·潘恩曾描述英国为"暴政"和"奴役"盛行的国度,是"自由遭到驱逐的地方",是新大陆"目前和将来最大的敌人"③。正如美国历史学家丹尼尔·布尔斯廷的评述:"在美国,一直到20世纪初,'美洲的'和'欧洲的'与其说是两个严格的地理名词,不如说是两

---

① 〔美〕爱德华·萨义德:《东方学》,王宇根译,生活·读书·新知三联书店1999年版,第426—427页。
② R. W. B. Lewis, *The American Adam: Innocence, Tragedy and Tradition in the Nineteenth Century*, Chicago: The University of Chicago Press, 1955, p. 5.
③ 〔美〕托马斯·潘恩:《常识》,马清槐等译,商务印书馆1982年版,第31—37页。

个逻辑上截然相反的对立物。"①旧世界这个"他者"确立了新世界诞生的合法性,宗主国这个"他者"更成就了美利坚的民族独立,进一步明确了其立国的思想根基。

如果说早期清教徒将自我身份界定为上帝的选民、将新世界的图景描述为一座"山巅之城",到了争取民族独立的革命者那里,美国的使命显然已不仅仅在于建立一个宗教理想国,更要在广义的层面上成为与欧洲"他者"截然不同的、一个代表自由民主平等的世界榜样。当以杰弗逊为代表的共和主义理念与早期的宗教天命思想相融合,革命成功后美国自诩的使命更加世俗化,树立"榜样"的目标也逐渐拓展到了"拯救"世界的理想。19世纪上半叶,美国经济和科技的迅速发展使之对土地的需求不断扩大、对海外市场的野心不断膨胀,同时,法国、爱尔兰等欧洲国家遭遇的民主革命的失意也自然而然地使美国成为"民主"的避难所,由此,美国在北美大陆扩张的欲望和拯救"旧世界"于水火的情怀无疑得到了加强。用美国作家赫尔曼·梅尔维尔的话来说,美国不仅是"世界的拓荒者、先遣队",还是"政治上的弥赛亚",它的使命不仅"要对美洲行善,还要解救整个世界"②。美国政治专栏记者约翰·奥沙利文曾于1839年撰文宣称,"我们国家的诞生标志着一个新的历史的开端,它建立和推进一种前所未有的政治制度,这使我们与过去分离而仅与未来相连……我们是进步的、享有个人自由和普遍公民权的民族",正是由于美国是这样一个"使人类不断进步的民族",它"注定要向人类展示上帝原则的伟大"③。1845年,奥沙利文进一步明确提出了"天定命运论"的说法,之后诸多学者的评论文章纷纷以美国政治制度的优越、自然权利的不可剥夺、科学技术的进步和文明的生活方式等论断为依据为美国在北美的扩张正名。到了20世纪特别是一战以后,美国的"天命"思维和"救世"理念进一步推行到了世界范围和全人类,时任总统威尔逊在1917年发表的第二任就职演说中号召美国人成为"世界性公民",而不再仅仅是"狭隘的地方性公民",因为倘若能把美国原则推广到"整个人类","我们就会更像美国"④。1941年,美国《时代周刊》出版人亨利·鲁斯提出20世纪是"美

---

① Daniel J. Boorstin, *America and the Image of Europe: Reflections on American Thought*, New York: Meridian Books, 1960, p. 19.
② Herman Melville, *White Jacket*, London: Oxford University Press, 1924, pp. 142 – 143.
③ John O'Sullivan, "The Great Nation of Futurity", *Democratic Review*, Vol. 6, No. 23, 1839, pp. 426 – 430.
④ 转引自 Albert B. Hart ed., *Selected Addresses and Public Papers of Woodrow Wilson*, New York: Boni & Liveright, Inc., 1918, p. 186。

国世纪"的说法,以此对应18世纪的法国、19世纪的大英帝国,并详细阐释了美国的特性与意义:美国不仅继承了正义、真理、博爱等西方文明中的所有伟大思想,还拥有自由、平等、个人主义等美国人独有的品格,因此,"美国是不断扩展的事业范围的能量中心,美国是人类技术公仆的训练中心,美国是乐善好施的撒玛利亚人……美国是自由和正义理想的动力工厂——从这些要素中无疑可以勾勒出20世纪的图景"[1]。可以说,对"他者"的想象奠定了美国对"自我"的认知,而改造"他者"进而成为领袖国家、救世主民族也逐渐根植于美国的集体无意识,进而催生了其成为世界霸主的勃勃野心。

二战之后,美国坚信的资本主义体制和自由主义价值观的普世化使其称霸世界的欲望日渐膨胀,而作为共产主义阵营核心的苏联一跃成为和美国势均力敌的超级大国,在经济、军事、政治利益等各个方面抗衡着美国的优越感,美苏冷战由此展开,苏联也成了美国长达近半个世纪的新的"他者"。一如当年对欧洲"他者"堕落腐朽的描绘,美国也将苏联这个在意识形态、政治体制、文化价值观等各个层面与之对立的"他者"定义为专制的、独裁的"邪恶帝国"[2],而美国所采取的通过军事对峙、意识形态渗透、经济制衡等全面遏制苏联的冷战战略也"一如既往"地肩负起"树立典范"并"拯救世界"的道义责任。最早提出遏制政策的美国外交官乔治·凯南在其著名的X文章中曾指出,"这个(遏制苏联的)决定实际上依赖于美国本身。美苏关系的实质在于考验美国是否能够成为世界国中之国的全部价值。要避免被毁灭的危险,美国要做的就是坚守自己最好的传统,并证明自己作为一个伟大的国家值得存在",而在文章最后,凯南甚至将美苏对抗阐释为上帝有意安排的对美国的一种考验,美国应当为获得这样一个重树世界榜样的机会而感激上苍。[3] 在标志着冷战正式开始的杜鲁门宣言中,杜鲁门总统决定向正遭受共产党反对派领导攻击的希腊提供经济和军事援助,其主要理由同样被解释为美国对自由和民主的捍卫,他明确区分了以美国为代表的自由民主体制和共产主义阵营中的极权政府对人民的压迫,依此解读,支持希腊民主政府实际上代表了对共产主

---

[1] Henry R. Luce, "The American Century", in Michael Hogan ed., *The Ambiguous Legacy: US Foreign Relations in the American Century*, New York: Cambridge University Press, 1999, p. 28.
[2] 1983年,时任美国总统里根在抨击苏联极权主义的演讲中称其为"邪恶帝国",并将核战争定义为正义与邪恶之战。
[3] George Kennan, "The Source of Soviet Conduct", http://www.historyguide.org/europe/kennan.html.

义专制统治的宣战,象征着美国对普世价值的捍卫和对崇高道义的坚守。不难看出,在美国布局冷战的决策者的阐述中,苏联"他者"能够在很大程度上帮助美国明确"自我",而遏制"他者"不仅出于美国自身的国家利益,更是美国作为世界领袖责无旁贷的使命。

事实上,正如美国学者托德·吉特林所言,20世纪下半叶的美国是"一支拔河队伍,很大程度上依靠对手的反向力而团结在一起"[1],于是也就不难想见,苏联的解体不仅为西方自由主义民主体制吹响了胜利的号角,同时也为"绝对赢家"的美国带来了"胜利的焦虑"。按照日裔美籍学者弗兰西斯·福山在其著名的"历史终结"论中的阐述,冷战的结束意味着"历史的终结,即人类意识形态演化的终点和西方自由民主体制作为人类政府的普遍化",然而,"历史的终结也将是一个极为悲伤的时代。为取得认可而战斗、为一个纯粹而抽象的信念而甘愿牺牲自己的生命、为世界范围的意识形态之争而激发的胆识、勇气、想象和理想主义都将被经济计算、无穷无尽的技术问题、环境忧虑和满足繁复的消费欲望所代替"[2]。如果说"邪恶帝国"的苏联为"正义领袖"的美国提供了民族凝聚力和为之战斗的崇高目标,那么"他者"的崩塌自然也会使"自我"陷入迷茫,历史终结后该如何定义美国的国家身份和民族使命?同时,一向以"自由民主"代言人自居的美国,面对自由民主体制的普世化,又该如何彰显自己独特的民族性和优越感?国际安全领域专家詹姆斯·德尔·德瑞恩曾指出:"毫无疑问的是,冷战的结束仅仅是个开始:在历史的尽头会出现成千个新的(威胁美国安全的)'他者'。"[3]换句话说,冷战的结束仅仅为美国消除了意识形态层面的"外患",却并未减轻其他方面的"内忧"。事实上,在一些美国研究学者看来,美国在冷战期间对共产主义威胁有"过度阐释"之嫌,使"苏联超越了现实政治的范畴而演化为超现实的异类",因此"美国从这种受迫害妄想症中折射出的自我认知也是虚幻的"[4]。就这个意义而言,20世纪下半叶,美国一心专注于对苏联"他者"的遏制反倒蒙蔽了"自我"的内部问题,当"外部他者"溃败后,诸如"毒品、

---

[1] Todd Gitlin, *The Twilight of Common Dreams: Why America Is Wracked by Culture Wars*, New York: Metropolitan Books, 1995, p. 80.
[2] Francis Fukuyama, "The End of History?" *National Interest*, summer 1989, pp. 4, 18.
[3] James Der Derian, *Anti-Diplomacy: Spies, Terror, Speed, and War*, Oxford: Basil Blackwell, 1992, p. 66.
[4] Joanne P. Sharp, *Condensing the Cold War: Reader's Digest and American Identity*, Minneapolis: University of Minnesota Press, 2000, pp. 169 – 170.

恐怖主义、伊斯兰原教旨主义、传统核心家庭的衰落、'大政府'的幽灵以及受害者文化的蔓延"[1] 等"内部他者"越发显性化，成为美国国家身份和民族认同所面临的主要威胁，令美国各界忧心忡忡。

二　个体危机与文化战争

尽管近半个世纪的冷战使美国拥有了一致对外的凝聚力，但针对"邪恶他者"所定义的"正义自我"更多应用于美国作为一个国家所采取的政治理念和外交战略，就个体的美国人而言，20世纪下半叶美国经济的空前繁荣、消费社会的日渐繁盛以及由此引发的传统价值观的式微、享乐主义文化的蔓延无不使个人陷入自我迷失甚至自我分裂的危机。为此，美国学界也纷纷开始从社会学、心理学、文化研究等方面考量美国，探究并反思美国人的独特性格品质及其变化轨迹。美国社会学家戴维·里斯曼于1950年出版的《孤独的人群：美国性格演变的研究》可谓研究当代美国民族特征的代表作之一，按照他的论述，过去美国人通常借助家庭、宗教代代相传的价值观和个人自律塑造自我，而眼下从众主义已取代个人主义成为新的美国性格。[2] 在同时期的另一部社会学著作《白领：美国中产阶级》中，作者C. W. 米尔斯详细阐述了当代美国市场经济结构催生出的"新中产阶级"，其最典型特点就是被市场交易原则绑架而成为丧失个人主体性、缺乏自立进取等自由精神的"小人物"。[3] 同为研究美国新的社会形态和文化心理的畅销书，美国记者威廉·H. 怀特所著的《组织人》则剖析了官僚资本运作和管理体系对美国人心态的影响，从众的集体主义思维严重损害了美国人的创造力和个人主义精神。[4] 不难看出，尽管研究方法和视角不尽相同，但三部作品不约而同地指出当代美国人正面临丧失"自我"的危机，可以说，尽管20世纪50年代的美国彻底摆脱了大萧条和世界大战的阴霾，但加速运转的资本主义经济却禁锢了每一个身处其中的个体，也威胁着一直以来以个人主义著称的美国品格。

不仅如此，高度繁荣的美国经济同样造就了日益流行的消费主义文化，而物质的富足却导致了美国人精神的空洞。美国哲学家赫伯特·马尔

---

[1] Joanne P. Sharp, *Condensing the Cold War: Reader's Digest and American Identity*, p. 169.

[2] 参见 David Riesman, Nathan Glazer and Reuel Denney, *The Lonely Crowd: A Study of the Changing American Character*, New Haven: Yale University Press, 1950。

[3] 参见 C. Wright Mills, *White Collar: The American Middle Classes*, New York: Oxford University Press, 1951。

[4] 参见 William H. Whyte, *The Organization Man*, New York: Simon and Schuster, 1956。

库塞在其轰动一时的《单向度的人》中曾指出,发达的工业文明为现代人制造了一系列"虚假需求",如一味寻求感官快乐与刺激、被消费主义文化操控等,使人们陷入一种看似自由、实则不自由的矛盾境地。[①] 美国社会学家丹尼尔·贝尔在其《资本主义文化矛盾》中更尖锐地指出,在二战之后的美国,一味追求自我表达、自我满足的享乐主义文化氛围与强调自我约束、延缓满足与自我节制的新教工作伦理和清教禁欲主义构成矛盾,而后者不仅为资本主义的兴起奠定了宗教合法性,更是长久以来美国人笃信并践行的个人传统美德和价值观。[②] 就更广义的层面而言,贝尔所言的当代美国资本主义文化矛盾可谓资本主义体制的一种内在悖论,曾经资本主义精神赖以产生、国家的道德合法性得以确立的"个人主义"如今却走向了另一种极端,成为撼动资本主义体制的始作俑者。换句话说,在诸如贝尔等学者看来,宗教的式微与传统价值观的崩塌不仅改变了个人的理想和行为规范,也影响了整个民族的气质和走向,动摇着整个国家的思想根基,这正是冷战结束后的美国在消解了"外患"之后的最大"内忧"之一。有着美国"新保守主义教父"之誉的埃文·克里斯托尔曾发表评论说:"对我而言压根没有'后冷战'一说。鉴于现代自由主义思想对美国社会的残酷侵蚀,我的冷战非但没有结束,并且正在加剧……只能说我们结束了另外一场'冷战',而真正的冷战才刚刚开始。"[③] 这场后冷战时代的美国"内部冷战"也曾被右翼政治评论家帕特里克·布坎南冠以"文化战争"之名。在 1992 年的美国共和党全国会议上,针对时任总统克林顿支持的堕胎政策、希拉里推行的激进女权主义以及当代美国对待同性恋和同性婚姻、胚胎干细胞研究等问题的容忍态度,布坎南声称传统价值观和伦理道德的衰落将动摇美国"作为上帝之国"的身份,因此,对这些社会争议问题采取怎样的态度不仅取决于不同党派的政治立场,更"关系到我们是谁。关系到我们信仰什么。关系到我们作为美国人意味着什么。我们国家正在经历一场灵魂之战。它是一场文化战争,如同冷战一样,它关乎我们国家未来的自我定位"[④]。

---

① 参见 Herbert Marcuse, *One-Dimensional Man*, Boston: Beacon Press, 1964。
② 参见 Daniel Bell, *The Cultural Contradictions of Capitalism*, New York: Basic Books, Inc., 1978。
③ Irving Kristol, *Neoconservatism: The Autobiography of an Idea*, New York: Free Press, 1995, p. 486.
④ Patrick Buchanan, "1992 Republican National Convention", *Internet Brigade*, Aug. 17, 1992, http://web.archive.org/web/20071018035401/http://www.buchanan.org/pa-92 - 0817-rnc.html.

需要指出的是，所谓"文化战争"并非20世纪90年代的独有产物，按照美国社会学家詹姆斯·戴维森·亨特的观点，"文化战争"可以追溯至19世纪末20世纪初，在美国社会高速现代化的背景下，"正统主义"和"进步主义"两种文化冲动力也越发剑拔弩张。而事实上，这两种对抗的文化冲动力又可归结于解释美国民族起源的两种不同立场："正统派"坚信美国是"上帝智慧的化身"，美国人应当恪守由超验的宗教权威确定的美国道德和价值观体系；"进步派"则认为美国是受启蒙运动影响而诞生的世俗国家，其立国的思想根基源于"人文主义传统中的普世价值理念"，因此，美国人应当依照不同时代的特点重构价值观体系和行为规范，尊重人们多样化选择的权利。[1] 到了20世纪下半叶，"文化战争"不仅表现在对堕胎、性取向等社会热点问题采取的不同立场，更关乎美国如何定义自我，用亨特的话来说，"文化战争"不只是"一场哲学论辩"，而"终将演变为一场关于国家身份与民族特质的争议——美国的国家意义是什么，我们在过去和现在有着怎样的身份，或许更重要的一点是，作为一个民族国家，我们在新千年期待成为什么样子"[2]。值得注意的是，尽管"正统主义"与"进步主义"两种文化冲动力在本质上有不可调和性，但亨特曾多次表示，这种针锋相对的状态仅仅表现在相关团体或者政党间的不同立场（例如布坎南的右翼主张），而普通美国民众大多已寻求到了"异见中的共识"[3]，并维持在一种"神圣—世俗"融为一体的中间状态，即一方面继承了启蒙思想，相信社会不断进步、人的理性的力量；另一方面保有宗教信仰，并给予日常生活一种神圣化的解读和理想的依托。可以说，这种普遍达成的"神圣—世俗"的共识也在很大程度上影响了美国人对国家身份和民族特质的认知。

事实上，从早期清教徒建立殖民地开始，"神圣—世俗"的共识就已根植于美国的社会文化话语和美国人的日常生活方式之中。美国文学批评家萨克文·伯克维奇曾指出，自认为上帝选民的清教徒将建设新大陆视为一种响应上帝感召的神圣使命，而这种认知建构了"一套满足特定社会秩序需要的共识"[4]，并对美国文化产生了深远影响。这套共识包含了"一个

---

[1] James Davison Hunter, *Culture Wars*: *The Struggle to Define America*, New York: Basic Books, 1991, p. 113.
[2] James Davison Hunter, *Culture Wars*: *The Struggle to Define America*, p. 50.
[3] James Davison Hunter, *Culture Wars*: *The Struggle to Define America*, p. 318.
[4] Sacvan Bercovitch, *The Rites of Assent*: *Transformations in the Symbolic Construction of America*, New York: Routledge, 1993, p. 32.

神圣—世俗的象征体系（如新以色列，美国耶路撒冷等），激励人们在现实生活中不断开拓前进"，还包括了"一个将此神圣使命延伸到各个世俗领域的美国独有的话语体系，使清教徒变身为美国佬，使上帝使命演变成了天定命运论和美国梦"①。如果说清教徒最早确定了美国作为上帝之国的身份和使命，进而"决定了美国一直以来的国家意义和民族走向"②，那么"神圣—世俗"的共识本身也为理解美国的民族性提供了一种重要视角。具体到清教徒个人，宗教信仰与世俗行动的融合理念同样是其日常生活所遵循的基本原则。按照德国社会学家马克斯·韦伯的论述，加尔文主义新教徒将世俗劳动视为对上帝感召的应答，因此，财富的积累不仅是为了满足物质生活需要，也是为了增添上帝的荣耀，③ 这种被韦伯称为新教工作伦理的"神圣—世俗"共识滋养了资本主义精神，也为美国人追求自我奋斗和自我实现的个人主义理想赋予了更崇高的道德感。

"神圣—世俗"的共识也被一些学者定义为一种美国的"公民宗教"。按照法国启蒙思想家卢梭最早提出的概念，"公民宗教"是指一个国家在其典册中描述的一套法统神话，它"规定了这个国家自己的神、这个国家特有的守护者，它有自己的信条、自己的教义、自己法定的崇拜表现"④。根据美国社会学家罗伯特·N.贝拉的论述，美国社会文化话语体系中存在"一种与各种教会明显不同的、发达的且已制度化了的公民宗教"，它"整合了西方宗教和哲学传统与普通美国民众所遵从的生活原则"，并体现在"一系列价值理念、象征符号和仪式"上，例如不可剥夺的个人权利，国家公共节日的庆祝活动和总统的就职典礼等。美国的公民宗教超越了多元族裔间和教会间的界限，将美国凝聚为一个强大的政治、文化共同体。⑤通过解读美国建国纲领、内战时期林肯对国家意义的阐释等重要历史文献，贝拉进一步指出，美国的公民宗教具有明显的"实用主义"色彩，其具备的道德和社会规范意义超过了神学或灵魂拯救意义，它对上帝概念的

---

① Sacvan Bercovitch, *The Rites of Assent: Transformations in the Symbolic Construction of America*, p. 35.
② Sacvan Bercovitch, *The Rites of Assent: Transformations in the Symbolic Construction of America*, p. 29.
③ Max Weber, *The Protestant Ethic and the Spirit of Capitalism*, trans. Talcott Parsons, New York: Scribner, 1958, p. 100.
④ 〔法〕卢梭：《社会契约论》，何兆武译，商务印书馆1987年版，第177—178页。
⑤ Robert N. Bellah, *Beyond Belief: Essays on Religion in a Post-Traditional World*, New York: Harper & Row Publishers, Inc., 1970, pp. 175-183.

诠释"更多地与秩序、法律、权利相关,而非救赎与爱"①。某种意义上,无论是亨特所言的"正统主义"与"进步主义"的中间状态、伯克维奇所言的"神圣—世俗"的象征体系,还是贝拉所言的公民宗教,美国典型的民族特质之一就是其价值观体系中并存的宗教和世俗成分,长久以来,两者相辅相成并处在一个相互制约的动态平衡中。然而,20世纪下半叶以来,无论是贝尔所担忧的宗教的式微与过度世俗化的个人追求,还是布坎南等右翼政治家所声讨的传统价值观的陷落,无不在打破美国文化和生活方式中宗教与世俗成分的平衡,使个体乃至整个民族的"自我"面临分裂的危机。

三 民族认同与多元文化主义之殇

如果说对于一个最初由清教徒建立的、宗教渊源深厚的国家而言,"神圣—世俗"的共识从文化价值观的角度明确了美国的民族特性,那么对于一个长久以来由移民构成的国家而言,"多元族裔—统一民族"的共识也从血统与认同的角度诠释了美利坚民族的独特之处。20世纪90年代初,"神圣—世俗"共识的打破及其导致的美国传统价值观的陷落被美国保守派定义为一场关乎国家命运走向的"文化战争",与此同时,另一场"边缘"与"主流"之间的"文化战争"同样愈演愈烈,在一些美国学者和政治评论家看来,这场有关美国族裔关系的内部战争正在瓦解"多元—统一"的共识,使美利坚合众国面临着"分众国"的危机。学界的忧虑从1991年美国《时代》杂志国庆特刊的封面可见一丝端倪:在《我们是谁?》的醒目标题下,呈现的是一幅由白人和印第安裔男性、非裔和亚裔女性以及一位不明种族、不明性别的人物构成的漫画,而星条旗旁的注解更加发人深省——"有关托马斯·杰弗逊,感恩节和七月十四国庆日,美国的孩子正在接受一种全新的、并且是分裂的解读"②。事实上,粗略回顾美国历史,"我们是谁"可谓美国人一直以来的心结,不同时期不同学者对这一问题的解答也显示出"多元族裔—统一民族"共识形成的轨迹。

在普利策获奖作品《连根拔起:筑就美国民族的大迁徙史诗》一书的前言中,美国历史学家奥斯卡·汉德林坦言,"曾经我想写一部美国的移民史,后来我发现移民史本身就是美国史"③,另一位美国历史学家卡洛

---

① Robert N. Bellah, *Beyond Belief: Essays on Religion in a Post-Traditional World*, p. 175.
② 参见 http://content.time.com/time/magazine/0,9263,7601910708,00.html。
③ Oscar Handlin, *The Uprooted: The Epic Story of the Great Migrations That Made the American People*, Boston: Little, Brown and Company, 1951, p. 3.

琳·沃尔也曾表示,"所谓美国人指的就是移民和移民的孩子。他们的文化就是美国文化本身,而不是其中的一部分"①。按照这两位的看法,美国可谓一个彻彻底底的移民国家。尽管也有评论家曾质疑汉德林和沃尔的论述因忽略了美国本土的印第安人和被绑架贩卖而非自愿移民的非洲黑奴及其后裔而不免偏颇,但美利坚民族是由多元族裔共同构成的却是不争的事实。因此,如何看待不同的族裔血统与统一的美利坚民族认同之间的关系也成为美国各界不断热议的焦点,从大熔炉到文化多元主义,再到多元文化主义,不同历史文化语境下的不同概念和理论为美国的民族性提供了不同诠释。

在有关美国多元族裔与统一民族的众多理论中,"熔炉论"可谓历史最为悠久、影响也最为深远的一个。早在建国之初,身为法裔移民定居纽约的约翰·克里夫库尔在其 1792 年出版的《一个美国农民的信札》中就曾对"谁是美国人"作出了解答:美国人既非欧洲人,也非欧洲人的后裔,而是由"不同民族的个体融合在一起"而形成的"新的种族"②。当然,这里的"不同民族"仅限于西北欧移民及其后裔,黑人和印第安人完全被排除在外。相对而言,美国思想家拉尔夫·爱默生描绘的美利坚大熔炉的覆盖面更广也更具包容性,在回应 19 世纪 50 年代美国本土主义抵制东南欧移民的排外主义情绪时,爱默生写道:"如同诞生于黑暗时代的新欧洲一样朝气蓬勃,(美国)吸纳了爱尔兰、德国、瑞典、波兰、哥萨克人等欧洲各种族以及非洲人和波利尼西亚人的能量,从而缔造了一个新的种族、新的国家、新的文学。"③在美国作家麦尔维尔看来,美国的大熔炉形象使其不仅仅是一个民族一个国家,而成为整个世界的缩影,因为"美国的一滴血包含着来自世界的血液成分。在西半球的这片土地上,所有部落和民族融为一个集合体"④。熔炉论在 19 世纪末轰动美国史学界的"边疆学说"中同样占据了重要地位,特纳曾将美国西部比喻为"一个坩埚,

---

① Caroline F. Ware, *The Cultural Approach to History*, New York: Columbia University Press, 1940, p. 87.
② J. Hector St. John de Crevecoeur, *Letters from an American Farmer and Other Essays*, ed. Dennis D. Moore. Cambridge, Massachusetts: The Belknap Press, 2013, p. 31.
③ Ralph Waldo Emerson, *The Journals and Miscellaneous Notebooks of Ralph Waldo Emerson*, Vol. 9, Ralph H. Orth and Alfred R. Ferguson, eds., Cambridge, Mass.: Harvard University Press, 1971, pp. 299 – 300.
④ Herman Melville, *Redburn*, England: Harmondsworth, 1976, p. 239.

来自不同地区的移民在此美国化、自由化，从而形成一个新的融合的种族"[1]，美国独有的民族性和品格在此得以滋养，从而使美国成为不同于欧洲的新世界，而非旧世界的承继。1908年，随着犹太裔英格兰移民作家伊斯雷尔·赞格威尔题为《大熔炉》的戏剧轰动全国，熔炉思想也走出了书斋讨论而被广泛普及和认可，成为美国民族认同理论中的重要话语。尽管全剧讲述的是一个俄国犹太移民男子冲破种族、宗教以及家族仇恨的隔阂爱上俄国基督教移民姑娘的故事，但借主人公之口道出的却是所谓"大熔炉"的内涵，"美国是上帝的坩埚，在这个伟大的熔炉中，所有欧洲的种族得以融合和重塑"[2]，上帝由此创造了一个新民族，即美利坚民族。华盛顿首演收获热烈反响后，《大熔炉》又成为纽约百老汇场场爆满的热门剧，曾有剧评家如此盛赞："这是继惠特曼的《草叶集》之后对美国最鼓舞人心的描绘。"就连时任总统西奥多·罗斯福也曾为其背书："《大熔炉》是我看过的最振奋人心的一部戏剧。"[3]

尽管就《大熔炉》的剧本本身而言，赞格威尔所表达的熔炉思想强调的是不同族裔移民之间平等自愿、自然而然的融合，但不容忽视的是，美国殖民地时期以来早期移民的主体是"盎格鲁—撒克逊—新教"群体，其自身特征也在很大程度上塑造了美国的主流文化，势必对其他少数族裔的"熔炉"效应造成一定影响。某种意义上，这种暗含的"盎格鲁—撒克逊"同化倾向也推动了熔炉理论被美国主流社会广泛肯定，甚至使《大熔炉》博得了政界高层的青睐，而这与当时日益激进的"美国化"运动不无关系。19世纪末20世纪初大规模涌入美国的东南欧移民使本土美国人的排外主义情绪日渐高涨，这些相貌、文化、宗教背景均有别于来自西北欧的盎格鲁—撒克逊群体的人不仅被大众媒体称为"新移民"，甚至被一些生物学和基因学家论证为"劣等民族"，他们将导致"优秀的新英格兰人由于自我繁殖的失败而逐渐灭绝"，因此，为了成为真正的美国的一员，他们理应全盘接受作为"最优秀民族"的盎格鲁—撒克逊民族的语言、宗教、价值观和生活方式。[4] 到了一战时期，随着美国社会对德裔移民的恐

---

[1] Frederick J. Turner, *The Frontier in American History*, New York: Holt, Rinehart and Winston, Inc., 1962, pp. 22 – 23.
[2] Israel Zangwill, *The Melting Pot*, New York: The MacMillan Co., 1909, p. 37.
[3] 转引自Arthur Mann, *The One and the Many: Reflections on the American Identity*, Chicago: The University of Chicago Press, 1979, pp. 100, 110。
[4] John Higham, *Strangers in the Land: Patterns of American Nativism 1860 – 1925*, New York: Atheneum, 1981, p. 151.

惧和不信任感的增强，盎格鲁—撒克逊强制同化移民政策也更加极端，其中，威尔逊政府推行的"百分之百美国化"运动更加严格地要求移民斩断与母国一切文化及情感联系，旨在彻底同化移民，使之去掉母国与美国双重身份中的连字符而成为"百分之百的美国人"，以此达到支持美国在欧洲战争的目的。然而，这种极端的强制同化政策只是排外主义歇斯底里的表现，显然与自由、平等、民主等美国基本的立国理念以及日益多元化的美国社会现实背道而驰，被认为其理论支撑的"大熔炉"思想也因此饱受质疑。

在赞格威尔提出"大熔炉"的说法后不久，犹太裔美国社会评论家贺拉斯·卡伦于 1915 年在《国家》杂志发表了题为《民主与大熔炉》的系列文章，针锋相对地指出"大熔炉"思想中的盎格鲁—撒克逊同化倾向有违真正的美国精神，主张所有族裔应保持平等和民主的关系。1924 年，卡伦在其出版的文集《美国文化与民主》中正式提出"文化多元主义"概念，认为美国"不仅仅是地理和行政单位的集合体，更是由多元文化构成的合作体，是各个民族的联邦"[1]。需要指出的是，卡伦的"文化多元主义"理论强调的是各族裔的异质性而非其间的关联性，按照他的理论，不同族裔的个体无法按照自己的意愿改变自己出生的文化背景，即"无论他改变什么（如穿着、伴侣、政治立场、宗教信仰等），都无法改变谁是他的祖父"[2]。在此意义上，强制的"美国化"只能离间非盎格鲁—撒克逊移民对美国的情感。因此，"文化多元主义"勾勒出的美国"与其说是合众国，不如说是由不同族裔、种族、宗教群体组成的共同体——各成员之间并无关联"[3]，它所倡导的族裔移民应维护自身的母国文化也在一定程度上弱化了美利坚民族作为一个整体的凝聚性。不可否认的是，尽管"文化多元主义"在当时的美国并未撼动"熔炉论"作为阐释美国多元族裔关系主导理论的地位，它却成为 20 世纪 60 年代民权运动以来迅速发展的"多元文化主义"理论的先声。与此同时，其"重差异弱交融"的特点也愈演愈烈，以至于使"多元族裔—统一民族"的共识在 20 世纪末濒临瓦解。

事实上，卡伦"文化多元主义"思想的另一缺陷在于其忽视了有色族裔在美国所处的"低人一等"的困境，一如当时的美国正处在南部黑人丧失选举权、印第安人被没收土地、亚洲移民被全面禁止的时期。这种深植

---

[1] Horace M. Kallen, *Culture and Democracy in the United States*, New York: Boni & Liveright, 1924, p. 116.

[2] Horace M. Kallen, *Culture and Democracy in the United States*, p. 94.

[3] Michael Walzer, *What It Means to be an American*, New York: Marsilio, 1992, p. 26.

于美国政治文化甚至被美国法律认可的对有色族裔的歧视也成为"多元文化主义"最主要的修正对象。二战时期，希特勒鼓吹的"低劣民族论"最终演变为种族大屠杀的幕后推手，作为盟军成员国之一的美国在声讨希特勒极端种族主义的同时，不得不开始反思自己的白人至上主义和欧洲中心主义偏见。到了20世纪60年代，以非裔美国人为主要领导的、旨在为少数族裔争取平等的政治和公民权利的民权运动为"多元文化主义"的兴起奠定了政治和法律基础。无论是扭转经济、教育等体制内歧视的肯定性行动，还是1965年修正了针对有色人种歧视性移民政策的新移民法，都促进了"多元文化主义"理论在80年代正式形成，并在接下来的十几年对美国社会产生了深刻影响。不难发现，与"文化多元主义"抵制"美国化"运动，进而倡导各族裔文化共存的主张不同的是，"多元文化主义"具有更加浓厚的政治色彩和更加宽广的影响范围，它的诉求不仅在于赢得美国社会对不同族裔（特别是有色族裔）文化和传统的尊重，还包括将种族平等的理念真正落实到政治、经济、教育等现实生活的方方面面，使"多元文化主义"不仅成为一种描述美国族裔构成的理论，更成为社会实践性极强的指导原则，并借助政府法令的力量加以实施。

其中，"多元文化主义"贯彻最深入、影响最大的莫过于美国高等教育和学术界，不仅使美国大学学生和教师队伍在肤色和性别组成方面发生了很大变化，也掀起了一场人文和社会学科体系及教学内容的革命，包括增设针对少数族裔、妇女、同性恋等边缘群体而展开专门研究的课程和学科，将非西方文化、非欧美历史等课程列为大学必修课，甚至对作为传统大学通识课的西方文明相关课程发起了联合抵制。[1] 然而，"多元文化主义"对现行美国政治和教育体制的影响不免引起保守派的恐慌和焦虑，其中，芝加哥大学教授艾伦·布鲁姆于1987年出版的《美国精神的封闭》被认为打响了美国大学校园的"文化战争"，并在《纽约时报》的畅销书榜停留长达30周之久，一时间成为美国学界热议的焦点。按照布鲁姆的论述，20世纪后期美国大学一味追求的"多元文化主义"理念和"政治正确"原则严重破坏了传统的大学精神和西方经典人文思想，当"真理被看成是相对的，任何事情都不存在对错之分"的相对主义价值观泛滥于美国大学，其后果是美国大学生对所谓多元文化表现出了毫无原则的包容和

---

[1] 如加州大学伯克利分校要求学生必须选修西方文化之外的其他两个文化相关的课程方能毕业；又如，1987年，斯坦福大学学生拉出"嘿喂，嘿喂，西方文明滚出去"（"Hey hey, ho ho, Western Civ has got to go"）的标语，抗议大一"西方文化"课程教材中的欧洲中心主义文本和对女性作家的忽视。

开放,并将多元化、自我中心、性解放等作为一种时髦的美德,但实际上,这是一种道德的退化与心灵的闭塞。①

事实上,"多元文化主义"引燃的"文化战争"针对的不仅仅是美国传统的大学教育,更涉及美国如何界定自己的价值观和民族属性。通过重新解读人类文明史和重新书写美国国家史,"多元文化主义"不仅倾覆了西方经典在人文社会学科领域的主导地位,更打破了白人—盎格鲁—撒克逊—新教价值观代表普世真理的神话,以期由此重新定义美国的主流文化与价值体系。广义而言,"多元文化主义"强调少数族裔和边缘群体在政治、经济、文化等各个层面所享有的平等地位和民主权利本是无可厚非的,但在实际执行中,它有意压制以盎格鲁—撒克逊群体为核心的传统美国主流社会从而捍卫昔日边缘群体的利益,其目的在于颠覆"大熔炉"的美利坚民族形象以重新确立美国的民族性,这不免引发美国学界有关"多元族裔—统一民族"问题的大论战。不可否认的是,继"熔炉论""文化多元主义"之后,"多元文化主义"为诠释美国的族裔关系和美利坚民族特性提供了新的思路,特别是弥补了有色族裔曾被排除在外的缺陷,但在强调"多元"异质性的同时,多元文化主义者往往忽视甚至力图摆脱"统一"的共识性,以至于在某种程度上催生了"为了多元而多元"的族裔崇拜,"消解了构建民族认同不可或缺的一致性"②。用新保守主义者克里斯托尔的话说,"多元文化主义"正是其所谓的"新的冷战"的一部分,它对西方文明的扭曲和肢解流露出极权主义的特点,"如同昔日的纳粹和斯大林主义,多元文化主义正在向西方开战"③。美国自由派历史学家小阿瑟·施莱辛格坚决反对多元文化主义推行的族裔崇拜,认为这种做法只会夸大族裔间的差别、滋生族裔沙文主义并激化族裔间的敌对情绪,美利坚合众国也将由于"碎片化、种族重新隔离和部落化"④ 而成为美利坚"分"众国。尽管小施莱辛格承认美国历史上的种族主义污点和现实中的种族歧视问题,但他反对将美国解释为分离的种族的集合体,同时,欧洲文明作为美国立国和发展的基础是不争的事实,不同族裔的美国人对自由、平等、民主等政治理念的追求是共同的,不应有对立的意识形态和价

---

① Allen Bloom, *The Closing of the American Mind: How Higher Education Has Failed Democracy and Impoverished the Souls of Today's Students*, New York: Simon & Schuster, 1987, pp. 74 – 75.
② David A. Hollinger, *Postethnic America: Beyond Multiculturalism*, New York: Basic Books, 1995, p. 102.
③ Irving Kristol, *Neoconservatism: The Autobiography of an Idea*, p. 52.
④ Arthur M. Schlesinger Jr., *The Disuniting of America*, p. 18.

值观冲突。① 美国社会学家阿尔文·施密特也为美国的"多元文化主义"之殇敲响了警钟,通过援引南斯拉夫因"拒绝文化同化,保留族裔意识,并延续多语政策"而最终酿成了"民族相互仇恨和杀戮"② 的惨剧,他尖锐地批评"多元文化主义"可谓当代美国的"特洛伊木马",它正在从美国内部瓦解作为一个"文化大熔炉"的统一的美利坚民族形象。

事实上,推行"多元文化主义"并不意味一定要否认美国人有一个共同的传统,也并不代表一定要颠覆各个族裔可以共享文化与价值观的共识,就连多元文化主义美国史学③的代表人物盖瑞·纳什也曾发出警告:为了避免将所有事物的重要性和地位一味等同的"简单多元论",多元文化主义者必须"就什么是美国文化的核心达成一致意见"④。可以说,"多元文化主义"的初衷在于消解种族歧视、为边缘群体争取到应有的公民权利,并非各个群体的"各自为营",更非分裂美利坚合众国。因此,如何既尊重多元族裔又捍卫美利坚民族统一,如何既保留多元文化传统的异质性又维护美国作为一个民族整体的共识性,成为冷战结束后的美国在"他者"陷落、"自我"危机之外面临的另一挑战。

四 "9·11"事件与美国民族性再建构

福山的"历史终结论"将冷战的结束解读为西方自由民主体制和资本主义意识形态的集体胜利,而对长期以来自我标榜为自由民主资本主义体制代言人的美国来说,苏联的解体无疑再次验证了"美国必胜论"。在1991年珍珠港事件50周年的纪念活动中,时任美国总统乔治·布什发表演讲宣称:"现在,冷战的结束标志着我们迎来了本世纪的第三次胜利。如同1919年和1945年,威胁我们国家安全的敌人已经不复存在。"⑤ 美国学者詹姆斯·博格曾总结道,从最早移居新大陆的清教徒开始,美国人就

---

① Arthur M. Schlesinger Jr., *The Disuniting of America*, p. 103.
② Alvin J. Schmidt, *The Menace of Multiculturalism: Trojan Horse in America*, Westport, Conn: Praeger Publishers, 1997, p. 17.
③ 民权运动不仅揭露了美国社会长期存在的种族主义歧视现象,更暴露了传统美国史学掩盖或忽视的社会深层矛盾,进而促发了历史学界对美国历史的重新思考,由此诞生了多元文化主义的美国史学。这种新美国史学抛弃了以精英人物为核心的研究方式,而将传统史学不曾关注的少数族裔和妇女群体作为研究重点,重新梳理并阐释了美国历史的发展。
④ Gary Nash, "The Great Multicultural Debate", *Contention*, Vol. 1, No. 3, 1992, pp. 23 – 25.
⑤ 转引自 Tom Engelhardt, *The End of Victory Culture: Cold War America and the Disillusioning of a Generation*, New York: Basic Books, 1995, p. 214。

一直怀有一种"后末世"情结,即坚信美国拥有瑕不掩瑜的完美以及战胜一切敌人的力量。博格进一步指出,尽管美国历史上不乏"真实存在且显而易见的不完美——如奴隶制及其遗留问题,对印第安人的暴力和不公正,越南战争等",但"后末世"情结总能将美国历史的污点解读为追求自我完美的救赎过程,① 如同托马斯·潘恩声称的"将世界重来一遍"的口号,美国坚信自己的正义,而胜利也必将属于自己。② 不难看出,如同对"上帝选民"和"新迦南"的虔诚笃信,对"世界最后的最佳的希望"和"天定命运"的坚定信心,"美国必胜论"是"美国例外论"的另一种形式,也是体现美国民族特质的重要共识之一。

然而,就在新千年伊始,"美国必胜论"遭受了突如其来的致命打击,老布什在冷战结束后发表的"美国无敌"论断也在10年后的小布什政府遭遇滑铁卢。2001年9月11日,两架被恐怖分子劫持的飞机击垮了纽约世贸大厦双子塔,夺走了将近3000个生命。这场骇人听闻的恐怖袭击一时间令世界陷入"失语":法国哲学家雅克·德里达坦言语言在这场灾难面前的无力,因为语言不过"沦为了机械地宣告时间并无尽地重复这种宣告"的工具,而"这个'事件'本身、发生地及其意义都无法言喻,就像一种毫无概念可循的直觉"③;另一位法国哲学家让·波德里亚也感慨道:"'9·11'事件不仅反转了历史和权力的游戏,同时也瓦解了任何分析的可能。"④ 事实上,震惊世界的"9·11"事件也为美国历史写下了极不寻常的一章。身为冷战研究专家的美国历史学家约翰·刘易斯·加迪斯曾评价:"除了1944年到1945年日本对珍珠港的偷袭以及在西北太平洋制造的几起炸弹袭击,和1916年墨西哥比利亚领导的游击队对新墨西哥州哥伦布城的突袭,美国自1814年英军攻占华盛顿并火烧白宫和国会山后从未遭受过外

---

① 例如,在1984年里根的一次演讲中,移民美国被赞为一种伟大的国家经历:"我们每个人的根曾遍布世界每个遥远的角落。就连美国本土的印第安人也是数千年前从亚洲跨越一座陆路大桥移居到北美的。"(转引自 James Berger, *After the End: Representations of Post-Apocalypse*, Minneapolis: University of Minnesota Press, 1999, p. 134)显然,这种解读淡化了美国早期殖民时期残暴杀戮印第安人的罪行,转而通过将印第安人也归为北美移民群体之一来颂扬新世界的吸引力。

② James Berger, *After the End: Representations of Post-Apocalypse*, pp. 133 – 134.

③ Giovanni Borradori, Jacques Derrida, and Jurgen Habermas, *Philosophy in a Time of Terror: Dialogues with Jurgen Habermas and Jacques Derrida*, Chicago: University of Chicago Press, 2003, p. 86.

④ Jean Baudrillard, *The Spirit of Terrorism and Requiem for the Twin Towers*, trans. Chris Turner, London: Verso, 2002, p. 51.

国势力对美国国土的直接入侵。"[1] 广义而言,"9·11"事件不仅拷问了美国自认为无懈可击的安全防线,更动摇了"美国必胜"的自我认知,正如德国哲学家尤尔根·哈贝马斯的评述:"世贸大厦双子塔是曼哈顿天际不可取代的标志,是(美国)经济实力和未来图景的有力象征……袭击者不仅摧毁了曼哈顿的最高建筑,更粉碎了美国民众心目中的国家圣像。"[2] 按照美国文学评论家塞缪尔·科恩的说法,"9·11"事件使美国民众不仅陷入对国家安全的担忧,更因"意识到人类发展的历史并非沿着走向自由民主的进步轨迹,而是充满了偶然和随机性,并且相当脆弱"而倍感恐慌。[3] 不难想见,当代表无限荣耀的双子塔化为废墟瓦砾,当自诩举世无敌的世界霸主在自家地盘遭遇公然挑衅,"美国将何去何从"也成为整个世界关注的焦点。

然而,从另一方面来看,"9·11"事件使冷战结束后丧失"他者"的美国重新找到了一致对外的目标,民族凝聚力也在时隔10年后达到了空前的新高度。"9·11"事件带给美国社会最直观的影响莫过于美国民众高涨的爱国主义情绪:从政府大楼到普通民宅,从交通工具到商业广告,整个美国成了国旗的海洋,[4]"上帝保佑美国"成了最常用的流行语,公共场所随时可以听到人们高唱"我们一定得胜,正义属于我们"的美国国歌《星条旗》以及爱国主义歌曲,甚至有人背诵起了《效忠誓词》:"我宣誓效忠美利坚合众国国旗及其所象征的共和国,国家一体,自由公正与我们同在……"美国全国民意研究中心[5]的调查显示,"9·11"事件发生后不久,美国民众在绝大多数国家自豪感的指标上有了明显上升:97.4%的受访者表示"宁愿当美国公民也不当其他任何国家的公民",比"9·11"事件前增加了7%;85%的受访者坚信"美国比其他国家都要好",比之前增加了5.1%;49%的受访者认为"如果其他国家的人都更像美国人,

---

[1] John Lewis Gaddis, "Setting Right a Dangerous World", *Chronicle of Higher Education*, Jan. 11, 2002, http://chronicle.com/article/Setting-Right-a-Dangerous/7477.

[2] Giovanni Borradori, Jacques Derrida, and Jurgen Habermas, *Philosophy in a Time of Terror: Dialogues with Jurgen Habermas and Jacques Derrida*, p. 28.

[3] Samuel Cohen, "The Novel in a Time of Terror: *Middlesex*, History, and Contemporary American Fiction", *Twentieth Century Literature*, Vol. 53, No. 3, 2007, p. 374.

[4] 据统计,在"9·11"恐袭后美国最大的零售商沃尔玛的国旗销量大增,仅"9·11"当天,沃尔玛就售出了11.6万面国旗,9月11日至13日,沃尔玛共计售出45万面国旗,而在2000年的同一时期,销量仅有2000面。

[5] 美国全国民意研究中心(National Opinion Reseowch Center,简称NORC)成立于1941年,总部设在芝加哥大学,是一家非营利性社团组织。

世界将会更好",比之前增加了 11.1%。①

相比美国人民被激发的爱国主义热情,美国政府对"9·11"事件的反应和解读显得更加"理性",当然目的性也更强。面对"9·11"事件对美国非同寻常的打击,无论是恐怖袭击本身的残酷性还是其挑衅美国世界霸主地位的象征性,小布什政府最迫切的任务是确定可予以还击的美国"敌人",并通过这个"邪恶他者"建构"正义自我"的形象。在 2001 年 9 月 20 日的国情咨文中,小布什明确宣告:"现在所收集到的证据都指向了一个名叫基地的松散的恐怖主义组织……它的目标不是钱,而是重塑世界,并将其极端的信仰强加于全世界的人民。"同时,他进一步指出了"他者"与"自我"的对立特征,"他们痛恨这里所见的一切:一个民选的政府。人民自己任命自己的领导人。他们痛恨自由:信仰自由、言论自由、投票和集会自由,以及表达异见的自由",而"美国之所以成为袭击目标,是因为我们的自由和机遇之灯塔是世界上闪亮、最耀眼的。没有人能够阻挡这自由之光"②。在 2005 年小布什发表的第二任就职演说中,基地组织这个美国的"敌人"进一步扩大并抽象化,演变成为广泛意义上的"邪恶","所有生活在暴政和绝望下的人都会知道:美国不会无视你们所受到的压迫,也不会饶恕你们的压迫者"③。根据 2006 年《美国国家安全战略报告》的进一步解读,"暴政是野蛮、贫困、动荡、腐败以及灾难的集合体,在专制者和专制制度的统治下形成",而美国将"领导越来越多的民主国家,应对(不断升级的恐怖主义)形势的挑战……美国必须继续充当领袖的角色"④。显然,尽管制造"9·11"袭击的是留着大胡子、挎着冲锋枪的恐怖分子及其身后的基地组织,但如同冷战时期的苏联被描绘为专制的、极权的"邪恶帝国","9·11"事件后美国官方建构的"他者"同样是邪恶的恐怖主义及其极端的信仰,它不仅是美国人民更是全世

---

① 参见 Smith, Tom W., Kenneth A. Rasinski and Marianna Toce, "America Rebounds: A National Study of Public Response to the September 11th Terrorist Attacks", *NORC Report*, Oct. 25, 2001, https://www.unc.edu/courses/2008spring/poli/472h/001/Course%20documents/RESOURCES/Misc/National%20Tragedy%20Study.pdf。

② George W. Bush, "Address to a Joint Session of Congress and the American People", Office of the Press Secretary, Sep. 20, 2001, https://2001-2009.state.gov/coalition/cr/rm/2001/5025.htm。

③ George W. Bush, "President Sworn-In to Second Term", Office of the Press Secretary, Jan. 20, 2005, https://georgewbush-whitehouse.archives.gov/news/releases/2005/01/20050120-1.html。

④ *The National Security Strategy of the United States of America*, Mar. 2006, https://www.state.gov/documents/organization/64884.pdf。

界人民的敌人。同时，不言自明的是，美国以"正义领袖"之名再次担当起世界"拯救者"的角色，以自由、民主代言人的身份对"暴政"与"专制"发起进攻，并坚信这场善恶之战的胜利必将属于美国。美国社会学家李普塞特曾总结道："与其他国家不同，我们很少认为自己只是在捍卫本国的利益。由于每一场战争都是善与恶的较量，因此唯一可接受的结局就是敌人'无条件投降'。"① 可以说，尽管"9·11"事件一时间冲击了美国的民族信心，但美国官方对"邪恶他者"和"正义自我"清晰的界定，以及美国终将取得善恶之战的胜利并为世界带去自由和民主的宣言无疑再次诠释了美国标榜的自我形象。

如果说苏联的解体使美国失去了"他者"而不免陷入"自我"迷茫，那么"9·11"事件催生出的新的"他者"无疑为美国再次达成对"自我"认知的共识提供了绝好的机会。正如上文提到的，在冷战结束后的10年间，针对20世纪下半叶以来传统价值观的崩塌和多元文化主义之殇，美国学界从国家内部打响了"文化战争"。尽管这场"内部冷战"的双方都在力图用不同方式诠释并捍卫美国的国家身份和民族认同，但在"敌我"针锋相对地"交战"时也不免相互指责，就像新保守主义代表人物威廉·本尼特的总结，多元文化主义和传统道德价值观的沦陷"事实上已经统治我们主要的文化和教育机构……长达40年了，大牌的教育家和知识分子一直在说、写和教这样的观点，那就是美国并不比其他国家好，甚至可能更坏……而这也造成了使国家虚弱的混乱"②。当"9·11"事件再次将美国凝聚为一个一致对外的整体，美国学界则将突如其来的"外患"与悬而未决的"内忧"联结在了一起，特别是新保守主义通过将国家的政治外交事务置于公民的道德与价值观话语体系之中，将现实主义的国家利益与群情激昂的民众力量捆绑在一起，使爱国主义逐渐走向了民族主义，从而为2003年美国对伊拉克战争奠定了道德"合法性"和民众支持基础。正如本尼特指出的，"9·11"事件之后，"在整个美国，爱国主义热情高涨……正确的愤怒和决心相结合，共同支持我们的领袖，我们的军队，我们的国家。在相当长的一段时间之后，第一次出现了一种明确的、共享的感受，认定这就是我们的国家，一个值得为之战斗的国家"③。很大程度

---

① 〔美〕西摩·马丁·李普塞特：《一致与冲突》，张华青等译，上海人民出版社1995年版，第316页。
② William Bennett, *Why We Fight: Moral Clarity and the War on Terrorism*, Washington: Doubleday Books, 2002, pp. 16 – 17.
③ William Bennett, *Why We Fight: Moral Clarity and the War on Terrorism*, pp. 9, 23.

上,"9·11"事件为新保守主义提供了一种特殊的资源:对外而言,它坚称的美国例外论为美国单边发动战争给予了道义支撑;对内而言,它又以外部威胁为名为自己在"文化战争"中的立场赢得了更多的筹码。

然而,尽管"9·11"事件为美国重申"自我"提供了新的契机,但随着时间的推移,民族主义化的爱国主义逐渐受到美国学界的质疑,小布什政府先发制人的对伊战争和单边主义的对外政策也遭到越来越多的批判。不少学者指出,美国一方面表现出单极霸权国家的形象,另一方面要成为世界的楷模,这本身就是矛盾的;① 而利用"美国例外论"和想象中的"他者"激发美国民众的爱国主义,并为先发制人地发动战争提供合法性,更是虚伪的,甚至"比其他国家更适合'无赖国家'这个称呼"②。小施莱辛格也批评道:"布什总统对美国外交政策进行了重大变革。他颠覆了曾赢得冷战的战略,即通过联合国、北约以及美洲国家联盟这些多边组织,将遏制和威慑结合起来。布什主义颠覆了所有这一切……布什先生采取了先发制人的战争而不是通过防止战争来获得和平的政策。"③ 与此同时,对伊战争造成的巨大生命和财产损耗也使美国民众对政府的反恐战略疑虑重重。尽管"9·11"事件后民众对布什总统的支持率曾有短时间的迅速飙升,但好景不长,从2004年开始,小布什的支持率便逐年下降,直至2006年跌到了30%的历史低谷。④ 另有调查显示,"9·11"事件发生后,民众认为当前国家发展方向正确的人数比例曾在半年内大幅上升,但从2002年下半年开始,质疑或反对的比例再次回到了"9·11"事件前的水平,直至2006年对美国当前发展方向持负面态度的人在受访人群中高达60%以上。⑤ 不仅如此,相比"9·11"事件后美国国内的群情激愤,普通民众对美国对外政策的关注度在之后几年有了显著下降,根据皮尤研究中心进行的逐年民意调查,到了2005年,仅有46%的受访者表示听到了"许多"有关伊拉克局势的消息,40%的人表示听到了"一点点",而

---

① Gary Dorrien, *Imperial Designs: Neoconservatism and the New Pax Americana*, New York: Routledge, 2005, p. 256.
② Arnold A. Offner, "Rogue President, Rogue Nation: Bush and U. S. National Security", *Diplomatic History*, Vol. 29, No. 3, 2005, p. 434.
③ Arthur M. Schlesinger Jr., "Eyeless Iraq", *New York Review of Books*, Oct. 23, 2003, https://www.nybooks.com/articles/2003/10/23/eyeless-in-iraq/.
④ 参见"Washington Post-ABC News Poll", *The Washington Post*, Jun. 26, 2006, http://www.washingtonpost.com/wp-srv/politics/polls/postpoll_natsecurity_062606.htm。
⑤ 参见"Direction of the Country", Pollingreport Network, Aug. 6, 2006, https://www.pollingreport.com/right2.htm。

有13%的人表示"根本就没听到过"①。

从这个角度看来,"9·11"事件所激发的美国民众的爱国主义热情以及广义而言的美国对"自我"认知的重新凸显犹如转瞬即逝的膝跳反应,而在始终为"内忧"争执不下的美国学界看来,无论是在"9·11"事件之前还是其引发的应激反应之后,民众对国家态度的漠然都在一定程度上反映出美国民族认同的危机。美国政治学家塞缪尔·亨廷顿曾评论道:"尽管'9·11'事件后飘扬的星条旗象征着美国,但它们并未传递到底什么是美国的意义……激增的美国国旗看似是一种更加显性的民族认同,却也同时表现出民众对于这种认同实质内涵的不确定性……9月10日存在的有关美国民族认同本质的争议,在9月11日也并未消失。"② 按照亨廷顿的说法,民族认同问题实际上是当今美国一切社会问题的根源,同时也决定了应当如何界定国家利益,而所谓美国民族认同则包含了围绕"我们是谁"的一系列问题:"我们是指一个民族还是几个民族?如果是一个,那么将如何区分我们和非我们的'他们'?……我们是否像从古到今的'美国例外论'支持者宣称的那样,拥有一种独特的文明?我们是否在本质上只是一个政治共同体,民族认同也仅仅存在于以《独立宣言》和其他建国纲领为代表的社会契约中?我们是多元文化的、双重文化的还是单一文化的,是马赛克式还是大熔炉式的?我们是否存在一种超越了亚族裔、宗教和种族身份的有意义的(统一)民族身份?"③ 在全面分析了当代美国民族认同遭遇的各种挑战后,亨廷顿指出,后"9·11"时期的美国若想重振民族活力,则要重新回到"最早由托马斯·杰弗逊提出、后被广泛认为明确了美国民族性核心要素"的"美国信条"上来。作为"盎格鲁—新教文化的产物","美国信条"主要包括英语、基督教、个人权利、新教个人主义价值观、工作伦理以及"(美国)人们有能力也有责任建造一座人间天堂,即'山巅之城'"等内容,而它"正是曾被包括了不同种族、族裔、宗教信仰在内的所有美国人共同拥护了三个半世纪的文化传统和价值观体系,是(美国)自由、团结、力量、繁荣和道德领导力的源泉"④。如果说美国传统价值观的衰落在冷战结束后成为学界论战的焦点,那么"9·11"事件使美国右翼保守主义越发得势,"文化战争"中"正统派"

---

① 参见 Pew Research Center, "Public's Agenda Differs From President's", *Survey Reports*, Jan. 13, 2005, http://www.people-press.org/2005/01/13/publics-agenda-differs-from-presidents/。
② Samuel P. Huntington, *Who Are We: America's Great Debate*, pp. 8 – 9.
③ Samuel P. Huntington, *Who Are We: America's Great Debate*, p. 9.
④ Samuel P. Huntington, *Who Are We: America's Great Debate*, pp. xv – xvi.

第一章　美国民族性与美国小说：双向建构与跨界互读　33

所倡导的通过回归传统价值观来重构美国民族性的呼声也由此越发强烈。

某种意义上，重回美国传统价值观以重塑美国民族性也为处理"多元族裔—统一民族"共识的问题提供了一种思路。需要指出的是，回归以"盎格鲁—撒克逊—新教"文化为核心的美国传统价值观体系并不代表着犹如历史上"百分之百美国化"运动对多元族裔的强制同化，在经历了"大熔炉""文化多元主义"和"多元文化主义"的洗礼后，尊重并在一定程度上维护族裔文化的异质性已成为美国各界毋庸争辩的共识。然而，正如上文提到的，如何避免多元文化主义之滥觞，以至于威胁统一的美利坚民族仍是21世纪的美国学界亟待解决的问题。美国艺术评论家罗伯特·休斯曾指出："读解美国就像扫描一块马赛克。如果只关注整体，你无法捕捉色彩各异的组成元素。如果只关注内部结构，你又无法欣赏整幅图案。"① 因此，只有怀有一种"多元"与"统一"相辅相成的态度，对"整体"和"内部元素"给予共同关注，才能真正理解美国的民族特质。在诸如克里斯托尔、小施莱辛格等老牌自由主义者看来，保障不同族裔和其他边缘群体拥有平等的公民权利是美国自由民主体制的应有之义，也就是说，保留美国的族裔多元性本身就已彰显了美国独有的民族性，但无论如何"珍视不同文化和传统"，都要同样珍视"凝聚共和国的纽带"，即民主、自由、人权等美国自诞生以来的共识信念。② 美国政治学家迈克尔·沃尔泽在论述"作为美国人意味着什么"时也提出，对"族裔—美国人"而言，当中的破折号应当"发挥加号的功能"，正是两端身份的叠加才代表了真正的美国人身份。美国历史学家大卫·霍林格在详细论述了熔炉论、文化多元主义和多元文化主义理论的发展历史及各自问题后提出了"后族裔性"视角，即以一种"世界主义"的眼光，将每一种文化放置于其他文化的检视之中，并通过"自愿认同"而非单凭血统强行分隔美国不同的族裔群体，主张既承认族裔身份的合法性又避免唯族裔身份论，并"加强国家背景下各族裔、各种族人民之间的团结"③。无论是休斯所言的美国"整体"，还是小施莱辛格强调的"共和国纽带"，无论是沃尔泽提到的破折号右端的"美国"身份，还是霍林格主张的"后族裔性"，都在努力捍卫合众国的国家身份和美利坚的民族认同。为此，美国最根本的政治理念、长期积淀并历经洗礼的文化传统和道德价值观应在各个群体以及

---

① Robert Hughes, *Culture of Complaint: The Fraying of America*, London: Harvill, 1994, p. 17.
② Arthur M. Schlesinger Jr., *The Disuniting of America*, p. 138.
③ David A. Hollinger, *Postethnic America: Beyond Multiculturalism*, pp. 1–3.

全体公民中达成最广泛的共识。毋庸置疑的是，这些共识与亨廷顿所罗列的"美国信条"也有着很大程度的重合。

事实上，托克维尔是在 1831 年抵达美国后寄回法国的第一封信中发出了"美国如何成为美国"的感慨；而到了 1835 年，在对美国社会进行了全面考察之后，在其代表作《论美国的民主》中，他对这个问题给出了自己的答案："在世界上，只有爱国主义或宗教能够使全体公民持久地奔向同一目标前进"，就美国而言，凭借"反思的爱国主义"和"民主的、共和国式的（公民）宗教"①，缺乏共同语言、信仰和观念的美利坚民族凝聚为了一个整体，来自世界所有国家的人们达成了"我们是谁"的共识，而所有这一切都在不断诠释"何为美国"。多年后，美国学者阿瑟·曼同样总结道："很大程度上，美国历史是不断自省的历史——有自我肯定与赞美、也有自我批判甚至自我责罚，同时，它也见证了美国民族对自我重生的不懈追求。"② 就像冷战结束后的美国从遏制"外患"转向解决"内忧"，就像"9·11"事件后的美国又从一致对外的众志成城转向回归"美国信条"的自我重塑。反观当下，从小布什到奥巴马再到特朗普，无论共和党与民主党的执政理念如何变奏，一直萦绕的是"何为美国"与"我们是谁"的纷争，对美国民族性的反思与再建构也不曾停歇。

第二节　美国文学与民族性的双向建构：以"伟大的美国小说"为例③

一　小说与民族性建构

就大致时间而言，西方小说的兴起与欧洲民族主义的兴起几乎同步发生，与其说是一种巧合，不如说更多源于两者之间相辅相成的内在关联。根据学界公认的说法，西方真正意义上的小说诞生于 18 世纪的英国。那正是大英帝国海外殖民大幅扩张、资本主义工业文明蓬勃发展的时代，以商人、乡绅和专业人士为代表的"中间阶层"迅速崛起，而随着其经济能

---

① 〔法〕托克维尔：《论美国的民主》，董果良译，商务印书馆 2004 年版，第 105、676 页。
② Arthur Mann, *The One and the Many: Reflections on the American Identity*, p. 47.
③ 本节部分内容原载于《华东师范大学学报》（哲学社会科学版）2020 年第 2 期。

力对社会的影响力逐渐提升扩大,他们对确立自身文化身份的合法性的渴求也越发强烈。作为一种有别于宗教寓言、历史纪实、英雄史诗和民谣传奇的新兴文学体裁,小说凭借主观的视角、对日常生活细节的关注和对人物精神情感的敏锐而成为中产阶级的专属文类。与此同时,得益于现代印刷出版业的成熟壮大,小说成功突破了空间区隔、时间不同步等传播限制,使其散居各地的读者通过相似的阅读体验而凝聚成为一种无形的共同体。如果说工业革命催生的国家经济网使这些"中间阶层"跨越家庭、社群的界限而感受到与其同一政治隶属的同胞之间的关联,小说及其创造的精神情感空间更为他们在思想文化层面找到了共同的归宿,从而为他们建构了兼具政治和文化双重维度的身份认同。[①]

事实上,小说不仅促进了读者对自己政治和文化身份的感知,更在广义层面建构了民族国家身份本身。19世纪法国哲学家、历史学家欧内斯特·勒南在其著名的《民族是什么》一文中曾定义"一个民族"是"一种灵魂,一种精神原则",而构成这个灵魂的要素主要有两种成分:一是"(人们所拥有的)相同的记忆遗产",二是"维护这种遗产的完整性并使之不朽的意愿"[②]。在20世纪探讨民族主义的经典著作《想象的共同体》中,美国学者本尼迪克特·安德森进一步扩展了这个隐喻,将民族国家定义为一种集体想象,并详细阐释了印刷资本主义对建构这种想象、催生一种文化价值认同的重要作用。安德森在书中特别强调了小说的作用:与同是印刷媒体的报纸相似的是,小说实现了国家权力语言的标准化、提升了民众的识字能力、消除了相互之间的沟通隔阂,但超越报纸传媒的是,小说通过戏剧化的表现方式使人们具化了对国家结构、生活方式的感知。安德森以一部拉美小说为例阐述道,当"一个孤独英雄游走在一个固定的社会空间,这个空间把小说内外的世界融合起来"时,读者形成的是对一个特定民族的"想象",因为"这个包括了收容院、监狱、偏远乡村、修道院、印第安人、黑人的空间并不是世界的范围,而是受到了明确的限定"[③]。在安德森看来,通过对众多具有强烈民族国家代表性的人和物的刻画,小说激发的是读者对一个存在于文字虚构世界的共鸣,将这些共鸣串

[①] 参见 Ian Watt, *The Rise of the Novel*: *Studies in Defoe, Richardson and Fielding*, Berkeley: University of California Press, 1957。

[②] Ernest Renan, "What is a Nation?" in Homi K. Bhabha ed., *Nation and Narration*, London: Routledge, 1990, p. 19.

[③] Benedict Anderson, *Imagined Communities*: *Reflections on the Origin and Spread of Nationalism*, London: Verso, 1983, p. 30.

联起来，便形成了一系列对民族国家特征的共识，所谓的"民族性"也应运而生。

然而，需要指出的是，并非所有小说都具备同等的建构"民族想象"的能力，只有那些勒南所言的蕴含"相同记忆以及留存记忆的意愿"，以及安德森所言的具有鲜明代表性从而引发群体共鸣的"民族小说"才是建构"想象的共同体"的重要力量。尽管讨论"民族"与"民族小说"孰先孰后无异于陷入"鸡生蛋"还是"蛋生鸡"的循环论证，但不能否认的是，倘若因循安德森的理论，即民族国家是一种经由语言被"想象"出的"人工制品"，创造"民族小说"的最大驱动力不外乎民族内部对确立其身份特性及文化合法性的迫切需求。正如生于马提尼克的法国作家、著名的加勒比文化批评家爱德华·吉利桑特所指出的，"民族文学凸显之时，正是一个族群的集体存在被质询、从而极力为这种存在找寻理由的时候"①，可以说，民族文学与民族国家之间存在一种互为建构的双向作用关系。

无论是民族文学对民族国家的建构力量，还是民族国家对民族文学的强化作用，在美国都表现得格外引人注目。作为一个现代民族国家，美国可谓"最典型的想象的共同体"，用美国历史学家西奥多·H. 怀特的话来说，与其他建立在相同地域、世代传袭的文化习俗基石上的民族国家不同的是，"美国是由一个观念产生的国家。不是美国这个地方，而是美国独有的观念缔造了美国"②。综观美国历史，从自视为"上帝选民"的早期清教徒致力于打造宗教理想国，到建国之父承继了欧洲启蒙思想衣钵却毅然决然与"暴政""奴役"盛行的宗主国决裂，再到自称为"政治上的弥赛亚"的扩张主义者视"要对美洲行善，还要解救整个世界"③ 为上帝赋予自己的使命，再到将苏联视为"邪恶的帝国"，而重新为世界树立榜样是自己责无旁贷的任务，支撑美利坚民族"集体想象"的核心要素不外乎自由、民主、平等、理性等观念。然而，观念的抽象性使"集体想象"在不断变化的历史、社会、文化现实语境下不免遭遇质询与挑战，甚至面临解构的危机，于是，对美国民族性的建构、反思与再建构同样贯穿了整个历史。在此过程中，美国文学特别是美国小说可谓立下了汗马功劳。著名

---

① Edouard Glissant, *Caribbean Discourse: Selected Essays*, trans. J. Michael Dash, Charlottesville: University Press of Virginia, 1989, p. 104.
② Theodore H. White, "The American Idea", in Diane Ravitch ed., *The American Reader: Words That Moved a Nation*, New York: Harper Collins Publishers, Inc., 2000, p. 572.
③ Herman Melville, *White Jacket*, London: Oxford University Press, 1924, pp. 142–143.

美国作家拉尔夫·艾里森在其 1967 年题为《小说作为一种美国民主的作用》的讲座中曾明确表示:"小说既不是由美国人,也不是为了美国人而发明的,但我们很可能是最需要它的民族……在我看来,(美国)小说一直关注国家身份的概念。我们代表什么?我们是谁?……是什么阻止我们实现理想?"① 而在美国文学批评界,这些积极参与美国民族性建构—反思—再建构的小说有一个有力却含混的称号,那就是"伟大的美国小说"。

二 "伟大的美国小说"美学风格批评流变

从构词法的角度分析,"伟大的美国小说"用了"伟大"和"美国"两个限定词来定义,而含混也正源于此:它指的是普遍文学意义上的美国人写的"伟大小说"?还是特指"美国小说"中那些可称为"伟大"的部分?如果是后者,"伟大"的评判标准又是什么?为了消解这个含混,我们不妨追根溯源,一探这个名字诞生之时的样子。1868 年 1 月,美国内战军人兼作家的约翰·福莱斯特在《国家》杂志发表的文章中首次提出了"伟大的美国小说"概念,按照他的设想,那应是一部在覆盖了美国所有地域和文化领域的画卷上,通过描写"美国经历的普通情感及行为方式"来捕捉"美国灵魂"的作品,并拥有萨克雷、特鲁姆普、巴尔扎克那样的欧洲文学巨匠的气势。② 身为昔日联邦军的将领,福莱斯特在内战结束后不久提出对美国小说的期许,不难看出他对文学给予的统一合众国的厚望,也不难理解他为何反感过于"地方化"的美国小说,而青睐像斯托夫人《汤姆叔叔的小屋》那样的具有"横跨国家维度的场景、真实客观的人物刻画、自然不做作的表达方式"的作品。③ 但在今天看来,福莱斯特对"伟大的美国小说"的定义有其不可避免的局限。哈佛大学教授、美国文学批评家劳伦斯·布伊尔在其《伟大的美国小说之梦》一书中曾如此评价福莱斯特:"一个白人、盎格鲁、北方的美国佬,身处内战刚息却尚有余温、现实主义小说正日渐兴盛的时代,那时的评论界还没把白人新教徒之外的作家放在眼里。"④ 事实上,即使在当时,"伟大的美国小说"概念也不乏争议,就在福莱斯特提出不久后,亨利·詹姆斯便对它表现出了不屑

---

① Ralph Ellison, *The Collected Essays of Ralph Ellison*, John F. Callahan ed., New York: Modern Library, 1995, pp. 764 – 765.
② 转引自 Lawrence Buell, *The Dream of the Great American Novel*, Cambridge, Mass.: Harvard University Press, 2014, p. 24。
③ Lawrence Buell, *The Dream of the Great American Novel*, p. 24.
④ Lawrence Buell, *The Dream of the Great American Novel*, pp. 24 – 25.

一顾的态度,甚至嫌这个名字太长太复杂而只是轻蔑地称它为"G. A. N"①,就连美国现实主义小说之父威廉·迪恩·豪威尔斯也不以为然,用他的话来说,"哪怕'伟大的美国小说'不是一个伪概念,也很难让人相信(它的存在)"②。

尽管如此,自此以后的美国文坛、出版界以及评论界,都对"伟大的美国小说"概念念念不忘。根据布伊尔的研究,在19世纪60年代后期到20世纪20年代初的那段时间,"伟大的美国小说"简直成了美国文学报道的口头禅,虽然没人能给它一个比福莱斯特更清晰、更令人信服的定义,甚至可以说,它"根本不是一种(文学批评)理论,而是一种狂热的追逐,是一个令无数人心驰神往的梦"③。而到了20世纪20年代后期,随着被认为是美国研究奠基之作的维农·派灵顿《美国思想主流》三卷本的出版,以及诸如耶鲁、哈佛等一些美国知名高校开始陆续设立美国文学和美国思想的独立课程与学科体系,美国文学批评日渐走向了专业化,挖掘美国文学中的"美国性"、建构美国"民族文学"成为众多文评家的一致使命,而对"伟大的美国小说"的评判也随之逐渐清晰。

从美学风格角度,20世纪美国文学评论界对"伟大的美国小说"的界定尝试经历了从现实主义到传奇小说,再到多元主义修正的流变。随着派灵顿将"冷峻的现实主义精神"确立为美国思想的未来方向,④三四十年代的文评界同样将美国现实主义小说奉为美国民族小说的代表,如将伊迪斯·华顿盛赞为"最重要的美国小说家"⑤,将西奥多·德莱赛的《美国悲剧》推崇为"迄今为止美国作家创作的最伟大、最有力量的小说"⑥,将约翰·多斯·帕索斯视为可与巴尔扎克比肩的美国小说巨匠。⑦然而,到了20世纪50年代,评论界一改对现实主义小说的偏爱,著名美国文学评论家莱昂内尔·特里林在其颇具影响力的《自由的想象》一书中称,现

---

① G. A. N (Great American Novel) 为"伟大的美国小说"英文首字母缩写,转引自 Lawrence Buell, *The Dream of the Great American Novel*, p. 1。
② 转引自 Lawrence Buell, *The Dream of the Great American Novel*, p. 23。
③ Lawrence Buell, *The Dream of the Great American Novel*, p. 29.
④ Vernon L. Parrington, *The Beginnings of Critical Realism in America 1860 – 1920*, New York: Harcourt, 1930, p. xxviii.
⑤ Arthur Hobson Quinn, *American Fiction: An Historical and Critical Survey*, New York: Appleton, 1936, pp. 722 – 723.
⑥ Harlan Hatcher, *Creating the Modern American Novel*, New York: Farrar and Rinehart, 1935, p. 53.
⑦ George Snell, *The Shapers of American Fiction 1798 – 1947*, New York: Dutton, 1947, p. 256.

实主义只是"美国年轻时的梦想之一",让小说担负起"满足社会需求"这个不可能完成的重任,迫使其"为了实现自己的社会功用而放弃关注那些无意识的、含混的、俏皮的存在"[1];另一重要文评家菲利普·拉夫甚至直接将矛头对准了多斯·帕索斯,称其过度渲染了"社会症候",而对"个体生活"的关注不足,从而破坏了"个人经历的完整性"[2]。此时的评论界将目光转向了"传奇小说",将"传奇特征"定义为美国小说的"美国性"。用美国文化批评先驱莱斯利·费德勒的话来说,"当代美国作家早已不再相信一部艺术作品的好坏取决于它是否精准地表现了日常用语,或是直白地描绘出芝加哥贫民窟的可怕,对我们来说,艺术作品的价值在于它的象征性深度和引发的共鸣感"[3]。在1957年出版的《美国小说及其传统》一书中,作者理查德·蔡斯从霍桑、麦尔维尔、詹姆斯、菲茨杰拉德、福克纳等作家的代表作品中阐述了"传奇"如何是一种具有典型"美国性"的文学传统,因为在他看来,美国小说的"传奇"特征根植于美国独有的思想文化,即"新英格兰精密而深邃的清教主义,源于启蒙时代的怀疑与理性思想,以及富有想象自由的超验主义"[4]。20世纪五六十年代出版的一系列美国文学评论著作,如 R. W. B. 刘易斯的《美国的亚当》、莱斯利·费德勒的《美国小说中的爱与死》[5]、丹尼尔·霍夫曼的《美国小说中的形式与寓言》[6]、查尔斯·菲德尔森的《美国文学中的象征主义》[7]等一致将美国小说的独特之处归于通过象征主义意象、隐喻等手法表达深邃内涵的"传奇"特色,用拉尔夫的话说,"运用规划好的错综技法敲开既定现实的结构,从而释放出潜藏于背后的能量"[8]。可以说,在20世纪50年代的评论家眼中,霍桑、麦尔维尔、马克·吐温、詹姆斯、

---

[1] Lionel Trilling, *The Liberal Imagination: Essays on Literature and Society*, New York: Doubleday & Company, Inc. 1953, p. 278.

[2] Philip Rahv, *Image and Idea: Twenty Essays on Literary Themes*, Norfolk, CT: New Directions, 1957, p. 150.

[3] Leslie Fiedler, *An End to Innocence: Essays on Culture and Politics*, Boston: Beacon, 1955, p. 196.

[4] Richard Chase, *The American Novel and Its Tradition*, New York: Doubleday Anchor Books, 1957, p. x.

[5] Leslie Fiedler, *Love and Death in the American Novel*, Champaign: Dalkey Archive Press, 1960.

[6] Daniel Hoffman, *Form and Fable in American Fiction*, Charlottesville: University of Virginia Press, 1961.

[7] Charles Feidelson, *Symbolism and American Literature*, Chicago: University of Chicago Press, 1953.

[8] Philip Rahv, *Image and Idea: Twenty Essays on Literary Themes*, p. 142.

菲茨杰拉德、海明威、福克纳等人的作品才是真正的"伟大的美国小说"。然而，以"传奇小说"的美学风格界定"伟大的美国小说"的共识很快也遭到了挑战。随着60年代中后期一系列民权运动的风生水起，文评界也发起了一场针对美国文学经典的多元主义修正运动，为此前完全被白人男性作家作品占领的文学经典注入了有色群体、少数族裔以及女性作家的力量。弗雷德里克·道格拉斯、W.E.B.杜波依斯、佐拉·尼尔·赫斯顿、理查德·怀特、拉尔夫·艾里森、詹姆斯·鲍德温、托尼·莫里森等黑人作家，墨西哥裔女作家玛拉·鲁伊兹·德波顿、华裔女作家汤亭亭、印第安裔作家纳瓦雷·斯科特·莫马迪和莱斯利·希尔科等人作品相继在"伟大的美国小说"榜单中收获了一席之地。

事实上，这场关于"伟大的美国小说"的美学批评流变并非那么"纯粹"，其背后有着深刻却微妙的社会、文化和政治动因。对此，布伊尔总结评述道，20世纪中叶评论界"对美国小说进行全新界定，将其归为一种高深而精妙、唯有通过专业启蒙和刻苦训练才能被解读的象征表演，不得不让人怀疑这不过是为了给高雅文化构筑一道防火墙，以抵御日渐崛起的大众文化"[①]。不仅如此，不难发现的是，蔡斯、费德勒等人之所以对"传奇"大加赞赏，很大程度上源于他们认为相较欧洲的现实主义，"传奇"赋予了美国小说更多的"个性"与"自由"，而追捧这种小说的"美国性"无异于颂扬诸如"个人主义""自由"等思想文化的"美国性"，这在冷战硝烟渐浓的50年代可谓对抗苏联的一种暗器。而七八十年代重构美国文学经典更是民权运动、多元文化主义的直接产物，其强化的依然是"自由""平等""民主"等美国基本价值观。可以说，无论是出于对冷战自由主义的虔诚，抑或是为边缘群体争取应有的地位，建构、重构以及扩充壮大"伟大的美国小说"的努力源于对美国民族性的建构、反思与强化，同时又进一步助推了这一过程。

三 "美国梦"：美国版的成长小说

相较美学风格，小说与民族性建构的双向互动关联在作品的主题内容上表现得更为明显。就"伟大的美国小说"而言，如果说表现技法和作者身份为其提供了一种参考维度，那么同样重要甚至更重要的评判标准应是小说内容是否足够"美国"，其广度与深度是否配得上"伟大"的头衔。在《伟大的美国小说之梦》一书中，尽管深知对于这样一个指涉含混、边

---

① Lawrence Buell, *The Dream of the Great American Novel*, p. 51.

界模糊的文学概念，无人能给出一个经受得住时代考验的完美定义，布伊尔仍明确指出了两条基本原则：其一，"如果'伟大的美国小说'仅聚焦一个个体人物，就像《哈克贝利·费恩历险记》那样，那么这个人物应在某种意义上具有社会典型性"；其二，"一部'伟大的美国小说'不能局限在对特定生活和事件的排演，而应当（哪怕隐晦地）呈现对美国历史、文化及其核心机制——如民主、个人主义、资本主义、地方主义、移民、扩张主义、标志性景观、人口结构等方面的重要思考"[1]。布伊尔紧接着提醒，"伟大的美国小说"并非颂扬"美国伟大"的小说，早在19世纪70年代美国发表的一篇题为《文学与国家》的文章[2]就曾声明"最高贵的文学……从来不源于自我吹捧"，即使是当年福莱斯特认为的最符合"伟大的美国小说"标准的《汤姆叔叔的小屋》也暗含着对现状的嗟叹与抨击。[3] 很大程度上，"伟大的美国小说"的"伟大"正是在于它一方面诠释了典型的"美国性"，另一方面充满了对这种"美国性"的审慎思考。从另一个角度来看，不断反思、修正"美国性"同样使构筑"美国性"的核心观念得以强化，这正是存续民族"集体想象"的奥秘。

提到美国小说对"美国性"的反思式呈现，最典型的代表莫过于有关"美国梦"的故事。正如美国政治学家沃尔特·李普曼对美国形象的描述，"凝聚美国为一体的纽带不在于对过往的虔诚与敬意，而在于民族坚定的使命感和对繁荣未来的笃信。一直以来，美国不仅仅是一个国家，更是一个梦想"[4]，"美国梦"可谓美国历史最悠久、最具民族特质的概念。早在美利坚合众国还未诞生的17世纪，远渡重洋的清教徒就确立了在新大陆打造"山巅之城"的神圣蓝图；18世纪，"生命、自由和对幸福的追求"被写入美国建国的纲领性文件，正式成为这个国家对所有美国公民的郑重许诺；19世纪，"自力更生、安居乐业"的梦想支撑着万千拓荒者在西部贫瘠的荒野开辟丰沃的生活；20世纪30年代，美国历史学家詹姆斯·亚当斯正式确立"美国梦"这一语汇，用"在这个国家的梦想中，每个人根据自己的能力和成就，都有机会过上更好、更富足、更充实的生活"[5] 的

---

[1] Lawrence Buell, *The Dream of the Great American Novel*, p. 29.
[2] 该文章发表于1874年的《每个星期六：有关阅读选择的期刊》(*Every Saturday: A Journal of Choice Reading*)，该杂志在19世纪六七十年代美国颇具公众影响力。
[3] Lawrence Buell, *The Dream of the Great American Novel*, p. 30.
[4] Walter Lippmann, "National Purpose", in John K. Jessup et al. eds., *The National Purpose*, New York: Holt, Rinehart & Winston, 1960, p. 125.
[5] James T. Adams, *The Epic of America*, Boston: Little, Brown and Company, 1933, p. 374.

注解帮助美国民众驱赶大萧条的阴霾；21世纪初，奥巴马用"美国梦"为题发表自己的总统竞选演说，而他具有划时代历史意义的当选无疑是"这个所有美国人共享信仰"的最佳诠释。"美国梦"这个融合了启蒙精神、宗教信仰、人性愿望和社会机制保障的概念，成为美国在世界舞台最具影响力的代言，令无数移民心驰神往，被美国政客挂在嘴边，也为美国各界津津乐道。

综观美国文学史，"美国梦"同样备受瞩目。单就"伟大的美国小说"而言，倘若参照布伊尔给出的两条原则，不难发现，有相当数量的作品钟情于讲述一个普通人物不普通的成长经历，而这些典型美国人物的典型"美国梦"的故事更从不同角度审视了美国本身。在广义文学层面，这种小人物的成长故事并非美国原创，更非美国独有。早在现代小说诞生之前，从阿拉丁和灰姑娘的神话传说，到约翰·班扬《天路历程》的宗教寓言，讲述主人公的成长传奇经历的故事不胜枚举。而到了现代小说诞生，其主要特质之一便是与古代史诗和中古传奇划清界限，从英雄的浪漫传奇转向更为读者熟知的普通人的日常生活故事，这与欧洲启蒙时代以来不断发展的自由个人主义和民主体制不无关系。歌德于1796年出版的《威廉·梅斯特的学徒生涯》被认为开创了成长小说的先河，后经苏格兰作家托马斯·卡莱尔翻译成英文而广为世界所知，进而被英、法等国小说家竞相效仿，19世纪中叶到20世纪初欧洲小说家热衷的题材之一就是出身卑微的小人物在与大环境进行抗争、妥协中走向成熟的故事。根据意大利著名文学批评家佛朗哥·莫瑞蒂有关欧洲成长小说的研究，这些作品对主人公的形象塑造大致经历了两种范式：早期如勃朗特的《简·爱》、狄更斯的《大卫·科波菲尔》等现实主义小说主要关注的是个体"自主的理想"与"社会化的需求"之间的冲突与和解，后期如乔伊斯的《青年艺术家的画像》等现代主义作品则更集中表现现代社会"越发冷漠无情的体制"与"个人主体性的破碎"，其主人公多有着分裂、失败，或是悬而未决的成长结局。[①] 很大程度上，欧洲成长小说的着眼点在于觉醒的个体意识与根深蒂固的社会等级制之间的对抗，而其人物宿命多半由是否能够被"社会化"而决定。根据杜克大学英文教授南希·阿姆斯特朗的观点，19世纪英国成长小说普遍塑造的是一种"为了适应某种身份而不得不放弃一部分主

[①] Franco Moretti, *The Way of the World: The Bildungsroman in European Culture*, trans. Albert Sbragia, London: Verso, 2000, pp. 228–233.

体性"的人物形象,① 它所表达的"个人主义"思想是不彻底的,因为这些小说中的个体只有在与"社会集体"和谐共处的时候才被认为"全面地实现了自我"②。

相较而言,美国版的"小人物成长记"却有着截然不同的内在逻辑。从"新世界"与"旧世界"的对立开始,"美国梦"中就暗含着美国是与欧洲相反的"自由、开放、平等"国度的预设。当"美国梦"内化为美国民族的"集体无意识",典型美国人的成长轨迹中最闪亮的是"自我"的作用,即通过自身不懈的努力和高度的自律最终实现"更好、更富足、更充实的生活"。到了小说世界,美国版的成长故事着力表现的是"美国梦"中的"个人主义"力量,而国家则承诺为个体提供实现梦想的必要条件。在美国历史上,被公认为第一个完美诠释"美国梦"的榜样是国父本杰明·富兰克林,他的《自传》也被认为是美国最早的文学经典之一。在这部历时近20年完成的"回忆录"中,富兰克林回顾了自己从逃跑的印刷铺学徒到声名显赫的印刷商和出版商、从家境贫寒的好学少年到成绩斐然的科学家和功勋卓著的政治家的奋斗经历。按照富兰克林撰写的不同时期,这部励志传奇分为四个部分,但"故事主线"却格外清晰统一,即如何通过高度的勤勉自律和坚持不懈的自我完善最终完成了非凡的自我实现,其传递给公众的信息也格外明确,即对美国人而言,无论出身如何,只要自己足够清醒、勤奋、节俭,都可以成为自己的主人,成就自己的事业、实现自己的抱负。19世纪的一个公众演说家曾如此描述:富兰克林是"一个从一无所有白手起家的人,不靠父母不靠任何资助、未能享受过早期教育(而在此方面,你有百倍于他的优势),却在活着的时候站到了国王面前,死后也永远不会被世界遗忘"③。显然,富兰克林书写的也是一个"小人物的成长故事",但特别之处在于它生动具体地诠释了"美国梦"这个抽象的概念,令人信服地表现了美国是如何兑现对国人的承诺,从而深入人心地强化了美国这个年轻国家为自己建构的形象——这是一个"只要你足够努力,一切皆有可能"的地方。④

---

① Nancy Armstrong, *How Novels Think: The Limits of British Individualism from 1719 – 1900*, New York: Columbia University Press, 2005, p. 56.
② Nancy Armstrong, *How Novels Think: The Limits of British Individualism from 1719 – 1900*, p. 63.
③ 转引自 Jennifer Hochschild, *Facing Up to the American Dream: Race, Class, and the Soul of the Nation*, Princeton: Princeton University Press, 1995, p. 21。
④ Jay Parini, *Promised Land: Thirteen Books That Changed America*, New York: Doubleday, 2008, p. 61.

然而，尽管《自传》一再强调的是自我实现过程中坚持正直自律与道德操守的重要性，但在更多的"美国梦"故事中，实现从白手起家到家财万贯的光鲜成就背后却潜藏着邪恶的暗涌。正如有学者指出的，19世纪上半叶是"白手起家者的黄金时代"[1]，这与杰克逊政府推行的大众民主政治理念，以及赋予成年白人男性普选权从而增强了普通民众的自我存在感不无关系，更与工业化初期移民的大量涌入、地域的大幅扩张和城市化进程加速了社会流动性有着直接关联。但那时，"顽强的个人主义"只是白人男性的专属，在他们实现"美国梦"的神话里，缺失的是西进拓荒过程中被无情杀戮的印第安人和南方种植园饱受非人摧残的黑奴的血泪，哪怕是在这些白人男性的白手起家"英雄"之间，同样不乏尔虞我诈甚至你死我活的争斗。当大众沉迷于富兰克林式的"成功学"之时，敏锐而充满想象力的小说家"更喜欢凸显逆潮流的东西……比如关注那些执着于自我重生的人，他们不断与日常生活中的各种限制对抗，以至于导致自我疏离或者彻底毁灭，或是证明这个国家并未恪守《独立宣言》声称的赋予每个人自由的承诺，还有揭露共和民主的弊端，因为那些有原则的异见被托克维尔所言的'多数人的暴政'所压制"[2]。事实上，综观两个多世纪以来演绎"美国梦"的美国小说，讲述"梦"的幻灭甚至毁灭的故事占据了大多数，也成为反思、重构美国民族性的一个重要切入点。

四 "美国梦"的幻灭："美国性"的反思与强化

凭借虚构的特权，美国小说对"美国梦"进行了多角度多层面的审视，其中之一便是道德伦理，这在19世纪后期到20世纪早期的现实主义小说中尤为普遍。例如，豪威尔斯代表作《塞拉斯·拉帕姆的发迹》的主人公是一个"白手起家"的成功商人，然而，正当他的"美国梦"达到顶峰之时，却遭遇了生意的滑铁卢以至于濒临破产，此时，物质发迹的"梦想"受到了道德操守的拷问，最终主人公为了坚守道义而不惜倾家荡产，举家回到了乡下——他的"美国梦"的起点。到了20世纪初，深受社会达尔文思想影响的美国自然主义小说以更加冷静客观的笔调将人对物质财富的欲望与无道德节制的追求演绎到了极致，如德莱赛的《嘉莉妹妹》和《美国的悲剧》戳穿了"美国梦"中不可避免的金钱至上和利己主义导向，这个曾给予主人公以美好憧憬和上进正能量的"梦"却最终将她/他

---

[1] John Cawelti, *Apostles of the Self-Made Man*, Chicago: University of Chicago Press, 1965, p. 75.
[2] Lawrence Buell, *The Dream of the Great American Novel*, p. 122.

推向了自我堕落和毁灭的深渊。与《美国的悲剧》同年出版的菲茨杰拉德的《了不起的盖茨比》更被认为是书写"美国梦"悖论的集大成者。在主人公富兰克林式自我奋斗的道路上却充满反讽地上演了与道德伦理的背离,而主人公对"梦想"的执着/偏执一面显示出"美国梦"的巨大力量,一面却暴露出"梦"的虚幻及其催生的自我沉迷,正是这种内在矛盾最终导致了主人公的悲剧命运。不难看出,相比豪威尔斯笔下"白手起家"故事的干脆了断,德莱赛和菲茨杰拉德试图呈现的是"美国梦"这个虚幻却伟大的矛盾体在人的心理和整个社会层面产生的复杂效应。事实上,在当时的现实世界,"美国梦"的悖论也正日益凸显。尽管一战后的美国是世界上最强大的经济体,但根据1925年的一份调查报告显示,"美国的百万富翁中仅有20%出身贫寒,比之前缩小了一倍。通往美国富裕阶级的大门关得越来越小,成为一种堡垒式的存在"[1],这自然引发了美国人特别是小说家对"美国梦"更深层的质询。

既然"美国梦"的一个核心要素在于它的发生语境和必要条件是"美国",对"美国梦"的审视必然会着眼于国家的运行体制,以此检验美国是否做到了言行如一、信守承诺。换句话说,如果说"美国梦"建立在美国是充满机遇、孕育成功的沃土的预设,那么一旦体制本身成为"自由、平等、民主"的阻碍,追求"美国梦"的命运便也可想而知。事实上,当布道者、政客以及众多励志榜样不断宣扬"美国梦"的真实可信之时,诸如库尔特·冯内古特等小说家却不断发出警告:大多数人"不过是百无聊赖的存在,被外界强大的力量玩弄于股掌"[2]。回顾19世纪以来的美国小说,无论是霍桑《红字》中的海丝特·白兰,马克·吐温《哈克贝利·费恩历险记》中的哈克贝利,还是辛克莱·刘易斯《巴比特》中的巴比特,福克纳《八月之光》中的乔·克里斯莫斯,抑或是斯坦贝克《愤怒的葡萄》中的约得一家,厄普代克"兔子四部曲"中的兔子,每一个人物不尽相同却又引发无数共鸣的人生经历无不充满了对美国宗教、政治、经济、文化等各个层面体制的反思与拷问。就20世纪而言,从机制层面剖析"美国梦"内在缺陷的最强力量来自有色人种、少数族裔等边缘群体。20年代开始的哈莱姆文艺复兴不仅召唤起黑人艺术家的种族自觉意识和文化自豪感,同时批判否定了汤姆叔叔型驯顺的传统黑人形象,以求提振黑人为自己的真实遭遇发声的勇气。1940年出版的理查·赖特的《土生子》

---

[1] 转引自 Lawrence Buell, *The Dream of the Great American Novel*, p. 146。
[2] Kurt Vonnegut, *Slaughterhouse-Five*, London: Vintage Books, 2000, p. 134.

以更激进的方式重塑了美国小说中的黑人形象,那个充满仇恨和暴力的主人公破碎的"美国梦"是对美国种族主义体制的直接抗诉,而他的成长故事无异于一部黑人版的"美国的悲剧"。在《土生子》出版的前一年,赖特曾撰写文章探讨"黑人写作的蓝图"[1],某种意义上,《土生子》可谓这个蓝图具有里程碑意义的开篇,这部小说也成为入选美国颇具影响力的"每月图书俱乐部"的第一部非裔美国小说。

1952年出版的拉尔夫·艾里森的《看不见的人》更将美国黑人小说创作推向了高潮,它再次质询了黑人"美国梦"的反讽与虚幻,在美国文坛引起了巨大轰动,甚至被认为发起了一场修正美国文学版图、扩张"伟大的美国小说"的革命。随着美国研究学界挖掘美国民族性的氛围日益浓厚、文学评论界建构美国民族文学的努力日臻成熟,美国小说家的自我使命感也越发强烈,正如艾里森指出的,"任何一个美国作家,从认真写作的那一刻开始,就有责任捍卫美国文学的健康发展"[2]。当《看不见的人》一举夺得美国国家图书奖,艾里森在获奖感言中更明确指出,这部小说的意义在于"它的实验姿态以及为修复人人对民主负有责任的信念而作出的努力,这种信念曾是19世纪最优秀的美国小说的典型特点"[3]。根据艾里森研究专家亚当·布拉德利的分析,这里所谓的"实验姿态"是一种"膨胀扩大了的现实主义",在艾里森看来,"日常的美国生活已经走向了近乎超现实的状态"[4],因此,只有这种看似"超现实"、实则格外"忠实于现实"的表现手法才能最大限度地反映美国(黑)人真实的生活状态。例如,《看不见的人》采用了主观化的叙述声音,一方面使主人公的不幸遭遇呈现出犹如梦呓幻觉般的戏剧性;另一方面这种戏剧效果蕴含着象征张力,使读者产生对"现实果真如此荒谬"的顿悟。除了美学风格的新尝试,《看不见的人》用黑人的成长故事再次揭露了美国"梦想"与"现实"之间的巨大差距,用黑人所遭遇的"制度化"的"非人"经历再次斥责了美国"许诺"与"体制"之间的明显背离。就这个意义而言,《看不见的人》无疑为书写"美国(白人)梦"的小说注入了曾被无视,但却不可或缺的黑人元素。

---

[1] 参见 Richard Wright, "Blueprint for Negro Writing", *New Challenge*, No. 2, 1939。

[2] Ralph Ellison, *Conversations with Ralph Ellison*, Maryemma Graham and Amritjit Singh eds., Jackson: University Press of Mississippi, 1995, p. 122.

[3] Ralph Ellison, *Conversations with Ralph Ellison*, p. 151.

[4] 转引自 Adam Bradley, *Ralph Ellison in Progress*, New Haven, CT: Yale University Press, 2010, pp. 170 – 171。

哈佛大学英文教授维纳·索罗斯曾将 20 世纪中叶开始在美国文学版图逐渐彰显影响力的一批族裔小说称为"族裔现代主义"[①]，其主要特点在于其融合了传统现实主义关切和现代主义叙述手段。某种意义上，"族裔现代主义"通过美学风格的创新尝试，将边缘群体所处的美国困境与现代社会个体充满陌生感、疏离感的精神困顿有机结合，使之成为对美国体制中种族主义弊病的控诉，也同样具有洞悉现代性问题的文学普遍意义。但需要指出的是，真正称得上"伟大"的美国小说不会忘记自己的"美国"属性及其对民族国家本身可能发挥的效力，它们不会过分强调族裔性而忽视了"美国性"，也不会过分凸显现代人的普遍困境而弱化了典型"美国人"的境遇。事实上，20 世纪中后期以来，即使裹挟在多元文化主义盛行的"政治正确"浪潮，不少边缘群体作家并未陷入对"身份政治"的过度迷恋，比如少数族裔小说家创作的"美国梦"故事在斥责美国种族问题的同时，同样充满了对"美国梦"本身悖论的剖析和对美国民族性的探索。在犹太裔美国小说家索尔·贝娄的成名作《奥吉·马奇历险记》中，身为犹太移民后代的主人公在小说开篇的第一句话就是"我是个美国人，出生在芝加哥"。与诸多诠释"美国梦"的"主流"经典小说相似的是，这同样是一个出生于贫民窟的"小人物"的成长传奇，同样演绎着"自由""个人主义"理想如何遭遇了种种现实挫折，而主人公的犹太身份只是为其"美国梦"的憧憬和破灭增添了新的维度。到了 20 世纪末 21 世纪初，无论是犹太裔作家菲利普·罗斯的"美国三部曲"，还是华裔作家任璧莲的《典型的美国佬》，抑或是希腊裔作家杰弗瑞·尤金尼德斯的《中性》，讲述的都是族裔美国人的"美国梦"故事，但却体现出"源于族裔"又"超越族裔"的"后族裔"特征，即所刻画人物的族裔身份只是其美国身份的一个注脚，其跌宕的美国经历一面发出警告：所谓"美国梦"不过只是骗人的空头支票，所谓"更好、更富足、更充实"的生活逃不过昙花一现的宿命；一面又像《了不起的盖茨比》那样毫不掩饰地展现美国人普遍存在的对这个"梦想"欲罢不能的迷恋以及对其进行修正的努力。

五 "伟大的美国小说"之梦

聚焦 20 世纪中后期以来的"伟大的美国小说"，如果说在内容方面经历了从凸显"多元文化"到弱化"身份政治"的演变，在美学风格方面，同样经历了从否定"现实主义"到创造"新现实主义"的转向。早在 20

---

① 参见 Werner Sollors, *Ethnic Modernism*, Cambridge, Mass.：Harvard University Press, 2008。

世纪 70 年代,当文学评论界盛行着蔡斯、费德勒等人所主张的以"传奇"界定美国小说的"美国性"之时,美国记者兼作家汤姆·沃尔夫就曾撰文回应"现实主义已死"的论调。在 1972 年发表的《他们为何不再写伟大的美国小说》一文中,沃尔夫曾指出:"如今,大多数严肃小说家死也不愿意被当成只是巴尔扎克式的'美国社会的秘书'……当他们满脑子想着寓言、神话和作家这个神职的时候,谁会愿意充当那样一个卑微的仆人角色。"[①] 然而,沃尔夫在为现实主义唱"挽歌"的时候更多的是反讽语气,同时也是为自己推崇的"新新闻主义"寻求立足点和合法性,即当现代主义、后现代主义小说热衷于无意识、含混的文字游戏时,描述社会现实、反映人们复杂内心的责任只能落在新闻报道的身上。姑且不论这种逻辑推理是否成立,单就小说创作的发展来看,沃尔夫的论断不失一定的预言性,当音像传媒技术的信息传播力和召唤感染力远超过纸面文字之后,无论是传统的客观平面式新闻报道,还是豪威尔斯、刘易斯式的现实主义社会小说的确很难再产生昔日的影响力。但问题的另一方面,"现实主义"远没有从文学世界销声匿迹,而是从 20 世纪末开始以一种新的面目再次成为"伟大的美国小说"的主导风格。

很大程度上,"新现实主义"被认为是一种"后—后现代主义",它既非对传统现实主义的简单回归,也并非对后现代主义的彻底颠覆,而是将前者的社会关切与后者的叙述技巧有机结合。在评述后现代主义之后的美国小说时,美国印第安纳大学文学教授罗伯特·瑞本指出,新现实主义小说家"深谙(传统)现实主义的模仿局限",因此,他们针对这些局限试图创造一种"更大、更好的现实主义"[②]。而用纽约州立大学英文系教授玛丽·霍兰德的话来说,"新现实主义"是一种"后结构现实主义",它"用后结构主义的方法解决了后结构主义自身和传统现实主义在表现方面的问题"[③]。具体来说,"新现实主义"既不像传统现实主义那样慷慨激昂地"为了典型而典型",也不像后现代主义那样玩世不恭地"为了游戏而游戏",它不乏采用叙事的跳跃、语言的含混、时空的倒置等后现代主义标志手法,但同时又格外注重对越发复杂、莫测世界的真实再现,从而将

[①] Tom Wolfe, "Why They Aren't Writing the Great American Novel Anymore", *Esquire*, Vol. 78, 1972, p. 157.

[②] Robert Rebein, *Hicks, Tribes, and Dirty Realists: American Fiction after Post-modernism*, Lexington: University Press of Kentucky, 2001, p. 19.

[③] Mary Holland, *Succeeding Postmodernism: Language and Humanism in Contemporary American Literature*, New York: Bloomsbury Academic, 2013, p. 20.

小说形式与内容更加紧密地结合。荣登 2010 年《时代》杂志封面并被冠以"伟大的美国小说家"头衔的乔纳森·弗兰岑便是当下文坛"新现实主义"的代表。早在 1996 年，他在其著名的《哈波氏文》中提出"悲剧现实主义"的社会小说创作观，既反对致力于揭露社会弊病的"抑郁现实主义"，也反对试图改造社会的"疗愈乐观主义"，而坚信"相对解决问题，小说更能挖掘问题"①。在弗兰岑看来，社会小说的价值在于"能将私密的、个人的世界与更大的社会视野联系起来"，通过对小说场景、人物、生活遭遇产生的共鸣，人们会"对世界持有一种清醒的认识"，进而"适应黑暗并抱有希望"②。从 2001 年的《纠正》，到 2010 年的《自由》，再到 2015 年的《纯洁》，弗兰岑在自己的创作中一直实践着"悲剧现实主义"理念，书写美国生活的本真面目，洞穿美国社会的本质内核，一面无情地直指美国价值观的衰落、拆穿美国理想的吊诡，一面用小说充满希望的开放式结尾给人以温情的劝慰。

21 世纪之交的美国，有冷战结束带来的自豪感，也有失去"他者"后的自我迷茫，更经历了"9·11"事件的莫大创伤，以及社会学家根据贫富差距增大、中产阶级缩减、社会流动性减弱等方面调查数据宣告"美国梦"的彻底终结。③ 然而，与此同时，诸如弗兰岑等人的"新现实主义"美国小说则以"置身黑暗却怀有希望"的方式为重构美国民族想象贡献着力量。用布伊尔的话说，这是"伟大的美国小说"之"梦"，尽管它"并不会像独立日庆典或是好莱坞情节剧那样充满自吹自擂的仪式。恰恰相反，历史表明，合格的候选人更有可能强调国家的伟大是未经证明的，它的自命不凡是空洞的，并且这艘国家之船还在继续走着下坡路"。但正因为这些小说"承载着集体的良心和国家的自我批判"，它们成了这个民族集体想象的"监护人"。④ 可以说，民族文学的价值就在于其产生的这种关乎良心的自我批判，让整个民族在怀疑甚至否定式的警觉中自我修正，反过来强化日益羸弱的民族性根基。当"美国世纪"不仅是时间上的过去式，也逐渐在隐喻层面走向终结的时候，"伟大的美国小说"真的能够成

---

① Jonathan Franzen, "Perchance to Dream: In the Age of Images, a Reason to Write Novels", *Harper's Magazine*, Apr. 1996, p. 52.

② Jonathan Franzen, "Perchance to Dream: In the Age of Images, a Reason to Write Novels", *Harper's Magazine*, Apr. 1996, p. 53.

③ 参见 Donald L. Bartlett and James B. Steele, *The Betrayal of the American Dream*, New York: Public Affairs, 2013。

④ Lawrence Buell, *The Dream of the Great American Novel*, p. 18.

为美国的"拯救者"吗?

第三节 美国文学与民族性的跨界互读: 美国(文学)研究经典范式

作为现代民族国家中"最典型的想象的共同体",美国一直以来在不断建构"他者"的过程中定义"自我";作为拥有复杂移民文化背景的多元族裔国家,美国对不同种族、宗教、文化传统间的差异有着天然的敏感,也为在差异中寻求统一国家赖以维系的共识作出了更大的努力。特别是在被誉为"美国世纪"的20世纪,自诩世界典范、拯救者和霸主的野心与信心更加促使"理解自我"和"建构共识"成为美利坚民族孜孜不倦的追求。就美国学界而言,一个"旨在促进从宽广的人文意义上理解美国文化的过去与现在"的"跨学科领域"——美国研究在20世纪中叶正式成立,用美国研究协会执行主任约翰·F.斯蒂芬斯的话来说,美国研究是为了帮助我们"理解我们自己",也为了"所有公民能够在复杂问题上达成共识",从而"使我们的民主社会得以运行"[1]。不可否认的是,当时正处冷战初期的美国急需明确"自我"以对抗"他者",通过文化阐释的方式向世界彰显自己的国家身份和民族特性无疑是一种绝佳的渠道,因此,美国研究作为一个专业学科的创建与这样的历史环境和政治需求有着密切关联。然而,从更广义的层面,美国研究作为一种专业体系的诞生与美国历史进程中的"文化民族主义自我意识及其觉醒"[2] 有着一脉相承的关系,用迈克尔·丹宁的话来说,"20世纪30年代,正值'美国文化'的'大发现'和'大创造',美国研究的诞生是对此潮流的延续和回应"[3]。可以说,美国研究是一门全方位阐释"何为美国"与"美国人是什么样的人"的学问,而无论从其缘起的初衷还是研究的范畴来看,美国研究在很大程度上是针对美国文化传统与人文思想的研究。

事实上,早在20世纪初,美国学界就已出现了美国研究的雏形,有

---

[1] John F. Stephens, "American Studies in the United States: An Overview", *U. S. Society and Values*, Oct. 1996.

[2] Robert E. Spiller, "Unity and Diversity in the Study of American Culture: The American Studies Association in Perspectives", *American Quarterly*, No. 5, 1973, p. 611.

[3] Michael Denning, "The Special American Conditions: Marxism and American Studies", *American Quarterly*, No. 3, 1986, p. 357.

第一章 美国民族性与美国小说：双向建构与跨界互读

"美国研究知识领域的开创者"① 之称的美国学者弗农·路易斯·帕灵顿于1927年出版《美国思想的主流》，被广泛认为是美国研究的奠基之作。在其前言的一开始，帕灵顿就流露出高度的美国文化自觉意识，也为日后美国研究的主要任务指明了方向："我试图描述在美国文化中那些被认为是美国传统所特有的根本性观念是如何产生和发展的——它们是如何在这里诞生的，又是如何遭到反对的，它们对确定我们独有的理想和制度的形式和范围有着什么样的影响。"② 更值得一提的是，帕灵顿所采用的"跨学科"的研究路径也为之后的美国研究奠定了方法论基础，用他的话说，"我选择了一条宽广的道路，将政治、经济和社会发展融为一体，而非单纯关注纯文学作品的狭隘视野，主要研究内容的划分也由形成文学流派和推动文学运动的各种势力来决定，（因为）它们形成了一种思想体系，文学文化最终也诞生于其中"③。不难发现，对身为文学历史学家的帕灵顿而言，解读美国文学是他诠释美国文化传统的重要渠道，但这里的文学是广义的美国文学，既包括库珀、爱默生、梭罗、爱伦·坡等经典作家的"纯"文学作品，也包括爱德华兹、富兰克林、杰弗逊、林肯等重要思想家的"非"文学作品。而所谓的"宽广道路"也是相对于传统文学研究方式而言，按照美国文学评论家罗伯特·E. 斯皮勒的评述，帕灵顿对美国文学的研究采用了"一种将文学视为环境直接产物的理论，既源于作者本身的经历也来自作者经历之外的（其他环境），（环境）使作者的艺术表达更加完整"④，相对而言，传统的文学研究的做法往往是将狭义的文学作品放置于文学流派之中进行意义阐释。换句话说，帕灵顿的研究无论从内容还是方法，实际上都在试图跨越文学与非文学的边界，使之既是美国文学研究，又同时研究了美国——通过分析文学赖以产生的历史文化背景来解读文学，通过解读文学来实现对美国人文思想乃至整个美国的全方位诠释。可以说，这种文学与历史、文化、社会、思想等"环境"的双向互动研究不仅开创了美国文学研究的新范式，更为日后学院派美国研究的发展定下了基调。

---

① Gene Wise, "'Paradigm Dramas' in American Studies: A Cultural and Institutional History of the Movement", *American Quarterly*, Vol. 31, No. 3, 1979, p. 298.
② Vernon L. Parrington, *Main Currents in American Thought*, New York: Harvest Books, 1954, p. ix.
③ Vernon L. Parrington, *Main Currents in American Thought*, p. ix.
④ Robert E. Spiller, *Literary History of the United States of America*, New York: Macmillan Publishing Co., Inc., 1963, p. 208.

帕灵顿创立的以美国为研究对象、以跨越文学边界的融合式解读为研究方法的美国（文学）研究范式在20世纪五六十年代兴起的神话—象征学派得到了进一步推广，使美国研究得以迅速发展与完善。被公认为美国研究学术史上第一个研究流派的神话—象征学派通过解读美国历史上有重大影响的经典著作，阐释其中反复出现的"神话""象征""母题"等共性元素，实现对美国文化纷繁表象下的本质特征的探究，旨在以此把握美国文化思想的精髓。例如，美国文学评论家，也是第一个获得美国研究方向博士学位的学者亨利·纳什·史密斯于1950年出版的《处女地：作为象征和神话的美国西部》被认为是神话—象征学派的开山之作，它沿用了帕灵顿式文学与非文学的融合解读模式，以求实现对美国本身及其特质的理解。通过剖析美国历史文献、经典文学、通俗小说等多个类型的文本，史密斯论述了美国西部作为一种集体性想象的文化符号，已成为美国民族精神的象征，表现在美国社会生活与政治辞令的诸多方面。[1] 又如，同是美国文学评论家的 R. W. B. 刘易斯于1955年出版《美国的亚当：19世纪的天真、悲剧与传统》，勾勒了以库珀、霍桑、麦尔维尔为代表的19世纪经典美国文学，以及同时代的哲学家、神学家、通俗小说作品中反复出现的"亚当"式的美国民族神话，并将以纯真、自由个性著称的"亚当"形象比喻为美国民族形象的化身。[2] 再如，美国研究学者利奥·马克斯于1964年出版的《花园里的机器：技术与美国的田园理想》同样以霍桑、爱默生、梭罗、惠特曼等经典美国文学作品为依托，并将其放置于美国历史文化发展的大背景之中，对"田园意象"进行了文学与"环境"的双向解读，从而展现出美国文化对自然田园的神化与挪用，并将其归结为美国特质的又一表征。[3] 不难发现，这三部神化—象征学派的代表作尽管研究视角各不相同，但研究路径却如出一辙，即以美国文学为主要分析文本，以文学与背景相互融通的视野解读文学，从而实现对美国特质的探讨。

广义而言，这种跨越文学内外部边界的文学研究方法与文学自身的特点及其批评理论的发展有着很大关系。法国作家斯达尔夫人于1800年出版的《从文学与社会制度的关系论文学》第一次明确地将文学定义为与宗

---

[1] 参见 Henry Nash Smith, *Virgin Land: The American West as Symbol and Myth*, Cambridge, Mass.: Harvard University Press, 1970。

[2] 参见 R. W. B. Lewis, *The American Adam: Innocence, Tragedy and Tradition in the Nineteenth Century*, Chicago: The University of Chicago Press, 1955。

[3] 参见 Leo Marx, *The Machine in the Garden: Technology and the Pastoral Ideal in America*, New York: Oxford University Press, 1964。

第一章 美国民族性与美国小说：双向建构与跨界互读 53

教、社会风俗和法律等相区别的"想象的作品"，被认为是西方最早提出的现代意义上的"文学"概念。[①] 在该书的前言，斯达尔夫人开宗明义地宣称："我打算考察宗教、社会风俗和法律对文学有什么影响，而文学反过来对宗教、社会风俗和法律又有什么影响。"[②] 换句话说，虽然文学因其"想象"的特征而不同于其他社会话语，但实际上两者是互为影响、互为建构的关系。然而，如何把握文学与非文学的边界，如何处理文学文本内部与外部研究的平衡，一直以来都是西方文学批评理论界争议的焦点。19世纪后期执掌俄国文坛的历史文化学派曾主张将种种非文学现象统统纳入文学研究的领域，不免使文学丧失了其审美特征和艺术规律的复杂性而降格为一种社会学研究的例证，因此逐渐招致俄国文论界的不满。到了20世纪初，作为一种针对历史文化学派的逆反，专注于文学独立自主性与自身规律研究的俄国形式主义逐渐兴起，按照其代表人物罗曼·雅各布森的话来说，"文学科学的对象不是文学，而是'文学性'——即那种使一部特定作品成为文学作品的特性"[③]，主要体现在文学语言形式上，包括其节奏、韵律、修辞、结构等与日常语言相疏离、从而产生"陌生化"效果的元素。俄国形式主义用"文学性"概念为文学与非文学划清了界限，也将文学研究圈定在语言文本内部，而将诸如历史、社会、文化、政治、宗教、思想潮流等文本外部的因素统统排除在外。正如另一代表人物什克洛夫斯基对自己文学批评理论的阐释："如果用纺织工厂的情况来做比喻，那么，我感兴趣的不是世界棉纱市场的行情，不是托拉斯的政策，而只是面纱的只数和纺织方法。"[④] 不可否认，尽管文学作品并非历史文献与社会记录，文学研究也不应唯"背景"论，但将其限定于文本内部而全然无视文本外部不免同样存在偏颇。就20世纪西方文论而言，诸多流派针对"文学性"以及文学内外部关系的处理进行了更加深入的反思与完善。

其中，与俄国形式主义关系最为微妙的莫过于西方马克思主义，它一方面肯定了前者在"文学性""陌生化"理论方面的成就，另一方面对其主张的纯文本式的文学研究作出了尖锐的批判。西方马克思主义的代表人

[①] 姚文放：《"文学性"问题与文学本质再认识——以两种"文学性"为例》，《中国社会科学》2006年第5期，第162页。
[②] 转引自姚文放《"文学性"问题与文学本质再认识——以两种"文学性"为例》，第162页。
[③] 转引自朱刚编著《二十世纪西方文艺批评理论》，上海外语教育出版社2001年版，第22页。
[④] 〔俄〕什克罗夫斯基：《关于散文的理论》，载《俄国形式主义文论选》，方珊等译，生活·读书·新知三联书店1989年版，第14页。

物、德国戏剧理论家贝尔托·布莱希特曾借鉴并改良了"陌生化"理论，将其阐释为"一种使所有要表现的人与人之间的事物带有令人触目惊心的、引人寻求解释、不是想当然的和不简单自然的特点。这种效果的目的是使观众能够从社会角度作出正确的判断"①，因此，"陌生化"可作为一种揭露进而批判虚假意识形态的工具，文学也因此兼具了艺术审美和社会批判的双重功能。事实上，这与文学本身的产生与影响机制不无关系。正如英国文化批评家托尼·本尼特指出的，"如果艺术超越了它的社会状况，那只能是通过那种社会状况才能超越的，因为作为真正的艺术，它与历史的关系被深深地决定了。真正的艺术作品难以消除地打上了其生产背景的烙印，它之所以能在那背景之中浮升起来，恰恰是因为其价值在于（也源于）它与生产背景的关系"②。在马克思主义文论者看来，文学活动作为人类社会特有的精神现象，参与到了整个社会意识形态的运作，既是认识并反映现实世界的方式，同时也对维系、批判、建构现实世界发挥着重要作用。英国马克思主义文论家特里·伊格尔顿曾明确指出"一切艺术都产生于某种关于世界的意识形态观念"③，而在经过文学生产者和消费者之间进行的生产、交换和消费活动之后，专属审美的意识形态得以形成，并反作用于现实世界中的一般意识形态，因此，文学与意识形态保持着动态的相互作用。美国文学批评家弗雷德里克·詹姆逊曾批评俄国形式主义顽固坚持内在文学性而陷入了"语言的牢笼"，按照他的观点，文学叙事是一种"社会象征活动"，因为"所有文学都受政治无意识的影响，都应看作对群体命运的象征性思考"④。不仅如此，文学对其赖以产生的"背景"也同时发挥着建构的反作用力，正如詹姆逊所言："审美行为本身就是意识形态的，而且美学叙事的生产也是一种意识形态行为，目的是为无法解决的社会矛盾提供想象的或正式的'解决办法'。"⑤ 从这个角度来看，文学与现实世界的相互建构关系决定了文学不是一个自给自足的封闭文本，因此，文学研究为了避免陷入唯"内部形式"论和唯"外部背景"论的两

---

① 〔德〕贝尔托·布莱希特：《布莱希特论戏剧》，丁扬忠等译，中国戏剧出版社1990年版，第83—84页。
② 〔英〕托尼·本尼特：《文化与社会》，王杰等译，广西师范大学出版社2007年版，第27页。
③ 〔英〕特里·伊格尔顿：《马克思主义与文学批评》，文宝译，人民文学出版社1980年版，第10页。
④ Fredric Jameson, *The Political Unconscious*: *Narrative as a Socially Symbolic Act*, Ithaca, N. Y.: Cornell University Press, 1981, p. 56.
⑤ Fredric Jameson, *The Political Unconscious*: *Narrative as a Socially Symbolic Act*, p. 64.

种极端，将文学放置于历史文化语境中进行兼顾文本内外的融合式解读才是应有之义。

这种文学与非文学融合式的解读策略是对俄国形式主义和西方马克思主义的整合，可谓寻求到了"文学性"与"意识形态性"的折中点。早在20世纪30年代，俄国文艺理论家巴赫金深受结构主义将语言视为包含了能指与所指的符号系统的影响，在继承了其语言系统观的基础上又突破了形式主义的纯粹语言论，而对语言所处的语境给予了同样关注，由此创立了文学批评中的"对话理论"。按照他的观点，"文学语言并非一种单一的、封闭的语言系统，而是由几种'语言'彼此交流、相互认可而形成的相对专业的集合体"①。这些"语言"有作者的，也有文本内的叙述者和人物的，还有文本外的有关社会与意识形态的，因此，文学阐释的对象不再是封闭固定的文本语言，而是这些"语言"之间的关系，即形成了一种文本内外的"对话"。到了20世纪下半叶，法国符号学家茱莉亚·克里斯蒂娃在吸纳了后结构主义主张的文本断裂性与不确定性之后，在巴赫金语言"对话理论"的基础上提出了"互文性"概念，即"任何文本都是其他文本的吸收与转化，是一种互文：来自其他文本的不同话语在一个特定文本的空间相互交汇与中和"②，自然，文学文本也不例外，其意义的生成与阐释同样离不开其他文本。20世纪80年代，加拿大文艺理论家琳达·哈钦在讨论文学戏仿的理论时，又对"互文性"概念作了进一步补充，按照她的说法，"就现有的各种互文性理论而言，文学活动仅仅包括一个文本，一个读者，以及他/她的阅读反应，而这种阅读反应通常会与读者脑海中已有的语言系统有关"。然而，哈钦又同时指出，"我们在不了解（作者）意图的情况下无法真正理解一个文本"③，就此意义而言，为了实现真正完整的文学阐释，应当同时关注作者的立场与语境、文本本身，以及读者联想到的其他文本。

可以说，文学文本与非文学文本的"对话互读"完成的不仅仅是更加完整的文学阐释，同时也是对所有文本所处语境本身的研究，而探究文学与其"背景"之间相互影响的动态关联本身还有助于把握社会话语的建构

---

① Mikhail Bakhtin, *The Dialogic Imagination: Four Essays*, ed. Michael Holquist, trans. Caryl Emerson and Michael Holquist, Austin: University of Texas Press, 1981, p. 295.
② Julia Kristeva, *Desire in Language: A Semiotic Approach to Literature and Art*, New York: Columbia University Press, 1980, p. 36.
③ Linda Hutcheon, *A Theory of Parody: The Teachings of Twentieth-century Art Forms*, New York: Methuen, 1985, p. 87.

过程。从这个角度来看，美国研究可谓成功的实践者，尽管不同阶段的美国研究也有显著的不同侧重。例如，如果说由帕灵顿开创的、由神话—象征学派发扬光大的"跨界"研究模式旨在通过美国文学管窥美国人文思想传统，并由此描绘出美国的民族特性，那么美国文学评论家 F. O. 麦提森于 1941 年出版的《美国的文艺复兴：爱默生和惠特曼时代的艺术与表达》则论述了 19 世纪后期的美国文学如何摆脱欧洲的影响从而确立了美国文学的美国性，虽然同样沿用了帕灵顿文化史观的研究视野，但它的核心关注点却更多放在文学而非文化上。[1] 值得注意的是，无论侧重点在文学还是人文思想，20 世纪中叶的美国文学研究和美国研究都源于一种强烈的民族自我发现意识，其预设和指向都是美国拥有与旧世界的欧洲不同的文明，这体现在美国独有的文学表达、一脉相承的文化传统和作为一个共同体的人文思想，美国研究即挖掘并阐释这些根深蒂固的共识。

然而，这种以"统一共性"为基础的美国研究在 20 世纪下半叶却遭遇到了来自"多元"的挑战。后结构主义对单一稳定的语言逻辑的颠覆以及后现代派对传统根据宗教、政治体制、性别等界定的"元叙述"和宏大叙事范式的反对，都深刻影响了美国研究的视野与方法，使之开始寻求"地方的""亚文化的"意识形态、神话与故事。随着 60 年代民权运动的风生水起和 80 年代多元文化主义理论的确立完善，黑人研究、妇女研究、同性恋研究以及亚裔、拉丁裔等少数族裔研究逐渐占据了美国研究的大半江山，也同时动摇了长期支配美国意识形态的"美国例外论"和"盎格鲁—撒克逊—新教"主流文化一统天下的局面。此外，受人类学和社会学的影响，美国研究不再"狭隘"地聚焦所谓的"高雅文化"，而是把整个生活方式统统纳入其研究的范畴，诸如民俗、时尚、音乐、建筑、食物、电视电影等美国社会的方方面面纷纷成为美国研究的合法领地，美国研究也越发成为当之无愧的跨学科专业。

与此同时，美国文学研究也呈现出越发"多元"的景象。随着对女性文学、少数族裔文学、同性恋文学等昔日"边缘"群体文学的重新发掘，所谓"经典"美国文学也得到了重新定义，美国文学研究也自然而然地将多元身份群体纳入考量的范围。倘若从文学与其"背景"存在相互建构关系的角度来看，20 世纪后期美国文学及其研究的多元化势必影响对美国本身的解读，即美国文学研究也不再一味地追求对"统一共性"的美国社会

---

[1] 参见 F. O. Matthiessen, *American Renaissance: Art and Expression in the Age of Emerson and Whitman*, New York: Oxford University Press, 1941。

文化形态的提炼与评述,而是通过解读"多元"文学作品中的"多元"现象探究美国自身的"多元"本质。此外,由于这些聚焦昔日"边缘"群体的文学作品不仅讲述了与以往不同的"美国人"的美国经历,也同样不乏对曾经被美国忽视的种族、性别、阶级等美国社会问题的揭露和批判,因此,进行文学与美国现实的"对话互读"无疑有助于更加全面地理解美国历史和文化,更加全方位地诠释"作为美国人意味着什么"。美国文学评论家、哈佛大学教授维尔纳·索罗斯于1986年出版的《跨越族裔性:美国文学的共识与血统》便是一个极好的例证,尽管其研究聚焦的是族裔美国文学,但主要指向却是"多元族裔—统一民族"的美利坚共识问题。索罗斯指出,族裔美国文学中一个常见的母题是源于"血统"的母国文化身份与基于"共识"的美国公民身份之间的冲突与调和,由此也可以看出"美国性在初始阶段是如何萌发的,而随着新移民及其文化的不断涌入,美国性又是如何被重新定义的"[1]。按照索罗斯的研究,族裔美国文学文本中反复出现的诸如"上帝的选民"等基督教宗教辞令、爱情和婚姻等世俗社会纽带、移民代际间的文化传承与转变等实际上建构了一种"象征性的美国亲缘关系",它"帮助美国来自不同血统的人们凝结为一个民族"[2]。换句话来说,族裔美国文学不仅凭借文学专属的艺术形态诠释了"如何成为美国人",也在很大程度上参与到了对美国"共识"本身的建构。某种意义上,受到"多元"冲击与影响的美国(文学)研究事实上并未放弃对美国"共识"的探索,只是这种"共识"不再是以往美国研究所认定的超验的、唯一的文化传统,而是"多元"文化因子之间不断协商的产物。不难发现,历经"多元"洗礼的美国研究与传统的美国研究仍有诸多异曲同工之处,其关注的核心问题依然是"美国如何成为美国"。

美国文化历史学家吉恩·怀斯在其著名的美国研究综述文章中曾总结道:发迹于20世纪20年代、成熟于50年代的传统美国研究着力探究的是所谓的"美国心灵",即统一的美国文化思想价值观体系,试图论证的是"美国例外论",即"新世界"与"旧世界"的区别;而到了六七十年代,美国研究呈现出"以多元的而非整体一致的眼光审视美国文化、对特殊群体的重新发现、关注文化体验中不同比例人群的不同侧重而非探究文化本

---

[1] Werner Sollors, *Beyond Ethnicity: Consent and Descent in American Culture*, New York: Oxford University Press, 1986, p. 7.

[2] Werner Sollors, *Beyond Ethnicity: Consent and Descent in American Culture*, p. 15.

质以及其采用的跨文化的和比较的维度进行研究"等特点。① 某种意义上，相比"旧"美国研究，"新"美国研究之"新"在于研究视野的扩大、研究对象的增加以及研究领域的进一步多元。但毋庸置疑的是，无论从其方法论还是其研究的终极目标来看，"新"美国研究依然深深烙着"旧"的痕迹，那就是通过文学、历史、社会、思想等跨越边界的融合式解读，实现对美国"自我"的理解和对美国"共识"的强化与修正，由此不断诠释美国民族性的建构—反思—再建构的动态轨迹。美国文学与民族性的跨界互读业已成为美国研究的经典范式，也为本书提供了研究方法论借鉴。

---

① Gene Wise, "'Paradigm Dramas' in American Studies: A Cultural and Institutional History of the Movement", *American Quarterly*, Vol. 31, No. 3, 1979, p. 332.

第二章　美国"自我"的审视：冷战结束后美国小说中的民族性反思

通过上一章的历史梳理，不难发现，美国民族性的建构既有赖于"他者"想象，亦根植于"自我"认知，而两者中的任意一方陷入危机，都会触发美国民族性的反思与再建构。在以冷战结束为起点的20世纪90年代，美国面临的不仅是"他者"的缺失，更有"自我"的瓦解，对民族性的反思便成为美国小说的统领性主题之一。

曾有学者称，冷战过度放大了美国意识形态层面的"外患"，一定程度上掩盖了美国20世纪以来日益加重的内部问题。反过来，冷战结束后，"外患"的消除则越发凸显了"内忧"的严峻，从而引发了美国对"自我"的多角度审视与反思。其中，作为建构美国民族性的重要因子，美国的宗教信仰、民族神话和美国梦自然成为"自我"检视的重要对象。当美国研究学界致力于对其进行重新定义和阐释的时候，约翰·厄普代克、菲利普·罗斯、杰弗瑞·尤金尼德斯则通过演绎三部跌宕起伏的家族故事，分别探索了"公民宗教""田园神话""自我重塑"美国梦在20世纪美国的不同表征、内在矛盾及其面临的危机。《圣洁百合》（1996年）聚焦美国宗教信仰兼具"神圣性"和"世俗性"的独特之处，讲述了20世纪正统基督教的衰微、爱国主义式宗教的滥用、电影的宗教化崇拜等问题。《美国牧歌》（1998年）聚焦美国自诩的"亚当"形象和"田园主义"理想，讲述了亚当的"堕落"、田园理想的破灭及改良后的坚守。《中性》（2002年）聚焦以"自我重塑"为核心的美国梦，讲述了追求绝对化美国身份的悲剧和杂糅身份的意义。三部小说从不同角度审视了美国"自我"，反思了民族性的内在悖论，为之后的"自我"拯救和民族性协商提供了重要的出发点。

第一节　美国民族性之宗教信仰：约翰·厄普代克《圣洁百合》中的公民宗教[①]

可以毫不夸张地说，宗教是构筑美国的基石。当 19 世纪法国学者托克维尔对美国的民主体制进行全面考察时，他曾感慨于宗教在其中所扮演的重要角色——"我好像从第一个在美国海岸登陆的清教徒身上就看到美国后来的整个命运"[②]。从自认为"上帝选民"的清教徒视这片旷野为"新迦南"，到建国国父与上帝订立圣约，许诺每一个美国公民享有生命、自由和追求幸福的基本权利，再到林肯化身废奴的先知，用生命促成革命的胜利，美利坚的民族性和合众国的国家起源无不笼罩着鲜明的宗教色彩。然而，美国宪法不仅对"上帝"只字未提，更明确了永不建立国教的原则，这使宗教与美国政治始终保持若即若离的微妙关系。美国宪法虽然没有明文指示，但是"政教分离"已经成为公认的美国处理宗教问题的基本原则，不过，与政治划清界限非但没有弱化宗教信仰在美国的地位，反而成就了其无处不在的影响力。由此，宗教信仰之于美国个人与社会的关系，也成为学者和思想家争相论证的重要话题。

综观美国文学史，宗教更可谓贯穿始终、深入骨髓的母题。从记录早期清教徒新大陆见闻的叙事日志，到约翰·温斯罗普等神职人员的布道文，再到安妮·布拉德斯特里特等抒发个人情感的诗歌，殖民地时期的美国文学处处洋溢着清教理念，甚至在某种程度上成为清教思想直接的宣传工具。到了 18 世纪，无论是约翰·克里夫库尔的《一个美国农民的信札》对美利坚民族特性的探索，还是本杰明·富兰克林的《自传》对美国梦的诠释，抑或是世纪之交詹姆斯·费尼莫尔·库柏《皮袜子故事集》中所塑造的典型个人主义的西部英雄，新教伦理与清教精神在美国人世俗日常中的阐释成为这一时期文学的主要内容。标志着"美国文艺复兴"的 19 世纪美国文学尽管弱化了清教色彩而更加关注"美国性"，但宗教依然是内化其中的隐性因子：伊甸园中的亚当形象成为拉尔夫·爱默生、沃尔特·惠特曼等人作品定义美国民族性的暗喻指涉，清教传统与弊病成为纳撒尼尔·霍桑创作的重要题材，加尔文教的"宿命论"思想和《圣经》预言成

[①] 本节部分内容原载于《四川大学学报》（哲学社会科学版）2020 年第 3 期。
[②] 〔法〕托克维尔：《论美国的民主》，董果良译，第 323 页。

为赫尔曼·麦尔维尔小说的象征手法。如果说 17 世纪的美国文学记录着清教徒的虔诚，18 世纪的美国文学书写着清教精神的世俗化身，19 世纪的美国文学尽管充斥着反思与批判，但宗教的氤氲依然如影随形，那么 20 世纪的美国文学则弥漫着信仰的动摇与否定，讲述着"上帝已死"之后世界的混乱与生命的虚无。诸如威廉·福克纳的《押沙龙，押沙龙》、约翰·斯坦贝克的《伊甸园之东》、尤金·奥尼尔的《送冰的人来了》、托尼·莫里森的《宠儿》等作品，同样采用了圣经原型与隐喻的手法，却与原圣经故事形成了强烈反差，笼罩着信仰缺失、生存挣扎、救赎幻灭等挥之不去的阴霾。

在以现实主义白描手法演绎美国历史与社会变迁著称的约翰·厄普代克这里，正统基督教的衰微不再是隐性背景，而成为显性素材。其中，20 世纪美国中产阶级基督徒的信仰危机可谓其大多数作品的核心关注，《圣洁百合》则是演绎这个话题的集大成者。这部 1996 年问世的小说沿用了厄普代克的惯常手法，以美国中产阶级一家四代为集合单位，围绕其中四个代表人物讲述了基督教信仰崩塌的第一代、投机拜金的第二代、成名成星的第三代以及丧命邪教的第四代的故事，折射出 20 世纪美国社会的风云变幻。绵长的时间轴和辽阔的辐射面所彰显的宏大气势，以及娓娓道来的细腻叙事，使《圣洁百合》"不仅是厄普代克先生时至今日最有野心的小说，还是表现最佳的一部"[1]。然而，小说的包罗万象收获了评论界的溢美之词，也招致一些评论家的微词，如批评小说"缺乏中心人物"[2]，指责小说四个部分没有连贯性、没有中心主题，读起来更像是四个中篇小说。[3]的确，小说四个部分笔墨均衡又各自独立，但实际上，四个代表人物的故事是一脉相承的，犹如一部交响乐的四个乐章，奏鸣曲、变奏曲、小步舞曲、回旋曲具有伯仲难分的同等重要性，而统摄全局、贯穿始终并对决定个人、家庭以及整个社会的命运起关键作用的正是作品的核心主题——宗教信仰。

单从小说的题目，宗教在整部小说中充当的"主角"地位便可见一斑。"圣洁百合"源于美国内战时期被广为传唱的《共和国颂歌》中的一句歌词——"在海的那边，基督诞生在圣洁的百合中"，而按照厄普代克

---

[1] Michiko Kakutani, "Seeking Salvation on the Silver Screen: Review of *In the Beauty of the Lilies* by John Updike", *New York Times*, Jan. 12, 1996, p. B1.
[2] James A. Schiff, *John Updike Revisited*, New York: Twayne Publishers, 1998, p. 143.
[3] James Gardner, "*In the Beauty of the Lilies*—Book Review", *National Review*, Feb. 26, 1996, p. 1.

的自述，这句歌词"总结了我想述说的关于美国的故事，可作为整部美国史诗的题目，而我所有的作品，无论多少，不过是对这个大致呈矩形状、幅员辽阔的国家的点滴赞颂，大海横亘在她与基督之间"①。值得注意的是，"国家与基督隔海相望"的比喻性描述实际上诠释了厄普代克对正统基督教及美国人宗教信仰的深刻洞见：一方面，美国是宗教色彩浓厚的国度，宗教为国家提供了合法性，为其社会、历史、文化奠定了道德基石；另一方面，美国在20世纪出现前所未有的信仰危机，由此导致美国与基督教"相隔相望"的关系。不难想见，《圣洁百合》所着力呈现的正是宗教信仰之于20世纪美国的复杂面相。目前学界对厄普代克的研究多集中在"兔子四部曲"，对《圣洁百合》的关注相对较少，对其中涉及的信仰问题多从宗教瓦解、道德沦落等角度探讨，如基督教如何被世俗实用主义所取代，大众文化如何腐蚀了信仰从而使人陷入精神的空洞等。②而本节围绕公民宗教这一概念，集中解析《圣洁百合》中所表现出的美国宗教信仰的演变轨迹，指出其独特之处正是"神圣性"与"世俗性"的并存，而美国宗教信仰在20世纪屡遭危机也是源于"神圣性"与"世俗性"的失衡。

一 厄普代克的宗教观与美国的公民宗教

无论是"兔子四部曲"，还是"《红字》三部曲"，厄普代克的大多数作品均表现出对宗教的极大兴趣，对宗教与社会的关系作了不同程度的探析。厄普代克本人是一个虔诚的信徒，但对宗教特别是上帝的存在却有着不同于正统基督徒的理解。厄普代克曾坦言，通过阅读索伦·克尔凯郭尔和卡尔·巴特等基督教神学家的作品，他确信上帝的存在，并因此收获了极大的慰藉，宽解了"内心因充分意识到我们生命的无足轻重、归于虚无和最终的消逝而产生的焦虑"③。然而，正如厄普代克的研究专家詹姆斯·斯基夫所指出的："厄普代克对神的信仰是双面的、充满悖论的"，因为他

---

① John Updike, *Self-Consciousness: Memoirs*, New York: Alfred A. Knopf, 1989, p. 103.

② 参见 James Wood, "Among the Lilies: Updike's Sage of Lost Faith", *The Christian Century*, Mar. 6, 1996, p. 251; Carol Lakey Hess, "Fiction is Truth, and sometimes Truth is Fiction", *Religious Education*, Vol. 103, 2008, pp. 280 – 285; 袁凤珠《宗教+好莱坞=？——约翰·厄普代克近作〈圣洁百合〉》，《外国文学》2001年第1期；傅洁琳《解读厄普代克小说〈圣洁百合〉的精神意蕴》，《广西社会科学》2005年第3期；金衡山《百年嬗变：〈美丽百合〉中的历史迷幻》，《外国文学》2007年第5期。

③ John Updike, *Odd Jobs: Essays and Criticism*, New York: Alfred A. Knopf, 1991, p. 844.

第二章　美国"自我"的审视：冷战结束后美国小说中的民族性反思　63

认为"上帝既隐匿又可见，既无处可寻又无处不在"①。具体而言，厄普代克一方面坚持巴特的神学立场，即上帝是人类无法触及的"绝对他者"；另一方面相信上帝是"世间万物的终极存在"，同时存在于人的内心和现实生活中。② 如他所言，"宗教不仅体现在那些原始的甚至有些残暴的正统宗教教义，同时也遁形于各种私人事务，无论是对猫王的崇拜抑或是对核武器的抵制，无论是对政治的狂热抑或是对大众文化的痴迷，宗教为人类个体的各种活动提供了一种超验的神圣意义"③。需要指出的是，厄普代克这里言及的"宗教"特指美国的宗教信仰，在他看来，美国拥有一种多元、宽容而充满活力的信仰体系，美国人的宗教信仰没有局限于严格意义的正统基督教，而是以泛化的形式内化于不同的世俗事务，宗教因子弥漫在美国生活的方方面面。

　　美国的宗教信仰体系源于却不同于正统基督教，这种特殊性与公民宗教概念有许多契合之处。尽管从起源来讲，公民宗教并非美国本土的产物，而是欧洲思想的美国实践。综观近现代西方政治理论，其力图解答的一个基本问题是：面对一个个从城邦、村社、家族等原初社会共同体中分解出来的孤立个体，如何通过某种"契约"将其凝聚为一个相对稳定的政治共同体？对此，18 世纪的启蒙思想家卢梭在《社会契约论》中明确表示，宗教信仰是建构国家、形成社会认同不可或缺的力量。这位以自由平等为理想社会之原则的启蒙大师认定，作为一种意义共契，公民群体的共同信仰是维持国家恒常、社会稳定的根本保障："一旦人们进入政治社会而生活时，他们就必须有一个宗教，把自己维系在其中。没有一个民族曾经是或者将会是没有宗教却可以持续下去。假如它不曾被赋予一个宗教，它也会为自己制造出一个宗教来，否则它很快就会灭亡。"④ 然而，卢梭同样警惕宗教与国家完全粘连的危险，他提出的充当"社会契约"的宗教，既非依赖于信徒情感、拥有普世维度的"人的宗教"，也非直接写入国家典册、只为政治服务的"民族宗教"，而是集两者大成于一体的"公民宗教"，即同时保留对神的崇拜和对普世道义的笃信，以及对特定社会契约和法律的尊奉。在卢梭看来，"公民宗教"将有神论民众对神明发自内心

---

① James A. Schiff, "The Pocket Nothing Else will Fill: Updike's Domestic God", in James Yerkes and Grand Rapids, eds., *John Updike and Religion: The Sense of the Sacred and the Motions of Grace*, Michigan: William B. Eerdmans Publishing Company, 1999, p. 51.

② John Updike, *Assorted Prose*, New York: Alfred A. Knopf, 1965, p. 275.

③ John Updike, *Self-Consciousness*, p. 226.

④ 〔法〕卢梭：《社会契约论》，何兆武译，商务印书馆1987年版，第171页。

的崇拜和公民对祖国及其法律的热爱融为一体，以普世性的教义支撑起某个特定的政治社会，从而拥有了道德教化与国家统治的双重价值。

或许是出于对天主教等建制性宗教的极端反感，卢梭只是强调为了维系"主权在民"的自由社会秩序，培育公民对社会神圣性的认同感具有重要意义，而对"公民宗教"的具体形态、组织落实等建制要素语焉不详。不过，托克维尔在19世纪的美国社会生活中，为"公民宗教"的理论探究找到了现实依据。根据他的观察，宗教是美国民主政治的主要设施，而美国的政教分离正是宗教信仰对公民社会发挥和平统治作用的前提。具体而言，基督教之所以能够对美国社会产生有益影响，依赖的是人们对基督教的自然情感而非国家或政党的强制力量，得益于基督教对民主体制的顺应而非对个人权利和利益追求的一味压制，美国民众在政治层面充分享有自由平等权利和个人主体性的同时，在精神层面遵从宗教教义并主动承担起其提出的道德义务。[1] 在托克维尔看来，在早期美国，宗教并未因为政教分离而退出公共的政治生活、沦为私人化的信仰，而是成为一种"公民化的自然宗教"，它消解了个人主义带来的离散倾向，为凝聚社会提供了核心价值，从而成就了美国自由与制约并行不悖的现代民主社会。

1967年，美国社会学家罗伯特·贝拉再次复活了"公民宗教"的概念，一时间成为美国学界热议的焦点。在发表于《代达罗斯》杂志上题为《美国的公民宗教》一文中，贝拉开宗明义地声明："在美国，存在着一种与各种基督教教会并肩相存而又明显不同的、精心炮制并充分建制化的公民宗教。"[2] 根据贝拉的阐释，尽管个人的宗教信仰是严格意义上的私人事务，并且美国由于政教分离而对多元宗教保持极大宽容，但大多数美国人共享了不同宗教取向中的共同元素，表现在一系列"信仰、象征和仪式之中"，为美国的国家体制和美国人的生活提供了一种宗教维度。通过分析国父们的公开演讲、美国的国家庆典、总统的就职演说以及普通美国人对个人权利的诠释，贝拉指出，美国的公民宗教不仅作为宗教元素存在于政治领域，更广泛存在于非政治的、公共的、社会的领域，它弱化了神学定位而强化了道德教化和社会秩序维系功用，例如，上帝的概念就"与秩序、法律和权利有着更为紧密的关联，而非像正统基督教那样象征着救赎与仁爱"[3]。在贝拉看来，美国的公民宗教具有宗教性和社会性两种维度，

---

[1] 参见〔法〕托克维尔《论美国的民主》，第338—342页。

[2] Robert N. Bellah, *Beyond Belief: Essays on Religion in a Post-Traditional World*, New York: Harper & Row Publishers, Inc., 1970, p.171.

[3] 参见 Robert N. Bellah, *Beyond Belief*, p.175。

第二章　美国"自我"的审视：冷战结束后美国小说中的民族性反思　65

前者表现在一套以新教为核心的象征化崇拜系统，使美国的政治权威与价值观标准拥有了宗教合法性，并由此建构起强有力的民族凝聚力和为达到国家目标而对个人深层动机的感召；后者表现在对公民共和美德的培育，使自由主义和共和主义在美国并行不悖，即美国人在充分享有个人自由权利的同时，保持自我克制和投身公共生活的积极性，这种宗教信仰作为一种道德节制，可以将赤裸裸的一己私利转化为具有公心且能够自我牺牲的利益追求。

公民宗教的两种维度使"神圣"与"世俗"在美国社会形成互相依存的关系，但两者并非能够始终保持相互制衡的理想状态。贝拉在文章的最后曾尖锐地指出："尽管公民宗教帮助美国建构了一个契合上帝旨意的完美社会，它在过去曾被滥用，而今同样成为自私自利和丑恶欲望的托词。"① 而作为虔诚信徒的厄普代克，也见证了 20 世纪美国宗教信仰的变迁，根据他的回忆，在美国人生活中，不仅正统基督教越来越不重要，公民宗教同样遭遇"神圣性"与"世俗性"失衡的危机："那种我从小耳濡目染的基督教，现如今已经没有人真正相信。"② 在一次访谈中，他坦言："我觉得我们变得越来越唯我，越来越个人中心主义。"③ 当"神圣"退隐甚至完全让位于"世俗"，宗教信仰失去其应有的道德约束力，转而成为个人中心主义的托词。这种变化是包括"兔子四部曲"在内的厄普代克主要作品的核心关注对象，而《圣洁百合》则更集中地表现了 20 世纪美国宗教信仰的变化轨迹，包括正统基督教彻底沦陷以及公民宗教显现出的不同形态的问题。

二　正统基督教的腐化与衰微

《圣洁百合》开始于身为牧师的克莱伦斯基督教信仰的突然崩溃：正在教堂布道的他突然失声，感到"信仰的最后一个分子正在离他而去"④。这件事情来得突然又令人困惑，对此厄普代克在小说的第一部分用不少笔墨剖析克莱伦斯基督教信仰崩溃的原因：或许是他深受无神论者罗伯特·英格索尔言论的影响，或许是达尔文的科学观和马克思的唯物主义思想动

---

① 贝拉这里指的是越南战争，即主战派打着美国进行自由、民主"传教"和捍卫美国国家利益的旗号掩盖意识形态博弈的真实动因。参见 Robert N. Bellah, *Beyond Belief*, p. 186。
② John Updike, *Self-Consciousness*, p. 230.
③ Frank Gado, "Interview with John Updike", in Frank Gado ed., *First Person: Conversations on Writers & Writing*, Schenectady, N. Y.: Union College Press, 1973, p. 89.
④ John Updike, *In the Beauty of the Lilies*, London: Penguin Books, 2006, p. 5.

摇了他，或许可以归咎于他个人性格的弱点，或许这原本就是上帝的旨意，就像克莱伦斯对妻子的坦白："这不是我的决定。这个决定远远超出我的控制。是我的神决定弃我而去。"① 然而，这些个人因素充其量只解释了一部分原因，基督大厦的轰然倒塌实际上更多源于克莱伦斯对正统基督教内部腐化的绝望。在 20 世纪的美国，工业文明的迅速扩张使基督教失去了超验的神圣性，沦为唯利是图的资本家贪婪攫取的伪饰。克莱伦斯曾在一次教堂基建委员会的会议上，强烈反对修建主日学校和扩建教堂的提议，因为在他看来这不仅毫无必要并且劳民伤财，不断涌现的大兴土木的提案不过是不同教区神职人员"急功近利、相互嫉妒"的结果，② 是对纯洁的宗教崇拜的亵渎，同时也是相关投资人"妄图接管第四长老会并为其所用"、用宗教"堵住穷人的嘴"，从而更加义正词严地中饱私囊。③ 在目睹了神职人员逐渐背离正统基督教美德而深陷世俗功利的泥淖后，克莱伦斯发出"世间已无上帝"的感叹也就在所难免。

值得注意的是，克莱伦斯并非全盘否定正统基督教与世俗世界的关联，他同样认同加尔文主义将尘世的财富积累视为上帝荣耀的信念，而很大程度上，正是集神圣与世俗于一体的新教教义成就了美国宗教信仰的独特内涵。20 世纪初，德国社会学家马克斯·韦伯在其名著《新教伦理与资本主义精神》中，详细论述了新教的"命定论"和"天职说"如何促成了资本主义的兴起，即宣扬每个教徒应通过尘世的辛勤劳动和勤俭克制荣耀上帝、确认自己上帝选民的身份，从而获得灵魂的拯救，正是这种拥有了宗教合法性的财富积累推动了资本主义经济发展。斯基夫指出："宗教（主要是加尔文教）在美国这个国家的工业和经济的发展中起了相当重要的作用，为美国人提供了一种（被救赎的）希望，同时给予了他们一种生活中的道德准则。"④ 新教自身兼具的"神圣性"和"世俗性"使之成为美国公民宗教的一种雏形：严格宗教意义上的"命定论"演化为以个人奋斗改变命运的个人主义信念，"天职说"世俗化为一种鼓励勤勉工作的伦理法则，而禁欲克制也成为一种普遍的美国生活方式。新教伦理和清教精神的世俗演绎造就了以富兰克林为代表的一代美国实业家，美国经济也在其庇佑下得以快速发展。不仅如此，尽管新教坚持以个体的身份面对上帝，但绝非忽视群体的福祉与共同发展。在约翰·温斯罗普 1630 年发表

---

① John Updike, *In the Beauty of the Lilies*, p. 64.
② John Updike, *In the Beauty of the Lilies*, p. 37.
③ John Updike, *In the Beauty of the Lilies*, p. 41.
④ James A. Schiff, *John Updike Revisited*, p. 144.

的著名布道文《上帝慈悲的榜样》中,他不仅确立了在新世界建立"山巅之城"的目标,同时也勾勒了一种互帮互助的生活方式:"我们必须互相取悦,设身处地为他人着想,一同欢喜,一同悲伤,一同劳作与接受考验,始终将我们的社区看作一个整体。"① 以自律自强的个人主义为基准,以共富共享的群体主义为导向,新教教义同样起到了社会黏合剂的作用,极大地推动了美国初期的社会发展。

然而,19世纪美国的全面工业化造就了一大批野心勃勃的企业家,他们逐渐从伦理禁忌和道德约束中挣脱出来,个人经济利益和社会地位的提高成为他们的唯一追求。当荣耀上帝的使命、友爱同胞的原则让位于个人世俗欲望的不断满足与越发膨胀,宗教信仰的衰微也成为一种必然。小说中,克莱伦斯认定,为群体福祉作贡献才是真正基督徒的应有之义,正如他在探望一位垂死的教区居民时所说的:"我们所能做的就是对我们的同胞施以善举,相信上帝并享受他的恩赐。"② 然而,在克莱伦斯身边,不仅有贪得无厌的资本家,就连他所在教区的神职同事也被蛊惑收买,为获取物质财富而不惜牺牲教区居民的利益,使克莱伦斯不禁怀疑基督教的存在必要:"世界从未停止它的前进,换句话说,一如既往的浮夸和邪恶,不管有没有上帝。"③基督教信仰崩塌的克莱伦斯毅然辞去了牧师职位,随之而来的经济的困窘使他不得不干起推销员的工作,走街串巷地兜售一部名为《大众百科全书》的流行读物。按照克莱伦斯的推销词,这部百科全书"清晰而直观地呈现了世界的所有事实",可谓"20世纪的《圣经》"④。换句话来说,正统基督教"退场"之后,世俗世界已成为人们生活的全部。然而,值得注意的是,"上帝已死"并不意味着"崇拜已死",而是转化了对象,到了美国国家身上。比如,《大众百科全书》的卖点不仅在于它自诩为《大英百科全书》的美国翻版——完全由美国人编纂,因此对涉及美国事实的讲述更胜一筹,更重要的是,它被认为是美国民主的结晶:不仅以更加低廉的价格服务于美国大众,就连书名中的"大众"一词也体现了美国"一切为民"的思想。⑤ 可以说,在正统基督教由于内部腐化而逐渐崩塌的20世纪美国,对国家的崇拜成为美国人新的信仰依托,

---

① John Winthrop, "A Model of Christian Charity", *The Winthrop Society*, 2015, https://www.winthropsociety.com/doc_charity.php.
② John Updike, *In the Beauty of the Lilies*, p. 45.
③ John Updike, *In the Beauty of the Lilies*, p. 23.
④ John Updike, *In the Beauty of the Lilies*, pp. 93-94.
⑤ John Updike, *In the Beauty of the Lilies*, pp. 91-93.

它为人们的世俗生活冠以另一种"神圣性",使国家崇拜更加鲜明地呈现出公民宗教的特点。

三 爱国主义宗教的力量与滥用

长久以来,美国独特的富有《圣经》隐喻的民族神话和发展历史使民众对国家的情感与对上帝的崇拜结合起来,现世的爱国主义也由此具有超验的神圣性,成为美国公民宗教的一种形式。实际上,爱国主义与宗教的确存在某种微妙的关联,正如爱尔兰历史学家康纳·克鲁斯·奥布莱恩所指出的:"启蒙运动削弱了个体的神,消解了王权统治,取而代之的是将某个特定领土的特定人群视为具有神性的民族。"[1] 当国家本身成为公民膜拜的对象,爱国主义也表现出宗教崇拜的特征。不难想见,爱国主义式的宗教对以"上帝之国"自居的美国尤为适用。著名美国学者萨克文·伯克维奇曾指出,当清教徒视征服新世界为神谕时,"新大陆对他们而言已不再是隶属欧洲的荒僻之地,而是拥有一种包含特殊目的论的神圣意义"[2]。换言之,从一开始,美利坚的民族身份就被认为具有"神性"。根据美国历史学家卡尔顿·海耶斯的论述,在美国,国家替代了宗教,国家的立国思想和政治体制犹如宗教教规和仪式一样,伴随每位公民的成长历程,使宗教崇拜与爱国主义没有本质区别。[3] 美国研究学者安德鲁·德尔班科曾以美国人信仰的变化为标尺将美国文明划分为三个阶段:以上帝为信仰、以国家为信仰和以个人为信仰,美国人的"希望"也相应从寄托于"基督神话"演变成恪守"神圣联邦公民身份"的信念。[4] 如果说公民宗教的独特性在于,既与上帝立约又关注尘世,那么爱国主义式的宗教以国家崇拜为核心,人们将荣耀国家视为荣耀上帝般的使命,也为个人不懈奋斗和不断自我实现提供了更高层次的动力。

在《圣洁百合》中,这种爱国主义宗教在克莱伦斯的儿子杰拉德和女儿伊斯特身上表现得尤为明显。尽管父亲的辞职使全家陷入困窘之境,杰拉德却坚信美国"是一个不断自我创造的国家",为每个美国人提供自我

---

[1] Conor Cruise O'Brien, *God Land: Reflections on Religion and Nationalism*, Cambridge, Mass.: Harvard University Press, 1988, p. 49.

[2] Sacvan Bercovitch, *The American Jeremiad*, Madison, Wisconsin: The University of Wisconsin Press, 1978, p. 81.

[3] Carton Hayes, *Nationalism: A Religion*, New York: MacMillan, 1960, p. 12.

[4] Andrew Delbanco, *The Real American Dream: A Meditation on Hope*, Cambridge, Mass.: Harvard University Press, 1999, p. 5.

重生的机会。① 他带着一腔爱国热情投身一战，退伍后又把握住了战后经济繁荣的先机，赚了个盆满钵满。伊斯特面对突如其来的家庭变故虽有一时的消沉抱怨，但很快便开始努力工作，承担起支撑整个家庭的重任。在杰拉德和伊斯特看来，美国人的身份本身就包含着摆脱过往重负、重获新生的希望，这是国家对每个美国公民立下的犹如上帝与其子民盟约一般的许诺，而抓住机遇努力奋斗同样也需要像信仰上帝一样坚定奉行，正如克莱伦斯妻子所说，"置上帝赐予的机遇于不顾是最大的恶"②。然而，对国家的崇拜并非永远向善，如同克莱伦斯目睹正统基督教沦为谋取私利的伪饰，爱国主义宗教同样也会被扭曲滥用。杰拉德不仅到处传教式地宣扬美国是"机遇的圣地"，每个美国人都应当抓住一切机会创造财富，"哪怕是摩门教徒现如今也能在华尔街赚钱"，在他在赚钱之后，更是放纵于纽约这座"遍地是表演、俱乐部和女郎"的享乐主义天堂。③ 伊斯特也同样"游荡在美国欲望、快钱和爵士乐的海洋"④，最终成为喧嚣的20世纪20年代以奇装异服博人眼球的轻佻女子。事实上，如同严苛的清教"坚决抵制不诚实和任性的贪婪"并要求每个人恪守自律的禁欲主义原则，⑤ 公民宗教的道德教化意义正在于其推行的自我约束原则。具体而言，对爱国主义宗教的信奉者来说，国家因全面保障个人的自由权利而成为崇拜的对象，但这种自由并非毫无节制，贪婪纵欲非但不能荣耀国家，还会使个体生命走入歧途甚至走向灭亡。小说中的杰拉德因贪欲而在投资和证券市场越发疯狂以至于压上全部资产，而不久之后的美股崩盘和随之而来的大萧条使依靠投机发家致富的他一夜破产直至身无分文。与正统基督教的内部腐化相似的是，在消费文化盛行、享乐主义至上的20世纪美国，爱国主义宗教同样打破了"神圣性"和"世俗性"应有的平衡。

颇有反讽意味的是，在厄普代克笔下，当杰拉德和伊斯特以国家崇拜的名义放纵了自己的私欲，他们的弟弟泰德则以一种截然相反的方式诠释了何为真正的爱国主义。深受父亲克莱伦斯信仰崩塌的影响，泰德一直怀有一种"反宗教"态度，不仅从不去教堂礼拜，也不像杰拉德和伊斯特那样积极进取，而是一再推掉近在咫尺的各种工作，拒绝一切"自我实现"

---

① John Updike, *In the Beauty of the Lilies*, p. 88.
② John Updike, *In the Beauty of the Lilies*, p. 189.
③ John Updike, *In the Beauty of the Lilies*, p. 185.
④ John Updike, *In the Beauty of the Lilies*, p. 196.
⑤ Max Weber, *The Protestant Ethic and the Spirit of Capitalism*, trans. Talcott Parsons, New York: Scribner, 1958, p. 172.

的机会，"他不愿去竞争，但竞争似乎是唯一可以表明你是一个美国人的方式"①。泰德的"反基督教"和"非美国"特征使他成为整个家族的异类，但这两点恰恰击中了正统基督教与国家崇拜的软肋。泰德之所以对宗教没有好感，是因为他坚信父亲的抉择一定事出有因，从而坚决站在父亲一边；他表现出的"不思进取"也非真正的懈怠懒惰，而是恪守最基本的道德规范、遵行脚踏实地的生活原则。在目睹了纽约纸醉金迷且不齿于同杰拉德等投机客同流合污之后，泰德回到家乡小镇做起了邮递员。在他看来，美国政府才是"最可靠的雇主"，他所从事的也是"最光荣的职业"，因为通过"投递邮件可以联结整个社会"，从而能够切实地"服务于国家"②。事实上，泰德所表现出的对欲望的克制、对生活的热爱、对善良和脚踏实地的坚守以及为国服务的信念，实现了公民宗教的真正价值，即每一个普通公民平凡的世俗活动都具有意义，他们对国家的信心与崇拜成为荣耀国家的力量源泉。

四 电影的宗教化崇拜与毁灭

如果说对上帝的信仰在克莱伦斯身上彻底垮塌，对国家的信仰在杰拉德和伊斯特身上遭到滥用，那么到了这个家族的第三代艾希这里，信仰再次找到了新的寄托之物。与祖父不同的是，艾希从小便是一个虔诚的基督徒，坚信上帝的无处不在："上帝隐没在云中，他把基督送到人间，带来了圣诞节和复活节，上帝的爱从天堂撒进人间，充盈了她的整个身体，就像她浸泡在充满水的浴缸之中。……上帝的无处不在犹如血管中流淌的血液，她甚至有时把耳朵放在枕头上都能感受到他。"③艾希对上帝的信念源于家庭的宗教背景和一个孩童的想象，是上帝给予了她一种"个人被选择"的优越感，④而这成为她不断奋斗与自我实现、最终成为好莱坞影星的主要精神动力。然而，艾希的信仰并非真正意义上的正统宗教，尤具讽刺意味的是，她脑海中的上帝形象不是别人，正是她那由于丧失信仰而最终在贫病中悲凉死去的祖父，她所认为的天堂也不是此世以外的彼岸世界，而是现世中的电影。从童年开始，艾希就是电影院的常客，并且在电影中为自己建构了一个和平美好的世界，在那里"她每一个梦想都能成

---

① John Updike, *In the Beauty of the Lilies*, p. 139.
② John Updike, *In the Beauty of the Lilies*, p. 204.
③ John Updike, *In the Beauty of the Lilies*, p. 233.
④ James A. Schiff, *John Updike Revisited*, p. 149.

第二章　美国"自我"的审视：冷战结束后美国小说中的民族性反思　　71

真"，无须面对"危险的峭壁和遍布鸿沟的真实生活"①。沉浸于电影世界的艾希逐渐模糊了虚幻与真实的边界，以至于当她探访居住在纽约的表哥时，她一时竟分不清楚是踏入了表哥的家还是踏进了电影荧幕。对艾希而言，去电影院观影就像去教堂礼拜一样，电影中的人物取代圣经中的神成为她的崇拜对象，换句话说，电影才是艾希真正的信仰支撑。

　　事实上，宗教信仰与电影的复杂关系是小说贯穿始终的关注。在小说的最开始，厄普代克并未开门见山地叙说克莱伦斯信仰的崩塌，而是先描写了一部电影拍摄的场景，正当剧中女星突然从马背摔下，身在城市另一边的克莱伦斯涌起了对上帝的质疑。把两件看似不搭界的事件并置在同一时刻讲述，显然是厄普代克有意为之的隐喻，即20世纪初的美国正经历着正统基督教的没落，同时又见证了电影的兴起。小说接下来的故事，也在不断影射电影成为新的崇拜对象的可能。就连失去正统基督教信仰的克莱伦斯也转而投入电影的怀抱，甚至在他看来，"（电影院）就是一座教堂，散发着神秘的光亮，投射到充满期待的观众席上。……调动起观众整齐划一的情绪：愤怒、悲伤、焦虑，还有大团圆结局时的如释重负"②。就此而言，是电影接任正统基督教填补了克莱伦斯的精神空洞。作为20世纪影响力与日俱增的大众文化形式，电影已逐渐成为美国人生活的一部分，电影院作为公共聚集场所，也确实在一定程度上具备了代替教堂的功能。据厄普代克回忆，在他青年时代所居住的小镇，两座核心建筑是"几乎并肩而立"的电影院和教堂，它们"不仅一直争抢他的关注，更有意思的是，它们变得越发相像"③。而对于艾希来说，电影不仅是精神慰藉，帮助她摆脱现实的昏暗而进入"美好天堂"，更重要的是使她从崇拜者变成了被崇拜的对象，摄像机让她感受到"整个宇宙的注意力都聚焦在她的身上，就像在她小时候，上帝注视着她的每一步、记下她的每一次祈祷和渴望一样"④。从上帝的笃信者到成为被影迷奉为上帝一样的存在，艾希对电影"神性"的诠释可谓到了极致。

　　电影院被视作教堂而充当连接尘世与天堂的桥梁，与电影本身的特点不无关系。作为大众艺术，电影是"唯一一种展示出其'原材料'的艺

---

① John Updike, *In the Beauty of the Lilies*, pp. 246–247.
② John Updike, *In the Beauty of the Lilies*, p. 105.
③ 转引自 James A. Schiff, "Updike, Film, and American Popular Culture", in Stacey Olster ed., *The Cambridge Companion to John Updike*, New York: Cambridge University Press, 2006, p. 141.
④ John Updike, *In the Beauty of the Lilies*, p. 335.

术，它将现实挖掘并复原出来"①。当呈现于大众眼前的影像无限接近于真实世界，观影者在观看过程中就会感觉仿佛可以走进荧幕成为电影世界中的一员。德国文化批评家瓦尔特·本杰明在其著名的《机械复制时代的艺术》一文中曾指出，由机械复制生产出的电影改变了观众对艺术的感知："人们不再像对待毕加索绘画那样战战兢兢，而是以一种进步的积极态度面对卓别林的电影，表现出专家一般的权威姿态，将所见与所感直接融为一体。"② 从这个角度来看，观影者与电影世界的"零距离"实际上消解了在传统高雅艺术中普遍存在的观者与艺术品之间的隔膜，换句话来说，观众在观影过程中能够自由穿梭于电影内外，由此领略另一种世界的风采，甚至"亲身感受"另一种生活方式，也因此收获了现实世界无法企及的启示。厄普代克在回忆小时候的观影经历时曾明确表示，自己在观看好莱坞影片的过程中收获了许多"教育和启迪"，他描述道："电影院闪亮、富丽的装潢，一千零一夜般的玄幻和宫殿般的气派使美国城镇的男男女女从单调沉闷的日常生活中解放出来，走向一种超自然的状态。所有人都在一点一点尝试（电影中）明星的生活——穿着得体，行动果敢，爱得彻底。"③

电影抚慰了克莱伦斯的精神荒芜，引领艾希步入天堂般的美好世界并收获了上帝般的瞩目，但同样也是电影，带给艾希的儿子克拉克的却是献祭般的毁灭。全身心投入明星事业的艾希遭遇了失败的婚姻，使克拉克从小便成长在一个不完整的家庭。缺乏父母之爱的他成了一个浪荡子，终日沉迷于电影和电视节目，唯一的梦想就是成为好莱坞大片中的英雄人物以证明自己的存在与价值。一个偶然的机会，他加入一个邪教组织并担任该组织的公关负责人，时常以发言人的身份接受媒体采访，满足了他成为"电视明星"的愿望。在政府的一次对该邪教组织的围剿行动中，克拉克置身于枪林弹雨中却仍满脑子想的都是好莱坞大片的拍摄，当再次代表该组织接受直播采访，他全然不觉这是性命攸关的时刻，反而是格外享受："他并不相信自己所说的话的内容，只是喜欢对着这个小小的咖啡色的松下话筒讲话，感受着他的一字一句被如饥似渴的世界完全吸纳。"④ 最终，犹如好莱坞电影惯常的剧情反转，克拉克在最后关头"浪子回头、改邪归

---

① Siegfried Kracauer, *Theory of Film*, New York: Oxford University Press, 1960, p. 303.
② Walter Benjamin, *Illuminations*, ed. Hannah Arendt, trans. Harry Zohn, New York: Schocken Books, 1969, p. 234.
③ John Updike, *More Matters: Essays and Criticism*, New York: Alfred A. Knopf, 1999, p. 643.
④ John Updike, *In the Beauty of the Lilies*, p. 451.

第二章　美国"自我"的审视：冷战结束后美国小说中的民族性反思　　73

正"，挺身而出击毙了邪教组织头目，并舍命解救出了一些妇女和儿童，成了名副其实的"拯救者"。然而，克拉克的自我牺牲"看似是一种赎罪之举，实际上就像他的其他所作所为那样是深受电影影响的结果：指挥他最后行动的不是灵魂的醒悟，而是动作电影的套路，那就是迷途知返后的英雄总会通过杀死坏蛋和自我牺牲赢得我们的同情"[1]。他的"英雄壮举"在电视中实况播出，却颇为反讽地呈现出一副娱乐真人秀的样子，而他的母亲艾希在通过收听广播得知儿子遇害的消息时，所关注也只是自己的反应是不是符合一个女演员的标准。

克拉克的殒命，罪魁祸首不仅是邪教的毒害，还包括他对电影的狂热崇拜。此时，电影作为一种别样的公民宗教带来的不再是精神慰藉或是神一般的备受瞩目，而是盲目甚至偏执。厄普代克在2002年的一次采访中表示，《圣洁百合》这部小说旨在"探讨美国电影如何成为一种（正统）宗教替代物"，因为电影不仅呈现了有别于现实的不同世界，而且犹如宗教教化一般启迪人们该如何生活，为人们提供了宗教一般的信仰归属。然而，紧接着，厄普代克同样直言不讳地指出这种崇拜发展到极端之后的危害："如今，我们时常看到人们的生活越发电影化，以至于失去了与真实世界的联系。孩子们拿起枪相互射杀，认为第二天一切便可以重新来过。等到他们意识到扣动扳机的后果是死去的受害者无法再活过来时，已经太晚了。某种程度上，这些少年谋杀者难道不是电影宗教化崇拜的受害者吗？"[2] 在20世纪正统基督教式微、国家崇拜遭遇滥用的美国，电影在某种意义上成为一种特别的公民宗教，为人们提供了新的信仰寄托，但同时也潜藏走向狂热极端甚至自我毁灭的危险。

厄普代克曾为这部小说撰写了《特别声明》，于中他直言道："有关'圣洁百合'这个题目我思考了很久，它透露出新教被流放的忧伤——'基督诞生在圣洁的百合中，在海的那边'，而不是海的这边。"同时，厄普代克也解释道，他所讲述的一家四代的故事实际上是一个连贯的故事，而"上帝是其中真正的主角"[3]。政教分离的原则使严格意义上的宗教与美

---

[1] Julian Barnes, "Grand Illusion: Review of *In the Beauty of the Lilies* by John Updike", *New York Times*, Jan. 28, 1996, https://archive.nytimes.com/www.nytimes.com/books/97/04/06/life-times/updike-lilies.html?_r=1.

[2] Charlie Reilly, "An Interview with John Updike", *Contemporary Literature*, Vol. XLIII, 2002, p. 239.

[3] John Updike, *More Matters*, p. 830.

国社会和个人生活"若即若离",但形式多样的公民宗教却为美国人提供了多元的信仰依托,使美国国家与个体的方方面面都兼具了"神圣性"与"世俗性"元素,尽管两者时常遭遇失衡甚至毁灭性的后果。这正是《圣洁百合》着力审视的美国"自我"特点,也为读者打开了一扇洞悉美国的窗户。

第二节 美国民族性之"亚当"神话:菲利普·罗斯《美国牧歌》中的田园主义[①]

当代美国著名作家菲利普·罗斯在1973年接受有关其《伟大的美国小说》一书的采访中将20世纪60年代描述为"神话破灭的10年"——仿佛"一夜之间,美国固有的性质发生了剧变甚至彻底瓦解了"[②]。出生于大萧条时期美国犹太移民家庭的罗斯,先后目睹了二战的反犹灾难、经历了战后美国的繁荣社会,人到中年的他耳濡目染的是无处不在的冷战遏制思维。因此,在他看来,激荡的60年代亦是一场"冷战",是想象与现实的博弈,是"一个强国渴望坚守的美好民族神话与近乎恶魔一般的残酷现实之间的冲突……现实在不留情面地拷问理想"[③]。20多年后,当冷战阴云已散,罗斯以虚构的形式,在《美国牧歌》中重访了这场"神话与现实"的交锋。作为罗斯"美国三部曲"[④]的开山之作,《美国牧歌》曾获1998年普利策小说奖,通过讲述一个犹太移民家庭在20世纪60年代遭遇的悲剧传奇,罗斯重新审视了美国民族神话的本质及其对现实的影响价值,而这对理解20世纪末美国多元文化政治及新保守主义思潮也有一定的启发意义。

小说的核心人物斯维德成长于二战时期的美国犹太移民社区,是美国民族神话的笃信者,而他的女儿梅丽却是20世纪60年代的激进分子,可谓罗斯所言的"恶魔一般的残酷现实"的代言人,父女间不可调和的理念

---

① 本节部分内容原载于《国外文学》2017年第1期。
② Philip Roth, "On the Great American Novel", *Reading Myself and Other*, New York: Farrar, 1975, p. 90.
③ Philip Roth, "On the Great American Novel", *Reading Myself and Other*, p. 90.
④ "美国三部曲"包括《美国牧歌》《我嫁给了一个共产党人》和《人性的污秽》,分别选取了美国20世纪60年代的文化动荡、50年代的麦卡锡主义和90年代的克林顿丑闻作为小说背景,将个体人物刻画同美国历史叙述交织在一起,也因此被评论家认为标志着罗斯的小说迈入了更广阔的创作层面。

第二章 美国"自我"的审视：冷战结束后美国小说中的民族性反思　75

分歧触发了斯维德的家庭风暴，使他们的家庭传奇成为20世纪60年代美国社会动荡的缩影。颇具反讽意味的是，尽管小说以"美国牧歌"为题，但贯穿故事始终的却是斯维德百思不得其解的"反牧歌"悲剧。本节在结合美国历史与族裔政治的基础上，对小说文本和美国民族神话加以互文性解读，力图以反思历史的方式把握20世纪90年代以来美国政治文化思想的新走向。

一　亚当的"纯真"、田园理想与反田园倾向

单从小说的结构来看，《美国牧歌》充满了浓郁的神话氛围。罗斯有意模仿了《圣经》中的《创世记》和约翰·弥尔顿的史诗《失乐园》，将小说分为三个部分，并分别冠以了"乐园追忆""堕落"和"失乐园"的章节标题。从小说的人物刻画和情节主题来看，罗斯为小说的神话氛围增添了浓重的"美国"色彩。斯维德化身为当代的"美国亚当"，"美国的田园主义"在某种程度上成为斯维德和梅丽"不谋而合"的集体无意识，使美国民族神话成为贯通小说文本内外的核心纽带。

著名美国文学评论家R. W. B. 刘易斯在1955年出版的《美国的亚当：十九世纪的纯真、悲剧与传统》一书中提出，美国民族可视为"伊甸园中的亚当"形象，即"一个脱离了历史束缚的个体，他因没有祖先、无须承继家庭和种族遗产而欢欣雀跃"[1]，而亚当与生俱来的纯真品性与无拘无束的自由气质赋予了他开辟新世界的无限可能，因此堪称美国民族的神话原型。在罗斯笔下，斯维德是犹太裔"美国亚当"，以近乎完美的外在形象和一帆风顺的成长轨迹成为美国犹太移民心目中的理想典范。在刘易斯那里，"美国亚当"是"由上帝创造的第一个亚当在旧世界饱受摧残后，上帝赐予人类的第二次机会"[2]，在罗斯这里，犹太裔"美国亚当"斯维德满足了犹太移民对美国这个新世界的所有期待。对于依然笼罩在大屠杀阴影中的犹太移民而言，他们所希冀的美国新生活应当基于美国的传统，"那是每一代人都能进一步摆脱偏狭的眼界，在个人权利允许的范围内竭尽所能实现自我价值，实现挣脱犹太传统习俗和态度的理想，将自己从移民美国前的不安全感和长久的精神束缚中解脱出来，在美国人人平等的环

---

[1] R. W. B. Lewis, *The American Adam*: *Innocence*, *Tragedy and Tradition in the Nineteenth Century*, Chicago: The University of Chicago Press, 1955, p. 5.

[2] R. W. B. Lewis, *The American Adam*: *Innocence*, *Tragedy and Tradition in the Nineteenth Century*, p. 5.

境中坦然地生活"①。由此来看,斯维德的"成功"是显而易见的:与生俱来的白皙肤色和非犹太面容使童年的斯维德拥有"同美国无意识的一致性"②,少年的斯维德凭借矫健的体魄跃升为众人仰慕的棒球明星,成年后的斯维德顺利接管家族企业,不仅娶了前"新泽西小姐"为妻并生养了可爱的女儿,更从犹太移民社区搬入了典型的美国田园乡村,实现了"拥有一片美国天地"③的梦想。需要指出的是,斯维德之所以令人艳羡而被他的犹太移民同胞争相效仿,凭借的"并非是他坚持不懈的努力,并非因为他是发明了某种重要疫苗或是坐上最高法院交椅的犹太人,也不是因为他是最聪明的、最杰出的或是最好的",而是源于他"与白人盎格鲁—撒克逊新教世界的同质性"④。换句话来说,斯维德成功的秘诀在于他消失殆尽的"犹太性",使他得以被白人盎格鲁—撒克逊新教世界同化而成为所谓的"真正的美国人"。

作为犹太裔"美国亚当",斯维德的"伊甸园"是"令他心驰神往的美国田园"⑤。在位于新泽西、名为老瑞姆洛克的上层白人社区,斯维德购置了一栋由两百多年前英国新教徒建立的石头房子——"它看来如此坚不可摧,牢不可破,它永远不会被摧毁,似乎从这个国家建立的时候,它就已经屹立在那里了"⑥。为了实现自己的美国田园梦想,斯维德甚至当起了"牧羊人",不惜重金购买了牛群,在石头房子后的小山上饲养。斯维德自认为新世界的拓荒者,因为"在他父亲看来犹如火星一般的(老瑞姆洛克)对他而言却是真正的美国——仿佛他是缔造新泽西的开辟者。在老瑞姆洛克,美国便近在咫尺,一览无余……什么犹太仇恨,爱尔兰歧视——都滚蛋吧……(在老瑞姆洛克/美国)没有人统治任何人"⑦。事实上,无论是斯维德的"美国亚当"形象,还是他的"美国田园"憧憬,都是美国独有的民族神话的缩影。如同刘易斯为甄别"旧世界",进而凸显"新世界"的与众不同而提出的"美国亚当"概念,另一位美国研究学者利奥·马克斯在 1964 年出版《花园里的机器:美国的技术与牧歌理想》一书中阐释了美国长久以来的"田园主义情怀",即在拥抱工业文明的同

---

① Philip Roth, *American Pastoral*, New York: Vintage Books, 1998, p. 85.
② Philip Roth, *American Pastoral*, p. 20.
③ Philip Roth, *American Pastoral*, p. 315.
④ Philip Roth, *American Pastoral*, p. 89.
⑤ Philip Roth, *American Pastoral*, p. 86.
⑥ Philip Roth, *American Pastoral*, p. 190.
⑦ Philip Roth, *American Pastoral*, pp. 310–311.

第二章　美国"自我"的审视：冷战结束后美国小说中的民族性反思

时依然坚守向往自然的田园理想，浪漫主义想象与物质主义现实这两种相互冲突亦是相互补充的力量共同缔造了美国的民族传奇。在 1986 年发表的《美国的田园主义》一文中，马克斯进一步将"美国的田园主义"视为"美国例外论"的一种依据。他指出，相比欧洲田园主义更多地指涉以游牧农业为主的经济概念，并多表现为牧羊人抛弃机械工业文明、投身原始自然的生活状态，美国的田园主义从一开始便呈现出一个现实与想象共生的"连续体：一方面强调新世界地理、人口及其他相对客观的物质条件；另一方面强调美国人的精神、心态和文化架构"①。具体而言，新世界广袤的旷野和丰富的资源为美国的经济繁荣提供了得天独厚的条件，与此同时，物质生活不断进步的美国人又从回归自然的生活理念中收获了浪漫主义情怀，更历练了自给自足的个人主义品质，用马克斯的话来讲，"与欧洲人不同的是，美国人可以不断推进他们的拓荒运动，伐木修路，在开辟的新土地上建造房屋、农场和城市，与此同时，他们还可以追求相较'旧世界'而言更加淳朴、自然的生活方式"，在此意义上，"共生的进步主义和田园主义理念是早期美国民主资本主义的一个显著特点"②。换句话来说，美国在其独特的田园理想中实现了资本主义经济的发展和个人精神品性的陶冶，"进步主义"和"田园主义"这两种看似相悖的理念实则相互促进并形成一种良性循环，使美国成为真正意义上的富强民族。

然而，不可否认的是，美国的田园理想由于对物质社会文明和回归自然的双重渴望而使其本身固有一种"反田园"的倾向。马克斯曾指出，与欧洲完全依赖自然的阿卡狄亚式的田园牧歌不同的是，美国的田园主义追求的是将"旷野打造成花园"，即建立一种"协调了物质进步和同自然和谐共生"的"中间地带"③。也就是说，经济进步的力量是实现美国田园理想不可或缺的前提。事实上，"中间地带"的社会模式在美国拥有尚未开发的土地即 19 世纪末边疆时代结束之前的确有可能实现，但在大规模工业化、城市化的 20 世纪，拥有田园牧歌的生活状态便成了少数掌握资本的人的特权，而对大多数人而言，田园理想只能存在于怀旧式的挽歌中。就像在《美国牧歌》中，斯维德之所以能在乡野气息浓重的老瑞姆洛克购置房产，甚至化身"牧羊人"以求实现自己的美国田园梦想，仰仗的是他继承家族企业后在国内外挣得的不菲财富。可以说，斯维德的"伊甸

---

① Leo Marx, "Pastoralism in America", in Sacvan Bercovitch ed., *Ideology and Classic American Literature*, Cambridge: Cambridge University Press, 1986, p. 47.

② Leo Marx, "Pastoralism in America", *Ideology and Classic American Literature*, p. 49.

③ Leo Marx, "Pastoralism in America", *Ideology and Classic American Literature*, p. 49.

园"只是上流社会专属的一块飞地,精心打造的返璞归真的田园生活也不过是他经济实力和社会地位的象征,而非他真正的终极追求,对资本主义经济体制的完全依赖使他谱写的田园牧歌充满了反讽意味,也注定了他的田园想象终将在"反田园"的现实面前化为泡影。

二 亚当的"堕落"、牧歌与反牧歌

刘易斯在阐述"美国亚当"的概念时曾指出,亚当的纯真品性暗含着一种"绝对的、原始的悲剧感"[①],即不可避免的"纯真"的丧失。在《美国牧歌》中,身为犹太裔"美国亚当"的斯维德在20世纪60年代遭遇事业和家庭的变故,残酷的现实挫败了他的"纯真",重创了他田园牧歌式的"伊甸园"。斯维德曾天真地认为,美国意味着各个族裔、各种宗教的相互融合,是消解了统治和歧视的平等社会,但他这种亚当式的"纯真"得益于他与白人盎格鲁—撒克逊新教世界的同质性。而在现实中,对少数族裔而言,美国"大熔炉"概念中暗含的彻底同化本身就是一种压迫,它意味着对白人盎格鲁—撒克逊新教价值观的归顺,意味着自身族裔性的被迫消弭。随着20世纪60年代民权运动的风生水起,以非裔美国人为代表的少数族裔发起了对美国"大熔炉"概念的讨伐,斯维德的"纯真"也被击垮。需要指出的是,同样作为少数族裔,犹太裔美国人的处境却颇为尴尬。犹太裔美国历史学家大卫·拜勒曾指出,在美国,"犹太人身处一种临界的位置,既不在(主流社会)里面也不在外面——或者更好的状态是,既属于(主流群体)也不属于"[②]。具体来讲,就族裔血统而言,犹太裔美国人显然处在美国以盎格鲁—撒克逊新教为主导的主流群体之外,但相比于非裔、亚裔、拉美裔等其他"有色"少数族裔,犹太裔美国人凭借着白皙的肤色、物质生活的优越和美国社会对犹太教的相对宽容,成为最靠近甚至已经归于所谓的"主流社会"。在小说中,斯维德因"成功"进入所谓的"主流社会"而成为黑人暴乱者的攻击目标,而妻子移情别恋一个真正的盎格鲁—撒克逊后裔,又使斯维德不得不为自己的"临界身份"感到尴尬。

但彻底摧毁斯维德"美国牧歌"的是他的女儿梅丽,他在老瑞姆洛克白人社区打造的"伊甸园"——那块专属上流社会的田园飞地并非他认为

---

① R. W. B. Lewis, *The American Adam: Innocence, Tragedy and Tradition in the Nineteenth Century*, p. 9.
② David Biale ed., *Insider/Outsider: American Jews and Multiculturalism*, Berkeley: University of California Press, 1998, p. 8.

第二章　美国"自我"的审视：冷战结束后美国小说中的民族性反思　79

的那样"坚不可摧，牢不可破"，恰恰相反，"女儿和那个年代将他的乌托邦想象击成了碎片"①。尽管出身于斯维德倾力打造的优渥家庭，梅丽却完全以一个叛逆者的形象出现，在20世纪60年代反主流文化、民权运动等引发的一系列社会骚动中走上街头参加抗议示威。越战爆发后，年仅16岁的梅丽成为反战的激进分子，炸毁老瑞姆洛克的邮局并造成意外伤亡后成了逃犯，又接连以极端主义的暴力对抗社会，成为多起爆炸案的主犯。不仅如此，梅丽的抗议不但针对越战，还指向了她的家庭内部，正如梅丽同党对斯维德的指责："你只不过是个可耻的资本家，靠着剥削棕色和黄色皮肤的人发家，逍遥地住在对黑人戒备森严的豪宅中。"②在诸如梅丽及其同党等当时的激进分子看来，斯维德"田园理想"的实现是以牺牲其他弱势群体为代价的，因此，成就斯维德"特权"生活的体制乃至美国整个国家更需要被讨伐甚至颠覆，"对她（梅丽）而言，美国身份意味着对美国的憎恨，但对他（斯维德）而言，热爱美国才是无法割舍的情怀……他热爱她所仇视的美国，热爱她所埋怨的生活中的不完美和极力推翻的一切事物，他热爱她所憎恶的、嘲讽的、渴望颠覆的'资产阶级价值观'"③。犹如亚当被驱逐出伊甸园，斯维德也因这个"美国最愤怒的孩子"④从田园牧歌式的生活状态坠入了纯真不再的"失乐园"。

　　有意思的一点是，即使在梅丽等60年代激进分子的"反美牧歌"中，依然内化有美国的田园主义情怀，即马克斯在研究美国现代田园主义中所言的"田园冲动"，它发源于以"返璞归真"为核心理念的传统田园主义，在现代社会表现为"面对体制化的社会中不断膨胀的权力和复杂性，人们所产生的那种挣脱统治文化的欲望，渴望在'更接近'自然的领域另寻出路，寻找更简单的、更令人满足的生活状态"⑤。一定程度上，这种现代"田园冲动"与以梅丽为代表的60年代美国新左派的原始诉求不谋而合。与老左派倚重工人阶级、以阶级斗争为核心战略、专注于推翻资本主义经济模式不同的是，新左派更加关注社会道德、政治和文化问题，由于其核心力量大多为物质条件富足、成长环境优越的白人大学生，新左派也被马克斯称为"享有特权的异见者"⑥。二战后，美国的繁荣经济和强大的

---

① Philip Roth, *American Pastoral*, p. 86.
② Philip Roth, *American Pastoral*, p. 133.
③ Philip Roth, *American Pastoral*, p. 213.
④ Philip Roth, *American Pastoral*, p. 279.
⑤ Leo Marx, "Pastoralism in America", *Ideology and Classic American Literature*, p. 54.
⑥ Leo Marx, "Pastoralism in America", *Ideology and Classic American Literature*, p. 63.

军事力量使新左派将注意力转向国内的社会问题，因民主体制的缺陷而造成的社会不公平、种族不平等激发了他们的不满，进而他们为争取民主、民权、大学体制改革以及反对越战发起了一系列激进的学生运动。正如美国加州大学伯克利分校"自由言论运动"的学生领袖在 1964 年的高声呐喊："如今，机器的运行令人作呕，它让你因无法参与其中而伤心绝望；它甚至完全由不得你来掌控，你只能用自己的身躯压制它的齿轮、方向盘、杠杆和所有装置，才能使它停止运转。你向机器的操作者、拥有者宣告，除非你获得自由，否则他们的机器将永远不能工作。"[1] 如同憎恶机械技术文明的传统田园主义者，60 年代新左派也怀有对"机器"——包括大学、政府、官僚资本主义在内的现代社会体制的强烈不满。

但与选择归依自然的传统田园主义者不同的是，新左派的"田园冲动"多止步于抵制、批判和颠覆层面，他们并未真正谋求到取代旧体制、更令人满意的新模式，而是恰恰相反，他们最终选择了重回"体制"。美国政治科学家哈维·曼斯菲尔德在评价 20 世纪 60 年代美国激进的自由主义时曾指出："60 年代的革命更像是孩子对父母的叛逆，而非公民对政府的抗议。它的意义多在于形式而非实质性的内容，它的产物多是长头发的异见者而非一个新型政府。新左派在抵制原有体制之后，并未展示出新的替代物；它缺乏老左派的组织力、权力的集中，并且太过感情用事。"[2] 不可否认，在一定程度上，"为反叛而反叛"是新左派的一个重要驱动力，"只破不立"也成为新左派的一个致命弱点。更具讽刺意味的一个事实是，到了八九十年代，许多新左派的革命者在步入中年时纷纷回归了"体制"，一些当初的激进分子成为主流社会的政客、大学教授、华尔街投行的老板，如同青春期的孩子长大成人，年少轻狂时的"叛逆"已蜕变为成熟后的与"体制"和谐相处。在马克斯看来，美国现代田园主义可以分为三个阶段，"田园主义者"在经历了"田园冲动""抗议体制"前两个阶段后，多以"回归原有体制"的方式完成第三阶段。[3] 可以说，在现代资本主义—消费主义统治下的世俗社会中，美国的田园主义更多地表现为现代人的一种充满浪漫色彩的怀旧情怀，它有自省的冲动，有改革的意愿，同时

---

[1] S. Martin Lipsit and Sheldon S. Wolin eds., *The Berkeley Student Revolt*, New York: Doubleday, 1965, p. 163.

[2] Harvey C. Mansfield, "The Legacy of the Late Sixties", in Stephen Macedo ed., *Reassessing the Sixties: Debating the Political and Cultural Legacy*, New York: W. W. Norton & Company, 1997, p. 37.

[3] Leo Marx, "Pastoralism in America", *Ideology and Classic American Literature*, p. 56.

也提供了与现实妥协后的精神寄托。在《美国牧歌》中，以梅丽为代表的"享有特权的异见者"在20世纪60年代成为"反思特权""抗议特权"的激进分子，揭示了斯维德实现其所谓的田园理想生活所仰仗的"反田园主义"的资本的力量，声讨了美国标榜的自由、民主、平等理念在民权领域及越战中所表现出的相悖实践。然而，从另一个角度来看，这种反思和抗议本身也可视为美国现代田园主义中的"进步主义"力量，使"美国牧歌"成为改良现有体制的一种怀旧而充满希冀的理想。

三 亚当神话与田园主义的当代启示

事实上，与现代田园主义"重回体制"相似的是"美国亚当"在"堕落"之后的成长。刘易斯在解释"美国亚当"概念的现实意义时曾指出，亚当式人物的成长轨迹一般是："纯真亚当的诞生，初探未知世界，与世界产生冲突，'幸运的堕落'，经历痛苦后收获智慧和成熟。"[①] 可以说，从"伊甸园"坠入现实世界是亚当成熟的必要阶段，而亚当神话的意义不仅仅在于揭露他的"纯真"本质，更重要的是，不切实际的"纯真"可以成为自省与反思的出发点，进而为培养更具智慧的"纯真"创造条件。不难发现，在《美国牧歌》中，罗斯描述斯维德家庭悲剧的笔触少了强烈的讽刺与批判，而多了冷静的审视和哀婉，甚至在形容斯维德田园梦想破灭时，罗斯用的是"不幸却伟大的堕落"[②] 的字眼。尽管梅丽触发了一场家庭地震，击碎了斯维德原本田园牧歌式的生活状态，但她的极端叛逆并未彻底击垮她所抨击的美国"体制"和资产阶级价值观。起码就她的父母而言：梅丽的妈妈选择"埋葬过去，重新开始——无论是面容、房子，还是丈夫，一切都是全新的"[③]；斯维德选择了隐忍的"双面人生"——一面竭力压抑自己的恐惧，一面组建了新的家庭，并努力地呵护他的现任妻子和三个儿子"纯真的完整"[④]。某种意义上，当斯维德自欺欺人的田园想象破灭之后，他选择了归依现实，把田园主义化为一种纯粹的理想寄托和不断自省的源泉；或者说，当"美国亚当"从"伊甸园"坠入现实世界，丧失的更多的是无知的"纯真"，而当他在认清现实后选择重新开始，收获的不失为另一种识时务的"纯真"。更大意义上，无论是美

[①] R. W. B. Lewis, *The American Adam: Innocence, Tragedy and Tradition in the Nineteenth Century*, p. 153.

[②] Philip Roth, *American Pastoral*, p. 88.

[③] Philip Roth, *American Pastoral*, p. 366.

[④] Philip Roth, *American Pastoral*, p. 81.

国田园牧歌还是亚当的纯真,其所兼具的理想色彩和现实关怀使之为实现个体乃至整个社会的进步提供了反思的源泉和追求的指向。

著名美国文学批评家伊哈卜·哈桑在1961年出版的《极致的纯真:当代美国小说研究》一书中也曾评论道,美国小说的一个重要母题是反思美国民族拥有"极致纯真"个性的形象,他具有超越历史而不朽的英雄气质,"使梦想超越历史,甚至使历史因梦想而改写",但同时,他又是一个充满悖论的"反英雄"——"一个深度的梦游者,一个殉道者,一个反叛者,他还是一个小丑,一个魔术师,使现实与有关伊甸园和乌托邦的幻想保持平衡"[1]。《美国牧歌》中,斯维德的"极致纯真"使他具备了"让梦想超越历史"的"英雄"色彩,使他相信美国是各个族裔和谐融合的"大熔炉",使他想象田园牧歌的生活状态在由资本主义经济主宰的现代社会依然可以实现;但他同时又是一个悲壮的"反英雄",他所经历的家庭悲剧使他意识到少数族裔的身份困境,使他认清伊甸园的虚幻和田园理想中充斥的怀旧情怀和浪漫主义色彩,使他在回归现实重新开始的同时依然希冀"纯真的完整",当然,是经过现实的严酷洗礼而更加成熟的"纯真"。马克斯在解读美国文学中反复出现的田园主义人物时也曾提到,尽管他们的"田园梦想暴露出致命的虚幻性,但怀有田园理想的人总能劫后重生"[2]。无论是"美国亚当"的传奇,还是美国的田园牧歌,美国民族神话的意义在于引发人们对现状的反思,对不足的改良,以及在与现实和解后依然可以心怀本真的梦想,如同美国文学批评家菲利普·拉夫在评价美国研究中的神话与象征学派时所言的,"神话总能带来治愈时间创伤的希望"[3]。

然而,拉夫同时也指出:"神话迷信流露的是对历史(现实)的恐惧……神话的可靠性在于它的稳定状态,而历史的意义则在于它是变革的能量站,能够打破传统进而创造未来。"[4] 尽管拉夫将神话与历史对立来看的观点有失偏颇,但如何把握神话与现实相互作用的关系确是实现神话意义的关键。在《美国牧歌》中,斯维德作为犹太裔"美国亚当"的神话反思了"大熔炉"概念中族裔性消弭和向白人盎格鲁—撒克逊新教世界同化

---

[1] Ihab Hassan, *Radical Innocence: Studies in the Contemporary American Novel*, Princeton, New Jersey: Princeton University Press, 1961, p. 328.

[2] Leo Marx, "Pastoralism in America", *Ideology and Classic American Literature*, p. 59.

[3] Philip Rahv, *The Myth and the Powerhouse: Essays in Literature and Ideas*, New York: New Directions, 1965, p. 6.

[4] Philip Rahv, *The Myth and the Powerhouse: Essays in Literature and Ideas*, p. 6.

的本质，一定程度上也为应对美国的多元文化现实提供了启示；梅丽作为20世纪60年代新左派的代表在"美国田园主义"神话的冲动力下反思美国的政治文化体制，同样也在某种意义上为更好地实现美国自由、民主、平等的民族价值观创建了起点。然而，当"反思"进入"改良"的层面，现实操作中难免会有矫枉过正的风险，从梅丽的悲惨结局可见一斑：当斯维德在梅丽逃亡的五年后找到她，衣衫褴褛、骨瘦如柴的梅丽已成为耆那教徒，严格遵循戒杀、苦行和自省的教义，在臭气熏天的蜗居中过着不人不鬼的生活。她在经历了"田园冲动""抗议体制"后并未选择"重回体制"，而是以另一种极端的方式对抗美国，甚至对抗正常生活本身。

从更大的层面来看，比起改良前现实的不尽如人意，"矫枉过正"也同样危险。值得注意的是，尽管《美国牧歌》主要讲述了斯维德一家在20世纪60年代遭遇的悲剧传奇，但故事本身是由斯维德的高中校友祖克曼①在20世纪90年代进行的回忆式叙述，时值美国学界对多元文化主义充满疑虑、新保守主义者对以新左派为代表的激进自由主义加以批判之时。1992年，美国学者小阿瑟·施莱辛格指出，当下多元文化主义已演变成为对族裔特质性的狂热崇拜，美利坚合众国将因"分裂、种族再隔离和部落化"②成为美利坚"分众国"；1993年，有美国新保守主义"教父"之称的欧文·克里斯托尔发表了题为"我的冷战"③的文章，宣称："对我而言压根没有'后冷战'一说。鉴于现代自由主义思想对美国社会的残酷侵蚀，我的冷战非但没有结束，并且正在加剧。"④ 在施莱辛格和克里斯托尔看来，无论是多元文化主义对"大熔炉"概念的"矫枉过正"，还是像新左派以"自由主义"的名义、以"为反叛而反叛"的方式对美国民主资本主义体制的"矫枉过正"，甚至发起了像小说中梅丽及其同党投身的"仇视美国"运动，都在瓦解美国民族的凝聚力和文化价值观。喧嚣的"革命"之后，带来的是社会的动荡、道德的沦陷甚至整个民族的分裂，显然，这与多元文化主义的初衷、与根植于美国民族血液的自由、民主、

---

① 祖克曼是罗斯常用的小说叙述者，曾被罗斯称为他的第二个自我、另一个大脑。参见 Philip Roth and Charles Mcgrath, "Zuckerman's Alter Brain", *New York Times*, May 7, 2000, http://www.nytimes.com/books/00/05/07/reviews/000507.07mcgrat.html。

② Arthur M. Schlesinger Jr., *The Disuniting of America: Reflections on a Multicultural Society*, New York: W. W. Norton & Company, 1992, p. 18.

③ 该文章于1993年发表于《国家利益》杂志，后被克里斯托尔收录入其1995年出版的《新保守主义：一个理念的自传》。

④ Irving Kristol, *Neoconservatism: The Autobiography of an Idea*, New York: Free Press, 1995, p. 486.

平等的理念是格格不入甚至是大相径庭的。

对世纪末的美国学界和新保守主义者来说,"矫枉过正"之后的迫切任务是"拨乱反正"。施莱辛格在发出美利坚"分众国"警告的同时,呼吁要"珍视不同文化和传统",也要维护"凝聚共和国的纽带"[1];美国政治学家迈克尔·沃尔泽也评论道,对"族裔—美国人"而言,破折号应当"发挥着加号的功能"[2],两端身份的叠加才是对美国民族身份的理性认知。克里斯托尔在批判20世纪60年代反主流文化运动对美国社会道德风尚和文化价值观所造成的颠覆性破坏时指出,"就新保守主义者而言,家庭和宗教应当是一个体面社会不可或缺的两大支柱"[3]。也就是说,传统的文化价值观奠定了美国文明的根基;同时,新保守主义者对民主资本主义充满了信心,认为美国民族的未来应建立在自由市场经济的基础上,坚守个人自由的信条,维护传统文化价值观以保障社会道德秩序。不言而喻的是,无论对现有体制采取任何形式的改良,都是为了"发扬"而非"颠覆"美国的民族精神,"捍卫"而非"击垮"美国的民族形象,而这也正是美国民族神话的价值所在。

著名美国研究学者萨克文·伯克维奇在20世纪90年代曾评价道,美国(文学)自二战以来经历的是"分歧的时代",文化、社会、政治等各方面的"共识"被"多元论和对立论"等打破,但这些"共识"却是美国民族身份和凝聚力的重要象征。[4] 值得一提的是,"共识"并不代表故步自封,无论是60年代新左派对美国族裔政治及民主体制"共识"的反思与激进对抗,还是90年代以来的美国学界和新保守主义者对多元文化主义和自由主义"共识"的再反思与再纠正,美国民族的最大"共识"在很大程度上体现在不断反思、不断改良、不断重构。同样是在20世纪90年代,罗斯以一曲哀婉的"美国牧歌"唤醒了"共识"的美国民族神话:无论是"美国亚当"的"纯真",还是"美国田园"的浪漫主义理想,无论是亚当的堕落与成熟,还是田园理想的破灭与坚守,绵延"美国牧歌"始终的是对美国"自我"的坚守。

---

[1] Arthur M. Schlesinger Jr., *The Disuniting of America*, p. 138.
[2] Michael Walzer, *What It Means to be an American*, New York: Marsilio, 1992, p. 45.
[3] Irving Kristol, *Neoconservatism: The Autobiography of an Idea*, p. 232.
[4] Sacvan Bercovitch, *The Rites of Assent: Transformations in the Symbolic Construction of America*, New York: Routledge, 1993, pp. 353-355.

第三节　美国民族性之杂糅观：杰弗瑞·尤金尼德斯《中性》中的"自我重塑"传奇[①]

20世纪30年代，当美国笼罩在大萧条的昏暗之际，"美国梦"一词正式进入英语世界。在1931年出版的《美国史诗》中，美国历史学家詹姆斯·特拉斯洛·亚当斯赋予了"美国梦"概念名正言顺的身份，被其定义为"一个国家的梦想"，即"在这个梦想中，每个人根据自己的能力和成就，都有机会过上更好、更富足、更充实的生活"[②]。在当时，这个格外凸显"自我"的力量、笃信"生活将更加美好"的国家许诺为无数潦倒窘迫的美国人燃起创造新生的希望，更掷地有声地鼓舞万千移民毅然决然地抛弃故土，远渡重洋来到美国。然而，当梦想照进现实，许多移民不得不接受的残酷真相却是"美国梦"只是一场虚幻的"美国白日梦"，见证抑或亲历"自我重塑"的信念一步步沦为"自我毁灭"的悲剧。梦想与现实之间的强烈反差，无疑为小说家提供了绝佳的素材，而在戏剧化塑造人物、演绎其人生故事的同时，不少小说还会对个体悲剧的成因进行深入挖掘，对其中个人与社会分别应当承担的责任进行深刻剖析，使微观聚焦的虚构叙事成为一种宏观指涉的寓言书写，为理解美国"自我"的内在矛盾及其导致的民族危机提供了一种启迪。

希腊裔美国小说家杰弗瑞·尤金尼德斯的代表作《中性》正是这样一部作品。出版于2002年，《中性》不仅是热卖400余万册的畅销书，更一举拿下普利策小说奖、大使图书奖，入围美国国家书评人协会决赛名单、国际都柏林文学奖短名单等多个世界文坛的重要奖项。《中性》之所以受到普通大众与文学评论界的广泛青睐，与它跨越两大洲、涵盖一家三代、纵贯80多年、融合多个真实历史事件的丰富厚重不无关系；也与它引人入胜的跌宕故事和鲜明迥异的人物塑造有直接关联——一个希腊裔美国移民家庭奋斗与毁灭并存的传奇，有战火中逃难的祖辈，有二战后发家的父辈，还有因先天染色体缺失而雌雄同体的双性人主人公；更与它独特的叙事视角、对美国人"自我重塑"神话的拆穿与批判、对美国民族特性的反思与重构有着紧密渊源。将杂糅的叙事结构与杂糅的美国民族性有机融为

[①] 本节部分内容原载于《外语教学》2021年第4期。
[②] James T. Adams, *The Epic of America*, Boston: Little, Brown and Company, 1933, p. 374.

一体,《中性》不仅实现了小说形式与主题的统一,更完成了个体与国家、过去与现在相互映射的美国"自我"审视。

一 杂糅叙事的多重意义

概括而言,《中性》的四个部分大致可归为两条平行的故事线:一个是希腊裔美国移民家庭的家世传奇,另一个是叙述者的成长回忆录。尤金尼德斯在2006年的一次访谈中坦言,在写作过程中,小说的平行故事线曾一度让他颇为头疼:"我需要一个第一人称的叙述者,因为我想最大程度地走进叙述者的人生经历、尽可能地亲近他的内心活动",然而,由于这本小说一半的篇幅都聚焦在主人公的祖父母和父母身上,"我还需要一个第三人称全知全能的叙述者为他们注入活力,使他们同样鲜活起来。这就意味着我同时需要走进他们的内心世界,显然,这有违第一人称叙事原则"[1]。最终,尤金尼德斯创造了一个兼具第一人称主观性和第三人称全知全能性的"杂糅"叙述者,[2] 为小说主人公兼叙述者的卡尔赋予了犹如上帝一般强大的"自我"力量:"我,独自一人,在原初卵子的秘密包厢,见证着所发生的一切。"[3]

不容置喙的叙事权威不仅体现在卡尔对祖辈父辈经历的描述,在他个人不断"自我重塑"的成长记录中同样表现卓著。小说一开始,卡尔便公开宣告了他的两次"出生",一次是"出生在1960年的女性婴儿",另一次是"出生在1974年的男性少年"[4]。然而,他并未由此开始讲述自己的离奇人生,而是故弄玄虚般地为他的第三次"出生"作了预告:"但现在,41岁的我觉得即将迎来又一次重生。在忽视了几十年之后,我开始认真思考一件事,那就是早已去世的先祖们、不曾认识的远房表亲们或者就像我这样一个近亲结婚的家庭,所有事情都有一个同一的源头。因此,趁一切还来得及,我想把它永久地记录下来:一个基因在时光隧道中过山车一般跌宕起伏的故事。"[5] 如果说卡尔的前两次"出生"是生物学意义上的,那么卡尔的第三次"出生"则是一种彻彻底底的"自我重塑",凭借的是他自己对家族过去的建构权威和对当下现状的掌控力量。

---

[1] James A. Schiff, "A Conversation with Jeffrey Eugenides", *The Missouri Review*, Vol. 29, 2006, pp. 109 – 110.
[2] Jonathan Safran Foer, "Jeffrey Eugenides", *BOMB*, Vol. 81, 2002, p. 76.
[3] Jeffrey Eugenides, *Middlesex*, New York: Farrar, Straus and Giroux, 2002, p. 206.
[4] Jeffrey Eugenides, *Middlesex*, p. 3.
[5] Jeffrey Eugenides, *Middlesex*, pp. 3 – 4.

第二章　美国"自我"的审视：冷战结束后美国小说中的民族性反思　87

　　无论是全知全能讲述的家族传奇，还是第一人称书写的成长故事，全然处在卡尔的"自我"操纵之中，彰显着他建构历史和建构自我的能力。但从另一角度来看，卡尔兼具第一人称和第三人称的杂糅视角使他的叙事同样充满了自我反省甚至自我解构。正如他的自白，"作为叙述者，那时的我连胚胎还没形成，自然对任何事情都没有完全的把握"[1]，卡尔并非具有一般意义的"全知全能"，他所讲述的家族历史（特别是他出生之前的那段）既非亲眼所见或亲身经历，也非基于客观事实的再现，而是他作为一个书写者的主观建构，其中自然而然掺杂着臆想与雕琢。悖论的是，卡尔非但没有掩饰自己叙事的偏颇，而是有意指明他作为叙述者的不可信。自我指涉性的叙事是元小说的主要特征之一。根据英国文学评论家帕特里夏·沃对元小说的定义，"作为一种虚构写作，元小说有意识地且系统地凸显自己是一种人为创造物的身份，从而对虚构和现实的关系提出质疑"[2]，换句话说，通过对虚构生产过程的自我展示，元小说实际完成的是对虚构本身的质询。就这个意义而言，卡尔的自指性叙述不仅弱化甚至解构了自己"全知全能"的权威，更在广义层面上质询了"自我"的力量，使整部小说在叙事层面表现出"自我建构与重构"和"自我反思与解构"的杂糅性。

　　另外值得一提的是，在卡尔不时进行自我解构的家族故事讲述中，却穿插着许多真实历史事件。从1922年土耳其士麦拿（现称伊兹密尔）的大火[3]到20世纪30年代美国的伊斯兰民族组织[4]，从1967年底特律的骚乱[5]到70年代土耳其入侵塞浦路斯[6]，卡尔祖父母和父母均"生活"在真实的历史之中。事实上，在虚构故事中融入真实历史是历史编纂元小说

---

[1] Jeffrey Eugenides, *Middlesex*, p. 9.
[2] Patricia Waugh, *Metafiction: The Theory and Practice of Self-Conscious Fiction*, London and New York: Methuen & Co. Ltd., 1984, p. 2.
[3] 1922年9月，士麦拿的大火烧毁了这座港口城市的大部分地区，它发生在土耳其军队重新控制该城市的四天后，有效地结束了希腊—土耳其战争。
[4] 1931年，自称来自麦加的阿拉伯人法尔德及其助手伊利贾·穆罕默德在底特律创立伊斯兰民族组织，又称"美国黑人穆斯林"。这是一个以伊斯兰教为旗帜的宗教政治组织，宣扬黑人是人类的始祖，美国黑人是真主的选民，号召美国黑人皈信伊斯兰教，力图在美国建立一个黑人国家。
[5] 1967年7月，在底特律警方查停一间无牌照酒吧的时候，支持者及围观市民与警方发生冲突，并进一步演变成美国历史上死亡人数最多的暴动之一。
[6] 1974年，土耳其军队以保护土耳其族居民为由，入侵塞浦路斯，并占据了全塞浦路斯36%的领土。自1960年塞浦路斯摆脱英国统治而独立，该岛的两大民族——希腊族和土耳其族塞浦路斯人一直纷争不断。

的惯用技法。在 1988 年出版的《后现代诗学》中，加拿大文学批评家琳达·哈钦提出了历史编纂元小说概念，即"那些具有强烈自我指涉性又悖论地指向真实历史事件和人物的虚构作品"[1]。哈钦进一步指出，作为一种后现代文体，历史编纂元小说与传统历史小说有显著不同，后者讲究对历史的忠实还原，而前者却模糊了虚构与真实的边界，同时吸纳了对过去的反思和对当下的关切，即"通过观照现在，（小说）对过往进行了重新评估，并使两者展开对话"[2]。在 2002 年与美国小说家乔纳森·萨福兰·福尔的一次对话中，尤金尼德斯亦谈到了《中性》中的历史元素。按照尤金尼德斯自己的解释，《中性》并不是历史小说、仅仅专注过去，而是"将过去延伸至现在，使小说中的历史呈现出巡回游走的轨迹……整部书一直在现在和过去之间来回切换，过去存在于卡尔的记忆或者重构之中，而非一种老旧过时的死物"[3]。从这个角度来说，《中性》的杂糅叙事不仅体现在家世传奇与成长回忆录的交织结构，同样体现在它所发起的虚构与现实、历史与当下的对话，使小说虚构人物的"自我"故事拥有了暗喻真实美国"自我"的寓言式关联。因此，杂糅的叙事延展到了杂糅的主题，实现了小说形式与内容的有机统一和相互指涉。

二　绝对化身份的悲剧

"这是一部关于身份进行的多重转变的小说"[4]，尤金尼德斯在访谈中如是说。很大程度上，这种身份转变与个体对美国"自我重塑"神话的笃信和追求紧密相关。为了弄清楚自己双性身份的根源，卡尔先是追溯到了祖父莱福特和祖母黛丝德蒙娜身上，而他们主要经历了两个维度的身份转变：从兄妹转变为夫妻，从希腊人转变为美国人。希腊裔美国社会学家乔治·A. 库维塔里斯曾研究发现，希腊人拥有一种维护纯洁民族性的强烈意识，为此，他们往往"通过亲缘纽带和同族婚姻来提升民族内部的团结"[5]。然而，在莱福特和黛丝德蒙娜所在的小亚细亚乡村，20 世纪初人

---

[1] Linda Hutcheon, *A Poetics of Postmodernism: History, Theory, Fiction*, New York: Routledge, 1988, p. 5.
[2] Linda Hutcheon, *A Poetics of Postmodernism: History, Theory, Fiction*, p. 19.
[3] Jonathan Safran Foer, "Jeffrey Eugenides", *BOMB*, Vol. 81, 2002, p. 79.
[4] James A. Schiff, "A Conversation with Jeffrey Eugenides", *The Missouri Review*, Vol. 29, 2006, p. 116.
[5] George A. Kourvetaris, *Studies on Greek Americans*, New York: Columbia University Press, 1997, p. 179.

第二章　美国"自我"的审视：冷战结束后美国小说中的民族性反思　89

口的持续外流严重缩小了同族结婚的选择范围，用莱福特的话来说，当时可结婚的对象只有"身有异味"和"胡子长得比我还大"的两个女孩。① 因此，他爱上了自己的妹妹，最终不顾乱伦而结为夫妻。如果说莱福特和黛丝德蒙娜的第一次身份转变是由于高度的希腊民族意识不得已而为之，那么作为第一代移民，从希腊移居美国的动因亦充满了无奈。专注于考察希腊裔美国移民的人类学家斯塔夫诺斯·K. 弗朗哥曾指出，1891 年到 1921 年涌现的第一波希腊移民大多是被迫背井离乡的，"促使他们到异国工作的原因主要包括：履行家庭责任（如为妹妹准备嫁妆、在乡下置办家产）、完成与外国雇主签订的长工协议、逃离阶级歧视日益加重的希腊乡村以及躲避巴尔干战争和一战的从军义务等"②。《中性》中，同样是希腊和土耳其日益升级的战火，迫使莱福特和黛丝德蒙娜在 1922 年踏上了前往美国的逃难之路。尽管移民并非完全自愿，但大多数希腊人对美国这个新世界依然充满了期待。根据叙述者的描述，在远渡重洋的客轮中，到处是怀揣"自我重塑"梦想的移民："烟草农梦想着成为赛车手，丝绸染匠梦想着成为华尔街大亨，制帽女工梦想着成为齐格菲尔德歌舞团的明星。"③ 莱福特也是其中的一员，他不仅表现出对美国爵士乐的极大热情、有意识地选择美国化的装扮，更将这趟跨越大西洋的远行视为"重生"之旅："欧洲和小亚细亚在他们身后死去，迎接他们的是美国，是新的天地。"④

然而，对莱福特和黛丝德蒙娜来说，移民后的现实生活却一再粉碎他们对美好新生的愿望，"自我重塑"也在不同意义上以失败告终。白天，莱福特在底特律福特工厂的流水线上像机器一样工作，晚上，他被要求参加"福特大熔炉学校"，不仅需要补习英语，还要学习美国的文化价值观和生活习惯。⑤ 曾有评论家指出，"福特大熔炉学校"真正的目的是将移民工人转变为"美国经济流水线上的无名机器——不是将他们融入美国，而

---

① Jeffrey Eugenides, *Middlesex*, p. 29.
② Stavros Frangos, *Greeks in Michigan*, East Lansing: Michigan State University Press, 2004, p. 7.
③ Jeffrey Eugenides, *Middlesex*, p. 68.
④ Jeffrey Eugenides, *Middlesex*, p. 68.
⑤ 小说对"福特大熔炉学校"的描述几乎与真实历史完全吻合。随着大规模流水线生产对廉价劳工的需求越来越大，福特汽车公司在 20 世纪初招募了大量移民工人。1914 年，福特公司专门成立了"社会保障部"，以监管工人工作和居家的行为规范，如不定期到工人家里检查清洁状况、银行账单等。"福特大熔炉学校"即为"社会保障部"开设，旨在通过英语培训和美国历史、文化、道德教育使移民员工"美国化"，而只有通过该校考核的员工才可获得留聘。

是将他们的族裔痕迹统统抹去"①。不仅如此,"美国化"教育并非对所有移民一视同仁,因为在大熔炉理念中,移民被要求"熔"入的美国本质上"是以盎格鲁—撒克逊群体作为主导族裔和模范榜样,由英国殖民者和北欧移民的后裔构成"的,因此,"对谁可以被美国化、谁不可以被美国化有着明确的区分"②。从这个角度来看,身为南欧"新移民"③ 的莱福特注定无法"成为真正的美国人"。事实也的确如此,尽管莱福特在"福特大熔炉学校"表现优异,也自认为"新的国家和新的语言帮助我逐渐告别过去"④,但在最终考核时,他被指控与蔑视盎格鲁—撒克逊文化、拒不接受美国同化教育的人来往密切,未能拿到"福特大熔炉学校"的毕业证书。丢了工作的莱福特为生计所迫,不得不在禁酒令下铤而走险,通过贩卖私酒和经营地下酒吧勉强度日。相比而言,黛丝德蒙娜的"自我重塑"则失败得更加彻底:"在美国生活的40年里,她始终是一个流亡者、一个过客"⑤。她沉溺于过去无法自拔,不仅一生都在怀念希腊,更为自己的乱伦婚姻惶恐自责,以至于暮年时患上了重度抑郁症。一个是被"美国化"拒绝,另一个是拒绝"美国化",莱福特和黛丝德蒙娜始终无法调和自己的希腊血统和美国身份,非此即彼的身份选择使他们"自我重塑"的"美国梦"变成了"美国白日梦"。

但对出生在美国的第二代移民特别是卡尔的父亲弥尔顿而言,"美国梦"似乎真切实现了。希腊研究学者乔治·吉安纳里斯在研究希腊移民小说时曾指出,"这些小说有一个共同的主题,那就是对希腊民族传统和族裔身份的维护,与此同时,它们还有一个'反向主题',即不可避免地被同化"。具体到希腊裔美国小说,这个"反向主题"的演绎形式呈现出"与美国梦的极大契合"⑥。在《中性》中,弥尔顿正是这个"反向主题"的诠释者。从一开始,弥尔顿就坚定要成为"十足"的美国人。少年的他

---

① Debra Shostak, "'Theory Uncompromised by Practicality': Hybridity in Jeffrey Eugenides's *Middlesex*", *Contemporary Literature*, Vol. 49, No. 3, 2008, p. 395.
② Desmond King, *Making Americans: Immigration, Race and the Origins of the Diverse Democracy*, Cambridge, Mass.: Harvard University Press, 2000, p. 81.
③ 1911年,美国移民委员会将美国移民划分为两类:一类是来自北欧、西欧的"老移民",另一类是来自南欧、东欧的"新移民"。同时指出,文明化程度低的"新移民"已威胁到了美国社会和文化,因此需要减少移民配额,并通过"英语读写考试"加以限制。
④ Jeffrey Eugenides, *Middlesex*, p. 99.
⑤ Jeffrey Eugenides, *Middlesex*, p. 222.
⑥ George Giannaris, *The Greeks Against the Odds: Bilingualism in Greek Literature*, New York: Seaburn Publishing Group, 2004, pp. 53 – 54.

第二章　美国"自我"的审视：冷战结束后美国小说中的民族性反思　91

加入美国童子军，培养了自己的美国气质；成年的他在美国海军服役，接受了美国思维和意识形态观念的洗礼；退伍后的他受益于美国《退伍军人权利法案》[①] 提供的低息贷款，成为一家快餐店的老板。创业成功的他紧接着带领全家搬离了昔日的黑人贫民窟，在不远处的中产社区买了房子。白手起家不懈奋斗——从无名小卒到成为自己的老板——成功发迹后购置房产，一直都被认为是实现"美国梦"的典型写照，在二战后的美国则表现得更为显著。美国文化历史学家劳伦斯·塞缪尔曾指出："二战后，成为自己的老板的梦想在美国大爆发，这与退伍老兵厌倦了接受上级命令有很大关联。"[②] 1945 年《洛杉矶时报》的一份调查报告显示，"二战结束后，有七分之一的退伍军人想要自己创业，在平民百姓中，创业情绪也同样高涨"[③]。另一美国文化历史学家吉姆·卡伦也曾评论道，"相比美国梦的其他内涵，购置房产、拥有家庭的梦想具有最普遍的感召力，也得到了相当广泛的实现"[④]。与此同时，得益于二战后美国经济的蓬勃发展、政府在市郊大力兴建由流水线建造的低价房屋以及对退伍军人的特别优待，有相当一部分美国人可谓真正实现了"立业""安家"的梦想。

然而，不可忽视的一个事实是，"美国梦"在很长一段时间内只是美国白人的专属特权，在种族歧视严峻的现实中，自诩民主平等的"美国梦"的内在矛盾日益彰显，成为一种"美国困境"[⑤]。《退伍军人权利法案》对白人和黑人退伍兵进行了区分对待，如黑人退伍军人无法享受与白人平等的失业救济金、银行拒绝在黑人社区投放贷款等。作为低价流水线房屋建造的发起人，美国房地产商威廉·J. 李维特更直接拒绝将房子卖给黑人，用他的话来说，"我们要么解决房屋问题，要么解决种族问题，但

[①] 1944 年，美国国会颁布《退伍军人权利法案》（也称 GI 法案），对在二战中服役超过 90 天的美国公民提供医疗、住房、教育等方面的优惠政策，旨在帮助他们更好地适应战后平民生活。

[②] Lawrence R. Samuel, *The American Dream: A Cultural History*, New York: Syracuse University Press, 2012, p. 39.

[③] 转引自 Lawrence R. Samuel, *The American Dream: A Cultural History*, p. 39。

[④] Jim Cullen, *The American Dream: A Short History of an Idea That Shaped a Nation*, New York: Oxford University Press, 2003, p. 136.

[⑤] "美国困境"概念由瑞典经济学家贡纳尔·默达尔提出。在其 1944 年出版的《一个美国困境：黑人问题与现代民主》一书中，默达尔专门分析了"美国梦"对黑白种族的区别对待，这与美国标榜的民主理念背道而驰。参见 Gunnar Myrdal, *An American Dilemma: The Negro Problem and Modern Democracy*, New York: Harper & Brothers, 1944。

我们无法将两者放在一起"①。在《中性》中，一个颇具反讽意味的细节是，弥尔顿"美国梦"的成功实现恰"得益于"这种"美国困境"。在1967年底特律骚乱中，弥尔顿因为自己的白皮肤成了黑人攻击的对象，他的快餐店被烧毁，却为他赢得了一笔可观的保险理赔，用他的话来说："暴动是发生在我们身上最好的事情。一夜之间，我们家岌岌可危的中产身份有了质的飞跃，使我们有希望跻身上层、起码是中上层阶级。"②而为了搬入市郊的富人区，弥尔顿不得不首先参加房屋经纪人设计的"积分体系"考核，即对买主进行的有关族裔背景、宗教信仰、社会关系等方面的资质评估，之后又被要求一次性付清房子全款，却浑然不知中介推荐给他的房子都是"最不被看好、处在距离底特律最近的区域"③。从第二代希腊移民到"十足"的美国人，弥尔顿"自我重塑"的目标亦是一种绝对化的身份。为了表明自己的"脱胎换骨"，弥尔顿甚至公开咒骂"见鬼去吧，希腊人"，发誓自己永远捍卫美国的"国家利益"④。然而，在他儿子卡尔不失讽刺的刻画中，弥尔顿被形容拥有"一种坚定不移的自信，犹如贝壳一般将他包裹起来，为他抵御世界的攻击"⑤。在儿子眼中，父亲的"成功"多半归功于他"愚昧、自大的乐观"⑥，多少带有自欺欺人的臆想成分。同时，父亲一面利用希腊民族的异域文化、将热狗店命名为"赫拉克勒斯⑦热狗"以招徕顾客，另一面极力推崇绝对化的美国身份，他的"自我重塑"不过是一种虚伪的投机。

三 杂糅身份的希望

作为小说贯穿始终的真正主角，卡尔无疑拥有更为戏剧化的"自我重塑"经历。尽管弥尔顿将卡尔视为"彻头彻尾的美国女儿"⑧，卡尔却不曾忘却自己的希腊血统，甚至以此为荣，并与自己的美国身份有机融合。上小学时，面对自称是五月花号后代而处处显得高人一等的"统治者"，卡尔对他们的愚钝和懒惰进行了犀利批判："我该如何描述我的那些出身

---

① 转引自 Jim Cullen, *The American Dream: A Short History of an Idea That Shaped a Nation*, p. 152。
② Jeffrey Eugenides, *Middlesex*, p. 252.
③ Jeffrey Eugenides, *Middlesex*, p. 257.
④ Jeffrey Eugenides, *Middlesex*, p. 363.
⑤ Jeffrey Eugenides, *Middlesex*, p. 174.
⑥ Jeffrey Eugenides, *Middlesex*, p. 182.
⑦ 赫拉克勒斯是希腊神话中的大力神。
⑧ Jeffrey Eugenides, *Middlesex*, p. 470.

好、鼻子小、受财团资助的同学们呢？作为勤恳工作、勤俭自律实业家的后代，他们表现出数学和科学的天赋了吗？他们在制作手工时显现出独创力了吗？或者对新教工作伦理的全身投入？显而易见：没有。再没有比这些富家子弟更能拆穿基因决定论的谬误了。"[1] 相反，卡尔作为一个"少数族裔女孩"[2]，却切身践行了以勤勉自律为代表的美国传统道德要求，成为班上学业最出色的学生。与此同时，希腊背景并未成为卡尔成功的阻碍，而是为其出众增光添彩。在英文课学习《伊利亚特》时，卡尔不仅为这部经典出自希腊人之手而感到无比骄傲，更因自己"同荷马来自同一个地方"而受到英文老师的格外青睐。[3] 在卡尔看来，拥有希腊血统的自己和班上那些"白人—盎格鲁—撒克逊—新教"同学并无差别，因为"倘若放置在更广阔的视野中，倘若踏出国门走向世界，我们的相同点远远超过了不同点"[4]。

不难发现，与祖父母和父亲追求"要么希腊，要么美国"的绝对化身份不同的是，卡尔为自己设定了一种兼顾两者的身份。用美国社会学家玛丽·C. 沃特斯的理论来解释，卡尔的少数族裔血统在其身份界定中只发挥了"象征性"的作用。根据沃特斯的研究，对有些欧洲裔美国移民后代来讲，"当他们的族裔群体或个人实现了一定程度的阶级上升流动，他们便将自己的族裔血统视为象征性的、出于自愿选择的身份因子，它对个人产生的影响时隐时现，且通常被认为是一种有价值的个人资本……在他们看来，族裔身份无关紧要，而是一种自由选择，还会成为快乐的源泉"[5]。换句话说，将希腊血统和美国身份融为一体而非对立取舍，卡尔完成的是一种走向杂糅身份的"自我重塑"。霍米巴巴在其后殖民理论著作《文化的定位》中，将"杂糅"定义为不同身份因子在经历了动态协商后形成的一种新身份，它"避免了多重身份因过分强调差异而走向对立的极端"，同时又"在没有预设或强加等级的前提下，吸纳了不同的身份构成"[6]。可以说，杂糅身份的最大优势在于其突破了本质主义身份认同观，又最大限度地保留了身份的多元性。

---

[1] Jeffrey Eugenides, *Middlesex*, pp. 296–297.
[2] Jeffrey Eugenides, *Middlesex*, p. 298.
[3] Jeffrey Eugenides, *Middlesex*, p. 322.
[4] Jeffrey Eugenides, *Middlesex*, p. 333.
[5] Mary C. Waters, "Ethnic and Racial Groups in the USA: Conflict and Cooperation", 1992, http://archive.unu.edu/unupress/unupbooks/uu12ee/uu12ee0o.htm.
[6] Homi Bhabha, *The Location of Culture*, London and New York: Routledge Classics, 2004, p. 5.

事实上，卡尔的杂糅身份本身也体现在多个维度，不仅有族裔身份的杂糅，还包括性别身份的杂糅。由于一个突变的基因，"女性"卡尔在进入青春期后逐渐显现出男性性征，最终被诊断为雌雄同体的双性人。为了抗拒医生的治疗，"少女"卡尔毅然剪掉头发、换上西服并独自踏上了"自我重塑"为男性卡尔的征途："因为战争，我的祖父母逃离了家乡。52年后的今天，我也出逃了。我确信地感到我在拯救自己……如同莱福特和黛丝德蒙娜，我也正在变成一个全新的人，同样不知道我在新世界会经历什么。"[①] 需要指出的是，卡尔走向的"新世界"不是别处，而是极具隐喻意义的美国西部。美国历史学家弗莱德里克·J. 特纳在其1893年提出的"边疆学说"中，将美国西部描述为拯救美国社会和个人危机的"安全阀"，它欢迎"所有不堪忍受压迫的人们，所有拥有强健体魄和勇敢内心、渴望建功立业的人们"，它"是美国得以永葆青春、不断重塑的神奇源泉"[②]。尽管特纳曾宣告美国的边疆时代于19世纪末终结，但美国西部一直闪耀着"自我重塑"的神奇力量：无论是在拉斯维加斯的赌场实现一夜暴富，还是在好莱坞的电影工厂实现一夜成名，抑或是在硅谷的高科技园区实现改造世界的愿望。这片孕育"新生"的西部沃土也的确成为卡尔的福地。在旧金山，卡尔感受到了"包容双性人的空气"[③]，他对自己的"特别"不再惶恐，而是意识到"一种新的可能正在涌现。和解、不确定、模糊，而非彻底毁灭：自由意志正在复原。是生活将生物学意义上的大脑转变为了具有思想的头脑"[④]。尽管"新世界"并未改变卡尔雌雄同体的身体（他当初逃离的一个主要动因就是不愿接受性别修复手术），但却为他带来了自我和解的顿悟，使他坦然接受了性别杂糅的身份。

无论是族裔杂糅身份，还是性别杂糅身份，都是卡尔真正凭借"自我"意志和力量而完成的"自我重塑"。当卡尔从旧金山回到底特律市郊的家参加父亲的葬礼时，他更加深切地感受了自己身份的杂糅："风卷起雪花吹打在我拜占庭式的脸庞，它同时也是我（希腊）祖父的脸庞，是我曾经身为美国女孩的脸庞。"[⑤] 值得一提的是，卡尔作为小说的叙述者，自述写下这部集家族故事与成长回忆录为一体的"自传"是2002年，那时

---

① Jeffrey Eugenides, *Middlesex*, p. 443.
② Frederick J. Turner, *The Frontier in American History*, New York: Holt, Rinehart and Winston, Inc., 1962, p. 250.
③ Jeffrey Eugenides, *Middlesex*, p. 488.
④ Jeffrey Eugenides, *Middlesex*, p. 479.
⑤ Jeffrey Eugenides, *Middlesex*, p. 529.

第二章　美国"自我"的审视：冷战结束后美国小说中的民族性反思

的他是美国国务院派驻柏林的文化参赞。无论写作的地点（柏林）还是时间（2002年）都不免让人联想到20世纪末到21世纪初美国经历的最重要的两大历史事件：一是冷战的结束，二是"9·11"事件。如同卡尔的自白，"这座曾经分裂的城市使我想到了自己。想到了我寻求和解、向往统一的努力。我来自一个至今因种族仇恨分裂的城市，但在柏林，我感受到了希望"[1]，《中性》的故事同样使人想到了现实中的美国。在更广义层面上，卡尔追求的杂糅身份和"和解统一"的希望亦对后冷战和后"9·11"的美国"当下"有着启示意义：如何化解黑白种族的对立，如何处理多元族裔与美国民族认同的关系，如何在认清"美国梦"的本质之后继续"自我重塑"的追求，如何在剖析美国内外危机之后反思并重构美国的民族性。

加拿大文学评论家诺斯罗普·弗莱在其代表作《批评的解剖》中，曾探讨了"寓言"在文学创作和批评中的普遍存在和重要作用。其中，弗莱指出，文学叙事与主题之间暗含一种隐性的寓言关系，即意象[2]的结构（或者说，文学作品的形式）"既可以被当成叙事也可以被当成意义来进行研究"。就这个意义而言，"所有文学批评都是一种寓言化解读，即为诗学意象的结构赋予某种主题意义"[3]。叙事结构与主题意义之间的寓言关系在《中性》中的表现格外醒目：杂糅的叙事视角和杂糅的身份建构形成了暗喻指涉，回忆过往与反思当下形成了对比参照，叙述者不断凸显却又不断解构的叙事权威与一家三代不断憧憬却又不断幻灭的"自我"力量形成了类比呼应。很大程度上，这个希腊裔美国移民家庭的传奇故事本身就是一种寓言，其中的每一个个体所经历的跌宕人生都书写着美国的"自我"审视和"自我"重塑的努力。

---

[1] Jeffrey Eugenides, *Middlesex*, p. 106.
[2] 在弗莱的研究中，"意象"一词的指涉非常广泛，其仿制或者再现的不仅可以是一个具体可视的物体，还可以是一种抽象的符号或理念。
[3] Northrop Frye, *Anatomy of Criticism: Four Essays*, Princeton: Princeton University Press, 1957, pp. 85, 89.

第三章 美国"自我"的拯救：21世纪"悲剧现实主义"美国小说中的民族性协商

如上一章所述，冷战结束后的美国将注意力转向对"自我"问题的审视，以厄普代克、罗斯、尤金尼德斯为代表的美国小说家亦从不同角度剖析了建构美国民族性的核心要素，并戏剧化诠释了它们各自内在的悖论及面临的危机。然而，"自我"审视不是为了"自我"解构，反思民族性也不是为了颠覆民族性；相反，是为了拯救濒临解体的"自我"，是为了协商民族性中潜在的矛盾因子。作为一种创新的小说创作理念，"悲剧现实主义"为美国"自我"的拯救和民族性协商提供了美学意义上的启发。

在20世纪90年代以来的美国小说界，乔纳森·弗兰岑占据着举足轻重的地位。面对大众传媒及消费社会对传统小说身份定位的冲击，他发出了重构社会小说的文学宣言，主张以"悲剧现实主义"再现世界的本真面目，进而维护小说的主体性。尤为重要的是，与传统现实主义幻想通过小说解决社会问题不同的是，"悲剧现实主义"更专注于发现问题，进而挖掘剖析问题的本质，它所采用的冷峻表现方式为审视美国传统价值观中的矛盾，拆穿美国一直赖以为生的民族精神中的悖论提供了一种独特的角度。21世纪，弗兰岑相继出版的三部"悲剧现实主义"代表作——《纠正》（2001年）、《自由》（2010年）和《纯洁》（2015年）将微缩的人物刻画和广角的历史再现融为一体，讲述了美国当代消费社会中弥漫的享乐主义对"自我"的吞噬，揭露了"自由"这个最能代表美国民族精神的意识形态话语在当代美国现实生活中的种种悖论表现，诠释了保守主义的回归如何能够成为重振美国民族精神、重构美国民族性的可能方案。弗兰岑倡导的"悲剧现实主义"创作观及其在三部小说中的实践，深入挖掘了美国民族性中的悖论元素，为美国自我的"拯救"作出了颇具启迪意义的尝试。

第三章　美国"自我"的拯救：21 世纪"悲剧现实主义"美国小说中的民族性协商　97

第一节　"悲剧现实主义"的诞生：社会小说的新方向

2010 年 8 月 23 日，51 岁的乔纳森·弗兰岑登上了阔别作家类风云人物 10 年之久的《时代》杂志封面，[①] 轰动了当代美国文坛。要知道，2010 年还是菲利普·罗斯、托马斯·品钦这样的文坛常青树宝刀未老，唐·德里罗、乔伊斯·卡罗尔·欧茨这样的多产文豪风采依旧的年代，而弗兰岑不过 50 岁出头，尽管出道已有 20 余年之久，却仅有 4 部小说问世，这其中还包括了无甚影响力的两部。然而，不可否认的是，弗兰岑是当代美国文坛一个耀眼的存在，他的声名大噪与他提出的"悲剧现实主义"小说创作观有着紧密的关联。

1996 年，在著名文化刊物《哈波氏杂志》，弗兰岑发表了题为《偶然的梦：意向时代小说创作的原由》的长文。在这篇通常被认为是弗兰岑文学宣言的《哈波氏文》的开篇，弗兰岑直呼"我对美国小说感到绝望"[②]。弗兰岑指出，100 年前，狄更斯、豪威尔斯等人创作的社会小说是最主要的社会导向媒介，它们是向人们披露社会现象、剖析社会问题的中坚力量，而在如今的多媒体信息时代，电视、电影、杂志等现代传媒技术凭借生动、高效、信息量大的优势成为新的传播媒介，严重冲击了当今人们阅读小说的热忱。同时，文学的市场化运作模式大大削弱了昔日严肃小说作为文化权威的神圣地位，消费经济关心的是作为商品的小说能否快速推销到市场，销量与利润几乎已经成为评判小说价值的唯一标准。弗兰岑形容道：

> 现如今，严肃小说的写作与阅读机制仿佛是座庞大而古老的美国中部城市，它被超级高速公路层层包裹挤压直至奄奄一息。而与严肃小说死寂的"中心城区"形成鲜明对比的是大众娱乐欣欣向荣的"克隆城郊"：（那里充斥着）科幻与犯罪的惊悚小说，性爱与吸血鬼的小

[①] 曾被列为《时代》杂志封面人物的作家有诺曼·梅勒（1973 年）、约翰·厄普代克（1982 年）、托尼·莫里森（1998 年）等，在弗兰岑之前获此殊荣的是以通俗惊悚小说闻名的史蒂芬·金（2000 年）。

[②] Jonathan Franzen, "Perchance to Dream: In the Age of Images, a Reason to Write Novels", *Harper's Magazine*, Apr. 1996, p. 35.

说，谋杀与玄幻的小说。①

在弗兰岑看来，高科技和消费主义的双重打压使日益缩小的读者群只对通俗小说留有兴趣，严肃小说可谓命运堪忧。

事实上，当代小说不仅遭受到多媒体与消费市场的外部裹挟，同时承受着创作本身走向边缘甚至自我消解的内部局限。20世纪中叶以来，小说（主要是现实主义小说）创作的枯竭受到了美国文坛及评论界的广泛关注。例如，美国著名文学批评家莱昂内尔·特里林曾在1948年《艺术与命运》一文中探讨了当代美国小说危机，并预言美国小说的未来既不能完全复制传统现实主义，也不能寄希望于诸如诗歌体、散文体小说的"形式"革新；② 美国当代知名小说家菲利普·罗斯在1960年发表的题为《今日美国写作》的演讲中曾坦言，面对当今纷繁变幻的现实世界，美国小说家已深感力不从心，"（小说家）的兴趣不得不从我们时代的社会与政治现实中抽离出来"③；唐·德里罗在1990年接受采访时也总结道，"在过去的25年里，（美国小说创作）缺失的是一种可以掌控的现实"④。换个角度来看，"现实"的缺失使小说创作不得不另辟蹊径，例如，以库尔特·冯内古特、约翰·巴斯、托马斯·品钦、威廉·加迪斯为代表的后现代主义小说家将创作精力投入小说的叙事与形式，通过漫画式、符号化的人物塑造，戏仿、自我指涉等叙事技巧，跳跃、拼接等碎片化文字游戏为当代小说创作注入新的活力。同时，20世纪下半叶民权运动与身份政治在美国社会的风起云涌也对当代美国小说创作造成了深远影响，正如弗兰岑在《哈波氏文》中指出的：

> 过去的50年里，许多白人男性作家逃往"城郊"和电视、新闻报道以及电影主宰的权力中心。留守在"中心城区"的大多是族裔和（身份）文化的飞地。很大程度上，当代小说的生命力留存在黑人、西班牙裔、亚裔、印第安文学以及同性恋、女性文学群体中，是他们

---

① Jonathan Franzen, "Perchance to Dream: In the Age of Images, a Reason to Write Novels", *Harper's Magazine*, Apr. 1996, p. 39.
② Lionel Trilling, "Art and Fortune", in *The Liberal Imagination: Essays on Literature and Society*, New York: Doubleday & Company, Inc. 1953, pp. 257–260.
③ Philip Roth, "Writing American Fiction", in *Reading Myself and Others*, New York: Farrar, Straus and Giroux, 1975, p. 124.
④ 转引自 Frank Lentricchia ed., *Introducing Don DeLillo*, Durham: Duke University Press, 1991, p. 48。

第三章 美国"自我"的拯救：21 世纪"悲剧现实主义"美国小说中的民族性协商

进入了异性恋、白人、男性作家逃离后的文学体制。①

值得注意的是，弗兰岑将当代美国小说按族裔和性别区隔，表达的并非其白人男性身份的沙文主义立场，而是对"年轻作家深陷各自族裔或性别身份的囹圄"，从而"无法跨界交流"的忧虑。② 如果说少数族裔和女性文学为当代美国小说注入了多元的活力，它们的"各自为营"却打破了小说创作的整体观照，使其边缘化、碎片化。而对后现代主义小说而言，尽管炫酷的叙事和激进的形式的确引人注目，但文字游戏难免有黔驴技穷的风险，再加上故弄玄虚的情节设计、臆造含混的叙述语言、错乱倒置的时空场景以及深奥晦涩的典故影射对读者自身的文化素养要求较高，这对现代传媒时代本就难以维系的读者群而言同样是一种挑战。

尽管当今小说的文化权威地位岌岌可危，其创作本身也存在诸多问题，但弗兰岑并未将《哈波氏文》撰写成小说的墓志铭，而是用近一半的篇幅阐述如何化解当代小说的危机，即弗兰岑主张的"悲剧现实主义"社会小说创作观。需要指出的是，弗兰岑小说创作观的形成并非一蹴而就，而是在很大程度上出于他本人在后现代小说创作实践中的屡不得志。事实上，在弗兰岑凭借《哈波氏文》声名大噪之前，他已出版了《第二十七座城》③ 和《强震》④ 两部小说，但评论界的关注点和市场的认可度均未达到弗兰岑的期待值。无论是《第二十七座城》中诸如印度人控制美国警察局、政客与金融财团相互勾结等错综复杂的反讽影射，还是《强震》中以波士顿地震和生化武器等惊悚情节打造末日情景，弗兰岑可谓秉承了后现代小说的叙事革新与哲学命题，似乎也在凭此努力跻身后现代大师的神坛。正如他坦言："当我奋笔书写自己的以阴谋和末世论为题材的体制小说时，我渴望得到学界和评论前沿的认可，这种认可品钦和加迪斯得到过，而索尔·贝娄和安·贝蒂却没有。"⑤ 然而，虽然《第二十七座城》取得了一定的商业成功，但在业界并未引起轰动，而《强震》不仅销售惨

---

① Jonathan Franzen, "Perchance to Dream: In the Age of Images, a Reason to Write Novels", *Harper's Magazine*, Apr. 1996, p. 39.
② Jonathan Franzen, "Perchance to Dream: In the Age of Images, a Reason to Write Novels", *Harper's Magazine*, Apr. 1996, p. 48.
③ Jonathan Franzen, *The Twenty-Seventh City*, New York: Picador Books, 1988.
④ Jonathan Franzen, *Strong Motion*, New York: Farrar, Straus, and Giroux, 1992.
⑤ Jonathan Franzen, *How to Be Alone*, New York: Farrar, Straus, and Giroux, 2002, p. 247.

淡，评论界更是冷眼相对，弗兰岑的失望可以想见。在《哈波氏文》中，弗兰岑也曾回忆道，"当我开始第一部小说时，我刚21岁，梦想着改造世界"，然而，"直到1988年《第二十七座城》出版时，我才发现自己是如此天真……我期待这部小说参与到文化话语的建构，但我失败了"[1]。

面对自己不尽如人意的后现代小说创作，弗兰岑将注意力转向了立足于现实主义的社会小说。在谈及前两部小说的"失败"时，弗兰岑曾声称："我喜欢的是与社会紧密相关的小说……实际上，贝娄和贝蒂，更不用说狄更斯、康拉德、勃朗特、托尔斯泰和克里斯蒂娜·斯特德，都是我钟爱的作家，尽管他们的作品并不时髦新潮。"[2]然而，弗兰岑的创作理念并非传统现实主义的简单回归，而是顺应新时代背景的重新建构，即弗兰岑所谓的"悲剧现实主义"。在《哈波氏文》中，弗兰岑曾将社会小说归为两大类：一类可称为"抑郁现实主义"，指的是自中世纪到20世纪中叶的现实主义文学经典，多以揭露社会弊病为主题；另一类可称为"疗愈乐观主义"，指的是20世纪下半叶盛行的少数族裔、女性和同性恋文学作品，这些曾被边缘化群体反抗的呼声常被视为构建更美好社会的努力方向。但在弗兰岑看来，"抑郁现实主义"社会小说的信息传播和社会导向功用在多媒体高科技时代已经失去了昔日的光彩，而"疗愈乐观主义"社会小说也多是经院学者的自说自话，其效力也多是流于纸面的颠覆与改造。换句话说，这两类社会小说对繁杂的社会现实进行了过于简单化的二元对立处理，即坚持通过小说的批判性达到反抗的目的，并自欺欺人地相信可以由此解决矛盾、化解危机。弗兰岑对此不以为然，甚至直言不讳地声称，"期待小说担起拯救这个混沌社会的重任——去帮助我们解决当代社会问题——是一种典型的美国式幻想"[3]。

正是在这个意义上，弗兰岑倡导以"悲剧现实主义"作为当今社会小说创作的新方向。这种创作方法在吸纳传统社会小说对社会现实关注的基础上，主张"通过细节和揭示现象的实质来再现世界"，从而为"在虚拟旋风中迷失道德方向的失明之目投射光芒"[4]。弗兰岑借用尼采有关"悲剧诞生"的思想进一步解释自己的创作理念，认为"用美学形式再现人类的

---

[1] Jonathan Franzen, "Perchance to Dream: In the Age of Images, a Reason to Write Novels", *Harper's Magazine*, Apr. 1996, p. 37.

[2] Jonathan Franzen, *How to Be Alone*, p. 247.

[3] Jonathan Franzen, "Perchance to Dream: In the Age of Images, a Reason to Write Novels", *Harper's Magazine*, Apr. 1996, p. 49.

[4] Jonathan Franzen, *How to Be Alone*, pp. 82-94, 62-68, 72-73.

第三章　美国"自我"的拯救：21世纪"悲剧现实主义"美国小说中的民族性协商

痛苦具有拯救意义"[1]，而这种再现少了激进的改造力量，却多了亚里士多德悲剧理论中"荡涤心灵"（Catharsis）的效果。按照弗兰岑的阐释，所谓"悲剧"即在于，"相比解决问题，小说更能挖掘问题"，而小说的魅力"并不在于改变什么，而在于维持什么"[2]。因此，"悲剧现实主义"社会小说深谙世界的"不可预测性"与"复杂性"[3]，既非一味地为社会存在的种种污浊沮丧哀叹，也非盲目地对重构美好新世界自信乐观，而是更清晰地洞穿事物的内核，更冷静地再现世界的本真面目。

值得一提的是，"悲剧现实主义"对现实的温婉再现并非味淡如水，而是余味回甘，其采用的不疾不徐的叙事策略并非拖沓散漫、不得要领，而是言之有物、意味深长。这在《纠正》《自由》《纯洁》三部小说中可谓发挥得淋漓尽致。在弗兰岑的笔下，没有史诗般的英雄塑造，只有真实如己的肖像写作：就像《纠正》中固执守旧的老先生、抱怨喋喋的老太太，还有一群叛逆不羁的孩子，没有气势磅礴的宏大主题，却充满了对平凡世界最精妙的呈现；就像《自由》围绕一个美国中产家庭而展开的离心式叙事，看似发散却又环环相扣的故事触及生活的细枝末节、人性的挣扎踟蹰、时间的更迭莫测；就像《纯洁》中性格迥异的人们为追求"纯洁"而疯狂，却颇具反讽地身陷"不纯洁"的污秽和堕落——分崩的家庭、失衡的自我、乌烟瘴气的社会。在弗兰岑的小说中，没有品钦《梅森和迪克逊》那样百科全书式的回旋往复，或是德里罗《地下世界》那样汪洋一般的铺张弥散，却有着厄普代克"兔子四部曲"的"比历史教科书呈现的历史还要多"的包罗万象。就像《纠正》演绎着在当代美国，清教精神如何被享乐主义取代、个人主体意识又如何被资本消费市场裹挟；就像《自由》诠释着在"9·11"事件、伊拉克战争、环保主义等语境下，"自由"这个人们早已习焉不察的高贵理想到底带来的是肉体的放纵，还是灵魂的困顿；就像《纯洁》讲述着理想主义的自欺欺人及其与真实世界间的距离，袒露出当今世界"纯洁"的乌托邦假象。可以毫不夸张地说，弗兰岑的"悲剧现实主义"犹如一面镜子，帮助人们洞穿当代美国社会的百态景观。

---

[1] Jonathan Franzen, "Perchance to Dream: In the Age of Images, a Reason to Write Novels", *Harper's Magazine*, Apr. 1996, p. 53.

[2] Jonathan Franzen, "Perchance to Dream: In the Age of Images, a Reason to Write Novels", *Harper's Magazine*, Apr. 1996, p. 52.

[3] Jonathan Franzen, "Perchance to Dream: In the Age of Images, a Reason to Write Novels", *Harper's Magazine*, Apr. 1996, p. 53.

第二节　美国民族性之文化价值观：《纠正》中的危机与重生[①]

在弗兰岑的小说创作生涯中，《纠正》标志着一场华丽的"成人礼"。这部长达600余页、倾注了10年心血完成的皇皇巨著一举为弗兰岑赢得2001年的美国国家图书奖，并使其被菲利普·罗斯赞为他的后辈中"最伟大"的小说家。唐·德里罗曾如此评价这部小说："乔纳森·弗兰岑从对婚姻、家庭以及整个文化的群体意识中建构了一部极具感染力的小说，他的悲悯笔触与豪爽风格将现代社会风尚以广角的视野呈现出来。"[②] 小说围绕美国中西部小镇的兰伯特一家展开，通过讲述兰伯特夫妇及他们的3个孩子处理自身危机、尝试化解彼此间矛盾却一步步走向个体失衡、家庭分崩的曲折人生，描绘了一幅跨越美国20世纪50年代到20世纪末的家族兴衰与社会变迁的现实主义图景。从分析小说的写作手法到评述弗兰岑的文学观，从探究小说的主题思想到评价其社会影射，《纠正》一经出版便引来了国外评论界络绎不绝的关注。凯斯·杰森将其看作一部针对后现代小说创作的"文学纠正"之作；[③] 史蒂芬·J. 波恩在2008年出版了学界第一部专题研究弗兰岑的著作《处在后现代主义尾声的乔纳森·弗兰岑》，他以《纠正》为例评述了弗兰岑对后现代主义及传统小说创作观的颠覆与吸纳；[④] 科林·哈钦森从分析小说人物各自采取的"纠正"模式入手，探讨了小说的政治意义。[⑤] 本节在结合弗兰岑文学创作观的基础上，对《纠正》的人物刻画和当代美国文学与文化现状等层面进行梳理和分析，探究不同领域对"自我"主题的共同关注与不同指涉，进而阐明当代美国民族性所面临的危机及作出的重生努力。

[①] 本节部分内容原载于《四川大学学报》（哲学社会科学版）2015年第4期。
[②] Don DeLillo, Blurb on Back Cover of Jonathan Franzen's *The Corrections*, New York: Farrar, Straus, and Giroux, 2001.
[③] Keith Gessen, "A Literary Correction", *The American Prospect*, Nov. 5, 2001, p. 34.
[④] Stephen J. Burn, *Jonathan Franzen at the End of Postmodernism*, New York: Continuum, 2008, pp. 25-68.
[⑤] Colin Hutchinson, "Jonathan Franzen and the Politics of Disengagement", *Critique*, Vol. 50, No. 2, 2009, pp. 191-207.

第三章　美国"自我"的拯救：21世纪"悲剧现实主义"美国小说中的民族性协商　103

一　"自我"的双重指涉

正如本章第一节指出的，"悲剧现实主义"保留了传统现实主义小说"穿透表面看内核的习惯，以及对个人体验与公共语境这两个概念相对独立却相互渗透的关系的理解"①，但不同的是，它将社会小说家从批判或改造社会的公共责任中解脱出来，强调社会小说的价值在于呈现世界的本真面目而非功利地达成政治目标，这在一定程度上维护了其作为一种艺术创作的"自我"性。② 一定程度上，弗兰岑对小说"自我"的捍卫同样流露出他在后现代社会对"自我"的多重反思。在《哈波氏文》的最后，弗兰岑引述了德里罗给他的回信，德里罗将小说写作视为实现"个人自由"的形式，是为了"将我们从被建构的大众身份中解放出来……是为了使以个体形式存在的自我生存下来"，不难看出，德里罗将"自我"延展到了小说以外。③ 弗兰岑在《如何独处》的前言中也曾解释，他探寻的是"如何在嘈杂纷扰的大众文化中保持个体性和复杂性，即如何独处的问题"④。事实上，对"自我"的反思在很大程度上源于后现代社会中"自我"面临的危机。弗雷德里克·詹姆逊在《后现代主义，或晚期资本主义的文化逻辑》一书中曾指出，当代理论界热议的一个话题是"主体的消亡"，即"中产阶级的自主能动性、自我意识或个体存在的消亡"。詹姆逊认为"自我"并非后结构主义声称的"意识形态的虚假幻象"，而是曾真切存在于"传统资本主义和核心家庭"，却在"组织化的官僚体系中消解"⑤。因此，晚期资本主义或者说后现代主义的一种文化表征就是"自我"的丧失。可以说，弗兰岑文学观中的"自我"有着社会小说和后现代社会文化意义上的双重指涉。

这种双重指涉在《纠正》中可见一斑。在《哈波氏文》中，弗兰岑曾表示，由于摆脱了对社会文化承担的颂扬抑或改造的政治责任，沉浸在"只写我最熟知的事物，最喜欢的角色和场景"的"写作快乐"之中，"我的第三本书（即五年后出版的《纠正》）的创作才得以继续前行"⑥。

---

① Jonathan Franzen, *How to Be Alone*, p. 84.
② Jonathan Franzen, *How to Be Alone*, pp. 90 - 91.
③ 转引自 Jonathan Franzen, *How to Be Alone*, pp. 95 - 96。
④ Jonathan Franzen, *How to Be Alone*, p. 6.
⑤ Fredric Jameson, *Postmodernism, or, The Cultural Logic of Late Capitalism*, Durham, NC: Duke University Press, 1991, p. 15.
⑥ Jonathan Franzen, *How to Be Alone*, p. 95.

在此创作原则下，他的《纠正》选取美国中西部小镇圣裘德一个普通的中产家庭作为刻画对象，以微缩的视野实现广角的效果。正如《哈波氏文》中引述的德里罗的回信中所说，当代社会小说存在于一种"空间被缩小但力量被强化的语境"①，这种语境在《纠正》中以家庭的方式呈现。同时，由于家庭的"个人体验"被弗兰岑巧妙地放置于当代美国社会与文化的"公共语境"中，小说从而彰显出德里罗所言的"强化的力量"。詹姆斯·安妮斯利在试图将《纠正》解读为一部全球化小说时曾提到弗兰岑的写作策略，"弗兰岑将对兰伯特一家的刻画融入各种势力纵横交错的全球化视野中，对被国际政治、高新科技、消费经济与自由市场塑形的世界进行了细致描述。由此，家世（传奇）或者家庭（小说）被放置在一个全球巨变的更广阔的全景中去认识"②。不仅如此，小说的微缩还从家庭聚焦至每一个家庭成员，使其成为一部专注个体人物的肖像写作。除去引子与尾声，小说主体由五个看似相互独立实则纵横交错的中篇故事构成，分别追踪了兰伯特家的五个主要家庭成员——年迈体衰的艾尔弗雷德及其夫人伊尼德、身为银行家的大儿子加里、曾任大学教师却被开除的二儿子奇普、有双性恋倾向的小女儿丹妮丝——的生活轨迹，而贯穿整部作品的故事主线却异常简单：兰伯特夫妇竭力将三个儿女聚拢在老家圣裘德，期待共度最后一个团圆的圣诞节，不料却在吵吵闹闹中匆忙结束。弗兰岑有意回避了传统家世小说按时间顺序讲述故事的叙事手法，采取了凸显个体人物成长脉络的平行叙事，既有以跳跃、拼贴著称的后现代小说特征，也显示出弗兰岑为强调个体"自我"的良苦用心。他的这种对家庭和人物的微缩肖像写作手法被《纽约时代杂志》的一篇书评赞为"兼备了德里罗厚重的睿智与艾丽丝·门罗亲切的情感……弗兰岑对当代生活尖锐的描绘令读者眩目——从增强情绪的药物到双性恋到游轮文化，几乎无所不包。但弗兰岑并未将他对世界的认识诉诸于老套的炫彩修辞或令人惊诧的复杂情节，而是投射在动人的人物生活中"③。可以说，在与"个人体验"相互渗透的"公共语境"中突出"自我"，是弗兰岑的社会小说创作理念，这在《纠正》中得到了很好的诠释。

广角视野下的微缩聚焦，不免让人联想起威廉姆·豪威尔斯、辛克莱·刘易斯等采用的塑造典型环境下典型人物的传统现实主义手法，但弗

---

① Jonathan Franzen, *How to Be Alone*, p. 95.
② James Annesley, "Market Corrections: Jonathan Franzen and the 'Novel of Globalization'", *Journal of Modern Literature*, No. 2, 2006, p. 111.
③ Emily Eakin, "Jonathan Franzen's Big Book", *New York Times Magazine*, Sep. 2, 2001, p. 20.

兰岑秉持的"悲剧现实主义"使《纠正》少了批判或改造社会弊端的使命意味，而在更大程度上着眼于真实再现当代美国社会，通过聚焦个体人物在传统价值观与现代消费社会冲突中的自我危机洞穿美国文化危机本质，兰伯特一家近半个世纪的家世传奇也由此成为20世纪后半叶美国社会文化变迁的缩影。杰瑞米·格林认为，弗兰岑及其社会小说是晚期后现代主义的代表，是"一种从以视野宽广、包罗万象和讽刺犀利著称的第一代后现代主义作家——如加迪斯、品钦、德里罗及约瑟夫·海勒——到开辟一个以研究特定社会身份的文学新领域的转变"[1]。从兰伯特一家两代人的冲突中，可以看出弗兰岑通过对不同群体价值观及生活理念的刻画以再现社会冲突与文化变迁的努力。出生于大萧条时代的艾尔弗雷德及其夫人伊尼德，"代表着反文化潮流及里根政府之前的美国——即以工业生产、广泛的政治共识、新教工作伦理、自我牺牲与公民自豪感为特征的美国"；而出生于婴儿潮时期的三个孩子，"以带着20世纪60年代反主流文化运动烙印的自由个人主义精神对抗着艾尔弗雷德和伊尼德严格的从众性"[2]。然而，尽管身处美国不同时代与社会文化形态，兰伯特一家两代人却都面临着"自我"的危机：当艾尔弗雷德和伊尼德建立在新教伦理基础上的"自我"在传统价值观逐渐式微的当代美国遭遇解体之时，他们的大儿子加里因深陷家庭冷战而迷失了作为丈夫和父亲的"自我"，二儿子奇普为了反叛而反叛的"自我"理念使他一步步道德沦陷直至走上了犯罪的歧途，小女儿丹妮丝也因双性恋的特殊身份标签无法获得社会对其真实"自我"的认可。其中，艾尔弗雷德和奇普的"自我"危机尤具代表性，从父子二人反差鲜明的"自我"观也可洞悉当代美国社会文化的变迁。

二 "自我"的解体危机

艾尔弗雷德的"自我"带有很强的道德观照，这与新教伦理及清教精神赋予它的宗教合法性有很大关系。艾尔弗雷德成长于堪萨斯的农村，二战后不久，他从普通的铸铁工人成长为圣裘德的一家铸造厂的负责人，随后他平步青云，中年时已成为中央太平洋铁路公司的总工程师。从出身乡间的工人阶层上升到高级白领管理层，艾尔弗雷德的成功很大程度上归功于他所秉持的严格自我约束、以勤恳工作为荣和节俭持家的生活原则，这

---

[1] Jeremy Green, *Late Postmodernism: American Fiction at the Millennium*, New York: Palgrave Macmillan, 2005, p. 104.

[2] Colin Hutchinson, "Jonathan Franzen and the Politics of Disengagement", *Critique*, Vol. 50, No. 2, 2009, pp. 199–200.

些原则不仅为艾尔弗雷德带来物质生活的丰裕和社会地位的提升,还是他"自我"存在的基础。他对工作一丝不苟,因为"在他成长的高原,一个凡事都由着性子来、不够精益求精的人不是真正的男子汉"①,他"一刻不停地工作10到12个小时",并以此"炫耀自己的男子气概",他"对每一美元都保持恭敬,执着地认为每一块钱都至关重要"②,当他有机会利用公司的内部消息投机发迹时,却拒绝同流合污,认为内幕交易"不公平"③。艾尔弗雷德信奉的通过"有道德"地积累财富来实现个人价值的自我观源于美国传统文化中的新教伦理和清教精神。新教的一个典型特点是打破超尘世道德,将宗教使命同世俗生活联系起来。马克斯·韦伯在分析新教伦理与资本主义精神时曾介绍道,在新教中,"尘世是为了荣耀上帝……因此,为社会日常生活服务的职业劳动也有这种特征",同时,"紧张的世俗活动是带来恩宠的确证"④。萨克文·伯科维奇也曾指出:"清教思想的一个重要观点是上帝赋予子民的两种天职:对内是自我救赎,对外是投入社会工作。由于清教徒对现世抱有强烈的关注,他们便特别强调工作的意义。"⑤清教还推行严格的禁欲主义,它"反对财产的自发享受,限制消费",它"反对欺诈",极力"谴责为财富而追求财富"。因此,在新教伦理和清教精神指引下,"不停歇地、有条理地从事一项世俗职业"⑥并积累财富不仅是人们的现世生存之道,更是证实自己是上帝选民、荣耀上帝从而获得精神救赎的必要之路。可见,世俗工作对清教徒而言是确认自我存在的一种重要途径。

然而,这种拥有宗教合法性的"自我"在20世纪60年代的美国开始逐步丧失。艾尔弗雷德的朋友处心积虑地从他口中诈取投资信息而发了财,相反他的洁身自好却招来妻子的责难,此时宗教对财富积累的道德约束已成为一纸空谈。在巡检俄亥俄州的铁路时,他随处可以听见年轻雇员们互相劝告"干活儿别太卖力",并且看见"身着俗丽的铁路员工竟可以心安理得地享受长达十分钟的咖啡休息时间,一些稚嫩的测绘员竟可以在烟雾缭绕中快活,却对脚底曾一度坚固如今却破烂不堪的铁轨熟视无睹"。

---

① Jonathan Franzen, *The Corrections*, London: Fourth Estate, 2001, pp. 281–283.
② Jonathan Franzen, *The Corrections*, p. 203.
③ Jonathan Franzen, *The Corrections*, p. 317.
④ Max Weber, *The Protestant Ethic and the Spirit of Capitalism*, trans. Talcott Parsons, New York: Scribner, 1958, pp. 100–102.
⑤ Sacvan Bercovitch, *The Puritan Origins of the American Self*, New Haven and London: Yale University Press, 1975, p. 6.
⑥ Max Weber, *The Protestant Ethic and the Spirit of Capitalism*, pp. 170–172.

第三章 美国"自我"的拯救:21世纪"悲剧现实主义"美国小说中的民族性协商

显然,在这里,强调勤勉劳动的新教工作伦理正被偷工懈怠和自我享受的享乐主义取代。不仅如此,在每一家汽车旅馆中他都可以碰到"犹如身处世界末日般放纵淫乱"的邻居——"粗野放荡、品行不端的男人"和"淫妇似地喘息、尖叫的女人"①。清教严格的禁欲主义伦理亦已崩溃。在充斥着物欲、肉欲的社会里,享乐主义挑战着艾尔弗雷德建立在传统价值体系上的"自我"。放大到更大的社会背景上看,艾尔弗雷德"自我"面临的危机也是当代美国的一种社会文化危机。丹尼尔·贝尔在其1976年出版的《资本主义文化矛盾》一书中提出,当代资本主义文化矛盾主要体现在以"强调自我约束、延缓的满足和节制"的资本主义经济原则与"无节制、无约束"的"反理性、反智性"的文化氛围间的矛盾。贝尔认为,随着享乐主义至上的消费社会的出现,以新教伦理与清教精神为核心的传统价值观在人们生活中逐渐衰落。② 新教伦理与清教精神曾被韦伯论述为孕育了资本主义精神,它为资本主义赋予了宗教与道德合法性,并使资本主义得以成功发展。就此而言,这种传统价值观的式微,不仅使艾尔弗雷德的"自我"面临丧失的危险,也已经威胁到资本主义本身,可谓当代美国社会这个大的"自我"的危机。

事实上,艾尔弗雷德建立在新教伦理与清教精神基础上的"自我"不仅受到当代美国社会与文化变迁的挑战,还因其"意志"的崩溃而彻底解体。深受叔本华意志论影响的艾尔弗雷德希图通过其"自律的意志""拒绝的力量"来对抗所处的物欲、肉欲横流的糜烂世界,捍卫自己的道德自我观。在中央太平洋铁路公司被恶意收购后,他因拒绝以权谋私而辞职;在充斥俄亥俄州的性诱惑里,他拒绝追求快感的沦陷。然而,令艾尔弗雷德绝望的是,随着帕金森症和老年痴呆症的恶化,他的"意志"逐步衰弱,"自我"也渐次丧失。他先是失去对身体的"占有感",不得不面对"这颤抖的双手分明属于他,却拒绝听从他的指令"的痛苦;③ 后来又被幻觉骚扰,在同妻子游轮度假的一个夜晚,他"看见"客舱中出现了"一团有反社会倾向的、能言善辩的粪便样物体"④,狂妄地蔑视自己所坚守的禁欲主义自我观。当艾尔弗雷德指出"文明有赖于节制"时,"粪团"嗤之以鼻,认为他对节制"估计过高",并慷慨陈词道:"世间万物不外乎食物和

---

① Jonathan Franzen, *The Corrections*, pp. 281, 283.
② Daniel Bell, *The Cultural Contradictions of Capitalism*, New York: Basic Books, Inc. 1978, p. 37.
③ Jonathan Franzen, *The Corrections*, p. 284.
④ Jonathan Franzen, *The Corrections*, p. 77.

女人。"① 某种意义上,这种幻觉不仅代表着艾尔弗雷德"意志"的衰微,也是享乐主义催生的新型自我观的化身;同时,弗兰岑选取"粪团"这一极具后现代黑色幽默色彩的形象为新型"自我"代言,在产生荒诞滑稽的喜剧效果的同时也充满了怜悯自嘲的悲剧感。从生理的"自我"到精神的"自我",再到道德观的"自我",艾尔弗雷德的"自我"一步步解体。

当面临"自我"丧失的危机时,艾尔弗雷德寄希望于自己的下一代,期望孩子们去继承他的"自我"观,正如他从游轮落海时的洞见,"在你最终落水的时刻,除了儿女以外根本没有其他坚实可靠的东西让你可以伸手抓住"②。但吊诡的是,艾尔弗雷德偏爱的"继承者"奇普却是三个儿女中对他的"自我"观最为反叛的一个,连奇普本人也不解缘何得到父亲的钟爱,"这么多年来奇普一直在和艾尔弗雷德抬杠,一直在对艾尔弗雷德横加指责,一直被艾尔弗雷德对自己的不以为然深深刺痛,再加上他个人的失败,他更加极端的政治观点……但让老爷子面露喜色的反倒是奇普"③。蒂·霍金斯曾这样评价,"奇普是婴儿潮一代出类拔萃的……即使是在20世纪末仍然留有60年代青年运动和性解放革命中的反叛精神"④。如果说艾尔弗雷德的"自我"观有宗教与哲学的渊源,奇普的"自我观"则是以反叛的甚至是否定的形态出现。奇普曾说:"孩子并不该与父母和谐相处,父母也不是你的最好朋友,你们的关系中应该有某种反叛的成分,这是你作为一个人的基本特征。"⑤ 艾尔弗雷德勤恳工作、自律禁欲;奇普却酗酒吸毒,因为和一个女学生的性丑闻丢掉了大学教师的工作,负债累累却出手阔绰,在穷困潦倒之时甚至完全丧失廉耻,竟然"从一个卖力工作的女人那里偷了九美元",最终在立陶宛做起了互联网诈骗的勾当。⑥ 可以说,奇普的生活方式与艾尔弗雷德的价值理念截然相反,然而,他的"自我"却因迷失在自相矛盾的尴尬境地而同样面临危机。

颇具讽刺意味的一点是,奇普一边尽享消费文化所推崇的快感满足,一边又以自恃的学者身份对消费主义大加斥责,而他的这种学者式的批判在当代美国社会及文化氛围中已失去了应有的效力。正如詹姆逊在阐述后

---

① Jonathan Franzen, *The Corrections*, pp. 327–331.
② Jonathan Franzen, *The Corrections*, p. 390.
③ Jonathan Franzen, *The Corrections*, p. 629.
④ Ty Hawkins, "Assessing the Promise of Jonathan Franzen's First Three Novels: A Rejection of 'Refuge'", *College Literature*, Vol. 37, No. 4, 2010, p. 81.
⑤ Jonathan Franzen, *The Corrections*, p. 68.
⑥ Jonathan Franzen, *The Corrections*, p. 121.

现代社会的文化作用问题时所指出的，尽管文化在资本主义早期具有一定的自主性，它可以作为现实世界的一面镜子发挥批判作用或寄托乌托邦梦想，但晚期资本主义剥夺了这种自主性，文化"爆炸"般地渗透到社会的各个领域，造成的一个结果是随着"批判距离"的消失，曾"一度激进有力的文化政治概念过了时"，无论是"否定、对立、颠覆的口号"，还是"批判与反思"都失去了效力。① 如果将詹姆逊所言的"文化"具象到奇普身上，可以说他是以看似"冷眼旁观者"的清醒过着"当局者迷"的生活，而这一矛盾正是源于他对消费社会"批判距离"的消失而迷失了自我。奇普是英语博士，曾在大学教授"消费叙事学"，在一堂课上他以鲍德里亚的"能指—所指"理论揭示了 W 公司促销广告片的商业动机，批判 W 公司通过骗取观众的同情以达到推销产品获取利润的目的，抨击其股东"目标是购买豪宅和高级越野车，更多地消耗地球有限的资源"②。然而尴尬的是，奇普的哥嫂就持有 W 公司的大量股票；同时，奇普可以以学者的身份揭示广告的虚伪，却似乎并未意识到大公司的广告充斥在他的身边，比如他所在的 D 大学原先的"南草坪"现在叫"卢森特科技草坪"，校园的主要建筑之一名为"希拉德·罗斯大楼"③。詹姆逊在论及晚期资本主义特点时曾指出："跨国资本以惊人的扩张入侵资本主义兴起前的领地（自然与无意识），并将其殖民化。"④ 同资本的无处不在相似的是，消费主义的无孔不入同样占据了奇普的生活与无意识，到最后奇普发现自己对这种"病态文化"的批判连"最抽象的实用价值都没有"⑤。艾尔弗雷德以自律的力量拒绝享乐主义的腐蚀，却因其意志的丧失使自我解体；奇普借后结构主义理论鞭笞消费主义，也因其批判的无力使自我迷失于消费文化逻辑。倘若纵向追踪父子两代不同的"自我"观，可以窥见美国社会形态与文化风尚的变迁；而横向把脉他们各自的"自我"解体与迷失，更可以洞穿当代美国在传统价值观与消费文化此消彼长的冲突中所面临的"自我"危机。

---

① Fredric Jameson, *Postmodernism, or, The Cultural Logic of Late Capitalism*, pp. 47-49.
② Jonathan Franzen, *The Corrections*, p. 50.
③ 罗斯公司（The Wroths）是曾恶意收购艾尔弗雷德所在的中央太平洋铁路公司的投机商，其公司名称让人难免联想起奇普抨击的"W 公司"，弗兰岑有意无意的双关语使小说的讽喻意味更加强烈。
④ Fredric Jameson, *Postmodernism, or, The Cultural Logic of Late Capitalism*, p. 49.
⑤ Jonathan Franzen, *The Corrections*, p. 51.

三 "自我"的重生希望

值得注意的是，与艾尔弗雷德"自我"彻底丧失不同的是，奇普一度迷失的"自我"最终在圣裘德父母的家中找到了重生的希望。事实上，奇普在追求反叛"自我"的途中，已经流露出些许怀旧的情绪。当他接触一种新型海洛因的时候，那个金色囊片的设计竟让他想起艾尔弗雷德曾经工作过的中央太平洋铁路公司的标识，而当他从立陶宛政变中死里逃生回到家乡后，他惊异地发现艾尔弗雷德的"衬衫和裤子超乎想象得合身"，不由诧异地打量着"镜子中那张年轻的脸庞"[1]。最终，在吵吵闹闹的圣诞节团聚中，奇普曾濒临解体的"自我"仿佛脱胎换骨，"他觉得自己的意识似乎被削去了所有的锋芒个性，犹如灵魂转世般被移植到一个稳重的儿子、一个值得信赖的兄长身上"[2]。如果说奇普反叛的自我、迷失的自我是对美国社会风尚及文化危机的再现，那么，他"回归"的自我则影射了拯救当代美国社会这个大"自我"的一种可能的出路。但这种出路并非一场"非此即彼"的革命，而更像是一次反思问题本质后的"纠正"，这不仅基于弗兰岑"悲剧现实主义"拒绝担当改造社会的革命者的创作理念，同时也应和了当代美国社会的文化保守主义走向。

事实上，从《纠正》中所表现出的对社会小说创作与当代美国文化危机的"自我"的双重指涉，可以看出弗兰岑的保守倾向。安妮斯利在谈及弗兰岑与奥普拉·温弗瑞就"严肃文学"与"通俗文学"之争[3]时曾评价道，《纠正》"并非一部复杂的或具有美学创新价值的文学作品，而仅仅是一部描绘了一系列平凡人物和场景的相当传统的小说"[4]。当然，这里的"传统"还可以理解为弗兰岑社会小说的创作理念中对传统现实主义的吸纳。但需要指出的是，如同奇普找寻"纠正"后的"自我"新生，弗兰岑的"现实主义"回归也经历了后现代主义的洗礼，他的保守倾向很大程度上体现在他对后现代主义文坛重构"传统"的呼吁。

当代美国文坛的后现代主义自20世纪60年代蔚然成风，在历经了半

---

[1] Jonathan Franzen, *The Corrections*, p. 624.
[2] Jonathan Franzen, *The Corrections*, p. 628.
[3] 《纠正》曾在出版当月被奥普拉·温弗瑞选入她的图书俱乐部，这一举动意味着将为小说带来广阔的销售市场，但之后弗兰岑发表的一系列言论暗指温弗瑞俱乐部的作品多为伤感的、不够深刻的通俗小说，难登大雅之堂，与自己的严肃文学创作理念相悖。不久，温弗瑞取消了对《纠正》的访谈节目，引起舆论界的哗然。
[4] James Annesley, "Market Corrections: Jonathan Franzen and the 'Novel of Globalization'", *Journal of Modern Literature*, No. 2, 2006, p. 119.

个世纪的风起云涌后受到21世纪文学评论界的质疑。《20世纪文学》杂志[1]曾于2007年9月刊登两篇主题文章论述后现代主义的终结，后又在2011年出版以"后现代主义，然后呢"为题的专刊，认为美国的后现代主义在全球化、大众传媒盛行的20世纪90年代走向终点，而"后—后现代主义"文学诞生的标志正是以汤姆·伍尔夫[2]和弗兰岑为代表的回归社会小说的宣言。前后近20篇文章论及了后—后现代主义文学领域所关注的多项问题，对美学表现手法、文学的政治性与历史观、小说的社会功能等均有涉及。其中，非裔美国文学研究学者麦德胡·杜贝在追溯社会小说20世纪70年代至90年代的兴衰时指出，"后现代时期的一个重要特征"，即"差异微观政治学将社会碎片化"引发了社会小说的危机。[3] 弗兰岑在《哈波氏文》中曾对当今文坛不同族裔作家"各自为营"的局面给予了尖锐的批评，流露出对缺乏一种凝聚各种身份文学的力量的哀叹。从这个意义而言，在经历过差异政治盛行的后现代主义洗礼后，弗兰岑倡导的社会小说更像是重构一种能拼接起"碎片化"文坛的"传统"，甚至可以说是在重新找寻一种文化共识。

事实上，除了后—后现代主义讨论与弗兰岑回归社会小说的呼声之外，美国文学批评界自20世纪80年代末对"身份文学"现象（包括族裔、性别、同性恋）进行了诸多反思。约翰·库斯克曾在1988年撰文指出，后现代主义理论与身份政治的联姻使美国白人男性作家陷入了"政治阉割化"[4] 的困境，由于少数族裔作家专注于改变各自的边缘化身份而使当代文坛缺乏对社会整体矛盾本质的洞视。安德鲁·德尔班科在其20世纪末的一篇评论中表示，当下"英语系对少数族裔作家给予了过多关注"，却忽视了伟大文学传递着的普世的、超验的人类诉求。[5] 2002年，埃默里·埃利奥特等编辑出版文集《多元文化时代的美学》，埃利奥特在以"文化多样性与美学问题"为题的前言中反驳了德尔班科的观点，认为

---

[1] 该杂志（*Twentieth-century Literature*）由美国霍夫斯特拉大学英语系主办，主要刊发针对20世纪文学作品的书评及研究论文，在当代文学研究领域颇具影响力。

[2] 参见 Tom Wolfe, "Stalking the Billion-footed Beast: A Literary Manifesto for the New Social Novel", *Harper's Magazine*, Nov. 1989。

[3] Madhu Dubey, "Post-Postmodernism Realism?" *Twentieth-Century Literature*, Vol. 57, No. 3, 2011, p. 365.

[4] John Kucich, "Postmodern Politics: Don DeLillo and the Plight of the White Male Writer", *Michigan Quarterly Review*, Vol. 27, No. 2, 1988, p. 329.

[5] Andrew Delbanco, "The Decline and Fall of Literature", *New York Review of Books*, Nov. 4, 1999, p. 38.

"人类在不同世纪和不同文化对美的概念有着不同的诠释",文学批评者应努力探究的是因创作者的文化多样性而形成的"文学和艺术的不同风格"①。值得注意的是,尽管埃利奥特论及"身份文学"现象时似乎站在了左翼队伍,但他依然是在"美学"这个大的文化共识背景下审视文学与当代美国社会,这未尝不是一种拯救"碎片化"的后现代主义文坛的姿态。可以说,无论是德尔班科呼吁关注伟大文学中的超验灵魂,还是埃利奥特以回归探究艺术本质的美学来统摄当代文学中的多元文化要素,他们看似对当代文坛的身份政治表明了不同的立场,实则流露出关注当代美国文学的偏颇及其矛盾内核的共同愿望,都力图借"共识的传统"应对当代美国文坛面临的挑战。

对文化多样与文化共识的讨论不仅局限在文学批评界,而且渗透于当代美国学界的许多领域,这在一定程度上也体现出美国对多元文化时代"自我"危机的反思。当代美国社会面临的"自我"危机不仅源于贝尔所指出的消费社会的享乐主义,还来自被埃尔文·施密特称为"美国的特洛伊木马"②的多元文化主义。小阿瑟·施莱辛格曾在20世纪末坦言他对多元文化主义的忧虑:"多元文化主义'导致'非盎格鲁白人与非白人少数族裔中对族裔类别的狂热崇拜,导致对同化的谴责,对'一个民族'概念的挑战。"③ 与文学界对"身份政治"所造成的"碎片化"文坛反思相似的是,美国学界在多元文化争鸣的当代也为寻求一种共识性的"自我"不断努力。在经历了20世纪60年代的激荡岁月后,美国无论政治、经济还是文化都转向了保守,④ 其中,文化层面上的"保守"转向表现出对美国传统价值观的回归,以及从美国文化源头挖掘共识的"自我"的尝试。伯科维奇在其1975年出版的《美国自我的清教起源》从清教角度梳理、阐释美国身份,提出"清教为我们带来的一个核心遗产就是塑造了'美国自我'这个形象"⑤。贝尔亦将当代资本主义文化矛盾归咎于以新教伦理与清

---

① Emory Elliott et al., eds., *Aesthetics in a Multicultural Age*, New York: Oxford University Press, 2002, p. 14.
② Alvin J. Schmidt, *The Menace of Multiculturalism: Trojan Horse in America*, Westport, Conn: Praeger Publishers, 1997.
③ Arthur M. Schlesinger, Jr., *The Disuniting of America: Reflections on a Multicultural Society*, New York: W. W. Norton & Company, 1992, p. 20.
④ 这里的"保守"转向是相对于60年代的"激进"而言的,在政治和经济上表现为向古典自由主义的复归,以里根政府的"新保守主义"达到巅峰。参见钱满素《美国自由主义的历史变迁》,生活·读书·新知三联书店2006年版。
⑤ Sacvan Bercovitch, *The Puritan Origins of the American Self*, p. ix.

第三章　美国"自我"的拯救：21世纪"悲剧现实主义"美国小说中的民族性协商

教精神为核心的传统价值观的式微，因此这位自称"文化上的保守主义者"[1]为解决矛盾开出的"药方"是重新建立宗教崇拜，表现出回归传统新教价值观的倾向。塞缪尔·亨廷顿在2004年出版的《我们是谁：美国的伟大争论》一书中也曾指出，"全球化、多元文化主义、世界主义、移民、亚文化民族主义和反民粹主义强烈冲击了美国民族意识"[2]。他认为，美国若要在"9·11"之后重新恢复民族活力，应当重新回归"盎格鲁—新教文化，这是曾被包括不同种族、国籍、宗教信仰在内的所有美国人共同拥护了三个半世纪的传统与价值体系，是自由、团结、力量、繁荣和道德领导力的源泉"[3]。可以说，无论是当代美国文坛在后现代主义洗礼后的重构"传统"，还是当代美国社会与文化价值观在消费主义与多元文化并行中的回溯"共识"，不同领域的"自我"都走在一条"纠正"后的回归之路。

古希腊哲学家赫拉克利特曾有名言，"人不能两次踏入同一条河流"，严格意义上，任何一种回归都或多或少地经历了"纠正"。弗兰岑在"科技消费主义"动摇小说身份时，呼吁回归突出"自我"的社会小说；奇普在回归圣裘德的父母家后看到"自我"重生的希望；而20世纪下半叶以来的美国，面临消费社会与多元文化主义带来的挑战，也在回归传统价值中尝试寻找"自我"。相似的是，无论是文学还是个人抑或是美国，他们在"纠正"中从未放弃对"自我"的注视，他们各自的回归都是一段"自我"的奥德赛。

第三节　美国民族性之"自由"悖论：
《自由》中的矛盾与和解[4]

在西方社会的话语体系尤其是在美国的政治文化思想中，大概没有什么能够比肩"自由"一词所占据的至高无上的地位。特别是从启蒙时代发难君权神授、倡导作为个体的自由意识以来，自由成为推动现代西方文明进步的崇高理想和社会建构的基本原则。就美国而言，从17世纪远渡北

---

[1] Daniel Bell, *The Cultural Contradictions of Capitalism*, p. xi.
[2] Samuel P. Huntington, *Who Are We：America's Great Debate*, London：The Free Press, 2005, p. 4.
[3] Samuel P. Huntington, *Who Are We：America's Great Debate*, London：The Free Press, 2005, p. xviii.
[4] 本节部分内容原载于《当代外国文学》2018年第3期。

美的清教徒对上帝感召的笃信，进而赋予了追求自我实现的生活方式以充分的宗教合法性，到北美殖民地发出"不自由毋宁死"①，进而同英国政府断然决裂的独立呼声，再到建国纲领性文件《独立宣言》开宗明义地将自由列为个人与生俱来、不可剥夺的权利之一，自由是影响了美国历史进程的核心理念。同时，自由根深蒂固地存在于美国各个时期、各个阶层、各个群体的自我意识中，它不仅是书斋里的学者和思想家苦思冥想、反复论证的重要命题，从而有了诸如拉尔夫·爱默生强调人主观能动性的超验主义等伟大哲思，更是深入美国人的灵魂、成为一种美国民族精神，从南方种植园黑人奴隶的呐喊和驶向自由女神新移民的热望，到西进拓荒者的指路星辰和少数族裔、妇女、同性恋等民权斗士的奋斗旗帜，自由可谓美国人身份认同的重要标志，正如美国大法官路易斯·布兰代斯的感叹，"自由已将我们编织在一起而成为美国人"。

值得注意的是，即使是这样一种被全世界拥护尤其是受美国礼赞的神圣理想，"自由"也并非不容置喙，特别是20世纪50年代以来，当代美国社会所出现的"自由"的丧失以及"自由"的悖论引起了学界的广泛关注。美国社会学家赖特·米尔斯在其1951年出版的《白领：美国中产阶级》一书中曾指出，当代美国的市场经济结构催生了"新中产阶级"，而他们最典型的特点就是被市场交易原则所绑架而成为丧失个人主体性、缺乏自立进取等自由精神的"小人物"②。社会学家大卫·里斯曼等人在其研究战后美国人性格的著作《孤独的人群：变化中的美国人性格研究》一书中论述道，追求与他人保持一致的"外向型"性格已取代强调个体自律和自力更生的"内向型"性格，成为战后美国人个体自由遭遇瓦解的真实写照。同样，虚假自由和过度自由及其引发的诸多社会问题也引发了不少学者的关切。③哲学家赫伯特·马尔库塞在其畅销书《单向度的人》中曾指出，工业文明的空前繁荣逐步将现代人套牢于"虚假需求"之中，例如一味寻求感官快乐与刺激、深陷消费主义文化的操纵等，使现代人看似拥有了无限的个人自由，实则被市场和资本剥夺了真正意义的主体自由。④社

---

① 被誉为"弗吉尼亚之父"的美国革命家帕特里克·亨利（Patrick Henry）在1775年3月23日发表的一篇对于英国政府残酷殖民统治的檄文中，曾发出"不自由，毋宁死"（Give me liberty or give me death!）的强音。

② 参见 C. Wright Mills, *White Collar: The American Middle Classes*, New York: Oxford University Press, 1951.

③ 参见 David Riesman, Nathan Glazer and Reuel Denney, *The Lonely Crowd: A Study of the Changing American Character*, New Haven: Yale University Press, 1950.

④ 参见 Herbert Marcuse, *One-Dimensional Man*, Boston: Beacon Press, 1964.

第三章 美国"自我"的拯救：21 世纪"悲剧现实主义"美国小说中的民族性协商

会学家丹尼尔·贝尔在其 1978 年出版的《资本主义文化矛盾》中更尖锐地指出，一味追求自我表达、自我满足的当代文化氛围与建立在自我约束、延缓满足与自我节制原则的资本主义经济体制构成矛盾，而这种由于过度个人自由而产生的享乐主义生活方式造成了传统道德伦理的崩塌，换句话说，曾经资本主义精神赖以产生、国家的道德合法性得以确定的个人主义却成为撼动资本主义社会的始作俑者，不可不谓"自由"的悖论。①

正是这样一个在美国早已深入人心以至于习焉不察的词眼，这样一个备受推崇却也常受争议的理念，成为弗兰岑 2010 年出版作品的题目，并使其出现在《时代》杂志封面"伟大美国小说家"的红框子里。"在当代美国小说家中，尽管他不是最富有或者最出名的，但我想说，他是最有野心的一个，同时，也是最佳之一"②，采访弗兰岑的格罗斯曼如是评价。不得不说，用"最佳之一"定位弗兰岑是中肯的，毕竟在罗斯、品钦这样的文坛常青树，德里罗、欧茨这样的多产文豪面前，他还只是个年轻的后辈；而用"最有野心"形容弗兰岑也是格外贴切的，无论是 1996 年他在著名的《哈波氏文》中发出重振社会小说以拯救当代美国文坛的强音，还是 2001 年他凭借《纠正》一举问鼎美国国家图书奖，并取得全球累积 285 万册销量的巨大市场成功，弗兰岑在当代美国文坛拾级而上，每一步都可谓铿锵有力。荣登美国文学圣殿后的弗兰岑依然"野心"未减，2010 年他携新作《自由》再度强势回归，成为与曾同是《时代》杂志封面人物的塞林格、纳博科夫、莫里森、厄普代克等美国经典小说家比肩的风云人物，甚至连时任美国总统的奥巴马也为《自由》公开背书。事实上，单单从 9 年的心血、近 600 页的厚度，弗兰岑的野心可见一斑，但更令人心生敬畏的是弗兰岑将这部皇皇巨著命名为"自由"，使每一个读者不禁发问："为什么要谈'自由'？所谓'自由'到底又是什么？"

这也是弗兰岑的疑问，按照他的解释："在我看来，如果自由已被奉为一种定义我们文化和国家的信条，我们有必要认真审视一下自由在现实中到底带来了什么。"③ 如同《纠正》演绎了美国中西部小镇一家两代五口人的个体危机和化解危机的"纠正"，《自由》同样围绕一个美国白人

---

① 参见 Daniel Bell, *The Cultural Contradictions of Capitalism*, New York: Basic Books, Inc., 1978。
② Lev Grossman, "Great American Novelist: Interview with Jonathan Franzen", *Time*, Aug. 12, 2010, http://content.time.com/time/magazine/article/0,9171,2010185,00.html.
③ Lev Grossman, "Great American Novelist: Interview with Jonathan Franzen", *Time*, Aug. 12, 2010.

中产家庭展开，不同家庭成员独立却又交织的传奇故事指向一个相似的悖论，那就是对"自由"一面追求、一面消解的矛盾人生。同样是皇皇巨著，弗兰岑的《自由》延续了《纠正》中对个体人物的肖像式刻画，同时，这些跃然纸上的人物具有很强的辨识度，让人感到如此熟悉以至于他们"仿佛就是我们自己和身边的人，甚至某一天在杂货铺里都可以遇到"①。需要指出的是，小说对个体人物的聚焦并未影响它对社会与时代的广角式呈现，正如当代美国作家科蒂斯·希登费尔德充满赞许的评价，《自由》是"关于一种特定婚姻的人物志，是对人到中年所遭遇的失望和妥协的思考，同时也是针对当代美国生活发起的一场生动而严厉、幽默而尖锐的控告"②。用格罗斯曼的话来说，这是一部"包罗万象、聚焦我们当下生活的小说"，它谈论的"不是亚文化，而是文化本身；不是微观世界，而是整个世界"③。正如"自由"一词所拥有的丰富内涵，《自由》同样充满了发散的触角和饱满的张力，无论是虚构却又真实如己的人物对"自由"近乎偏执的追寻，还是"自由"在理想与现实冲撞中的自我解构，无一不在讲述"自由"的悖论所引发的个人乃至整个国家的困顿。

一 作茧自缚的"自由"

小说中，"自由"最大的吊诡之处在于它的衍生物是"不自由"。正如评论家罗德尼·克莱普指出的，《自由》中的三个主要人物即帕蒂、沃尔特以及他们的儿子乔伊，"无一不享受着无尽的自由，却无一不被过度的自由所诅咒"④。其中，最向往自由却最被自由所困的当属帕蒂。作为贯穿小说始终的女主人公，帕蒂在小说开篇被弗兰岑以近乎白描的方式推进了读者的视野："高挑的身材，扎着马尾辫，难以置信的年轻脸庞，手推婴儿车……而那些挂在婴儿车上的网袋，似乎已经收纳了她一天24小时的所有活动。后面的网袋装着婴儿用品，这是她上午要完成的差事；前面的网袋是她下午的活动：《银色味蕾食谱》⑤、纸尿裤、纸

---

① Sam Anderson, "The Precisionist", *New York Magazine*, Aug. 12, 2010, http://nymag.com/arts/books/reviews/67497/.
② Curtis Sittenfeld, "*Freedom* by Jonathan Franzen", *The Guardian*, Sep. 19, 2010, https://www.theguardian.com/books/2010/sep/19/freedom-jonathan-franzen-review.
③ Lev Grossman, "Great American Novelist: Interview with Jonathan Franzen", *Time*, Aug. 12, 2010.
④ Rodney Clapp, "Free for What?" *Christian Century*, Nov. 2, 2010, p. 36.
⑤ *Silver Palate Cookbook*，是美国1982年出版的一本畅销书，收录了350个家庭食谱，备受家庭主妇的追捧。

第三章　美国"自我"的拯救：21世纪"悲剧现实主义"美国小说中的民族性协商　　117

面石膏板、乳胶漆；还有晚上的《晚安，月亮》①和馨芳葡萄酒"②。显然，帕蒂是个家庭主妇，而她所拥有的"将所有注意力都投注于她的孩子和房子"③的生活方式正是美国女权主义者贝蒂·弗里丹在其1963年出版的《女性的奥秘》一书中所着力抨击的。在弗里丹看来，二战后日益兴盛的城郊成为禁锢女性的"集中营"，由于教育和工作机会的匮乏，居住于城郊的女性不得不"将妻子和母亲当作一种职业"，而这种家庭主妇的职业已被大众舆论建构为一种不容置疑的性别神话，被认为是"实现女性气质即实现女性最高价值和完成唯一义务"的唯一方式。④ 弗里丹称这种性别神话为"女性的奥秘"，并对其内涵进行了深刻的揭露，被认为"打响了战后女权主义运动的第一枪"⑤，帮助女性认清进而挑战自己被男权话语限定的生活模式。然而，令弗里丹等女权主义者痛恨的反倒成了小说中的帕蒂梦寐以求的，她心甘情愿地被这种性别神话收编，心无旁骛地"住在自己一手打造的玩偶之家中"，全身心地投入"由购物、园艺、开车以及到处修修补补组成的日常模式"⑥。事实上，帕蒂并非"女性的奥秘"这一男权主义话语的受害者，因为成为"一名主妇和杰出的母亲"是帕蒂一直以来的梦想，⑦ 而更具讽刺意味的是，身为"职业家庭主妇"的帕蒂也并未被弗里丹所遣责的性别歧视剥夺了平等的受教育机会，恰恰相反，她是女权主义运动的受益者，是一名大学毕业生。⑧

　　需要指出的是，帕蒂对女权主义的"倒行逆施"并非源于对男权话语的俯首称臣，更非甘愿丧失个人的主体意识，而是源于一种彰显个人自由的反叛，反叛的主要对象是帕蒂的母亲乔伊斯——一位堪称女权主义楷模的政治家。身为四个孩子的母亲，乔伊斯在20世纪60年代毅然决然走出家庭，全身心投入政治运动，成为一名职业政客，不仅从不下厨做饭、打

---

① *Goodnight, Moon*，是著名的美国儿童绘本，自1947年问世以来风靡全球，被誉为美国妈妈都会背的绘本之一。
② Jonathan Franzen, *Freedom*, London: Fourth Estate, 2011, p. 4.
③ Jonathan Franzen, *Freedom*, p. 9.
④ Betty Friedan, *The Feminine Mystique*, New York: Norton, 2001, pp. 393, 349, 49.
⑤ Susan Faludi, *Stiffed*, New York: William Morrow, 1999, p. 600.
⑥ Jonathan Franzen, *Freedom*, pp. 23, 286.
⑦ Jonathan Franzen, *Freedom*, p. 118.
⑧ 小说中，帕蒂凭借体育特长生奖学金就读于明尼苏达大学，这被归功于美国教育法修正案第九条，即时任美国总统尼克松于1972年签署的一项联邦法律，禁止接受联邦经费的教育机构有任何形式的性别歧视。

理花园,也未对女儿表现出应有的关爱:从不观看帕蒂的篮球比赛,更在帕蒂高中遭人强奸后质疑女儿,却反倒对那个强奸犯表现出更多的关切,因为那人的父母是乔伊斯所在政党的重要捐赠人。自觉从未得到母爱温暖的帕蒂"和那些正处可怜青春期的叛逆孩子一样,对父母充满了怨恨",她不惜放弃更好大学抛来的橄榄枝而执意前往远离纽约家乡的明尼苏达求学,用"逃离"的方式实现她对母亲的抗议。[1] 皮特·苏德曼曾评论道:"在美国,自由意味着反叛的自由,失败的自由,犯错的自由,只要是由你做主,那就是自由。"[2] 从这个意义上来讲,帕蒂完完全全依靠自主选择将生活过成了母亲那一代的女权主义者所极力颠覆的样子,不可不谓自由的一种确证。

然而,如愿以偿的帕蒂过得并非甘之如饴,而是越发真切地感受到自由的悖论。特别当孩子长大离家之后,大把自由的时光让帕蒂感到无所适从,她开始酗酒、患上了抑郁症、发生了婚外情,以至于自己最终也承认"她之所以觉得很可悲,正是因为拥有了太多的自由"[3]。在弗兰岑接受《卫报》的采访中,当被问及应该如何解读小说的题目时,他曾直言不讳地说,"你必须用反讽的眼光看待'自由'这个词",否则"它只是一个不折不扣的浮夸的题目"[4]。可以说,"自由"的"反讽"在帕蒂身上得到了充分显现:她一心反叛对自己不管不顾的母亲,却未能预见自己对儿子的无微不至反倒招致了儿子的离家出走;她执迷于拥有决定自己生活的自由,甚至不惜对女权主义"倒行逆施",却全然不知她的自由选择恰恰葬送了自由,尽管"二十年来如一日,每天在家做 16 个小时、没有报酬的工",她却不得不面对丈夫对她"整天坐在家里无所事事"的指责,[5] 可谓最终画地为牢、身陷弗里丹所言的女性"集中营"。从这个意义上来看,帕蒂诠释的与其说是自由的意义,不如说是自由的代价,正如一位评论者总结的,"《自由》传递的一个重要洞见就是,自由和不自由总是如影随形、相伴相生"[6]。

---

[1] Jonathan Franzen, *Freedom*, p. 62.
[2] Peter Suderman, "Freedom to Fail", *Reason*, Vol. 42, No. 8, 2011, p. 64.
[3] Jonathan Franzen, *Freedom*, p. 227.
[4] Ed Pilkington, "Jonathan Franzen: 'I Must Be Near the End of My Career—People are Starting to Approve'", *The Guardian*, Sep. 24, 2010, https://www.theguardian.com/books/2010/sep/25/jonathan-franzen-interview.
[5] Jonathan Franzen, *Freedom*, pp. 412-413.
[6] Philip Weinstein, "More Human Trouble", *Sewanee Review*, Vol. 119, No. 3, 2011, p. xlvi.

二 伪善权力的"自由"

从更广义的层面而言，自由所衍生的"不自由"的悖论不仅仅体现在作茧自缚的困顿，还暗含在权力拥有者对他人自由的侵犯与剥夺。换句话说，自由成为一种不平等的特权，小到一个社区、一个种族，大到一个国家乃至世界，自由的等级制比比皆是。小说以"好邻居们"开篇，以广角的镜头铺陈了帕蒂和沃尔特居住的社区———一个位于明尼苏达州圣保罗市、名为拉姆齐山的白人上层中产社区。作为最早入住的大学毕业生，帕蒂和沃尔特成了拉姆齐山的"开辟者"，为了整顿诸如"频遭盗窃的汽车、满地的碎啤酒瓶和呕吐物"等问题，他们的主要任务就是让大家"重新学会在城市生活的基本技能，而当年他们的父辈们逃离到城郊，正是为了忘掉这些"①。乍一看，到拉姆齐山"拓荒"似乎是一种逆向的"白人大迁移"②，然而事实上，这些开辟者们逐渐变成了新的"城市贵族"，拉姆齐山也成了他们在城市中心打造的一片"城郊"飞地。美国文学评论家罗伯特·贝乌卡在总结20世纪美国小说和电影中对城郊形象的刻画后曾评述道，美国的城郊是"一幅被同质化的、没有灵魂的、做作的风景画，呈现出死气沉沉的一致性"③。小说中，这种"一致性"更多地表现为一种"排他性"，它暗含了整齐划一的强制力，从而使其在某种程度上抑制了他人的自由。比如，帕蒂的邻居、身为单身母亲的卡罗尔拒绝成为帕蒂那样标杆式的贤妻良母，而是旁若无人地"抽烟、漂白头发、做艳俗的美甲，还让女儿吃深加工的垃圾食品，每周四晚上都要夜生活到很晚才回家"，因此，拒绝"贵族化"的她成了邻居眼中的"垃圾货"，就连女儿也被人耻笑为"杂种"④。颇具讽刺意味的是，被排斥的卡罗尔一家本身也有强烈的"排他"倾向，卡罗尔同居的新男友甚至公然在汽车的保险杠挂上了种族主义色彩浓重的标牌："我是白人，我有投票权。"⑤ 不难想见，当拉姆齐山被白人上层中产"回迁者"打造成了城市中心的城郊，作为城市"原住民"的贫困者和少数族裔群体不得不沦为这些以自由品格著称的拓荒者

---

① Jonathan Franzen, *Freedom*, pp. 3 – 4.
② 白人大迁移（White Flight），主要指自20世纪60年代以来，美国社会和经济地位较高的白人迁离黑人聚集的市中心、定居城郊的白人社区，以躲避城市黑白种族混居、日益升高的犯罪率等问题。
③ Robert Beuka, "'Cue the Sun': Soundings from Millennial Suburbia", *Iowa Journal of Literary Studies*, No. 3, 2003, p. 154.
④ Jonathan Franzen, *Freedom*, pp. 8, 18.
⑤ Jonathan Franzen, *Freedom*, p. 21.

的牺牲品,正如小说的叙述者所言,所谓必备生活技能之一就是"如何应对一个有色穷鬼指控你破坏了她的社区"①。可以说,当以帕蒂为代表的新晋城市贵族大刀阔斧地建设"和谐一致"的城市城郊时,其实施的"排他"权力侵犯的正是卡罗尔以及其他非特权群体的自由。

权力的角斗及其造成的自由的等级制不仅表现在已饱受诟病的种族、性别等歧视,还潜藏于许多"义正词严"的政治运动,它们以道义的旗号掩盖私欲的丑恶,以自由的名义施行权力的压迫,其中,小说中沃尔特极力推行的自然保护运动便是一例。凯西·克纳普曾指出:"如果说弗兰岑的前几部小说讲述了无情的资本主义对人的裹挟,《自由》中的黑暗力量则直接来源于被利欲熏心的人本身。小说对资本这只无形的手做了人格化处理……并且直指那个看似正义、实则却是帮凶的男主人公。"② 小说中,为了建立一个濒临灭绝鸟类的自然保护区,沃尔特与一位能源大亨达成了"双赢合作",沃尔特得到了资金支持,而后者被搁浅的"山顶移除"计划得以名正言顺地推进,从而实现了他在该区域开采煤矿的真正意图。然而,这场打着保护野生动物的旗号却潜藏巨大利益企图的"自然保护运动"带来了一系列灾难性的后果:原生自然遭到破坏,数百万居民被迫搬迁。沃尔特甚至理直气壮地称"这片荒野将不允许再有人居住",因为"我拥有这片土地,我拥有这里的一切"③。不难发现,沃尔特动议的鸟类保护区不仅在修建过程中与保护自然的初衷背道而驰,更在建成后被他当成了一种私有财产。事实上,自19世纪下半叶大规模修建自然保护区以来,美国的自然保护运动也引来了不少争议,其中,美国环境历史学家威廉姆·克罗农在其著名的《荒野难题》一文中提出了自然保护运动中存在的"荒野神话"概念。克罗农将其称为"一种资产阶级专属的反现代主义",即对原始自然的怀旧是一种"浪漫主义的荒野意识形态",是"那些从未依靠土地生存的人的幻想"④。在克罗农看来,"荒野神话"是资产阶级为了开脱自己对造成环境破坏的责任而制造的假象,因为"那些坚称要规避城市工业资本主义所引发的负面效应的人恰恰是这种资本主义体制

---

① Jonathan Franzen, *Freedom*, p. 5.
② Kathy Knapp, *The Everyman and the Suburban Novel after 9/11*, Iowa City: University of Iowa Press, 2014, p. 55.
③ Jonathan Franzen, *Freedom*, pp. 266, 429.
④ William Cronon, "The Trouble with Wilderness; or, Getting Back to the Wrong Nature", in William Cronon ed., *Uncommon Ground: Rethinking the Human Place in Nature*, New York: Norton, 1995, p. 80.

第三章 美国"自我"的拯救：21世纪"悲剧现实主义"美国小说中的民族性协商

的最大受益者"，他们将"自己闲暇时对边疆的幻想投射在美国的土地，并依照他们的想象创造了所谓的荒野"①，而那些真正依靠土地生存的人，却成了资产阶级的牺牲品。在另一些环境正义理论家看来，美国的自然保护运动具有浓重的"精英主义"色彩，实际上体现了一种"白人男性的霸权主义"②。从这个角度来看，小说中的能源大亨以驱赶原住民的方式建立自然保护区的举动与美国实业家在19世纪下半叶修建国家公园前将大批印第安人迁往保留地的举措有异曲同工之处，不免都有"文化帝国主义"之嫌。③ 在更大意义上，这体现的是资本的霸权，它使拥有资本的人同时拥有了剥夺他人自由的权力，并且通常以"为了道德和正义"的冠冕来粉饰其真实丑恶的利益动机。

不可否认，与那位道貌岸然的能源大亨不同的是，沃尔特对自然保护的热衷的确在某种程度上出于他真诚的道义良知，然而，到了他的儿子乔伊这里，"自由"再次掩盖了伪善者自私贪婪的人性之恶，甚至使其全然弃道德于不顾。美国文学批评家伊丽莎白·安可曾总结道，后"9·11"小说通常会采用一种俄狄浦斯叙事，即戏剧化地呈现"父权遭遇的威胁……以及由此引发的保卫父权秩序的呼吁，进而重振被'9·11'事件危及的父子间神圣不可侵犯的关系"④。《自由》也讲述了一个俄狄浦斯故事，尽管叛逆的乔伊和威严的沃尔特关系一直不好，但"9·11"事件特别是之后的伊拉克战争无疑加剧了他们之间的冲突对立。作为一名大学新生，乔伊憧憬的美好大学生活被突如其来的"9·11"灾难打乱，直到伊拉克战争爆发，"他对'9·11'事件累积已久的愤恨终于得到疏解。这个国家终于开始向前走了，终于能够再次掌控历史了"⑤。然而，与对这场战争的道德评判相比，乔伊"最关切的是在经济层面"⑥。战争爆发后不久，他在名为"重建伊拉克世俗企业"的机构谋得了一份薪水颇丰的实习职位，负责为投机的商人出谋划策，帮助他们通过自由市场的漏洞发战争

---

① William Cronon, "The Trouble with Wilderness; or, Getting Back to the Wrong Nature", pp. 78 - 79.
② Mei Mei Evans, "'Nature' and Environmental Justice", in Joni Adamson, Mei Mei Evans, and Rachel Stein eds., *The Environmental Justice Reader: Politics, Poetics, and Pedagogy*, Tucson: University of Arizona Press, 2002, p. 182.
③ Kathy Knapp, *The Everyman and the Suburban Novel after 9/11*, p. 63.
④ Elizabeth S. Anker, "Allegories of Falling and the 9/11 Novel", *American Literary History*, Vol. 23, No. 3, 2011, p. 464.
⑤ Jonathan Franzen, *Freedom*, p. 497.
⑥ Jonathan Franzen, *Freedom*, p. 502.

财。如同当年帕蒂对母亲的反叛，乔伊参与到这份有违道义的勾当的初衷也是反叛，是为了"能够以最快的速度挣足够多的钱、变得足够强大，从而再也不用问父亲要一分钱"①。如果说帕蒂的反叛最终酿成了作茧自缚的"不自由"，乔伊对父亲的敌视使他不惜以逾越道义底线的方式实现个人自由，正如沃尔特听闻之后的厉声指责："乔伊让他觉得恶心，他竟养了这么一个自私自利、没有头脑的儿子，竟能与那些为了得财而出卖国家的魔鬼同流合污。"②

值得注意的是，乔伊一开始也曾质疑这个发战争财的智囊团的道义性，当他的老板大肆宣讲他们工作的意义不仅仅在于金钱利益时，乔伊敏锐地觉察到"他们的挤眉弄眼和反讽的腔调"；当支持对伊开战的美国政客鼓吹"伊拉克人民的自由"才是发动战争的根本目的时，乔伊甚至"越发感觉他们卑鄙"③。然而，"一切为了自由"的政治辞令逐渐将他洗脑，以至于最终他也坚信"入侵伊拉克是为了找到萨达姆的大规模杀伤性武器，而不仅仅是出于美国对自己石油政治利益的维护"，他们公司的所作所为都是为了"拯救伊拉克的经济和饱受其害的伊拉克人民"，而非沃尔特所言的"这是一场仅仅为了政治与利益的战争"④。颇具讽刺意味的是，尽管沃尔特对伊拉克战争大加批判、对儿子的不义之举大动肝火，他本人却为这些发战争财的资本家助以了"一臂之力"。当雇佣乔伊的财团成立了新的防弹衣加工厂，那些因沃尔特建立自然保护区计划而被迫动迁的人们被招去当了工人，⑤一定程度上为美国的对伊战争做了"贡献"，沃尔特也成了始作俑者。某种意义上，"自由"可被视为权力者建构的一种意识形态，它为个体乃至整个国家的行为赋予了合法性，让自私也变得伟大，让欲望也变得神圣，甚至让"不自由"也变得情有可原。当代著名斯洛文尼亚哲学家斯拉沃热·齐泽克曾提出："在所谓的后意识形态时代，意识形态越来越以恋物癖的方式发挥效力，而非传统的症候式……所谓症候，是揭穿虚假表象的标志，是被压抑他者的爆发点，而恋物则是（意识形态）谎言本身的化身，它使我们能够承受本不能承受的真相……恋物癖的人是彻彻底底的'现实主义者'，他们之所以能够接受现实是因为恋物情

---

① Jonathan Franzen, *Freedom*, p. 488.
② Jonathan Franzen, *Freedom*, pp. 505 – 506.
③ Jonathan Franzen, *Freedom*, p. 502.
④ Jonathan Franzen, *Freedom*, pp. 494, 506.
⑤ Jonathan Franzen, *Freedom*, p. 589.

第三章　美国"自我"的拯救：21世纪"悲剧现实主义"美国小说中的民族性协商　123

结能够冲抵现实的冲击。"① 可以说，"自由"这一理念也在不同程度上发挥着"恋物癖"效力，它为丑恶辩白，为乔伊洗脑，也使千千万万人为之障目，正如小说中沃尔特的感叹："所有的一切都可以归结于同一个问题，那就是个人自由。人们来这个国家不是为了钱就是为了自由。如果你没钱，你就会更加愤慨地死死抓住你的自由……自由是唯一不能被人抢走的，包括你把自己生活搞得一团糟的自由。"②

三　自我和解的"自由"

在弗兰岑看来，当代美国对"自由"恋物癖的推崇特别是"布什政府以'自由'作为宣传口号以期获得短期政治利益"，是"危险的"，因此，他希望"还原这个流行词令人存疑的荣耀"③，小说《自由》也应运而生。事实上，弗兰岑的"野心"不仅在于他触碰甚至可以说无情揭露了"自由"这个已被神圣化到不容置喙高度的理念，更在于他诠释了人又该如何应对吊诡的"自由"。批评家杰西·布兰克·西黛佳曾定义弗兰岑的小说为一种"救赎的叙事"，即"主人公因不同形式的自私、欺瞒或者自我麻痹而被贬损，但他们总会经历一种类似于顿悟的时刻，使他们能够最终以谦卑的姿态达成自我和解。因此，这种顿悟与自我认知有关"④。《自由》中，帕蒂为当年的叛逆付出了代价，在经历了抑郁症的折磨、因婚外情东窗事发而与丈夫分居后，帕蒂回到了父母身边，她不仅原谅了母亲甚至感慨"能拥有像乔伊斯这样的母亲是她的幸运"，更冷静地认识到"她梦想拥有一种全新的生活，一种从零开始、完全凭自己创造的生活，但事实上这不过是个梦想而已"⑤。沃尔特在自己的自然保护计划合伙人突遭车祸身亡、妻子移情别恋之后独自隐居到了童年的房子，在回忆自己的成长经历时，他反思了自己对自然怀有的爱恨交织的情感：一方面，"他爱自然，但仅仅是抽象意义上的爱，和他爱优秀小说和外国电影没什么区别"；而另一方面，"自然的软弱令他失望"，因此，保护自然和野生动物也仅仅是为了让它们远离"吵闹、愚蠢的人类"，就像他远离令他心生厌恶的粗鄙

---

① Slavoj Žižek, *First as Tragedy, Then as Farce*, London and New York: Verso, 2009, p. 65.
② Jonathan Franzen, *Freedom*, p. 453.
③ Stephen J. Burn, "Jonathan Franzen: The Art of Fiction No. 207", *Paris Review*, Vol. 195, 2010, https://www.theparisreview.org/interviews/6054/jonathan-franzen-the-art-of-fiction-no-207-jonathan-franzen.
④ Jesus Blanco Hidalga, *Jonathan Franzen and the Romance of Community: Narratives of Salvation*, New York: Bloomsbury Academic, 2017, p. 4.
⑤ Jonathan Franzen, *Freedom*, p. 645.

的哥哥一样。① 而当乔伊被上级派往南美，负责采购有瑕疵的卡车部件并高价转卖给美国军方，进而从中获得巨大利润时，他感受到了"道德上的负罪感"②。最终，他向"严格、坚守原则"的父亲坦白了自己的"罪行"，正如乔伊所言，"他这一生都在和他（父亲）战斗，现在终于到了自己被打败的时候"③。无论是帕蒂与母亲的和解，还是沃尔特反思自己的"厌世情绪"，抑或是乔伊的认罪与忏悔，他们都在"犯错—遭到惩罚—获得救赎"的轨迹上认识了自我，也认清了自由的意义和代价。

值得注意的是，三个人殊途同归地在"回归家庭"时获得了顿悟和救赎：小说结尾，帕蒂和沃尔特重修于好，沃尔特也不再抗拒定居在自然保护区周边的居民，乔伊将他从战争中攫取的不义之财捐给了父亲的自然保护工程。不难发现，这种"回归家庭"有很强的妥协意味，正如克纳普的评述，《自由》中的人物"在遭遇梦想破灭之后，纷纷表现出了妥协、合作和牺牲的意愿，为能够在一个孱弱的世界里重新走到一起寻求新的出路"④。事实上，这种妥协不仅是为了"重新走到一起"，也是为了实现自我和解以及个体与社会的和平共处。需要指出的是，《自由》所采用的"救赎叙事"也是成长小说惯用的一种叙事模式。意大利文学批评家佛朗哥·莫瑞蒂在其《世界之道：欧洲文化中的成长小说》一书中曾指出，成长小说着力呈现自我是如何调节本我与超我之间的矛盾，它"一直有意逃避历史的转折点和断裂，逃避悲剧……逃避任何摧毁自我平衡和妥协的因素"，可以说，"妥协是成长小说反复出现的主题"⑤。换句话说，成长小说的象征意义不仅在于它再现了自主的个体在社会化过程中所遭遇的冲突，更在于它寻求到了以缓和而非激进的方式应对这些冲突，从而使个体和社会在妥协中达成一致。从这个角度来看，《自由》中的"救赎叙事"同时也在讲述三个人物不同角度的成长经历，他们最终所表现出的妥协姿态不仅使家庭内部破镜重圆，同时也使个体实现了与社会的和解。

著名美国文学批评家弗雷德里克·詹姆逊在其《政治无意识：作为一种社会象征行为的叙事》一书中曾提出，"所有文学都受我们所说的政治无意识的影响，所有文学都应看作对群体命运的象征性思考"，同时，"审

---

① Jonathan Franzen, *Freedom*, p. 575.
② Jonathan Franzen, *Freedom*, p. 550.
③ Jonathan Franzen, *Freedom*, p. 556.
④ Kathy Knapp, *The Everyman and the Suburban Novel after 9/11*, p. 57.
⑤ Franco Moretti, *The Way of the World: The Bildungsroman in European Culture*, trans., Albert Sbragia, London: Verso, 2000, pp. 10 – 12.

第三章　美国"自我"的拯救：21世纪"悲剧现实主义"美国小说中的民族性协商　125

美行为本身就是意识形态的，而且美学叙事的生产也是一种意识形态行为，目的是为无法解决的社会矛盾提供想象的或者正式的'解决办法'"①。在这个意义上，如果说《自由》中所充斥的"自由"的悖论是对当代美国"自由"的恋物癖效力的反思，小说结尾所暗示的以妥协的方式来获得自我拯救也为应对"自由"的悖论提供了一种思路，哪怕妥协无法直接消解悖论本身，但起码能够使人学会如何与其共处。事实上，真实地呈现、以期寻求应对而非解决社会问题的出路也是弗兰岑一贯坚持的"悲剧现实主义"社会小说的创作主张，即强调小说对现实的深沉关怀的同时，反驳对小说改造世界能力的盲目乐观和对小说揭露的污浊社会的过分抑郁。值得注意的是，尽管《自由》从不同层面质询了"自由"的悖论，但并未彻底否认"自由"这个概念本身。当代美国哲学家理查德·罗蒂曾在1998年发出呼吁，要警惕当今美国文化中的自嘲甚至自我厌恶的倾向，这在当代美国小说中表现得尤为明显。在罗蒂看来，诸如斯坦贝克、辛克莱、德莱赛等20世纪早期的现实主义小说家吸收了惠特曼和杜威的民族主义情怀，表现出一种"坚信葛底斯堡演说的绝对正确性，坚信我们的国家终将实现林肯所言的人类的希望"的民族骄傲感，这是伟大的文学应当具备的鼓舞人心的价值；而20世纪后期的小说②却表现出一种明显的民族自卑感，"可悲地默认了美国希望终结论"③，这种愤世的文学对建立自由主义民主毫无益处。很大程度上，《自由》的"悲剧现实主义"打破了罗蒂将文学分为爱国和愤世两大阵营的二元对立观，正如小说中陈述，"我们不是要推翻整个体制，而是试图缓解危机。我们要做的是让文化反思能够跟上危机的步伐，以免追悔莫及"④。可以说，"自由"的悖论为帕蒂、沃尔特和乔伊带来了伤痛，更带来了成长与救赎，使他们在认清"自由"的意义和蕴含的矛盾冲突后，能够更加从容地生活。

迈克尔·罗斯伯格在评论后"9·11"美国小说时曾指出，尽管小说家们以最快的速度对标志新时代来临的"9·11"事件作了回应，但"他

---

① Fredric Jameson, *The Political Unconscious: Narrative as a Socially Symbolic Act*, London and New York: Routledge, 1981, pp. 56, 64.
② 罗蒂主要以尼尔·斯蒂芬森（Neal Stephenson）的《雪崩》（*Snow Crash*）和莱斯利·马蒙·希尔克（Leslie Marmon Silko）的《死者年鉴》（*Almanac of the Dead*）为例。
③ Richard Rorty, *Achieving Our Country: Leftist Thought in Twentieth-Century America*, Cambridge, Mass.: Harvard University Press, 1998, pp. 8, 6.
④ Jonathan Franzen, *Freedom*, p. 454.

们的作品在形式上并没有实质性的改变"①。而在弗兰岑看来,"所谓做点什么新的事并不意味着发明一种从未见到过的小说形式,而意味着作为一个人、一个公民,去寻求一种全面的、一致的方式与世界正在发生的一切达成和解"②。《自由》中,"要如何生活"是每个人物时常遭遇的疑惑,尤其当帕蒂梦寐以求的生活变成了画地为牢、当沃尔特身陷自相矛盾的道德困境、当乔伊为不义之财而夜不能寐的时候。而当乔伊不再以父亲为敌,当对帕蒂和沃尔特而言,"过去所说的和所做的、过去的一切痛苦和快乐都轻如鸿毛"③ 的时候,他们找到了"如何生活"的答案。那就是与一地鸡毛的生活和解,与伪善莫测的世界和解,与尽管无法兼济天下、起码能够独善其身的自我和解。而这,又何尝不是一种自由?

第四节 "悲剧现实主义"的启迪:《纯洁》中的坚守与创新④

在《哈波氏文》的最后,弗兰岑曾流露出对"悲剧现实主义"社会小说应对当代小说创作困境的信心。他描述道,"我之所以对小说感到绝望,是由于我内心存在一种冲突:一方面我感觉我应当探讨文化问题并为主流体制注入新鲜元素,另一方面我又渴望书写身边的事物,沉浸在我喜爱的人物和场景中",而当他真正抛开功利性的写作责任而只专注对社会现实的温婉再现时,他感受到了写作的快乐。⑤ 于是,便有了2001年的《纠正》,这部最大化地记录美国最普通民众的个人生活、再现当代美国社会的公共图景的作品,将家长里短的普通民众生活细节同新教伦理的式微、消费经济的扩张、个人主义的扭曲等诸多当今社会的热议话题融为一体,旨在引发读者共鸣的同时帮助人们认清并反思现实。也有了2010年的《自由》,这部同样收获了市场热销与学界好评的双重胜利的作品,有意回避了当今文坛热衷的族裔、性别等有关"身份政治"的主题,而聚焦在一

---

① Michael Rothberg, "A Failure of the Imagination: Diagnosing the Post-9/11 Novel: A Response to Richard Gray", *American Literary History*, Vol. 21, No. 1, 2009, p. 152.
② Lev Grossman, "Great American Novelist: Interview with Jonathan Franzen", *Time*, Aug. 12, 2010.
③ Jonathan Franzen, *Freedom*, p. 702.
④ 本节部分内容原载于《当代外国文学》2016年第2期。
⑤ Jonathan Franzen, "Perchance to Dream: In the Age of Images, a Reason to Write Novels", *Harper's Magazine*, Apr. 1996, p. 54.

第三章　美国"自我"的拯救：21世纪"悲剧现实主义"美国小说中的民族性协商

个美国白人中产家庭，并摒弃了后现代主义偏爱的怪诞情节与抽象指涉，而以四平八稳的节奏描绘了平常人物最接地气的生活矛盾以及让读者感同身受的情感纠葛，通过刻画人物内心的分裂与痛苦展示人性固有的悲剧感。同《纠正》一样，《自由》并未拘于美国小城的家庭琐事，而是拥揽了漫游世界的地域场景和丰富多面的现实主题，比如，小说一个主要人物的足迹遍布了美国、东欧、拉美乃至伊拉克，小说情节涉及了政治（"9·11"事件、伊拉克战争、奥巴马竞选）、经济（市场运作、网络营销）、文化（摇滚音乐、绘画、文学创作）、社会（资源、环境、人口）等方方面面，实乃当代美国的全方位演绎。如果说《纠正》是弗兰岑"悲剧现实主义"社会小说的完美亮相，《自由》展现他"悲剧现实主义"创作观的炉火纯青，而时间的检验还在继续。

2015年9月，弗兰岑推出了五年磨一剑的新作《纯洁》，这部长达563页的皇皇巨著再次成为当代美国文坛关注的焦点。小说以一位名叫普瑞提（Purity）、昵称皮普（Pip）的美国女孩的身世之谜作为贯穿始终的故事主线，同时讲述了皮普的老板安德里亚斯、皮普的父亲汤姆和母亲安娜贝尔各自的传奇人生以及他们错综重叠的生活轨迹。在发行前后，《纯洁》可谓备受瞩目，美国书评界对小说引人入胜的叙述和包罗万象的主题给予了颇高评价，对弗兰岑在当代美国文坛的大师地位和一贯秉持的文学创作理念也给予了充分肯定。《纽约时报》的科尔姆·托宾称这部作品"将私密的家庭生活同公众的热点事件联系在一起，是部野心勃勃的小说"[1]。《时代》杂志的拉迪卡·琼斯评价《纯洁》是"美国小说界的杰作"，弗兰岑"以霸主风范席卷美国文坛，他的新作既不像《纠正》那样惊世地引爆了他的文学天赋，使他一鸣惊人，也不像《自由》那样荣耀地证明了他的创作才能，使他光芒四射，而是以一种简单的、令人愉悦的方式展现了他目光敏锐的大师风采"[2]。《洛杉矶时报》的大卫·俄尔林认为，弗兰岑通过《纯洁》再次诠释了他的"犀利书写"，以此完成了"小说该有的使命，迫使我们剥落虚幻的表象，看到爱是如何沦落为荒芜，我们又是如何被自己曾经坚信的事实所背叛"[3]。《新共和

---

[1] Colm Toibin, "Great Expectations", *The New York Times Book Review*, Aug. 30, 2015, p. 12.
[2] Radhika Jones, "In Jonathan Franzen's New Novel, Wealth and Identity Are All but Clear-cut", *Time*, Aug. 31, 2015, p. 50.
[3] David L. Ulin, "Review: Why Read Controversial Author Jonathan Franzen's New '*Purity*'? The Fierce Writing", *Los Angeles Times*, Aug. 25, 2015, http://www.latimes.com/books/jacket-copy/la-ca-jc-jonathan-franzen-20150830-story.html.

报》的山姆·谭恩豪斯在为《纯洁》撰写的书评中指出："如今，弗兰岑或许称得上是美国最出色的小说家。起码毋庸置疑的是，他是最具公众影响力的一位，这并非源于他博得了奥普拉的青睐并且在畅销书榜独占鳌头（尽管这两者不容忽视），而是因为他用颇具说服力的想象使我们认清了所处的世界，正如历史上那些伟大的小说家一样。"[1] 可以说，《纯洁》代表了弗兰岑的荣耀回归，进一步稳固了他在当代美国文坛举足轻重的地位，也再次力证了"悲剧现实主义"创作理念对当代小说的革新意义。

单就情节而言，《纯洁》从一开始就暗示出与现实主义的微妙渊源。英国《卫报》的蒂姆·亚当斯在为其撰写的书评中如此评论："在这部有关秘密与操纵、令人炫目小说中，乔纳森·弗兰岑彰显出他狄更斯式的抱负。"[2] 小说最直观地体现弗兰岑与狄更斯的关联在于小说的主人公普瑞提，她的昵称"皮普"不免让人联想到狄更斯《远大前程》的同名主人公，而事实上，这位出生于20世纪90年代的美国女孩皮普，有着和19世纪的英国孤儿皮普迥异却同样扑朔迷离的传奇故事。尽管不是孤儿，但皮普从小跟着性格孤僻的单亲妈妈长大，对父亲是谁一无所知。出于对寻找父亲的渴望，皮普"偶然"结识了小说的另一个核心人物安德里亚斯，这位阿桑奇[3]式的神秘人物在南美洲的玻利维亚雨林创办了维基解密式的"阳光工程"，主张通过黑客技术泄露世间肮脏的秘密，从而获得数字化时代信息全透明的"纯洁"状态。不得不说，安德里亚斯的人生经历更具传奇色彩，他曾是民主德国的异议分子，一次"英雄救美"的艳遇使乖张狂妄的他沦为谋杀犯。柏林墙倒塌之际，安德里亚斯与皮普的亲生父亲汤姆结为挚友，并透露了自己罪恶的秘密。后来，汤姆不辞而别回到美国，妻子安娜贝尔（即皮普的母亲）与其决裂后离奇失踪，他却凭借富豪岳父的遗产创办了一家新闻媒体，成为安德里亚斯的假想敌。在追踪到安娜贝尔下落、得知皮普身世之后，安德里亚斯一步步俘诱毫不知情的皮普成为他的"信徒"，进而将她安插到汤姆身边做间谍。最终，一切真相大白，安

---

[1] Sam Tanenhaus, "Sex, Lies and the Internet", *New Republic*, Sep. /Oct. 2015, p. 72.
[2] Tim Adams, "*Purity* by Jonathan Franzen Review—Piercingly Brilliant", *The Guardian*, Sep. 6, 2015, http://www.theguardian.com/books/2015/sep/06/purity-jonathan-franzen-review-piercingly-brilliant.
[3] 澳大利亚人朱利安·阿桑奇（1971— ）被称为"黑客罗宾汉"，其创立的维基解密致力于泄露政府和大机构的秘密文件与信息。阿桑奇曾在2010年泄露大量驻阿美军的秘密文件，使他成为美国政府的眼中钉，同年，阿桑奇由于涉嫌强奸案成为国际通缉犯。

第三章　美国"自我"的拯救：21世纪"悲剧现实主义"美国小说中的民族性协商　129

德里亚斯畏罪坠崖，皮普开启了正常的恋爱与生活，汤姆和安娜贝尔也在吵吵闹闹中再次相见。

　　尽管相比《纠正》和《自由》大量着墨于对普通民众日常生活的描述，《纯洁》的故事更加离奇、情节更加跌宕，但小说凭借有血有肉的人物塑造和时代气息浓重的背景再现，并未使读者产生多少疏离感。弗兰岑曾在2015年5月举行的美国图书博览会上接受采访，首次向公众披露《纯洁》的创作过程，其中，他在区别"情节"与"故事"两种创作理念时指出，从创作《纠正》开始，他便有意识地规避繁复曲折的情节设计，而更加专注"以背景和人物作为支撑的故事"的讲述。[①] 与《纠正》的叙述风格相似的是，《纯洁》再次采取了聚焦个体人物的肖像写作手法和铺陈各自背景的平行叙事模式，体现出弗兰岑对"讲故事"的执着。整部小说分为七个看似相互独立、实则纵横交织的短篇故事，每个故事围绕一到两位核心人物，清晰连贯地记录了他们各自的成长过程和相互关联的生活经历。与此同时，小说对每个人物的刻画并非架空的抽象描写，而是与人物所处的社会、文化、历史背景再现融为一体，场景的多样与厚重使人物更加鲜活饱满，故事也因此更具亲和力。无论是讲述安德里亚斯在斯塔西[②]专制监控下的叛逆青春，还是讲述汤姆和安娜贝尔在女权主义风生水起和冷战阴影笼罩下的美国的激进言行，抑或是讲述以皮普为代表的"90后"在脸书、推特风靡全球的互联网时代的成长生活，弗兰岑重点塑造了四个承载着不同时代印记的核心人物，不仅推动了故事的演绎，更还原了不同时空下的历史、社会与文化，相生相融的人物和背景成为建构整部小说的主体。

　　不仅如此，《纯洁》包罗万象的主题和发人深省的反讽与悖论也体现出弗兰岑的"悲剧现实主义"理念。小说将四个核心人物的生活轨迹置于绵延半个多世纪、遍历欧美多国的广阔视野中，虚构的人物经历中蕴含着实际的社会问题与深刻的现实反思。例如，安德里亚斯成长于苏联时代的民主德国，集权政治与严密监控激化了他叛逆的个性，最终使他走上犯罪的极端；当他步入中年，互联网成为新的"集权体"，信息的高度聚拢与高速传播操纵着世界的每个角落、公众的一言一行，"各个互联网平台

[①] Jonathan Franzen, "Interview with Laura Miller: First Words on *Purity*", *Facebook*, Jun. 2015, http://www.fsgworkinprogress.com/2015/06/jonathan-franzen/?utm_source=facebook&utm_medium=FBPost&utm_term=FranzenFBPage&utm_content=na_readblog_BlogPost&utm_campaign=9780374239213.

[②] Stasi，即民主德国国家安全局。

的共同野心就在于定义你的存在，规范你生活的每个细节"[1]，而他本人也变身黑客，企图掌控所有隐秘的真相。小说颇为犀利地将历史上的东德集权政体与当下的互联网进行比较：如同前者的理想是解放无产阶级乃至全人类，后者的初衷同样是将人们从繁复机械的工作中解放出来，然而讽刺的是，这两种"解放理想"在不同时代和领域纷纷背道而驰，各自演变成为一种"集权"统治。又如，小说以"纯洁"作为题目，不仅一语双关（既是小说主人公的名字，又指涉小说的核心主题），而且充满了反讽意味。正如弗兰岑在《纠正》中讲述的是不可避免的重蹈覆辙，在《自由》中呈现的是无法挣脱的牵绊与束缚，他在《纯洁》中书写的是无所不在的污秽与堕落。小说充斥的是家庭的分崩：强权的父亲、疯狂的母亲、性情乖戾的孩子；描述的是自我的失衡：扭曲的爱、尴尬的性、令人窒息的婚姻；勾勒的是乌烟瘴气的社会：谋杀、黑客、核武器的谎言；明嘲暗讽的是当今的技术法西斯和互联网集权：是它们粉饰了罪恶的肮脏，扼杀了人性的光芒，囚禁了世界的纯洁。

值得注意的是，弗兰岑在揭露当今世界"纯洁"的乌托邦假象时，并未像传统现实主义那样，采取非黑即白的姿态，进行以追求"纯洁"为目标的政治布道或者道德说教，而是在复杂莫测的故事链中暗示不同人物对"纯洁"这一概念的矛盾解读与悖论冲突，"悲剧"意味也油然而生。例如，安德里亚斯坚称"阳光工程"的伟大之处在于对世间丑陋秘密的揭露，以此实现信息全透明的"纯洁"，而他自己却为了保全名望的"纯洁"，倾尽所能掩盖自己曾是个谋杀逃犯的秘密，"泄密"与"保密"也成为他人生的主要纠葛。再如，安娜贝尔是"生命平等主义"的狂热拥护者，为了守护动物保护主义的道德"纯洁"，她不惜与从事肉禽加工业的父亲断绝关系，为了证明自己女权主义的政治"纯洁"，她毅然与丈夫决裂，一个人带着女儿过着隐居他乡的生活，但她却毫未意识到自己渴望实现的恰恰是"不平等"的权力等级，追求的实际上是从"服从者"到"操纵者"的角色转换。小说出版前夕，弗兰岑在接受美国公共电视台有关《纯洁》创作的采访时曾表示，"自我欺骗"是小说的一个重要母题，《纯洁》试图呈现的是理想主义的自欺欺人与真实世界间的距离，而对"纯洁"的狂热崇拜（意识形态纯洁、政治纯洁、道德纯洁、言语纯洁

---

[1] Jonathan Franzen, *Purity*, New York: Farrar, Straus and Giroux, 2015, p. 448.

第三章 美国"自我"的拯救：21世纪"悲剧现实主义"美国小说中的民族性协商

等）也是理想主义的一种重要表征。① 从这个角度来看，有关"纯洁"的"自我欺骗"不仅导致了安德里亚斯、安娜贝尔等小说人物的悲剧命运，而且彰显了小说对现实世界的深切关怀和深刻反思，弗兰岑"悲剧现实主义"小说创作观再次得以充分实践。

弗兰岑凭借近20年令人瞩目的成功实践证明了当代美国文坛对"悲剧现实主义"小说创作观的高度认可，而这与该创作理念对小说职责的坚守、对传统现实主义的改良以及对小说价值的追求有着很大的关联。在《艺术与命运》一文中，特里林曾预言美国小说的未来将依靠"思想"来支撑，更确切地说，对意识形态的探讨"将为小说发展带来新的机遇，同时也是小说创作的责任"②。尽管在很大程度上，特里林对意识形态小说的青睐源于他身处美苏意识形态争斗的旋涡及其饱受争议的"反斯大林主义"左派政治立场，但他对意识形态的概念界定却很是宽泛。意识形态源于政治，却不局限于政治，它可以根深蒂固于人们的潜意识，塑造着人们的思想、引导着人们的行为，进而影响着社会文化现实的方方面面，而小说的职责即在于向人们展示无迹可寻却无处不在的"意识形态"，通过"将思想（意识形态）具化到现实，来实现对其完美的批判"③。某种意义上，弗兰岑推崇的"悲剧现实主义"社会小说也可以视为一种广义的"意识形态"小说，它通过再现世界的本真面目、洞穿现实的复杂内核恪守着"小说的职责"。

以《纯洁》为例，小说将当今的互联网比作昔日东德的集权统治，很大程度上源于它们同是"让人无法逃脱的（意识形态）系统……你可以与它和谐共处，也可以朝它发难攻击，但你唯一无法做到的是……与它毫无瓜葛"④。另外，小说中的人物所信奉的"纯洁"本身也可理解为一种"意识形态"，无论是安德里亚斯崇尚的信息全透明，还是安娜贝尔追求的绝对"道德"，"纯洁"不仅是一种自我标榜的奋斗理想，更在潜意识中成为他们的行为导向。倘若扩展到小说以外的当今社会，不难发现，对"纯洁"的狂热崇拜乃至极端化追求与历史上极端组织对其信徒"纯洁

---

① Jonathan Franzen, "Interview with Jeffrey Brown," *PBS*, Sep. 1, 2015, http://www.pbs.org/newshour/bb/purity-jonathan-franzen-dismantles-self-deception-idealism/.
② Lionel Trilling, "Art and Fortune," in *The Liberal Imagination: Essays on Literature and Society*, p. 263.
③ Lionel Trilling, "Art and Fortune," in *The Liberal Imagination: Essays on Literature and Society*, p. 265.
④ Jonathan Franzen, *Purity*, p. 448.

性"的严格规诫也有许多相似之处。尽管全球化的迅猛发展消弭了地域、资本、文化理念、社会形态、生活模式等诸多方面的"界限"意识，但并不意味着世界已经或者终将达到"同一"的绝对"纯洁"。事实上，不论是不同党派的搏杀，还是原教旨主义的风行，抑或是有关种族和性别等身份政治的极端化，当今的人们在政治、道德、情感等诸多层面对"纯洁"进行了绝对化的解读。但是，事物的本质总是复杂且多面的，追求极端的"纯洁"终将导致认识的偏颇与真相的蒙蔽，以至于酿出昔日麦卡锡主义、今日恐怖主义等悲剧。通过塑造意识形态的现实表征，进而完成对意识形态的剖析与批判，弗兰岑完成了特里林期待的小说使命，谭恩豪斯甚至如此盛赞："如今已没有哪个小说家（除了唐·德里罗）像弗兰岑那样深谙当代意识形态，并如此精细地探究它。"[1] 2008 年，弗兰岑在一次访谈中曾声称，"小说是最伟大的艺术，因为它将私密的、个人的世界与更大的社会视野联系起来"，同时，他也明确指出，"我认为大多数小说创作的基础，在于将小说人物的生活与普通读者的生活建立起某种联系"[2]。在弗兰岑看来，连通个人与社会、虚构与现实，不仅是小说创作的基本原则，也是小说的应有之义。

除了对现实的深沉关怀，弗兰岑以"悲剧"定义自己的"现实主义"，意在反驳对小说改造世界能力的盲目乐观和对小说揭露的污浊社会的过分抑郁，流露出他"识时务"的智慧。在《哈波氏文》中，弗兰岑曾解释道，面对"乐观主义充斥着我们当下的文化……悲剧现实主义对世界持有一种清醒的认识，即一切进步总是有代价的；没有什么是永恒的；如果世上的善大于恶，那也只是一种微弱的优势"，同时，"将抑郁现实主义演变为悲剧现实主义，也是使人们从因黑暗而绝望转换为适应黑暗并抱有希望"[3]。这是弗兰岑对传统现实主义顺应时势的改良，也是他对小说创作的期许和对其价值的追求。具体来看，"悲剧现实主义"力图打破的是人们简单的二元对立思维，旨在袒露复杂现实后的发人深省，为读者呈现的通常是一幅耐人寻味的开放式图景。如同弗兰岑在《纠正》的结尾暗示出对深陷自我危机的人物获得新生的可能出路，在《自由》中展现出对人性固有缺陷的自我和解，在《纯洁》中，当认清世界的"不纯洁"和洞穿人性

---

[1] Sam Tanenhaus, "Sex, Lies and the Internet", *New Republic*, Sep./Oct. 2015, p. 72.
[2] Christopher Connery, "The Liberal Form: An Interview with Jonathan Franzen", *Boundary 2*, 2009, pp. 33, 54.
[3] Jonathan Franzen, "Perchance to Dream: In the Age of Images, a Reason to Write Novels", *Harper's Magazine*, Apr. 1996, pp. 53 – 54.

的"不完美"之后,弗兰岑同样传递出对美好的向往和对希望的笃信。小说结尾,皮普找到了真爱并安排了父母的重聚,当皮普面对依然吵吵闹闹的父母,弗兰岑这样描述道,"皮普(的生活)很有可能比父母的更加圆满,但她并不确定能否实现。直到天空豁然明朗,西边浩瀚海洋催生出的骤雨敲打着车顶,但爱的声音湮没了其他一切声响,她相信她可以做到"①。某种意义上,弗兰岑似乎一直在思考也在诠释每个小说家必要的自问自答:小说如何写?小说又为何写?

在德里罗给弗兰岑的来信中,曾如此感慨小说家的责任和当代小说创作的意义:"在任何时候,小说家要做的就是写小说。倘若未来15年,我们不再创作社会小说,那很可能是因为我们的性情发生了变化,使这类作品不再吸引我们——因此我们停止创作,而不是因为这类小说没有市场。作家是(市场)引领者,而非追随者。写作的动力源于作者的思想,而非读者的数量。倘若社会小说得以继续生存,哪怕只是在文化的狭小一隅苟延残喘,它或许会因为濒临绝迹,反倒得到更多的重视。一种弱化的空间,却有着强化的效果。"② 在当代小说面临外部压制与内部消解的双重压力之时,弗兰岑选择重构社会小说,既保留了严肃小说的传统与价值,又顺应了时代与市场的趋势,可谓务实的改良者。从1996年发表文学宣言,到《纠正》和《自由》大获全胜,直至《纯洁》再次受到众肯,弗兰岑用自己的创作实践彰显了其"悲剧现实主义"的魅力,更证明了在被时代和市场"弱化"的语境中,小说写作和阅读依然可以带给人们理解世界的"强化"意义。而无论是《纠正》中的迷失与回归,还是《自由》中的对抗与救赎,抑或是《纯洁》中的自欺与醒悟,弗兰岑小说演绎的从来都是美国"自我"拯救的跌宕故事,是美国民族性在诸多内在悖论因子的协商中寻求新机的不懈努力,无疑对21世纪身陷重重危机的美国具有启迪意义。

---

① Jonathan Franzen, *Purity*, p. 563.
② 转引自 Jonathan Franzen, *How to Be Alone*, pp. 95 – 96。

第四章 美国"自我"的展望:"9·11"之后美国小说中的民族性重构

如前两章所述,冷战的结束为美国消除了意识形态的"外患",使其将注意力转向了"内忧",由此催生了美国学界和小说界对美国"自我"的多元审视和对美国民族性的深度反思,并从不同角度为美国的"自我"拯救和民族性协商作出了努力。而2001年9月11日,美国遭受了冷战结束以来的最大外部冲击,突如其来的恐怖袭击震惊了美国乃至整个世界。"9·11"事件使美国文坛一度陷入了"失语"状态,但很快,一批描写"9·11"灾难及其造成的创伤效应的文学作品相继诞生,(后)"9·11"小说也成为评论界热议的新焦点。

然而,还有一些小说并未沉溺于"9·11"事件本身,而是一如既往地专注于美国"自我",检省美国梦想与现实的距离,并在更广阔的视野下勾勒出美国的未来愿景。例如,约瑟夫·奥尼尔《地之国》(2008年)以"9·11"事件为契机,以跨国主义视角和连通内外的双向审视揭露了美国根深蒂固的族裔问题以及"美国梦"的虚伪本质,通过回归家庭与个人的"伦理"身份实现"自我"的完善;保罗·贝蒂的《出卖》(2015年)凭借独特的讽刺艺术拆穿了美国"后种族时代"权力话语所描绘的种族平等的虚假幻象,通过对历史的批判性记忆重塑了被消解的黑人种族意识,以期实现真正意义上的种族平等;阮越清的《同情者》(2016年)呈现了一种全新的越战叙事,不仅阐释了世界主义对话与反讽主义实践对理解他人和完善自我的作用,更流露出对"有根的世界主义"构建真正的自由主义社会的美好期许;游朝凯的《唐人街内部》(2020年)以独特的"剧中剧"叙事戏剧化再现了亚裔美国人被黑白种族双重排挤的遭遇,以亚裔作为"永恒局外人"的多维度困境再次质询了"谁是美国人"的经典民族性问题。可以说,"9·11"之后的美国小说在继续反思美国民族性、揭露其内在矛盾的同时,有效突破了传统的种族二元对立、美国与世界的

第四章 美国"自我"的展望:"9·11"之后美国小说中的民族性重构

边界意识,在更加开阔的视野对美国"自我"进行了更加多元的辩证剖析,为全球化背景中的美国和当下多维度日趋极化的美国提供了重构民族性的新思路。

第一节 美国民族性之"美国梦":约瑟夫·奥尼尔《地之国》中的"伊甸园"假象[①]

一 "9·11"叙事的革新

《地之国》是当代美国作家约瑟夫·奥尼尔历时7年完成的倾力之作,尽管出版前曾遭遇美国各大书商的闭门羹,但2008年一问世便在世界文坛和评论界引起了不小轰动。不仅得到了诸如约瑟夫·奥康纳、乔纳森·萨福兰·福厄等同行作家的高度评价,还荣登《纽约时报书评》封面、入选"2008年度十佳图书",更在次年将美国笔会/福克纳小说奖收入囊中。这部以纽约的两位移民为主人公、以板球为线索、以描绘21世纪初梦想与幻灭并存的美国为主要内容的小说,之所以被诸多知名评论家津津乐道,多半围绕的还是它的"9·11"题材。《纽约时报书评》高级编辑德怀特·加纳评价《地之国》是"世贸中心倒塌后,有关纽约和伦敦生活最机智、最愤怒、最精准、最哀伤的叙述"[②],美国文学学者迈克尔·罗斯伯格盛赞它是"迄今为止描述后'9·11'状况的最佳小说"[③]。也有评论并不认同将其简单地归为"9·11"小说,著名美国文学评论家詹姆斯·伍德同样对奥尼尔精巧的写作技法赞不绝口,但却称《地之国》为"我读过的最出色的后殖民小说之一"[④];英国小说家扎迪·史密斯也明确指出:"《地之国》对'9·11'事件的关注仅仅是表面上的……它真正关切的是(小说)形式,聚焦的问题是(艺术)本真性。"[⑤] 很大程度上,

---

[①] 本节部分内容原载于《英美文学研究论丛》2021年第2期。
[②] Dwight Garner, "The Ashes", *The New York Times*, May 18, 2008, https://www.nytimes.com/2008/05/18/books/review/Garner-t.html.
[③] Michael Rothberg, "A Failure of the Imagination: Diagnosing Post-9/11 Novel: A Response to Richard Gray", *American Literary History*, Vol. 21, No. 1, 2009, p. 156.
[④] James Wood, "Beyond a Boundary", *The New Yorker*, May 26, 2008, https://www.newyorker.com/magazine/2008/05/26/beyond-a-boundary.
[⑤] Zadie Smith, "Two Paths for the Novel", *New York Review of Books*, Nov. 20, 2008, http://www.nybooks.com/articles/22083.

评论界的这种争议源于这部小说与传统"9·11"叙事的明显分歧。著名的"9·11"文学研究者理查德·格雷曾在2009年发表了一篇颇具影响力的评论文章，指责美国小说对"9·11"事件及其引发危机的狭隘书写，批评"许多作品试图充当当下重大事件的见证者，一面以宏大的修辞表现出记录创伤的姿态，一面却退隐到对家庭琐事的描述……以至于将国家乃至世界历史上的一个重大转折点降格处理，退化成了一种情感教育的平台"①。在同期杂志发表的罗斯伯格回应格雷的文章中，罗斯伯格不吝赞美地将《地之国》视为修正"9·11"小说狭隘的绝佳范本。在罗斯伯格看来，尽管《地之国》中"不乏美国传统的自我创造故事的情节痕迹，但它却把这种耳熟能详的美国叙事重置在了更加全球化的视野之中"②。2011年，格雷在《倒塌之后："9·11"后的美国文学》一书中，亦以《地之国》为例阐述了"危机想象"的"正确姿势"，即"颠覆了（'9·11'后）主流评论惯用的对抗性话语——我们与他们，西方与东方，基督教与穆斯林。转而关注到了美国自身的异源性本质，以及当下美国所处的跨国语境"③。按照格雷的总结，在以《地之国》为代表的小说中，"后'9·11'的美国是一个跨文化的空间，不同的文化在其中得以反射与折射，相互交锋并相互渗透"④。换句话来说，《地之国》对"9·11"题材的创新叙事在于它并未简单地将目光锁定在"9·11"事件本身，更没有"单纯地以主人公的情感创伤来评估灾难性事件的影响"⑤，而是以"9·11"事件为契机，以穿梭于美国内外的方式深度审视美国自身的问题。

这种"跨界"视野使不少评论家将《地之国》定义为"跨国小说"或"后国家小说"⑥，就连奥尼尔本人也曾在访谈中称这是一部"后美国

---

① Richard Gray, "Open Doors, Closed Minds: American Prose Writing at a Time of Crisis", *American Literary History*, Vol. 21, No. 1, 2009, p. 134.
② Michael Rothberg, "A Failure of the Imagination: Diagnosing Post-9/11 Novel: A Response to Richard Gray", p. 156.
③ Richard Gray, *After the Fall: American Literature Since 9/11*, Malden: Wiley-Blackwell, 2011, p. 17.
④ Richard Gray, *After the Fall: American Literature Since 9/11*, p. 55.
⑤ Richard Gray, "Open Doors, Closed Minds: American Prose Writing at a Time of Crisis", *American Literary History*, Vol. 21, No. 1, 2009, p. 134.
⑥ 参见 Carmen Zamorano Llena, "Transnational Movements and the Limits of Citizenship: Redefinitions of National Belonging in Joseph O'Neill's *Netherland*", *Cross/Cultures*, Vol. 167, 2013, pp. 3 – 25。

小说"①，它的主人公是一个"后国家叙述者"②。然而，有趣的是，奥尼尔同时强调了它作为"美国小说"的身份，并声称"这是我成为美国小说家的第一部小说"③。事实上，《地之国》的最大亮点正是"后美国性"与"美国性"的并置：如果将整个叙事视为盖茨比式的"美国梦"故事④，那么贯穿故事主线的却是"非美国"的板球，追求"美国梦"的悲剧英雄是一个来自特立尼达的纽约移民，而那个尼克·卡拉维⑤式的叙述者也一直在荷兰—英国—美国之间来回游走。小说不仅呈现了格雷所期待的美国内部的"移民交锋"⑥，描绘了以白人—盎格鲁—新教群体为主的曼哈顿居民和生活在布鲁克林和斯塔顿岛的少数族裔不同的困顿与挣扎，同时又超越美国国境，以置身世界的角度洞穿当下美国的全球定位，从而打破了长久以来美国的"例外主义"思维和"唯我独尊"的传统国家想象。这种放大的视野和连通内外的双向审视无疑为解读全球化背景中的美国民族性提供了一种启发。

二 从"失乐园"到"复乐园"的美国梦

尽管"9·11"事件并非《地之国》的核心聚焦，但不可否认的是，它是激发整个叙事的导火索，是小说主人公兼叙述者汉斯生活的重大转折点。这位在荷兰海牙出生、在英国伦敦成为业界精英的证券分析师，在1998年和英国妻子移居到了美国纽约，本打算住个几年便打道回府，却意外遭遇了"9·11"恐怖袭击，彻底改变了他的生活。在汉斯看来，"9·11"之前的纽约是幸运的应许地、财富的聚宝盆，"要在纽约赚一百万美金，只需漫步在大街上，双手插在口袋，兴高采烈地期待着，迟早会有一道从天而降的金钱闪电将你击中"⑦；"9·11"之后的纽约却充斥着对未

---

① Travis Elborough, "All Over America: Travis Elborough Talks to Joseph O'Neill", in Joseph O'Neill, *Netherland*, London: Fourth Estate, 2009, p. 6.
② Katie Bacon, "The Great Irish-Dutch-American Novel", *The Atlantic*, May 6, 2008, https://www.theatlantic.com/magazine/archive/2008/05/the-great-irish-dutch-american-novel/306788/.
③ Katie Bacon, "The Great Irish-Dutch-American Novel", *The Atlantic*, May 6, 2008.
④ 有关《地之国》与《了不起的盖茨比》的互文解读，参见 Katherine V Snyder, "'Gatsby's' Ghost: Post-Traumatic Memory and National Literary Tradition in Joseph O'Neill's *Netherland*", *Contemporary Literature*, Vol. 54, No. 3, 2013, pp. 459–490。
⑤ 尼克·卡拉维是菲茨杰拉德小说《了不起的盖茨比》中的叙述者。
⑥ Richard Gray, "Open Doors, Closed Minds: American Prose Writing at a Time of Crisis", *American Literary History*, Vol. 21, No. 1, 2009, p. 140.
⑦ Joseph O'Neill, *Netherland*, London: Fourth Estate, 2009, p. 120.

知灾难的恐惧和无处不在的"疲倦感"①，汉斯一家也不得不从昔日繁华的特里贝克区②公寓搬到了作为临时避难所的切尔西酒店，和一群举止怪异的房客做上了邻居。祸不单行，"9·11"事件后不久，汉斯又遭遇了婚姻瓦解的致命打击，当妻子带着儿子搬回了伦敦，留在纽约的汉斯感受到了"一种深刻却无用的羞耻……为意识到自己无力抗争的宿命而羞耻……为无法修复的生活、消逝的爱、不可言说的无意义、普遍化的枯燥、无法抗拒的分崩离析而羞耻"，用他的话来说，"生活本身肢解了。我的家庭，我终日时光的支撑，统统粉碎了"③。面对巨大的集体性灾难和家庭变故，汉斯不禁发问："那个多年前我认识的、其中的每个人都笃信不疑、心照不宣的地方到底发生了什么？那些走在大街上欲望满满的人们又怎么了？"④答案是不言自明的，在包括汉斯在内的万千追梦人看来，后"9·11"的纽约无疑是一个"失乐园"。在美国文学史上，从"天真"堕落到"世故"的"失乐园"故事并不少见，特别是在围绕美国历史上几大战争的叙事中。无论是华盛顿·欧文笔下的瑞普·凡·温克尔在独立战争后的"隔世"梦醒，还是马克·吐温对四年内战所击碎的梦想与荣耀的感伤⑤，抑或是以海明威和菲茨杰拉德为代表的一战后"迷惘的一代"，"失乐园"叙事在美国文学舞台上轮番上演。对此，格雷曾这样总结："天真的瓦解，天堂的丧失，只需要一个令人困惑、无所适从的时刻，一种朝向黑暗的跌落，一次危机的影响。这是一个古老的故事，至少和美国国家的历史一样久远。"⑥

在传统的"失乐园"叙事中，故事的发展一般会有两种走向：要么陷入对过去的怀旧，要么充满对"复乐园"的憧憬。就《地之国》而言，板球在一定程度上为汉斯走出"失乐园"点燃了希望。起初，汉斯加入"这个与我的日常生活毫无交集、异域色彩浓郁的板球俱乐部"不过是为了消解"9·11"事件和失败婚姻造成的苦闷，但却意外地架起了他连通过去与现在的桥梁，不仅勾起了他在海牙的童年时代、有母亲陪伴观赛的甜蜜回忆，以及他在伦敦立业后那段"愉悦的、充满英国风情的、令人着迷

---

① Joseph O'Neill, *Netherland*, p. 27.
② 特里贝克区（Tribeca）是位于纽约曼哈顿的高端住宅区，紧邻哈德逊河公园，林立着时尚精品店和高端餐厅。
③ Joseph O'Neill, *Netherland*, pp. 37-38.
④ Joseph O'Neill, *Netherland*, p. 123.
⑤ 参见 Mark Twain, *Life on the Mississippi*, New York: New American Library, 1961（首版于1883年出版）。
⑥ Richard Gray, *After the Fall: American Literature Since 9/11*, p. 3.

第四章 美国"自我"的展望:"9·11"之后美国小说中的民族性重构　139

的"板球经历,更使他在"一切都在一步步衰退、断裂"的现实生活中找到重新拼接黏合的可能:"无论是现在的,还是过去的板球时光就像性经历一样在我脑海中灼烧,始终能够为我所用,在那些我独自一人待在酒店、试图躲避悲伤情绪的漫漫长夜,我便躺在床上将这些记忆释放出来,无声地哀悼它们承载的神秘希望,从而使我保持清醒。"① 事实上,在后"9·11"的"失乐园",板球不仅为汉斯提供了一种情感慰藉和精神寄托,更成为他深入了解美国、获得美国身份认同的纽带。是板球让身为欧裔白人、生活在曼哈顿上层社会的汉斯近距离接触到了来自特立尼达、圭亚那、牙买加、印度、巴基斯坦、斯里兰卡等国的移民队友,从而真切地成为美国多元文化"大熔炉"的一员,而从他们那里赢得的尊重"对我而言比其他任何人的尊重都重要"②。是板球让汉斯在一次比赛中结识了恰克,后者激情盎然的生活态度和踌躇满志的奋斗热情使汉斯从妻离子散、孑然一身的打击中振作起来,恰克还带领他穿行于布鲁克林的街区,使他看到曼哈顿以外的纽约的真实模样,更鼓励他尝试板球的"美式空中击球法",使他第一次感到"自我意识并未受损,相反,感觉很棒",此时的汉斯无不激动地感慨道,"我终于成为真正的美国人"③。可以说,板球连接起的跨国记忆不但没有使汉斯沉溺于对过去的缅怀,而且帮他认清了人生的"何去何从",迅速成为知己的恰克更是带他走进了美国内部,帮助他以"美国人"的身份洞悉美国的本质。

从许多方面来看,恰克都是一个典型的美国追梦者。20世纪70年代,二十几岁的恰克和新婚妻子移民美国,"从蜜月的第一天就开始了工作"④。凭借聪明灵活的头脑、勤恳的努力以及对美国历史、传统、文化的熟知,恰克实现了白手起家的梦想,买了一辆美国味儿十足的"爱国汽车"——飘扬着星条旗的凯迪拉克,而他本人更是有着强烈的美国身份意识。当汉斯问他是哪里人时,恰克脱口而出的是"就是这儿,美国";之后在与汉斯的交往中,恰克时常有意无意地把自己塑造成本杰明·富兰克林式的励志人物:"他不停地讲述自己的故事,若要给他的自传冠上一个简洁明了、掷地有声的题目,非《恰克·拉姆基森:美国佬》莫属。他的传奇显然就是从赤贫到富有的典型美国奋斗故事。"⑤ 秉持着"敢于异想天开"的人

---

① Joseph O'Neill, *Netherland*, pp. 22, 57, 63-64.
② Joseph O'Neill, *Netherland*, p. 229.
③ Joseph O'Neill, *Netherland*, pp. 232-233.
④ Joseph O'Neill, *Netherland*, p. 175.
⑤ Joseph O'Neill, *Netherland*, pp. 20, 175.

生座右铭,恰克的更大野心是在纽约成立美国第一家真正的板球俱乐部,为板球在美国争得像棒球、垒球一样的普及化认可,让美国人认识到板球"不是一项移民的运动"[1]。作为在1720年明确赛制规范从而成为"前民族主义时期唯一的现代运动"[2],板球是大英帝国的标志运动,也是诸多殖民地独立前建构民族认同、形成民族共同体的重要媒介,无论在殖民化还是殖民地争取解放和建立国家的过程中都起到了重要作用。然而,板球在美国却一直"水土不服",曾有学者评论道,"当美国和板球并置在一起时,似乎形成了一种矛盾修辞":"那些英国人定义'美国'的限定词——鲁莽、急躁、不拘礼节、出其不意、粗犷、贪婪而不知廉耻的重商主义——均与'板球'背道而驰……对美国人而言,那些他们认为专属'英国'的东西——传统、拘谨、顺从、温和的蒙昧主义——又统统浓缩到了'板球'之中"[3]。在《地之国》的描述中,板球更是完全丧失了它的"贵族身份",成为一项专属边缘化群体的消遣运动。且不说除了汉斯这个唯一的白人,玩板球的都是处在社会底层的少数族裔移民(如出租车司机、外卖店员、加油站服务员等),就连最起码的板球设施在偌大的纽约都无处可寻。更甚的是,好不容易找到一个可以勉强凑合的公园场地,"棒球队员(却)拥有使用这块场地的优先权……尽管这片区域原本是为板球场而建的"[4]。可以说,无论是在小说的虚构世界,还是在美国的现实生活中,板球都是"一项异类的运动,没有方向地游荡,不明原因地颓废,始终融不进入(美国)"[5]。

正是鉴于"对大多数美国人而言,板球是难以理解的"[6],恰克才立下了"为板球正名"的志向,更进一步的是,恰克还力图将"美国板球化",期望通过推广板球来修正后"9·11"美国近乎神经质的仇外主义,实现真正意义上的多元文化和谐共生的愿景。在恰克眼中的美国,被边缘

---

[1] Joseph O'Neill, *Netherland*, pp. 104, 133.
[2] Stephen Wagg and Jon Gemmell, "Cricket and International Politics", in Anthony Bateman and Jeffrey Hill eds., *The Cambridge Companion to Cricket*, Cambridge: Cambridge University Press, 2011, p. 254.
[3] Mike Marqusee, *Anyone But England: Cricket and the National Malaise*, London: Verso, 1994, pp. 1 - 2.
[4] Joseph O'Neill, *Netherland*, p. 17.
[5] Neil Lazarus, "Cricket and National Culture in the Writings of C. L. R. James", in Hilary McD Beckles and Brian Stoddart eds., *Liberation Cricket: West Indies Cricket Culture*, Manchester: Manchester University Press, 1995, p. 342.
[6] Neil Lazarus, "Cricket and National Culture in the Writings of C. L. R. James", in *Liberation Cricket: West Indies Cricket Culture*, p. 342.

第四章　美国"自我"的展望:"9·11"之后美国小说中的民族性重构　141

化的又岂止板球,包括他在内的有色族裔就像"隐形人"一样被无视,正如他面向队友发表的慷慨激昂的演讲:"在这个国家,根本没有我们的立足之地。我们就是个笑话……你想尝试一下在这个国家当黑人的感受吗?只需穿上白色的板球服。穿上白衣服去当回黑人。"① 事实上,就连汉斯这个白人也因为自己的外国(荷兰)名字而受到"歧视",比如他申请驾驶证时所经历的卡夫卡式荒诞曲折的审核流程,还有机动车管理局工作人员显露出的"愠怒的敌意"②。在《地之国》中,板球是恰克窥视后"9·11"美国的透视镜,用恰克的话来说,"美国人自认为已经看到了世界。事实上并没有……看看我们现有的那些问题。整个就是一团糟,还会越来越糟"③。与此同时,板球亦可以成为拯救后"9·11"美国危机的良药:"(如今的)美国是不完整的,美国也未能完成它的使命,直到美国完全拥抱板球,它才称得上彻底文明化。"因为板球不仅仅是茶余饭后的消遣运动,而且"就像一门民主的速成课",能够教会人们遵守繁复的规则,使他们学会尊重别人,与别人共享一片天地,哪怕是与对手甚至敌人。④ 换句话说,在恰克勾勒的"板球化的美国"蓝图中,推广板球将帮助美国所谓的主流群体"看见"这些被无视的少数族裔,如同汉斯的描述,当一群来自不同国家的人们身穿同样的白色球服,"聚合在一片美国的土地上"打板球,形成的场面正是"人们想象中的正义之地"⑤。不仅如此,由于"板球运动的一个矛盾之处是它的活动既涉及一大片场地,同时也关乎一个击球手狭小的动作空间"⑥,普及板球也将在更广义的层面成为一种隐喻,启示美国这个国家睁开面向世界的眼睛,"看见"自己的同时也"看见"别人,使之在更大的视野下认清自己的位置。

三　"缺失的伊甸园":自我反思与新生

当然,"板球化的美国"注定只是一种理想化的愿景,不仅可以从小说以恰克之死作为开篇中得到暗示,更可以从汉斯作为冷峻旁观者的叙述中,识破恰克"美国梦"的虚幻与虚伪。其实,从一开始,不失白人上层阶级优越感的汉斯并未把恰克放在眼里。当他们第一次见面,令汉斯印象

---

① Joseph O'Neill, *Netherland*, p. 18.
② Joseph O'Neill, *Netherland*, p. 84.
③ Joseph O'Neill, *Netherland*, p. 280.
④ Joseph O'Neill, *Netherland*, p. 279.
⑤ Joseph O'Neill, *Netherland*, pp. 18, 158–159.
⑥ Joseph O'Neill, *Netherland*, p. 196.

深刻的是恰克和他"女朋友"的"不般配":"他们是一个不常见的组合:她,一个美国人,娇小的身材,白皮肤金头发;他,一个魁梧的移民……肤色黝黑——用他自己的话说,这是可口可乐一般的颜色。"[1] 在接下来和恰克的交往中,汉斯对恰克的评价也充满了质疑:"在我看来,他是一个对可能和假设痴迷的人,一个兴致勃勃地游走在虚拟语气中的人。"[2] 当恰克带领汉斯来到布鲁克林的一片荒地,激动地向汉斯证明"茫茫白雪覆盖的其实是一片最优质、最纤巧的草地,这将成为一个板球场"时,汉斯不以为然,并毫不隐讳地告诉读者,"我压根不会把他说的话当真,一秒钟也没有"[3]。某种程度上,对汉斯而言,通过普及板球来实现真正意义上的种族平等、和谐共融的理想只是恰克不切实际的幻想,尽管汉斯本人也是美国"仇外主义"的受害者,申请驾驶证时的歧视性审核让他"第一次对美国感到恶心,这个闪烁着光芒、接受我入籍的国家,暗地里却运行着不公平、冷漠的权力"[4],但当他面对以恰克为代表的下层阶级有色族裔时,汉斯依然流露出无意识的划界倾向。与此同时,恰克的"板球美国梦"也并非他声称的那样高尚纯粹,立下成立专业板球俱乐部"宏伟"志向的更大驱动力源于这背后潜在的巨大商机,他曾毫不隐讳地向汉斯解释:"一场在纽约城举行的印度对巴基斯坦的板球比赛……按照我们的期待,通过电视和互联网收视,单单印度就会有七千万的观众……你知道这能赚多少钱吗?"[5] 如果说趋利之心本身也无可厚非,那么恰克"为了达成目标,我可以做任何事"[6] 的"追梦"方式则让汉斯失望透顶。当他知晓了恰克通过开设赌局的形式积累财富,又目睹了恰克通过恐吓、抢砸的暴力威胁被他的赌局套牢的移民受害者时,汉斯再也无法接受这所谓的"美国梦":"从他的童年经历到他认为自己身为一个美国人便有权去做这些事,这之间是否存在关联,我丝毫不感兴趣。他希望我也进行一种道德上的适应性调节——但这种调节是我无法完成的。"[7] 某种意义上,恰克的"成功"恰恰亵渎了他的"美国梦",他所从事的非法勾当和欺凌弱小恰恰违背了他所推崇的板球精神——文明、遵守规则、尊重他者。最终,恰克死于非

---

[1] Joseph O'Neill, *Netherland*, p. 21.
[2] Joseph O'Neill, *Netherland*, p. 135.
[3] Joseph O'Neill, *Netherland*, pp. 108 – 109.
[4] Joseph O'Neill, *Netherland*, p. 88.
[5] Joseph O'Neill, *Netherland*, p. 104.
[6] Joseph O'Neill, *Netherland*, p. 280.
[7] Joseph O'Neill, *Netherland*, p. 329.

第四章　美国"自我"的展望："9·11"之后美国小说中的民族性重构

命的结局更是彻底粉碎了他的"美国梦"。

悖论的是，汉斯对恰克"美国梦"的洞穿反倒为他的后"9·11"困顿带来了某种救赎的可能，因为他不仅认清了"9·11"之后美国的诸多问题，更意识到"9·11"之前的美国或许也并非"拥有着非同寻常幸运"的机遇之地。[①] 换言之，如果"伊甸园"从未存在，"失乐园"又从何说起？创伤理论家多米尼克·拉卡普拉在研究受创者对创伤性历史事件的评估时，提出了受创者将创伤前状态视为"缺乏"和"失去"的两种倾向。尽管两者并非二元对立的绝对化概念，但拉卡普拉依然对其进行了区分："当认定为'失去'时，受创者很有可能产生不合时宜的怀旧或者采取乌托邦的政策，期待找回一种新的整体或是全面统一的集合体。当认定为'缺乏'时，受创者则面临无尽忧郁的僵局，难以应对的哀悼，无限期的困境，因为任何'修复'的努力都将是无功而返的。"[②] 拉卡普拉进一步指出，在现实中，受创者往往会将"缺乏"也归为"失去"，从而认定创伤性事件为一种"原罪的故事，认为堕落之前完美和谐的状态和身份，无论真实还是虚构，都因为堕落而变得不同并产生了冲突"[③]。于是，受创者一方面会产生"失而复得"的幻想，希冀"过去"能够"在现在或者将来得以再生、重构、转变"[④]；另一方面会激发一种"替罪羊机制"，即将灾难归咎于一些"可以辨别的他者……（认定）是那些他者破坏、污染或者毒害了原有的状态，从而导致了'我们'的失去。因此，若想失而复得，必须远离或者歼灭那些他者"[⑤]。在《地之国》中，汉斯叙述的后"9·11"美国正是这样一个自认为遭遇"失去"的"受创者"。无论是笼罩在纽约人身上的恐慌、焦虑、消沉情绪，还是汉斯被板球和恰克一时点燃的"复乐园"希望，抑或是被汉斯妻子厉声讨伐的伊拉克战争，表现的正是拉卡普拉所言的"失而复得"幻想和"替罪羊机制"。相反，根据拉卡普拉的分析，当受创者以"缺乏"而非"失去"评定受创前状态时，则会对某个被认为先验存在的根基进行反思和批判，而当证明这个"绝对真理"本身就是"缺乏"的时候，"历史损失就会被吸收、被神秘化或是其

[①] Joseph O'Neill, *Netherland*, p. 120.
[②] Dominick LaCapra, "Trauma, Absence, Loss", *Critical Inquiry*, Vol. 25, No. 4, 1999, p. 698.
[③] Dominick LaCapra, "Trauma, Absence, Loss", *Critical Inquiry*, Vol. 25, No. 4, 1999, p. 700.
[④] Dominick LaCapra, "Trauma, Absence, Loss", *Critical Inquiry*, Vol. 25, No. 4, 1999, p. 700.
[⑤] Dominick LaCapra, "Trauma, Absence, Loss", *Critical Inquiry*, Vol. 25, No. 4, 1999, p. 707.

重要性被弱化"①。小说中，认清了恰克"美国梦"本真面目的汉斯同时动摇了对之前美国"伊甸园"形象的笃信，他毅然决然地离开了美国，选择回到伦敦这个"实事求是的城市"②。

是恰克的死讯再次将汉斯"拉回"了美国。身在伦敦的汉斯通过谷歌地图穿越大西洋，看到了静止状态下的曼哈顿，接着又深入布鲁克林，找到了恰克建造板球场的选址地，那里"一片棕色——草被焚烧后的颜色——但它仍在那里。那里没有任何球场的迹象……我只看到了一片荒地"③。然而，汉斯只在此停留了片刻，随着"在平板电脑上轻轻一划，我便升入了空中，映入眼帘的是物理行星和海洋的褶皱——就凭这样的移动，我可以选择去往任何地方……这里没有国家的符号，没有人工的痕迹。在哪儿都看不到这样的美国"④。显然，现代技术消弭了国界和国家特质，取而代之的只有地理意义上的地域特征，按照美国环境学学者乌苏拉·海斯的观点，这形成了一种被称为"数据库美学"的新型美学结构，它"既没有叙事性，也没有隐喻性，只是呈现了可以被无限扩大的数据模块，拥有建立不同分区和联系的可能"⑤。当汉斯的视野被谷歌地图无限放大，所见的美国也丧失了所有的"美国性"，消融在茫茫星球、偌大世界之中而无法辨别。在这个意义上，远离美国的汉斯反倒拥有了审视美国的新视野，为理解当下美国提供了新角度。奥尼尔曾在访谈中解释道，尽管《地之国》的情节与《了不起的盖茨比》很相似，但两者有着本质不同："对腐化的美国梦进行盖茨比式叙述的前提，是存在一个自主、完整统一的美国。然而，包括'9·11'和经济全球化在内的许多力量摧毁了这个前提……创作《了不起的盖茨比》时的美国，是一个享有独一无二的机遇、无限可能的恩典的地方。这样的美国早在10年前就已不复存在了。"⑥如同汉斯所见，随着经济、技术等现代力量席卷全球，以往明显的国界划分也不再适用，当世界版图的分区拥有了新的可能，美国长久以来的"中心主义"思维和自诩的"例外"身份自然也随之解体。

既然"伊甸园"本就"缺失"，当今全球化的世界使其更无建立的可

---

① Dominick LaCapra, "Trauma, Absence, Loss", *Critical Inquiry*, Vol. 25, No. 4, 1999, pp. 701 – 702.
② Joseph O'Neill, *Netherland*, p. 301.
③ Joseph O'Neill, *Netherland*, p. 334.
④ Joseph O'Neill, *Netherland*, p. 335.
⑤ Ursula K. Heise, *Sense of Place and Sense of Planet: The Environmental Imagination of the Global*, New York: Oxford University Press, 2008, p. 67.
⑥ Katie Bacon, "The Great Irish-Dutch-American Novel", *The Atlantic*, May 6, 2008.

第四章 美国"自我"的展望:"9·11"之后美国小说中的民族性重构 145

能,那么,顿悟之后的人们又将如何面对新的生活?根据拉卡普拉的理论,认定"缺失"意味着受创者只能"转向个人、社会、政治生活中其他非救赎性的选择——而非退回过去或寄希望于一个空虚但或多或少能够挽回一些损失的未来"[1]。小说中,汉斯的确在回归个人和家庭生活中逐渐走出了之前的阴霾,不仅能够"在清晨一醒来,便吹起口哨,感觉自己状态不错",更显著的变化在于"我开始去见新的女人了"[2]。最终,在汉斯和妻子各自的"新欢"寻找均以失败告终之后,两人又重新走到了一起。然而,他们并未将婚姻的延续归功于"爱"这个抽象却被滥用的字眼,而是"责任",一种"帮助彼此度过人生的责任,而且这是一种令人感到愉悦的责任"[3]。值得注意的是,并非婚姻本身的强制约束产生了这种"责任",恰恰相反,是出于个人选择的"责任"强化了婚姻本身,成为保持亲密关系的基础。加纳裔美国哲学家奎迈·安东尼·阿皮亚曾在《认同伦理学》中提出了"伦理的偏私性"概念,并区分了不同人际关系中的"道德义务"和"伦理义务",即"道德处理的是我们亏欠别人什么",对应的是"我们与陌生人之间的关系",而"伦理处理的是什么样的生活对我们而言是值得过的好生活……(即)关于我们想要成为什么样的人的个人概念",对应的是我们与同一社群成员之间的关系。根据这一理论,"道德人头脑中思考的是社会正义——即,秩序良好的社会,正义的国家,自由治理的理想",而"伦理领域包含了作为一个与他人有紧密联系的嵌入的自我你必须做什么的要求"[4]。简单来说,具有强制力的道德义务规定了作为社会人"应当"做什么,而大多具有自愿性的伦理义务界定了在亲密关系中的个体"是"什么,反映了"我们是何种人,或我们希望成为什么样的人"[5],而这种"偏私性"伦理亦可以反过来加固人对不同"亲密"关系的认同,从而强化自我意识、完善自我理解。正是在这个意义上,在小说的最后场景,当汉斯和家人一起登上伦敦眼,并随着摩天轮的逐渐升高而收获不一样的视野时,汉斯却将目光转向了身旁的妻子和儿子,这种人与人之间最亲密的关系使他找到了自己的定位,从而进一步"去寻找、辨认

---

[1] Dominick LaCapra, "Trauma, Absence, Loss", *Critical Inquiry*, Vol. 25, No. 4, 1999, p. 707.
[2] Joseph O'Neill, *Netherland*, p. 301.
[3] Joseph O'Neill, *Netherland*, p. 304.
[4] 〔美〕奎迈·安东尼·阿皮亚:《认同伦理学》,张容南译,译林出版社 2013 年版,第 290—292 页。
[5] 〔美〕奎迈·安东尼·阿皮亚:《认同伦理学》,张容南译,第 296 页。

此时我们应当看到的东西"①。不难发现，尽管小说终结于汉斯一家的"破镜重圆"，却并未落入格雷所批判的后"9·11"小说将集体灾难降格为个人情感纠葛的俗套，而是为找到自我归属、完善自我理解提供了一种具有伦理意义的角度，这种被伦理关系强化的"自我"也成为理解他人乃至世界的根基。

有意思的是，在远离美国后逐渐修复的汉斯却时常表现出对纽约的迷恋与怀念。他时不时地会拿伦敦的"一本正经"与纽约的"活泼开放"作对比，当身边的人谈起纽约，他也忍不住感慨："纽约总会让人产生'我就是个纽约人'的想象，哪怕只是短暂停留的游客。"回到伦敦几年后的汉斯坦言："我有一种隐秘的、近乎羞愧的感觉，那就是尽管我离开了纽约，纽约却永远地留在我的血液里，与我身上的其他基因交融在一起。"②不言而喻的是，无论是"9·11"前"遍地是黄金"的纽约，还是"9·11"后梦想幻灭、弊病尽显的纽约，到底还是将汉斯"美国化"了，但这种"美国化"无疑经历了各种反思与质询，用汉斯自己的话来说，"纽约一直停留在记忆的割草机上——停留在一种有意识地反思与剖析……使杂草丛生的过去被修剪到可以应对的程度"③。而这种反思与剖析不也是后"9·11"的美国急需的吗？在反思中看清自身的诸多问题，在跳出"唯我独尊"的思维局限后剖析自己与世界的关系，正是汉斯与恰克的故事对现实美国的启示。

"9·11"事件对美国的打击和在美国历史上的意义无须赘述，但《地之国》却没有将它演绎为传统的"失乐园"故事，而是以更加客观冷静的眼光洞悉了"伊甸园本就缺失"的真相。然而，正如拉卡普拉所言，确认"缺失"不仅可以缓解（尽管无法消除）受创者的"焦虑"，还可以让受创者看到一些"创造"的可能性——"在此时此地创造一种完全不同的、更加令人向往的生活，尽管并非完美或完全统一"④，小说中的汉斯选择从关注自身开始，在"创造"新的家庭生活中重塑的"自我"也成为他理解世界的出发点。反观"9·11"后的美国，当"美国梦"被证明只是虚伪的掩饰，当"美国性"逐渐模糊而无法清晰辨别，摆正自己的位置与姿态、正视自己的矛盾与问题不仅是美国的当务之急，恐怕也是唯一出路。

---

① Joseph O'Neill, *Netherland*, p. 340.
② Joseph O'Neill, *Netherland*, p. 239.
③ Joseph O'Neill, *Netherland*, p. 2.
④ Dominick LaCapra, "Trauma, Absence, Loss", *Critical Inquiry*, Vol. 25, No. 4, 1999, p. 707.

第二节　美国民族性之"后种族时代"：保罗·贝蒂《出卖》中的种族主义质问[①]

2016 年 10 月，世界英语小说界最重要的奖项之一曼布克奖第一次垂青美国作家，将此殊荣授予黑人作家[②]保罗·贝蒂的小说《出卖》，这是它继同年 3 月获得美国国家书评人协会奖之后博得的又一次权威肯定。然而，在 2015 年该作出版伊始，美国文学评论界并未对其产生兴趣，尽管它吸引到了《纽约时报》和《纽约时报书评》的注意力，却也只不过是两篇不温不火的评论文章，大名鼎鼎的《纽约客》甚至只用了一则短评便将其草草打发。但短短一年的时间，昔日名不见经传的贝蒂便凭借《出卖》跃身成为美国文坛的闪耀赢家。不可否认，其成功占足了天时地利的优势，须知 2016 年的美国正从奥巴马时代逐步走向特朗普纪元，而有关黑人问题和种族关系的争议[③]使政见对立近乎白热化。从这个角度来看，《出卖》的脱颖而出是格外应景的，却又是实至名归的，正如曼布克奖评委会主席所言，它是"一部我们时代的小说……它用幽默掩饰了激进的严肃。保罗·贝蒂用狂热粉碎了神圣不可侵犯的信条，用机智、锐气和怒骂直击种族和政治禁忌"[④]。的确，除了恰逢其时的良机，《出卖》登顶文学业界圣殿更是因其以独特的讽刺艺术审视了"后种族时代"美国的黑人生活现状和种族关系问题。事实上，一些评论家已经指出，美国的种族主义并未随着奴隶制和吉姆·克劳种族隔离的废止而终结，而是被"新种族主义"取代，"后种族时代"的美国处在一种黑白种族混合却不平等的状态。当种族问题再次成为当下美国社会关注的焦点，《出卖》凭借小说独特的虚构特权对"后种族时代"话语进行了讽刺性解构，它以嬉笑怒骂的方式质询不可泯灭的历史记忆，反思历史与当下、谋求未来可能的种族平等，其

[①] 本节部分内容原载于《四川大学学报》（哲学社会科学版）2018 年第 4 期。
[②] 本节同时使用了"美国黑人"和"非裔美国人"两种称谓，两者在本节没有指代区分。
[③] 例如，近年来，伴随着美国多地频发的白人警察枪杀黑人事件，指控白人警察种族歧视的"黑人命贵"（Black Lives Matter）的抗议活动愈演愈烈，进而引发一些右翼政客的白人抵制运动。2016 年总统大选中，作为总统候选人的特朗普宣称"每个生命都珍贵"（All Lives Matter），一度引发极大争议。
[④] 参见 Jamie Bullen, "Man Booker Prize 2016: US author Paul Beatty wins with The Sellout", Evening Standard, Oct. 25, 2016, https://www.standard.co.uk/news/uk/man-booker-prize-2016-us-author-paul-beatty-wins-prize-with-the-sellout-a3378726.html。

暗示出的对真正实现美国种族平等愿景的建构性策略，为深陷"后种族时代"幻象泥淖的美国人指明了一种方向。《出卖》用荒诞不经的虚构言说了不可言说的社会现实，也为理解当代美国在种族问题方面表现出的种种悖论提供了启示。本节通过对小说文本进行解读，不仅剖析其独具一格的讽刺艺术，更旨在透过小说的文学性挖掘其现实关切。

一　用"荒谬"讽刺种族主义体制

现年55岁的保罗·贝蒂生于洛杉矶，在20世纪90年代凭借诗歌在美国文坛崭露头角，随后凭借讽刺小说为人熟知。在其创作生涯初始，贝蒂曾总结说"非裔美国作家的典型特征是冷静与克制"[1]，然而在现实中"很多事在某种程度上都具有滑稽可笑的成分"[2]。因此，在处理严肃甚至有些沉重的种族问题时，贝蒂反其道而行之，选择了调侃和讽刺。《出卖》是其时隔七年出版的第四部讽刺小说[3]，一以贯之地通过渗透于字里行间的自嘲和戏谑，对当代美国社会开着"政治不正确"的玩笑。贝蒂用"我"（Me）命名小说的黑人叙述者，用"魔鬼小镇"[4] 命名故事的发生地——一个坐落于洛杉矶郊外、以非裔和拉丁裔居民和农业经济为主的贫民窟，看似不经意的怪异命名也奠定了整部作品的荒诞基调。小说中"我"以倒叙的方式自述成长于民权运动之后的个人经历和在21世纪的美国犯下的"罪行"："我"的父亲是一名心理学家，在"魔鬼小镇"从事着安抚人心的工作——主要帮助那些情绪激动的黑人镇定下来，为了研究黑奴心理曾不惜对年幼的"我"进行虐待式试验，使"我"自小深谙黑奴的悲惨遭遇；在一次安抚出行的途中父亲被白人警察枪杀，几年后，"魔鬼小镇"也因周边房地产经济发展的要求，被政府从加州地图上悄然抹去；为了拯救自己的同胞和社区，"我"公然采取了"政治不正确"的手段，不仅戏剧性地成了"奴隶主"，还在小镇的公交车、中学等公共设施恢复了黑白种族隔离；最终，这些昔日种族主义的倒行逆施让"我"坐到了联邦最高法院的被告席，而罪证即在于对废奴制度和平等民权的公然"出卖"。

---

[1] 参见 Ron Charles, "Paul Beatty wins the Man Booker Prize", *Washington Post*, Oct. 26, 2016, https://www.washingtonpost.com/entertainment/books/paul-beatty-becomes-first-american-to-win-man-booker-prize/2016/10/25/f08640a8-9ad6-11e6-b3c9-f662adaa0048_story.html?utm_term=.edcac8da1621。

[2] 参见 John Williams, "Paul Beatty, Author of *The Sellout*, on Finding Humor in Issues of Race", *New York Times*, Mar. 3, 2015, p. C1 (L)。

[3] 前三部分别是 *The White Boy Shuffle*（1996）、*Tuff*（2000）和 *Slumberland*（2008）。

[4] 原文为 Dickens，此处翻译借用的是 dickens 的拉丁词源，即指"魔鬼"的委婉语。

第四章 美国"自我"的展望:"9·11"之后美国小说中的民族性重构

在某种意义上,这个荒诞不经的故事本身及其暗含的对种族问题现状的犀利嘲讽,也"出卖"了普通读者所熟悉的美国黑人文学经典传统及其塑造的典型黑人形象。粗略回顾,无论是 19 世纪记录黑奴为追求自由而不懈抗争的所罗门·诺瑟普的传记小说《为奴十二年》,还是对废奴运动影响深远的斯托夫人的超级畅销书《汤姆叔叔的小屋》,抑或是诸如理查德·赖特的《土生子》、拉尔夫·艾里森的《看不见的人》、托尼·莫里森的《宠儿》等 20 世纪涌现的一大批旨在唤醒黑人反抗意识的文学经典,围绕黑人生存惨境和精神困顿的悲剧描写,以及投身种族平等和解放事业的正剧叙事,构成了美国黑人文学的主要风格。当然,除了悲愤的控诉和激昂的圣歌,讽刺作为独特的艺术表现手法,也在美国黑人文学创作中占有一席之地。英国小说家和剧作家吉尔伯特·坎南曾对讽刺的功用作出了恰如其分的评价,他认为"对于专制的统治和暴虐的思想而言,尖刻的讽刺哪怕不能将其彻底摧毁,起码也能让它们伤痕累累"[1],美国黑人同样借用讽刺控诉奴隶制度和种族压迫。

出于险恶和非人性的生存环境,早期的非裔黑奴不得不一面"戴着忠诚与谄媚的社会面具以保全基本的生存",一面以"微妙机智的讽刺"作为修辞技巧表达并传递内心的真实想法。[2] 由于黑奴之间对各自悲惨境遇的感同身受和心照不宣,顾左言他的喻指和暗讽成为奴隶叙事的一种表现方式,被广泛运用于民谣、灵歌和反奴隶制的宣传布道,"用现在的话说,这些讽刺表达当属于'抗议'的圣歌。黑奴将幽默融入音乐,在歌词中大胆使用双关语,成为他们最主要的情感发泄出口,使他们从奴隶制的残酷和险境中得到了一种稍许的喜剧性解脱"[3]。全面废奴之后,特别是到了 20 世纪,不断觉醒的反抗意识使一些美国黑人对无处不在的种族压迫采取了更加激进的策略。此时,黑人作家也将讽刺艺术拓展为一种小说形式,它不再仅仅是表达个体内心感受的修辞手段,而且通过更加大胆夸张的虚构和更加直白犀利的语言去嘲讽和对抗整个种族主义体制。例如,作为哈莱姆文艺复兴的代表作品之一,出版于 1931 年的小说《黑人绝迹》被认为是现代美国黑人讽刺文学的奠基之作,其作者乔治·斯凯勒就通过描述一位非裔美国科学家发明了将黑人变成白人的技术,虚构出一个去种族化的另类社会,以夸张露骨的想象和充满讥讽的语言再现并抨击了美国社会

---

[1] Gilbert Cannan, *Satire*, London: Folcroft, 1974, p. 13.
[2] Sebastian Fett, *The Treatment of Racism in the African American Novel of Satire*, Dissertation, University of Trier, 2008, p. 37.
[3] William Schechter, *The History of Negro Humor in America*, New York: Fleet, 1970, p. 26.

体制中的以肤色划分的身份区隔和尊卑之别。文学评论家理查德·布里奇曼曾指出："没有什么比压迫更能助长讽刺的情绪。权力表面上压制了意见的表达，却实质上滋生了一种仇恨，进而衍生出通过我们所说的讽刺而实施的间接的谋杀。"[1] 20世纪美国黑人讽刺小说正是凭借虚构的特权演绎着在现实的种族关系中无法言说的真相，用荒诞的喜剧性想象解构着白人统治的权力话语。

相比之下，小说《出卖》可谓将讽刺艺术发挥到了极致，它用自嘲和调侃拆穿官方神话，用怪诞和荒谬建构了另一种极端。和艾里森《看不见的人》的开篇异曲同工，《出卖》也是以叙述者"我"的自白开场："尽管从一个黑人嘴里说出这些话，不免令人难以置信，但真的，我从没有偷过东西。我从没有逃过税或是用信用卡作弊，从没有逃票混进电影院，或者在杂货铺的收银员那儿，私吞多找的零钱。我从没有潜入私宅盗窃，或是在酒店里抢劫，更没有在拥挤的公交车或地铁车厢里，占着老幼病残者的专座，充满变态性幻想地手淫。然而，我此时还是站到了美国联邦最高法院的法庭上。"[2] 只是相比于艾里森"看不见的人"开门见山、直中要害的自述，"我"的自白显得很不着调，滔滔不绝的东拉西扯仿佛是场脱口秀，与本应庄严肃穆的法庭背景形成鲜明反差。但正是这种有违常理的"不和谐"创造了幽默[3]的空间，并释放出对所谓常理的解构力量，让人在发笑之中产生思考。在研究幽默和笑的三大理论中，乖讹论被认为是最具影响力的一派[4]，它将"乖讹/不和谐"视作幽默产生的基础。苏格兰诗人詹姆斯·比蒂对乖讹的认识是，"当两个或更多不一致、不适合、不协调的部分或情况，在一个复杂的集合体中统一起来，或以一种头脑能注意到的方式建立某种相互关联，笑便产生了"[5]。康德据此从乖讹的角度对幽默作出了明确的定义，认为"幽默源于从紧张的期待到期待落空的突然转换"[6]。

---

[1] Richard Bridgman, "Satire's Changing Target", *College Composition and Communication*, Vol. 16, No. 2, 1965, p. 86.

[2] Paul Beatty, *The Sellout*, London: Oneworld Publications, 2016, p. 3.

[3] 幽默（humor）与讽刺（satire）是两个不同的概念，但通常认为讽刺作为一种艺术表现包含了幽默、反讽、戏仿等具体技巧。

[4] 除了乖讹论（incongruity theory），另两大理论分别是优越论（superiority theory）和释放论（relief theory），前者的代表人物霍布斯认为笑是突然意识到自己比别人优越的表现，后者的代表人物弗洛伊德认为调侃和发笑是释放个人压抑感的一种方式。

[5] James Beattie, "An Essay on Laughter and Ludicrous Composition", in *The Philosophical and Critical Works*, Vol. 1, Hildesheim: George Olms, 1975, p. 600.

[6] Immanuel Kant, *Critique of Judgment*, trans. J. H. Berhard, New York: Hafner, 1973, p. 177.

值得注意的是，幽默的含义不仅仅在于发笑和娱乐，正如比蒂所指出的，构成幽默的"不和谐"成分可以在头脑中形成某种关联，而在某种意义上，这种关联本身成就了"不和谐"事物之间的内在逻辑，使之具备解构现有惯常思维的力量。从这个角度来看，小说中的"我"身为被告的当庭自辩更像是一种"控告"，"控告"的对象正是人们惯常思维中对黑人充满种族歧视的刻板印象——小偷、骗子、抢劫犯、没有公德的性变态等。可以说，看似调侃的自嘲实则揭露了种族偏见的根深蒂固，从而解构了口口声声宣称种族平等的官方叙事。

不仅如此，《出卖》的讽刺艺术并未停留在以幽默揭穿假象的层面，而是通过荒诞的想象演绎了一个彻底颠覆官方叙事的故事，通过对现有法律和社会体制的公然违逆，小说不仅扩大了乖讹的张力、增强了幽默的效果，更对种族权力话语进行了更深层次的质询。有评论曾指出："美国的奴隶历史为非裔美国人提供了悲剧的背景，在此基础上，他们创造了独有的幽默形式，使悲剧素材以喜剧形式呈现出来，荒诞剧便是其中之一。"[①]在《出卖》中，"我"就自导自演了这样一出荒诞剧。如果说贫民窟"魔鬼小镇"由于与欣欣向荣的当代美国社会格格不入而难逃被政府移除的命运，小镇上名叫候穆尼的老黑人居民则有些"生不逢时"——从20世纪30年代开始在黑人题材的一系列电影中扮演捣蛋的小黑孩儿、流氓黑鬼等角色，直到60年代他都是家喻户晓的"影星"，但随着民权运动的推进，其出演的电影因为"政治不正确"而遭禁，昔日明星沦为了无事可做、日渐被影迷遗忘的人。对此"我"不禁发出感慨："如果他生在爱丁堡，或许早就被封爵了；如果他生在日本，他便是活着的国宝；不幸的是，他生在加州，他在美国毫无骄傲可言，因为他是活着的国耻，是非裔美国人遗留的污点，是要从种族历史中抹去的东西。"[②]"魔鬼小镇"消失意味着再也不会有粉丝的拜访，彻底绝望后的候穆尼悬梁自尽，在被出任新一代安抚人心的"我"救了下来后又再三恳求"我"收他为奴，因为在他看来，回归被鞭笞的奴隶状态才是找回存在感的唯一方式。

候穆尼扭曲的奴性心理，一开始"我"并不认同，但在目睹了其被"我"鞭打时流露出的"热泪盈眶的喜悦和感激"[③]后，对种族主义倒行逆施的念头也在"我"心中生根发芽。为了庆祝候穆尼的生日，"我"在小镇

---

① Dexter B. Gordon, "Humor in African American Discourse: Speaking of Oppression", *Journal of Black Studies*, Vol. 29, No. 2, 1998, p. 256.
② Paul Beatty, *The Sellout*, p. 76.
③ Paul Beatty, *The Sellout*, p. 77.

的公交车上重新实行种族隔离，为白人设置专座；为了解决中学生行为不端的问题，"我"在当地学校推行了按照肤色划分的种族隔离政策。[1] 令"我"欣慰的是，因为种族隔离，黑人变得言行得体、不再结伙斗殴，"学生的成绩提高了，行为不端的问题减少了"[2]。在美国全面废除奴隶制一个多世纪、取消种族隔离近半个世纪之后，"我"却堂而皇之地做起了"奴隶主"，光明正大地在小镇除了医院之外的所有公共设施重新恢复黑白隔离并取得了"显著的成效"，如此荒诞不经的故事使小说的讽刺艺术达到了高潮。不过，尽管讽刺是"一种将幽默和机智融入批判态度，以期达到改良体制和人性等目的的文学手段"[3]，但它不总是直接提出某种改良方案，相反，它时常"庆祝荒唐和邪恶的胜利"，给出的解决办法也多是"不切实际、无法实行的，甚至是荒谬的"[4]。不难看出，《出卖》正是通过真真切切地还原种族主义的罪恶历史来"庆祝荒唐和邪恶的胜利"，通过虚构一种"政治不正确"的荒谬来揭露和回击现实中种族权力话语自身的荒谬。

二 用"荒谬"解构"后种族时代"话语

《出卖》以"荒谬"对抗"荒谬"的讽刺艺术，带有浓重的后现代色彩。著名的后现代理论学家琳达·哈钦曾给出定义："后现代主义是一个自相矛盾的现象，它对所挑战的概念既利用也滥用，既呈现也随后将其颠覆。"[5] 从这个角度来看，《出卖》挑战的概念是"种族主义"，它一面调侃并拆穿种族主义，一面又为种族主义"摇旗呐喊"，看似言行不一的癫狂使种族主义的各种面目毕露无余。事实上，这种对某个概念的后现代主义式的再现也是当代美国黑人讽刺文学中一种常见的叙事模式，即"反复呈现、颠覆、再次还原种族主义这一意识形态媒介，不断建构、打破和重新建构政治的非理性和混乱状态，最终以暗示着种族主义始终阴魂不散的悲观主义格调收尾"。例如，威廉·梅尔文·凯利的《别样鼓手》通过讲述一群非裔美国农民集体迁徙致使白人丧失存在感的故事，揭露了以肤色定尊卑的种族主义的荒唐；当代最重要的非裔美国讽刺作家伊什梅尔·里德的《逃往加拿大》

---

[1] Paul Beatty, *The Sellout*, p. 163.
[2] Paul Beatty, *The Sellout*, p. 203.
[3] Frederick Kiley and J. M. Shuttleworth eds., *Satire from Aesop to Buchwald*, New York: The Odyssey Press, 1971, p. 479.
[4] Darryl Dickson-Carr, *African American Satire: The Sacredly Profane Novel*, Columbia: University of Missouri Press, 2001, p. 16.
[5] Linda Hutcheon, *A Poetics of Postmodernism: History, Theory, Fiction*, New York: Routledge, 1988, p. 3.

第四章 美国"自我"的展望:"9·11"之后美国小说中的民族性重构

凭借倒置时空、戏仿改写等后现代手法质疑了传统奴隶叙事、颠覆后重建了黑人历史,尽显种族主义的被建构过程。相比美国其他黑人文学作品对种族主义的直接抵制,当代黑人讽刺文学更加关注"种族主义对非裔美国人直接和间接的影响",其探究的一个重要方面就是种族主义如何渗透于各种社会形态和文化语境,甚至"败坏了非裔美国知识分子的思想"①。

黑人讽刺文学对种族主义的反复解码与重新编码,也为理解20世纪60年代以来的美国种族关系提供了一种思路。非裔美国社会学家爱德华多·博尼利亚-席尔瓦指出:"种族主义是诸如殖民、奴隶、劳动力移民等种族统治进程的产物,人类历史上一旦出现这种社会结构,它便会根植于各种社会形态。"② 就美国而言,尽管19世纪奴隶制的废除使黑人获得了人身自由,但广泛存在于南部各州的以种族隔离制度为核心的吉姆·克劳法则延续了白人对有色人种的种族歧视。到了20世纪下半叶,随着民权运动的兴起,不同领域的种族隔离相继遭到了民权团体的抵制,直至1965年吉姆·克劳法被彻底废止。然而,吉姆·克劳种族统治的溃败并不代表种族主义的消亡,从生理角度解释种族优劣的偏见被"色盲种族主义"取代,这种新的种族意识形态一面声称黑白种族在法律面前一律平等,一面认定有色人种"在文化而非生理层面有缺陷",进而继续维护白人至上主义。根据博尼利亚-席尔瓦的理论,在"后民权"时代,"色盲种族主义"意识形态以"霸权"的方式建构了一种"新种族主义"权力体系:"表面上它的确准许了有色种族在60年代的许多民权诉求,但前提却是不威胁白人至上主义。"③ 因此,相比奴隶制和吉姆·克劳种族隔离时代白人对黑人的显性压迫与歧视,"新种族主义"的种族统治是隐性的,它凭借"政治正确"而具有合法性,从而可以安然遁迹于黑白种族混合却并不平等的社会体制中。

《出卖》中出生于"后民权"时代的"我"就对这种"新种族主义"深有感触,"这个国家看起来很舒服,其实并不然"④,民权运动带给黑人"唯一切实的好处只不过是让他们不再像以前犹如惊慌的狗一样恐惧"⑤,却并未真正将他们从低白人一等的生活困境中解救出来。在大学中,尽管

---

① 参见 Darryl Dickson-Carr, *African American Satire: The Sacredly Profane Novel*, p. 32。
② Eduardo Bonilla-Silva, "The Structure of Racism in Color-Blind, 'Post-Racial' America", *American Behavioral Scientist*, Vol. 59, No. 2, 2015, p. 1359.
③ Eduardo Bonilla-Silva, "Racial Attitudes or Racial Ideology? An Alternative Paradigm for Examining Actors' Racial Views", *Journal of Political Ideologies*, Vol. 8, No. 1, 2003, pp. 67 – 68.
④ Paul Beatty, *The Sellout*, p. 3.
⑤ Paul Beatty, *The Sellout*, p. 19.

"我"是"学校油光发亮的宣传页上竭力鼓吹的'多元群体'"①,却依然因为吃不起炸鸡而在同学面前抬不起头;在洛杉矶的公交车上,人们总会避开黑人身边的座位,如果不得不如此,也一定会用准备好的"安全问题来评估邻座黑人的威胁等级"②。对大多数黑人而言,"即使在所谓种族平等的时代,当比我们白的人、比我们富的人、比我们更黑的人、比我们更好的人蜂拥而至,将他们的平等砸到我们脸上,我们就更想要给人留下好的印象……更渴望证明自己的价值,以求不被解雇、逮捕或是被强行拖走并遭枪杀"③。"我"的这种对黑人困顿充满自嘲和挖苦的叙述,实际上并非空穴来风。据调查,从20世纪70年代到21世纪初,黑人群体的贫困率虽有所下降,但依然远高于白人和亚裔;同样是接受大学教育后进入职场,黑人劳动者的平均收入远低于白人。④ 黑人占据了绝大多数的非技术工作岗位,而在管理岗位少得可怜;由于房屋中介和银行贷款过程中的隐性种族歧视,如提供给黑人不完整的房屋出售信息、发放低于应有信用额度的贷款等,黑白种族隔离仍广泛存在于居住社区及其配套的公交、学校等公共领域。⑤ 可以说,废止种族歧视和隔离的法律并未消解黑白种族在现实中受到的不平等待遇,"后民权"时代的美国黑人仍是"奴隶制和吉姆·克劳法的活着的受害者"⑥。

黑白种族混合却并不平等的境遇在所谓"后种族时代"⑦ 并没有得到

---

① Paul Beatty, *The Sellout*, p. 17.
② Paul Beatty, *The Sellout*, p. 118.
③ Paul Beatty, *The Sellout*, p. 208.
④ 参见 Roy L. Brooks, "Making the Case for Atonement in Post-Racial America", *The Journal of Gender, Race & Justice*, Vol. 14, 2011, pp. 668 – 670。
⑤ 参见 Eduardo Bonilla-Silva, "The Structure of Racism in Color-Blind, 'Post-Racial' America", *American Behavioral Scientist*, Vol. 59, No. 2, 2015, pp. 1362 – 1363。
⑥ 参见 Roy L. Brooks, "Making the Case for Atonement in Post-Racial America", *The Journal of Gender, Race & Justice*, Vol. 14, 2011, p. 673。
⑦ 美国学界对于"后种族时代"(post-racial era)概念的定义和内涵一直存有争议,如"后种族时代一词不仅是有问题、令人困惑的,甚至在语法上也是错误的"(参见 Amina Gautier, "On Post-Racial America in the Age of Obama", *Daedalus*, Vol. 140, No. 1, 2011, p. 93),"后种族时代的确切起始时间是很难界定的,或许是1964年《公民权利法案》得以通过,或是1967年瑟古德·马歇尔(Thurgood Marshall)成为联邦最高法院的第一位非裔美国大法官,再或是奥巴马当选美国总统"(参见 Michael Schaub, "*The Sellout* is a Scorchingly Funny Satire on 'Post-Racial' America", *NPR*, Mar. 2, 2015, http://www.npr.org/2015/03/02/388955068/the-sellout-is-a-scorchingly-funny-satire-on-post-racial-america)。但概括而言,"后种族社会"的核心思想是指"一个种族概念不再重要的社会"(参见 Roy L. Brooks, "Making the Case for Atonement in Post-Racial America", *The Journal of Gender, Race & Justice*, Vol. 14, 2011, p. 665)。

改善,"新种族主义"的权力体系反而更加稳固了。2008年奥巴马成为第一位非裔美国总统,这无论对白人还是黑人都具有非凡的意义:"在白人看来,奥巴马是种族主义的终结者和'有魔力的黑人',他们会说'瞧,我已经超越了种族,把票投给了奥巴马',或是'既然奥巴马能够成功,你们其他黑人为什么不能?'而对黑人而言,奥巴马代表了他们拥有的无限可能……他是长久以来民权运动的顶点,是我们(黑人)终于(和白人)成为一家人的确证。"[1] 一些社会评论家乐观地认为,奥巴马的成功当选进一步确认了当代美国已进入"后种族时代",标志着美国黑人已经没有了种族的牵绊,完全有条件取得事业的成功、收获生活的幸福。然而,也有不少评论者清醒地认识到,"后种族时代"的美国社会"既真实也虚幻",它呈现出一种"反差鲜明的种族动态",即"黑人个体收获的前所未有的机遇和成功与黑人群体感受到的持续未变的绝望"[2]。《出卖》中的"我"就尖锐地指出,"在美国,'融合'就是一种伪饰。(比如随处可以听到白人的声明)'我不是种族主义者。我毕业舞会的舞伴、我的表兄妹、我们的总统都是黑人'等。但问题是我们并不知道所谓的融合到底是自然的还是被强迫的"[3]。拿"魔鬼小镇"为例,"持续增长的是失业率、贫困率、犯罪率和婴儿死亡率,持续下降的是毕业率、扫盲率和平均寿命"[4]。在"我"看来,"后种族时代"只是一种哄骗,因为"尽管我们选了一个黑人当总统,尽管上周一个黑人在电视青少年锦标赛上夺冠并赢了7万5千美元,但现实却是什么都没有改变。事实上,很多事情反而变得更糟了。因为'贫穷'从官方语言和我们的意识中消失了。因为也有白人男孩在洗车行工作了"[5]。博尼利亚-席尔瓦指出,在以"色盲种族主义"为意识形态的"新种族主义"权力体系中,白人可以"通过支持平等、公平、唯才是用等抽象理念,通过否认体制内对有色人种的歧视并无视隐藏的种族不平等现象"来洗白自己,从而维护自己的种族统治地位。[6] 因而,在某种意义上,奥巴马的当选不是"后种族时代"的确证,而是"新种族

---

[1] Eduardo Bonilla-Silva and Victor Ray, "When Whites Love a Black Leader: Race Matters in Obamerica", *Journal of African American Studies*, No. 13, 2009, pp. 180 – 181.

[2] Roy L. Brooks, "Making the Case for Atonement in Post-Racial America", *The Journal of Gender, Race & Justice*, Vol. 14, 2011, p. 666.

[3] Paul Beatty, *The Sellout*, pp. 167 – 168.

[4] Paul Beatty, *The Sellout*, p. 94.

[5] Paul Beatty, *The Sellout*, p. 260.

[6] Eduardo Bonilla-Silva, "Racial Attitudes or Racial Ideology? An Alternative Paradigm for Examining Actors' Racial Views", *Journal of Political Ideologies*, Vol. 8, No. 1, 2003, p. 79.

主义"的确证，它使黑人群体沉醉在"种族概念不再具有意义"的幻梦中，实际上却体验着更加隐匿的不平等境遇。

不仅如此，在"新种族主义"权力体系中，被统治的有色人种"更有可能产生种族叛徒，因为这些人可以由此改善自己的地位"[①]。《出卖》中的那个自诩是反种族主义的黑人"思想领袖"福伊就成为"新种族主义"的迎合者甚至帮凶。在"我"的父亲死后，其生前在小镇创办的一个名为"甜甜圈知识分子"的黑人组织——当地一些黑人中产阶级和学者们每月聚集在一家卖甜甜圈的连锁小店，像代议制政府那样交流信息、发动公众，并就各种公共话题发表意见——沦为现任领导者福伊沽名钓誉的平台，参加聚会的也大多是向福伊献媚的盲从者。福伊是"政治正确"的坚定捍卫者，最热衷的活动就是给各种文学经典挑"种族主义"的错并进行改写，比如"纠正"了马克·吐温作品中所有"政治不正确"的敏感词，将"黑鬼"统统改成"战士"，将"奴隶"一律改为"深色皮肤的志愿者"，并义正词严地宣称这种改写是"教育大众的武器"[②]。然而，抹掉带有种族主义色彩的表达并不能消除种族主义，反倒是对历史的篡改和抹杀，是为了"消解（白人）几个世纪以来对黑人的嘲弄以及塑造的黑人刻板形象，从而可以谎称如今愁眉苦脸的黑人只是无病呻吟"[③]。这种打着消灭种族歧视旗号而对大众进行的"政治正确"教育，颇具反讽地和"新种族主义"成为一丘之貉，它帮助白人统治者销毁种族主义的历史罪证，制造出种族平等的幻象，被麻痹的黑人群体也因淡忘了历史而失去了种族意识，成为无"根"的"隐形人"。

三　用"荒谬"反思黑人身份

在所谓"后种族时代"，美国黑人群体在很大程度上正置身于一种悖谬状态，即他们"一方面被剥夺了强调自己种族身份的权利，一方面又处处被种族身份所限定，尽管社会口口声声不再关注种族概念"[④]。换句话说，在"新种族主义"权力体系中，"色盲种族主义"意识形态通过消除黑白种族隔离等显性歧视，通过将贫困、失业等问题归咎于黑人自身的不

[①] Eduardo Bonilla-Silva, "Racial Attitudes or Racial Ideology? An Alternative Paradigm for Examining Actors' Racial Views", *Journal of Political Ideologies*, Vol. 8, No. 1, 2003, p. 67.
[②] Paul Beatty, *The Sellout*, p. 217.
[③] Paul Beatty, *The Sellout*, p. 98.
[④] Lisa Guerrero, "Can I Live? Contemporary Black Satire and the State of Postmodern Double Consciousness", *Studies in American Humor*, Vol. 2, No. 2, 2016, p. 269.

够努力来解释无法掩盖的种族不平等现象等手段,保证了其自身的合法性,从而既稳固了白人至上主义的种族秩序,又使黑人丧失了自身的种族意识。在这种情况下,"当代美国黑人讽刺家通过不断地建构、解构、再建构种族印迹,从而塑造种族化的黑人主体性,而这种主体性正是被后种族时代剥夺了合法性的"①。《出卖》中的"我"反复自问两个问题:"我是谁?我是如何成为那样一个人/我自己的?"②而这实际也是"我"要求所有黑人扪心自问的问题,因为在这个被称为"后种族"的时代,"即使是黑人也不再谈论种族。没有什么可以再归因于肤色。到处都是'缓和的氛围'"③。

事实上,黑人的主体性和种族意识对实现真正意义上的黑白种族平等有着至关重要的意义。贝蒂在《出卖》一书的致谢中坦言,著名黑人身份研究领域专家威廉·克罗斯的代表作《从黑鬼到黑人的身份转变历程》④给了他很大启发。根据克罗斯的理论,黑人身份建构一般会经历五个阶段:无种族意识、被外界强加黑白种族观念、以仇视白人的方式建立种族意识、以自我接受的方式巩固种族意识、对黑人种族身份充满自信。简单来说,黑人在建构自己身份时大致经历了对种族意识从被动性接受(包括自我憎恨和仇视白人)到肯定性接受的过程,而对黑人种族性的自我认可与欣赏将使一些人"不仅成为黑人群体,也成为其他受压迫群体的代言人,他们将以种族多元化和非种族歧视的态度参与促进社会平等的政治运动"⑤。可以说,黑人自我认可、自我欣赏的种族意识能够使他们超越黑白对立的二元种族观,客观评估并承认黑白种族各自的优缺点,进而真正消解种族权力统治。值得注意的是,与"色盲种族主义"所宣扬的忽视种族迥然不同,通过塑造黑人的种族意识来改善种族关系的理念强调关注种族,但这种关注不是让白人重蹈"以肤色判定优劣"的种族歧视覆辙,而

---

① Lisa Guerrero, "Can I Live? Contemporary Black Satire and the State of Postmodern Double Consciousness", *Studies in American Humor*, Vol. 2, No. 2, 2016, p. 269.
② Paul Beatty, *The Sellout*, p. 40.
③ Paul Beatty, *The Sellout*, p. 273.
④ 英文题目为"The Negro-to-Black Conversion Experience"。这篇文章主要从心理学和社会学角度研究黑人身份建构,被认为是"成为黑人"(Nigrescence)模型的奠基之作,而后克罗斯对该文的主要观点进行了完善,并于1991年出版了更加全面系统描述黑人身份的作品《黑色的阴影:非裔美国人身份的多样性》(*Shades of Black: Diversity in African-American Identity*)。
⑤ William E. Cross, Jr., "The Negro-to-Black Conversion Experience", *Black World*, Vol. 20, 1971, p. 26.

是要让黑人认识到已悄然弥漫的"新种族主义"的"言行不一",更要让白人不再一味地将社会不平等现象归咎于黑人本身的弱点而推卸自己的责任。如果说"奥巴马时期的美国,种族主义的生命力依然旺盛,但抵抗种族主义的空间却戏剧性地减少了"①,那么找回黑人被消解的种族意识则可以帮助他们重新拥有为自己发声的机会,从而有可能遏制"新种族主义"的进一步侵染。

为了在"无视种族"的时代重新"关注种族",《出卖》中的"我"自导自演了一部回归奴隶时代、回归种族隔离时代的荒诞剧。如果说重回奴隶身份让落寞的黑人影星候穆尼找回了存在感,重新恢复种族隔离则可以使黑人找回在"色盲种族主义"中被扼杀的种族意识,从这个角度来看,"我"采取的违抗联邦法律的举措却充满悖论地拯救了黑人的主体性。在"我"看来,就像农业中的分开种植理念,"我们实行种族隔离,是为了让每棵树、每株植物、让每个可怜的墨西哥人、每个潦倒的黑人都有机会得到一样多的阳光和水分,我们确保每个活着的生物都有呼吸的空间"②,从某种意义上来说,这才是真正的种族平等,是"民权法案未竟的事业"③。需要指出的是,小说的"回归过去"是以"荒谬"对抗"荒谬"的讽刺表达,而非对"过去"浪漫化的"怀旧"。相反,这里建构的是一种批判性记忆,它"对过去有着严格的衡量、公正的责难,它作出的严厉的伦理评判是'过去'并没有'完全过去'。批判性记忆的核心工作是累积事实并集合成一种记录,从而将过去一些重要的时间点同当下无源可寻的现象建立起某种联系"④。小说中的"我"坚信,"历史不是一本书,我们无法将其翻页而后若无其事地前行。历史不是印刷记录的纸张。历史是记忆,而记忆包括时间、情感和歌谣。历史是永远伴随着你的东西"。重回奴隶和种族隔离的"历史"可以让黑人更加明白"我是谁?我是如何成为我自己的"⑤。按照"我"的说法,是"种族主义把黑人(从迷失中)拉了回来。使他们变得谦逊。使他们意识到我们至此已经前进了多少,更

---

① Eduardo Bonilla-Silva, "The Structure of Racism in Color-Blind, 'Post-Racial' America", *American Behavioral Scientist*, Vol. 59, No. 2, 2015, p. 1368.
② Paul Beatty, *The Sellout*, p. 214.
③ Paul Beatty, *The Sellout*, p. 274.
④ Houston A. Baker, Jr., "Critical Memory and the Black Public Sphere", in The Black Public Sphere Collective ed., *The Black Public Sphere*, Chicago: University of Chicago Press, 1995, p. 7.
⑤ Paul Beatty, *The Sellout*, p. 115.

第四章 美国"自我"的展望:"9·11"之后美国小说中的民族性重构

重要的是,还有多少未走完的征程"[1]。通过将"历史"与"现在"联系起来,批判性记忆还是"实现革命的武器"[2]。对于"后种族时代"被"色盲种族主义"意识形态收编而身陷"新种族主义"权力体系的黑人而言,建构对历史的批判性记忆能够帮助其恢复自我的种族意识,进而遏制甚至推翻"新种族主义",实现真正种族平等的愿景。

琳达·哈钦在将后现代主义定义为一种"本质上自相矛盾、具有坚定的历史性和不可避免的政治性的"文化活动时曾指出,后现代主义的一个重要理念就是"过去的在场",它不是一种"怀旧的回归",而是"批判性的重访",是对历史展开的反讽思考。[3] 小说中的"我"就是用荒诞的方式建构出一种批判性记忆,或者更准确地说,保罗·贝蒂用讽刺的虚构叙事实现了对历史的批判性重现和对现实的批判性解构。颇有意味的是,"后种族"话语的制造本身在很大程度上遵循的也是一种后现代的逻辑,它正是通过创造鲍德里亚所言的"一个看得见的过去,一个看得见的连续体,一个看得见的有关起源的神话"[4] 来显示所谓进步的过程,从而标榜超越种族新时代的来临。《出卖》用后现代主义对历史进行"批判性重访"的方式解构了"后种族"话语,它同样创造了"一个看得见的过去",但却是用来揭露过于乐观的进步假象、解码新时代"改头换面"的种族主义。

2017年1月10日,奥巴马在其告别演讲中坦言:"在我当选总统后,一些人认为美国已经进入了后种族时代。尽管这种想象是出于善意的,但却是不现实的。因为种族问题至今仍然是一个可以造成社会分裂的重大问题。"[5] 不能否认的是,相比奴隶制和种族隔离时代,当代美国黑人的社会地位和生存状态得到了显著改善,黑白种族对立的歧视和矛盾得到了很大缓和,但不一而足的黑白种族混合却不平等的现象也不断印证着"新种族主义"的存在。在"后民权"时代特别是在"后种族"概念营造的幻象中,所有美国人都面临着如何重新理解种族、重新看待种族关系、重新建

---

[1] Paul Beatty, *The Sellout*, p. 163.
[2] Houston A. Baker, Jr., "Critical Memory and the Black Public Sphere", in *The Black Public Sphere*, p. 7.
[3] Linda Hutcheon, *A Poetics of Postmodernism*, pp. 4–5.
[4] Jean Baudrillard, *Simulacra and Simulation*, trans. Sheila Faria Glaser, Ann Arbor: University of Michigan Press, 1994, p. 10.
[5] "President Obama delivered his farewell speech Tuesday in Chicago", *Los Angeles Times*, Jan. 10, 2017, http://www.latimes.com/politics/la-pol-obama-farewell-speech-transcript-20170110-story.html.

构种族话语的挑战。而应对挑战的关键之一即在于,帮助黑人克服自怨自艾的"受害者"情结、重塑自我认可的种族意识,同时打消白人居高临下的"拯救者"心态、加强自我反思的种族平等观念。当然,每一个以"后"字形容的当下都暗含一个"前"的过往,而反思历史可以冲破当下的虚妄、认清前行的方向。

保罗·贝蒂曾如此评价非裔美国人的幽默:"非裔美国人是一群愤怒的、却有着脆弱的自我意识的人,而幽默就是一种报复。"①《出卖》是对当代美国社会中"新种族主义"的报复,它用笑回击"笑着的隐性歧视",用荒谬对抗"荒谬的权力说辞",用"一个看得见的过去"洞察着"一个看不清的现在",并憧憬着"一个更被看好的未来"。这种连通过去、现在、未来的"自我"剖析同样流露出对"自我"完善的期许,同样描绘了一种重构美国民族性的展望。

第三节 美国民族性之"世界主义":阮越清《同情者》中的身份伦理②

对越南裔美国作家阮越清来讲,凭借其长篇小说处女作《同情者》便一举问鼎2016年普利策小说奖,无疑是个意外。③ 对其家人而言,阮越清从事写作特别是多以越南战争为背景进行创作,本身就是件不可思议的事。在1975年西贡被越南民主共和国(即北越)解放后举家逃亡美国的难民父母看来,越南战争是不堪回首的往事,他们甚至拒绝自己的名字出现在阮越清2016年出版的评论著作《永志不灭:越南和战争记忆》④扉页的赠词中;在身为加州大学声名显赫的医学教授的哥哥看来,"作为越南裔美国人,写小说尤其是写关于越战的小说,是令人难以置信的反叛之举"⑤。实际

---

① 参见 Chris Jackson, "Our Thing: An Interview with Paul Beatty", *The Paris Review*, May 7, 2015, https://www.theparisreview.org/blog/2015/05/07/our-thing-an-interview-with-paul-beatty/。
② 本节部分内容原载于《外国文学研究》2017年第3期。
③ 得知获奖后,阮越清曾在脸书上留言,称自己得奖完全出乎意料,一度认为这只是"一场虚拟现实中的恶作剧"。参见 https://m.facebook.com/vietnguyenauthor。
④ Viet Thanh Nguyen, *Nothing Ever Dies: Vietnam and the Memory of War*, Cambridge, Mass.: Harvard University Press, 2016.
⑤ David Streitfeld, "For Viet Thanh Nguyen, Author of 'The Sympathizer', a Pulitzer but No Peace", *New York Times*, Jun. 21, 2016, www.nytimes.com/.../viet-thanh-nguyen-prizewinning-author-of-the-sympathizer。

第四章　美国"自我"的展望："9·11"之后美国小说中的民族性重构　161

上,即便对美国当代文坛而言,《同情者》的普利策荣耀大抵也出乎了许多业内人士的预料,要知道当年曾有 13 家出版社拒绝了阮越清,而它在 2015 年刚出版时,也并未引起多少关注,著名文艺综合杂志《纽约客》只用了边角一隅介绍它,《纽约书评》甚至压根没有提及。在出版后的一年间,尽管《同情者》逐渐收获了不少业界溢美的书评和举足轻重的奖项,但仅有两万多册的市场销量着实算不上什么轰动之作。然而,阮越清对此似乎早已有了心理准备,根据他的自述,这并不是一部"激情洋溢却含糊失真的"斯皮尔伯格式的越战小说[1],他心目中的"隐含读者"也并非像当今大多数少数族裔作家期待的那样,是占据美国文学消费市场 89%之多的白人,而是"其他越南人"[2]。或许正是这种"独树一帜"使《同情者》赢得了普利策评委会的青睐,颁奖词形容它是"一个层次鲜明的移民故事,被一个'拥有两面灵魂'、夹在越南和美国两个国家的双面人以一种反讽的、自白式的声音讲述出来"[3]。

这位反讽的自白者正是小说的无名主人公:"一个间谍,一个沉睡者,一个特务,一个两面人。或许不出意外的,我还拥有两面灵魂……可以从两种角度看待一些问题。"[4] 事实上,整部小说就是围绕主人公的"双面身份"展开的:他是越南母亲和法国神父父亲的私生子,高中加入越南共产党,随后被派往美国留学主修美国研究,归国后成为北越潜伏在南越部队的卧底,1975 年跟随南越上司撤退美国,一面继续北越情报间谍的工作,一面体味着难民在美国的艰难处境。按照阮越清的设计,小说是以主人公对其北越长官的"忏悔书"的形式呈现的,也是供"其他越南人"阅读的,但显然,整部小说也是为美国人书写的,甚至可以说,它是为整个世界创作的、值得所有人反思的。某种意义上,小说主人公的"两面性"赋予了他一种"得天独厚"的世界主义视角和反讽主义思维,他的故事不仅呈现了越南难民/移民到美国后所遭遇的身份困境和复杂情感,更由此审视了美、越两个民族、两种意识形态以及"个体"在其中扮演的角色。

小说主人公所表现出来的"世界主义"可谓是对这一古老话题的现代

---

[1] David Streitfeld, "For Viet Thanh Nguyen, Author of 'The Sympathizer', a Pulitzer but No Peace", *New York Times*, Jun. 21, 2016.

[2] Viet Thanh Nguyen, "Interview with Terry Gross: Author Viet Thanh Nguyen Discusses 'The Sympathizer' And His Escape from Vietnam", *NPR*, May 17, 2016, http://www.npr.org/2016/05/17/478384200/author-viet-thanh-nguyen-discusses.

[3] 参见 http://www.pulitzer.org/prize-winners-by-year/2016。

[4] Viet Thanh Nguyen, *The Sympathizer*, London: Corsair, 2015, p. 1.

诠释。事实上，世界主义作为一种哲学概念最早可以追溯到古希腊的犬儒主义，其代表人物第欧根尼曾称自己是"世界的公民"，由此对抗个人属于特定族群的传统观念，这一概念后被斯多葛学派继承和进一步发展，认为"世界公民"应怀有一种突破国界而拥抱全人类的爱。如果说古希腊时期的世界主义哲学强调的是世界公民对全世界和全人类所肩负的道义责任，到了启蒙时代，以康德[①]为代表的启蒙主义思想家同样关注在世界主义秩序中，作为"个体"的世界公民所享有的权利。正如英国政治理论家戴维·赫尔德评述的，康德所主张的"世界主义权利"概念，是"个人可以同时在特定政治团体的内外发出声音、展现自我的权利，一种超越人为界限和（身份）限制而参与对话的权利"[②]。

近年来，全球化的现实语境催生了世界主义话语体系的复兴，它不再只是一种哲学理念，而在更大意义上成为一种实践探索，为理解当代"个人—民族/国家—世界"这个三维亦是一体的概念提供了一种新的视角，为审视身份认同、文化差异和普世价值提供了一种新的思路。与古典世界主义一脉相承的美国哲学家玛莎·努斯鲍姆提出，当代世界主义的核心是基于全人类普世价值的"世界社区"概念，它规范了人们的道德义务以及"正义和善"，而作为"世界公民"，应成为"爱国主义及其衍生的情感安全区的流亡者，而从正义和善的角度评判我们的生活方式"[③]。与此相对的，因循启蒙世界主义的加纳裔美国哲学家奎迈·安东尼·阿皮亚则倡导一种作为伦理实践的世界主义。如果说努斯鲍姆的世界主义出于对全人类的整体关怀而致力于构建政治共同体、凸显人们在其中应承担的道德义务，阿皮亚的世界主义着眼点则在"个人"，它关注的是如何处理自我与他人的关系，如何看待特定的身份认同，如何实现跨越社群、国界的人类团结等。[④] 在《同情者》中，阮越清的终极关怀同样也是"个人"，一个

---

① 1784 年，在题为《世界公民观点下的普遍历史观念》（"Idea for a Universal History with a Cosmopolitan Purpose"）一文中，康德指出为实现完美的公民联盟而采取普遍历史的观念是可行的。1793 年，康德在《理论和实践》一文中进一步权衡了世界主义的可行性，提出构建一种基于国际权利共识的、遵从一定法律的国际联邦。两年后，在其论著《永久和平论：一部哲学的规划》中，康德完善了他的世界主义理念，强调世界范围内的公民联盟应在普遍友好的原则基础上，推行世界主义法律/道德义务和个人权益并行的主张。参见〔德〕康德《历史理性批判文集》，何兆武译，商务印书馆 1996 年版。
② David Held, *Cosmopolitanism: Ideals and Realities*, Cambridge: Polity, 2010, p. 15.
③ Martha Nussbaum, et al., *For Love of Country: Debating the Limits of Patriotism*, Boston: Beacon, 1996, p. 7.
④ 与阿皮亚的世界主义相似的还有赫尔德、托马斯·博格等人所主张的"个人主义的世界主义"，均强调对"个人"的终极关怀。

可以不断自我质询并与他人展开对话的"个人",一个由于情感偏私而不得不对多重身份进行取舍的"个人",一个对人类苦难抱有深切同情的"个人"。

一 世界主义对话与反讽主义质询

一篇刊载在《纽约时报》针对《同情者》的书评中,一幅插图[①]格外引人注目:一棵象征热带的棕榈树矗立在画面横轴的中央,将一位士兵打扮的亚裔男子一分为二,半张黄种人的面孔、处在战火纷飞的左侧世界,半张白人的肤色、置身于阳光明媚的右侧。不言而喻的是,《同情者》的主人公正是这样的分裂者,辗转于硝烟弥漫的越南和象征"光明新世界"的美国加州,而两边截然不同的画风也暗示着他相互冲突的身份认同以及由此引发的爱恨纠葛。

小说中,主人公早年曾赴美留学,按照他的自述,这实际上是他的间谍培训,主要任务是"学习美国式思维"以便展开同美国的"心理战"。出于与生俱来的民族意识和对捍卫民族尊严的渴望,他发奋学习与美国有关的一切:因为愤恨美国人认为越南人都讲不好英文的偏见,他偏要掌握"比美国普通民众还要多的词汇和更为精准的语法",说出一口在电话中常被误认为是美国人的标准英语。[②] 实际上,对小说主人公来说,留美经历不仅使他有机会身体力行地消解美国对其他民族的固有偏见,更使他以一种超越疆域局限的开放性思维审视他者与自我,这与世界主义的主张有诸多契合之处。正如阿皮亚在其代表论著之一的《世界主义:陌生人世界里的道德规范》中对世界主义开宗明义的阐释,"世界主义以开放的视角看待世界"[③],因此,跨越边界的见识和交流对改变原有的观念、突破原有的认知具有重要意义。阿皮亚曾指出,人们对自己业已习惯的生活方式有着本能的认同,对与己不同的价值观念会产生怀疑甚至抵触,而世界主义开放视角的意义即在于对价值分歧的相互理解,从而在不必认同某种价值的情况下依然能够和谐地共同生活。就像阿皮亚所倡导的,"我们应当了解其他区域的人们,关注他们的文明、他们的论证、他们的谬误、他们的成就。这样做不是让我们达成某

---

① 参见 www.nytimes.com/2015/04/05/.../review/the-sympathizer-by-viet-thanh-nguyen.html。
② Viet Thanh Nguyen, *The Sympathizer*, pp. 6–7.
③ Viet Thanh Nguyen, *The Sympathizer*, p. 10.

种共识，而是有助于增进彼此的理解"①。就小说的主人公而言，多年的留美学习使他深谙美国历史与文化，无论是语言还是行为几乎与美国人无异，以至于"从各个层面成为美国研究的专家"②，然而，他对美国却时刻保持着"距离"，他并不赞赏甚至从未认同美国。尽管他承认这是一个"超级自信又的确超级强大"的国家，但随处可见的"超级市场、超级高速公路、超音速飞机和超人、超级航母和超级碗③"等各种"超级"字眼，在他看来也同样真切地流露出美国的自恋和强权。④ 按照他的说法，他并未被美国洗脑收编而成为"反共分子"，就像阿皮亚在纠正对世界主义的误读时曾指出的，亲近不一定产生友情，对异域风俗的广泛接触也不一定导致旅行者自身信仰的变化，⑤ 因为了解本身就是世界主义对话的意义。

事实上，世界主义对话不仅有助于了解"他人"，同样有助于重新认识"自我"，从而促进"自我"的完善。阿皮亚曾指出，世界主义以"可误论"的哲学教义为起点，即认为"我们的知识是不完美的、暂时的；在新的证据出现之后，我们的知识是注定会被修改的"⑥，而只有通过自我与他人的对话才能超越"个人"的局限性，塑造真正完满的自我。因此，世界主义强调"自我—他人"关系中的双向性，即通过理解他人来反视自身。这种"双向质询"曾被英国社会学家布莱恩·特纳定义为"世界主义反讽"，即一种苏格拉底式的反讽实践，要求个体与自身原有的文化语境和价值预设保持一定距离，从而实现自省。⑦ 美国实用主义哲学家理查德·罗蒂提出的"反讽主义"思想也为"世界主义反讽"实践提供了一定的哲学基础。罗蒂的反讽主义立足于后现代主义语境将生命、叙述、语言等看作一系列的"偶然"，其中，他特别指出，"自我"的"偶然"并不意味着生命的无意义，而是恰恰为自我创造提供了基础。根据罗蒂的定

---

① 〔美〕奎迈·安东尼·阿皮亚：《世界主义：陌生人世界里的道德规范》，苗华建译，中央编译出版社 2012 年版，第 114 页。
② Viet Thanh Nguyen, *The Sympathizer*, p. 12.
③ 超级碗（the Super Bowl）：指美国橄榄球超级杯大赛。
④ Viet Thanh Nguyen, *The Sympathizer*, p. 28.
⑤ 〔美〕奎迈·安东尼·阿皮亚：《世界主义：陌生人世界里的道德规范》，苗华建译，第 11—13 页。
⑥ 〔美〕奎迈·安东尼·阿皮亚：《世界主义：陌生人世界里的道德规范》，苗华建译，第 217 页。
⑦ Bryan Turner, *Rights and Virtues: Political Essays on Citizenship and Social Justice*, Oxford: Bardwell, 2008, p. 242.

第四章 美国"自我"的展望:"9·11"之后美国小说中的民族性重构

义,"反讽主义者"相信叙述的偶然,即"知道任何东西都可以透过再描述而显得是好或是坏",同时,"由于深受其他语汇(影响),他对自己目前使用的终极语汇[1],抱持着彻底的、持续不断的质疑"[2]。尽管格外强调"自我",但出于对偶然性的接受、对终极语汇的质疑,反讽主义者放弃了自我中心主义,而是时刻警惕自我的局限、随时准备对自我进行再创造。为了实现这样的反讽主义,罗蒂还指出,"要解决或平息我们对自己性格或自己文化的疑惑,唯一的法门是扩大见识"[3],不难发现,这与世界主义者所主张的"跨越边界对话"的意义有异曲同工之处。

反观阮越清的《同情者》,游走于越南和美国的主人公亦是这样一个"世界主义的反讽主义者"。跟随越南上司逃亡美国后,主人公在早年留美结识的教授的帮助下搬出难民营,并在加州一所大学的东方学系谋到了一份差事,像"移民"一样,享受着美国公民的"神圣"权利。在收到美国国税局寄来的退税支票时,主人公不禁感慨,这在越南是难以想象的,因为"在我的祖国,犹如侏儒般狭隘的政府是绝不可能将囊中之物返还给正在水深火热中挣扎的公民的……那是个窃贼统治的社会,处在权力顶层的政府竭尽全力从美国那里偷,一般的民众则绞尽脑汁偷政府,最底层的人便成了家贼,在窝里相互行窃"[4]。正如罗蒂所言,"唯一可以用来批评一个人的东西,是另一个人;唯一可以用来批评一个文化的东西,是另一个文化"[5],小说主人公以"世界主义"的开放态度看待美国这个"他人",同时也在用"反讽主义"的质疑精神不断审视越南这个"自我"。事实上,阮越清本人同是难民出身,美国越南移民社区的成长经历也使他对故国文化产生了诸多反思。在接受美国国家公共电台采访时,阮越清回忆了小时候亲眼看见的越战难民间"自相残杀"的暴力,在他看来,这种"窝里斗"正是越南人的劣根之一,因为越南是个"封建等级制的社会,为了生存,越南人早在战争前就一直相互剥削……美国的援助使越南更加腐败,战后的难民便将这种腐败和

---

[1] 罗蒂所言的"终极语汇"(final vocabulary),是指人们惯常使用的一系列语词,用以描述他们的行动、信仰,表达对朋友的赞美、对敌人的谴责等。广义而言,文化也拥有这样一套"终极语汇"。

[2] 〔美〕理查德·罗蒂:《偶然、反讽与团结》,徐文瑞译,商务印书馆2003年版,第105—106页。

[3] 〔美〕理查德·罗蒂:《偶然、反讽与团结》,徐文瑞译,第115页。

[4] Viet Thanh Nguyen, *The Sympathizer*, p. 85.

[5] Viet Thanh Nguyen, *The Sympathizer*, p. 115.

暴力竞争的陋习带到了美国"①。然而，仔细品味，阮越清及其小说对越南"自我"的质询更多流露出的是一种"恨铁不成钢"的自省，而非礼赞美国的衬托。《同情者》中，逃亡美国的越南难民曾饱含真情地坦言，在美国这个"与其说是福利的国家，不如说是梦想的国度"，他们的"美国梦"却是"重回故土"，因为"无论穿什么衣服、吃什么饭菜、说什么语言，我（对越南）的心永远不变"②。在访谈中，阮越清更是直言不讳地解释"美国梦"的悖论：一方面他承认自己的成功部分得益于美国提供的机遇，另一方面他却抵制将自己阐释为"美国梦"的代言人，因为他尖锐地指出，相比"移民"，他更是"难民"，一切苦难抑或成就的源头都是美国这个始作俑者在越南发动了战争，因此，《同情者》讲述的"不是移民故事"，而是"战争故事"③。尽管有关"难民"抑或"移民"的认同不乏尴尬，但阮越清立足于"越南难民"的"美国人"身份的的确确为其审视越南和美国提供了一种颇具反讽张力的视角。

二 以身份认同为"根"的世界主义

事实上，身份认同是实现反讽主义的前提，也为进一步践行世界主义提供了伦理基础。特纳在阐述"世界主义反讽"时曾指出："只有当一个人已经具备对某一区域的情感投入时，反讽才有可能实现。从这个意义上讲，爱国主义，不但有可能与反讽并存，甚至为反讽提供了前提。"④ 在特纳看来，尽管实现反讽需要一定"距离"，但成为世界公民并不意味着要从努斯鲍姆所言的"爱国主义及其情感安全区流亡"，而应当具备将这种情感放置于世界维度考量的意识，这也是阿皮亚"有根的世界主义"的核心主张。就像前面介绍的，与努斯鲍姆倡导的建立在普世价值基础上的世界主义不同的是，"有根的世界主义"关注的并非抽象的人性，而是真实具体的个人，一个与诸多历史与文化条件有关、自生命伊始就与他人产生互动的"社会人"。在其2005年出版的《认同伦理学》一书中，阿皮亚解释道，倘若"没有这些（与他人的）关联，我们不能成为自由的自我，我们甚至根本不能成为自我"⑤。而这些关联

---

① Viet Thanh Nguyen, "Interview with Terry Gross: Author Viet Thanh Nguyen Discusses 'The Sympathizer' And His Escape from Vietnam", *NPR*, May 17, 2016.
② Viet Thanh Nguyen, *The Sympathizer*, pp. 227–228.
③ Viet Thanh Nguyen, "Interview with Terry Gross: Author Viet Thanh Nguyen Discusses 'The Sympathizer' And His Escape from Vietnam", *NPR*, May 17, 2016.
④ Bryan Turner, *Rights and Virtues: Political Essays on Citizenship and Social Justice*, p. 242.
⑤ 〔美〕奎迈·安东尼·阿皮亚：《认同伦理学》，张容南译，译林出版社2013年版，第37—38页。

第四章 美国"自我"的展望:"9·11"之后美国小说中的民族性重构　167

使"自我"拥有了某种身份认同[①],无论是国家、种族层面的,还是亲人、朋友,抑或是敌人、陌生人意义上的,它们构成了世界主义的"根",也塑造了罗蒂"反讽主义"思想中的"自我终极语汇"。不难发现,无论对阿皮亚还是罗蒂来说,个人的"身份认同"/自我的"终极语汇"为世界主义的视角确立了基点,为反讽主义的思维提供了参照物。

如果说正是因为坚持自己对"越南难民"的身份认同而使阮越清"抵制"有关"美国梦"的话语绑架,《同情者》的主人公则因多重的身份认同而使他对越南和美国产生了更加含混错综的情感。首先,身为北越的间谍(而非真正意义上的南越难民),他对美国在越战中所扮演的角色有着更清醒的认识。如果说溃败的南越将领曾将美国视为"我们的朋友、恩人、保护神",他则一针见血地批判"没有什么比举起枪、口口声声捍卫自由和独立,实际却在掠夺其他人的自由和独立更美国的了"[②]。在他看来,美国才是战争及越南一切苦难的罪魁祸首,而它却"永远标榜自己的纯真,认为自己所做的一切都是正义的"[③]。美国的这种"道貌岸然"在主人公随南越上司逃亡美国后更加昭然若揭。在从难民营迁至移民社区后,主人公的南越上司曾将难民组织起来,进行军事化训练,以期发动一场反攻社会主义越南的"光复革命",其间,这位首领曾向一位美国国会议员求助,企图寻求"东山再起"的政界支持。然而,这一切在主人公眼中只是不切实际的"天真幻想",这位被"光复大军"视为"救世主"的国会议员不过是个彻头彻尾的政客,他张口闭口的"美国梦"看似是在"敞开双臂拥抱越南难民",实际上只是为了给自己多拉几张选票。[④] 共产主义的政治信仰和美国研究的学识背景无疑使主人公对美国的评判更加鞭辟入里。

在更广义的身份层面,小说主人公不仅是北越共产党员,更是一个越南人,基于越南民族的身份认同使他对美国的讨伐不仅针对它的"道貌岸然",还有它对越南所遭受战争苦难的无视。主人公曾以"越南顾问"的身份受邀参加一部好莱坞电影的拍摄,但令他愤慨的是,在这部以越南为

[①] 阿皮亚在定义身份认同时划分了"个人性"维度和"社会性"维度,前者多描述人的特点(如智慧、贪婪、魅力等)而不依赖标签化的语言,而后者多以诸如种族、性别、宗教等特定术语划界,同时拥有一系列共识语汇规范其中个体的生活、情感。在阿皮亚的认同伦理中,更强调个人身份认同的社会性维度,即个人如何依赖一套语汇与他人建立关联。

[②] Viet Thanh Nguyen, *The Sympathizer*, pp. 3, 211.

[③] Viet Thanh Nguyen, *The Sympathizer*, p. 183.

[④] Viet Thanh Nguyen, *The Sympathizer*, pp. 113 – 114, 140.

场景、以越战为题材的电影中,竟"没有越南人的声音",而导演只是轻描淡写地辩解说这是"出于票房"的考虑。① 当主人公跟随摄制组到菲律宾实拍时,尽管电影增加了"三个可以讲话的越南人"的戏份,但设计的却是北越强奸者、美国拯救者以及南越士兵归依美国的情节,甚至连饰演者也不是越南人,因为导演认为"我们(越南人)没有本事呈现自己,而只能被其他人再现"②。这场美国发动的对越南的侵略战争,却被好莱坞演绎成为一个美国的英雄主义故事,而真正的受害者越南人却成了可有可无的棋子,主人公的愤恨不难想见。事实上,这也是阮越清对好莱坞的控诉。阮越清曾解释说,小说中的好莱坞电影映射的是弗朗西斯·福特·科波拉1979年执导的《现代启示录》——一部在他看来是"伟大的"更是"有问题的"越战经典影片。在他10岁观看这部电影时,美军对越南村庄的轰炸刺痛了他,但更让他难以释怀的是,好莱坞作为"五角大楼的非官方宣传部",将造成了300万越南人死伤的战争叙述成为一部美国的悲剧史诗,在他看来,美国无论在戏里还是戏外都在"杀戮越南人"。阮越清对"美国式越战叙事"的"反抗"通过小说实现了,但他同样冷静地知道,面对拥有强大话语权的好莱坞,这种反抗的"无力":尽管美国是越战的"战败者",但"凭借异常强大的文化产业,它成了越战记忆的胜利者"③。就像小说中,面对那些身为群众演员的越南难民——尽管在拍摄中被百般蹂躏,却依然不得不为生计所迫而接受好莱坞的"施舍",甚至对其"感恩戴德"——小说主人公流露出了"哀其不幸、怒其不争"的无奈。无论是阮越清本人,还是小说的主人公,对越南民族的身份认同使他们对越战有着清醒的认识,对美国在其中扮演的角色有着尖锐的批驳,但从他们的"无力"也好、"无奈"也罢,流露出的还有对越南民族自身的反讽,从另一个角度而言,这种反讽也无不动摇原有的身份认同。

三 从"爱有等差"走向"团结"

阿皮亚的认同伦理学认为,尽管依赖种种社会关联的身份认同是建构"自我"的基本要素,但并非一成不变,个体可以创造和重建社会身份。就"有根的世界主义"而言,如果说身份认同提供了世界主义视角的基点,那么身份认同的"重塑性"则为突破局限式的思维模式,从而真正实

---

① Viet Thanh Nguyen, *The Sympathizer*, p. 127.
② Viet Thanh Nguyen, *The Sympathizer*, p. 152.
③ Viet Thanh Nguyen, "Interview with Terry Gross: Author Viet Thanh Nguyen Discusses '*The Sympathizer*' And His Escape from Vietnam", *NPR*, May 17, 2016.

第四章　美国"自我"的展望："9·11"之后美国小说中的民族性重构

现超越国界的世界主义提供了可能。需要指出的是，在重建身份认同的过程中，每个人会因"爱有等差"的情感偏向对多维度的身份认同作出孰轻孰重的区分和取舍，在世界主义者看来，这种情感偏向不仅无可厚非，并且具有一定的伦理意义。阿皮亚在论述"伦理[①]的偏私性"中解释道，在处理"自我"与"他人"的关系时，"对所有人来说，应该首先关注亲密的朋友"[②]，因为只有关心自己的亲人和朋友才有可能去尊重陌生人，只有热爱自己的国家或者社群共同体才有可能去关爱超越国界的其他人。

正是这种"爱有等差"的情感偏向，使小说主人公对北越的身份认同产生了质疑甚至最终的颠覆。尽管整部小说的叙述充满了戏谑的讥讽，却在描写主人公与滴血结义的兄弟情感时流露出动人的真诚。因法越混血的私生子身份，主人公自小处处遭人奚落，在中学一次受欺的打斗中，同学波和曼为他挺身而出，三人因此成为结拜兄弟。但命运的捉弄使波在父亲被杀害后成为坚定的"反共分子"，而曼成为主人公的上司，两人均被安插在南越做间谍。虽然波对他们的政治身份并不知情，但作为"凤凰计划"[③]的成员，"波的任务就是暗杀我和曼的同志"，可以说，波是主人公政治信仰上的"敌人"。然而，正如波对主人公表露的真心，"或许绝望是厚重的，但我们的友谊更加深厚"，主人公也誓死捍卫三人的兄弟情谊，"你们的血就是我的，我的也是你们的"[④]。当西贡被北越解放，主人公之所以听从曼的安排、继续做南越流亡军的间谍，很大程度上是出于对波的安危考虑，因为"如果我们（主人公和曼）都留下，波也不会去美国"；而当波加入将在泰越边境集结、欲图反攻社会主义越南的敢死队后，主人公不惜违抗北越的命令而执意离开美国，也是因为"只有同波一起回去，才能救他的命"[⑤]。为了"亲密的朋友"，主人公不惜对抗政治信仰的"身份"，而更戏剧性的是，对抗的"后果"让他最终颠覆了对北越的认同。

在"反攻"失败进而被捕后，摘掉间谍面具的小说主人公并未享受到回归西贡组织的荣耀，反而被投入"革命再教育"的集中营，在卡夫卡般

---

① 在《认同伦理学》一书中，阿皮亚区分了"道德"和"伦理"，前者"处理的是我们亏欠别人什么"，而后者"处理的是什么样的生活对我们而言是值得过的好生活"。阿皮亚将世界主义看作是一种"伦理"而不只是"道德"，因为世界主义不仅强调每个人对他人的责任和义务，同时强调"我们想要成为什么样的人的个人概念"（〔美〕奎迈·安东尼·阿皮亚：《认同伦理学》，张容南译，第290页）。
② 〔美〕奎迈·安东尼·阿皮亚：《认同伦理学》，张容南译，第284页。
③ "凤凰计划"是越南战争中，由美国中情局指挥的、专门暗杀越南共产党员的组织。
④ Viet Thanh Nguyen, *The Sympathizer*, pp. 33 – 34.
⑤ Viet Thanh Nguyen, *The Sympathizer*, pp. 27, 268.

荒诞而残酷的审讯下交代自己间谍生涯中的"污点",忏悔自己党性的"不够纯洁"。讽刺的是,在这种为了追求对政党的极致忠诚而展开的"批评与自我批评"中,主人公看到了革命本身的反讽解构,以至于与"反革命"成了"一丘之貉"。当一边听到审讯者的怒斥"我不是你的同志",一边亲身体验着美国中情局发明的反间谍审讯技术用到了自己身上,主人公的政治身份认同也彻底粉碎:

> 我终于明白,我们的革命是如何从政治改革的前锋变成了权力攫取的后卫……法国人和美国佬曾经不也是这么干的吗?同是革命者出身,他们后来变成了帝国主义者,殖民霸占我们的领土,以拯救者的名义剥夺我们的自由……在学习我们法国主人和美国管家的恶习方面,我们很快就证明了自己的出类拔萃。在对伟大理想的践踏上,我们也可以做到!以独立和自由为名解放越南,紧接着再扼杀自己同胞的独立和自由。①

如果说当初的"爱有等差"让他为了"亲密的朋友"而不惜牺牲对政治身份的忠诚,同是"爱有等差"也让他最终失去了对国家的认同。然而,也正是在这个意义上,他成为一个超越意识形态的世界主义者,一个真正的自由主义的反讽主义者。

阿皮亚在论述"有根的世界主义"时,曾区别了"民族"和"国家"的概念。与美国政治学家本尼迪克特·安德森有关民族国家是"想象的共同体"的理论一致的是,阿皮亚同样关注到了"民族"这个概念所包含的主观任意性因素,即将一个民族中的个体联结在一起的是他们"共同参与的故事",民族对个人的伦理意义"与足球和歌剧有意义的原因是相同的:它们都是自主的行为者关心的事物"。阿皮亚同时指出,相对而言,"国家具有内在的道德性:它们之所以重要不是因为人民在乎它,而是因为它们通过需要得到道德证明的强制方式来管理我们的生活"②。简单来说,"民族"概念更强调个人的自主行动力,而"国家"概念则更突出对个人的强制约束力。在 2010 年出版的《荣誉法则:道德革命是如何发生的》一书中,阿皮亚进一步阐释道,个人对国家的认同是建立在一种对国家成就的骄傲情绪,"你至少要高度赞赏国家的某

---

① Viet Thanh Nguyen, *The Sympathizer*, p. 360.
② 〔美〕奎迈·安东尼·阿皮亚:《认同伦理学》,张容南译,第 308—309 页。

第四章 美国"自我"的展望:"9·11"之后美国小说中的民族性重构 171

些成就,否则很难对国家产生信任之感"[1]。也就是说,正是由于从一开始,国家与个人的关系就不如民族与个人的关系那么"主观而亲近",一旦国家的强制职权被滥用,个人对国家的认同便会随之遭受打击,相比而言,个人对民族的忠诚绝不仅仅是由出生地决定的,因此,对民族的情感偏私性也会更加强烈。

需要指出的是,阿皮亚区分个人对国家和民族的"爱有等差",并非为民族中心主义提供伦理合法性,而是一如既往地强调世界主义伦理实践对"个人"的终极关怀。在他看来,"有根的世界主义"所主张的对朋友、家庭、民族还有国家的情感偏私之所以具有伦理意义,是因为它们不仅关注了自我对他人的道德义务,更关注了个人(包括自我和他人)作为一个真实具体的生命主体的自主权利。回到《同情者》的主人公,他"爱有等差"中的"爱"针对的并非政治信仰、国家意识形态,也并非抽象的人性以及所谓的"正义和善"等普世价值,而是身边真真切切存在、有血有肉的人。他鞭笞美国对越南战争死难者的无视,也同样讽刺越南政府对民众疾苦的漠然;他斥责美国的道貌岸然,也同样揭露北越的表里不一,因为它们都没有把"人"当作人看。正是出于他对实实在在的"人"的爱,他会忍不住同情拥有"敌人"身份的南越士兵和流亡的难民,他会在犀利地指出"光复大军"天真痴梦的同时,敬畏他们"重获的男子气概",甚至在写给北越上司的信中称他们为"英雄和梦想家",因为他们想得到的是"国家(哪怕已不复存在)的承认和铭记"[2]。正是出于他对个体生命的尊重,他会在失去对北越的身份认同后,和波一起再次踏上从西贡逃亡的难民之路,因为他此时誓死捍卫的只有一个信念,那就是"我们要活下去"[3]。超越了意识形态、超越了国家,他成了以"个体生命"为终极关怀的世界主义的阐释者。

此外,小说主人公也实现了罗蒂所言的"自由主义者"与"反讽主义者"的统一。按照罗蒂的阐释,"自由主义者"强调对普遍人性、普世价值坚定的信念,致力于实现社会乃至全人类的"自由",而"反讽主义者"强调对终极语汇持续的质疑,追求个体不断的自我完善与自我创造。这两个在理论上看似无法调和的理念在实践中则有可能完美结合,即罗蒂所谓的"自由主义的反讽主义者":他们质疑普遍主义,反

---

[1] 〔美〕奎迈·安东尼·阿皮亚:《荣誉法则:道德革命是如何发生的》,苗华建译,中央编译出版社2011年版,第97页。
[2] Viet Thanh Nguyen, *The Sympathizer*, pp. 35, 212, 214.
[3] Viet Thanh Nguyen, *The Sympathizer*, p. 367.

对"（自我和他人）那些核心的信念与欲望的背后，还有一个超越时间和机缘的基础"，但他们同时相信人类团结的可能，因为"这些无基础的欲望之中，包含了一个愿望，亦即希望苦难会减少，人对人的侮辱会停止"。在罗蒂看来，将人与人集合为一体的不是形而上学家坚持的世界"真理"，而是自我与他人的通感，因此，"团结不是反省所发现到的，而是创造出来的。如果我们对其他不熟悉的人所承受痛苦和侮辱的详细原委，能够提升感应相通的敏感度，那么，我们便可以创造出团结"①。团结的意义不仅在于将自我与他人联系在一起，更重要的是，"逐渐把别人视为'我们之一'，而不是'他们'"的过程，不仅描述了陌生人，也重新描述了我们自己，②由此，个体的完美与全人类的和谐成为相互兼顾的有机体。在《同情者》中，出于对包含了你、我、他个体苦难的"感同身受"，主人公将"爱有等差"的关怀"推己及人"，可谓真正实现了超越固有社群界限的"团结"。

著名哲学家亚当·斯密在《道德情操论》一书中曾论述，由于"人性中原始的自私的热情"，"我们自己的一个极其微小的利益得失，其重要性会显得大大超过某个与我们没有特殊关系的他人至感关切的利益"，但人的"理智、原则、良心"③，即被他称为"人性中（固有）的一些原理"，能够使人征服原始的自私，"促使他关心他人的命运，使他人的幸福成为他的幸福必备的条件"④，"同情"便是其中之一。从这个角度来看，小说《同情者》的题目亦是意味深长，所谓"同情者"，是一个对他人命运充满同理心的人，但反思整个故事，真正成为这样的"同情者"，却充满了反讽的周折。如果说"同情"可以使我们意识到对陌生人负有某种责任，"同情"本身也会遭遇困境，尤其当这份"同情"有违自己的身份，这份责任冲撞自己对身边人关爱的时候。在《同情者》中，主人公的"双面身份"亦使他陷入了"同情的困境"，因为激起他"同情"的有亲如手足的朋友、有政治信仰层面的"敌人"、有流亡他乡的同胞难民，还有他孱弱的民族、饱受战乱的国家。

世界主义伦理与反讽主义实践为化解这种"同情的困境"提供了诸

---

① 〔美〕理查德·罗蒂：《偶然、反讽与团结》，徐文瑞译，第6—7页。
② 〔美〕理查德·罗蒂：《偶然、反讽与团结》，徐文瑞译，第7页。
③ 〔英〕亚当·斯密：《道德情操论》，谢宗林译，中央编译出版社2008年版，第162—163页。
④ 〔英〕亚当·斯密：《道德情操论》，谢宗林译，第2页。

多启发。正如阿皮亚评述的,"有根的世界主义"试图为"我们究竟要对陌生人承担多大的责任"① 这一症结问题提供一种解决思路:通过自我与他人的反讽主义对话,通过多重身份认同的"爱有等差"和"推己及人",通过对"个人"的终极关怀,从而跨越社群、超越国界地联结你、我、他。一定意义上,阿皮亚勾勒的世界主义蓝图也是罗蒂构想的"自由主义乌托邦",因为它的实现"是一个永无止境的过程,永无止境地、日新又新地实现'自由',而不是与一个早已存在的'真理'趋于一致的过程"②。可以说,无论是世界主义还是自由主义的反讽主义,提供的不仅是一种开放的视角、宽容的心态,更是一种基于"个体"的伦理实践,它走向自我创造,同样走向人类团结。根据阮越清的初衷,《同情者》是一部写给"越南人"看的"战争小说",以此反抗曾湮灭越南人战争苦难的、传统的美国越战叙事,但毋庸置疑的是,正如小说主人公以超越边界的世界主义视野审视越南和美国,"战争小说"也超越了"战争"本身,它怀揣的不仅是对战争受难者的同情,亦是对困顿的"同情者"的同情。如果说"同情的困境"源于伦理意义上的"自我分裂",即黑格尔所言的悲剧冲突的根源是善与善而非善与恶之间的对抗,"同情的困境"在世界主义和反讽主义那里看到了"自我重新和解"的伦理希望,一如小说结尾主人公的再次启航,驶向的应是对个体生命充满关爱的人类乌托邦。对身处全球化背景中的当下美国而言,这无疑也是一种对"自我"的重新定位,为重构民族性提供了一种世界主义式的新展望。

第四节　美国民族性之"永恒局外人":游朝凯《唐人街内部》中的亚裔困境[③]

"一个亚裔在好莱坞做演员是一种什么样的体验?一个亚裔在美国过着怎样的生活?""70 后"美国作家游朝凯新作、2020 年美国国家图书奖获奖小说《唐人街内部》给出了答案:一个永远的龙套,一个永恒的配角。祖籍台湾的游朝凯是第二代华裔,但令他名声大噪、立足文坛的并非

---

① 〔美〕奎迈·安东尼·阿皮亚:《世界主义:陌生人世界里的道德规范》,苗华建译,第 237 页。
② 〔美〕理查德·罗蒂:《偶然、反讽与团结》,徐文瑞译,第 8 页。
③ 本节部分内容原载于《当代外国文学》2022 年第 4 期。

他的亚裔身份和族裔题材小说，而是有着法学博士学位和多年律师从业经历的"跨界"背景，是当选"35 岁以下最有潜质的 5 名作家"[1] 的荣誉头衔，更著有畅销英语世界的"穿越"小说《科幻宇宙生存指南》[2]，担任过热播科幻美剧《西部世界》[3] 的编剧。在 2020 年英国广播公司的一次访谈中，游朝凯坦言自己为是否涉足族裔题材创作而"纠结了许多年"，直到 2016 年特朗普当选美国总统成为一个重要的"催化剂"，"让我感到一种紧迫感和欲望去谈谈移民问题，去分享一些我父母的故事"[4]，《唐人街内部》应运而生。

这种"迫切想写点什么的欲望"源于游朝凯在美国时常感到"自己是个外国人"的"沮丧和考验"。用他的话来说，"我们生在这里、长在这里，如今却来了一位总统，不竭余力地煽动仇外主义情绪，他的所作所为无不在对'外国的'和'美国的'进行一概而论地区分"。于是，游朝凯创造了一个"一直困在（亚裔）刻板形象、始终处在背景之中"[5] 的人物威利斯·吴，讲述了他在一部名为《黑与白》的警匪剧中跑龙套的故事，以及他和第一代移民的父母身为亚裔在美国的生活困境。具有影视剧和小说创作双重背景的游朝凯，在《唐人街内部》实现了剧本和小说的杂糅融合，以剧本形式讲述的故事为再现亚裔美国人的遭遇注入了戏剧性的张力。小说一经出版，其新颖的叙事方式和极具现实意义的主题赢得了众多媒体书评人的高度评价。《纽约时报》称赞"游朝凯以一种强有力的、黑色幽默的、滑稽感十足的方式，揭露了好莱坞不断推广有关亚洲人和亚裔

---

[1] 2006 年，美国国家图书基金会设立"35 岁以下最具潜质的 5 名作家"奖（5 under 35 prize），每年评选一次，参评对象为世界范围内 35 周岁以下、在过去 5 年中仅出版了自己的长篇/短篇小说处女作的作家，评选委员会由此前美国国家图书奖的获奖者组成。2007 年，31 岁的游朝凯被美国作家理查德·鲍尔斯（Richard Powers，2006 年美国国家图书奖获奖者）提名当选。此前的 2004 年，游朝凯凭借短篇小说处女作《三流超级英雄》一举成名，并获舍伍德·安德森小说奖。

[2] 该小说（*How to Live Safely in a Science Fictional Universe*, New York: Vintage Books, 2010）不仅跻身亚马逊年度畅销小说榜的前十名，还入选《时代》杂志的 2010 年十大年度小说和《纽约时报》的 2010 年百部知名小说，并荣获多个美国科幻文学大奖。

[3] 《西部世界》（*Westworld*）是由家庭影院电视网（Home Box Office，简称 HBO）播出的美国科幻西部电视剧，于 2016 年首播，游朝凯是第一季的编剧之一。

[4] 转引自 Yvette Tan, "*Interior Chinatown*: The novel taking on Hollywood's Asian tropes", *BBC News*, Dec. 13, 2020, https://www.bbc.com/news/world-asia-55182826。

[5] 转引自 Yvette Tan, "*Interior Chinatown*: The novel taking on Hollywood's Asian tropes", *BBC News*, Dec. 13, 2020。

第四章　美国"自我"的展望："9·11"之后美国小说中的民族性重构　175

美国人陈词滥调的嗜好"①；美国《娱乐周刊》评论它"模糊了电视剧本和表演行为本身之间的界限，以敏锐的观察和黑色幽默的风格再现了亚裔美国人经历"②；《科克斯书评》将它视为"一份针对亚裔刻板形象的尖厉控诉，一个聚焦被这个快速前进世界驱逐的隐形人的寓言故事"③；《洛杉矶书评》称它为"一部难以界定小说门类"的作品，它将超现实场景、推理情节、家世传奇、政治和社会讽刺以及身份故事等元素"融为一个寓言，由此描绘了悲惨的尘俗世界和引发强烈共鸣的情感挣扎"④。

　　从警匪剧的内在世界，到影片拍摄的片场，再到片场之外的生活，威利斯"不着痕迹"地来回穿梭赋予了小说"剧中剧"的效果。作为亚裔演员，威利斯不得不扮演诸如外卖员、服务生等没有台词的龙套，即使做到了职业的"天花板"成为"功夫高手"，也依然逃不出"类型化亚裔男子"的配角设定；作为第二代亚裔美国人，威利斯在"黑与白"主宰的世界中找不到自己的位置，是被"黑与白"种族双重排挤的"永远的外国人"。事实上，"剧中剧"的效果不仅限于小说内部的剧里剧外，亦指向了小说外部的现实美国。可以说，游朝凯笔下威利斯的虚构遭遇具有高度的现实隐喻意义——无论是在好莱坞还是在美国社会，无论在过往还是在当下，亚裔美国人只是一个"永恒的配角"。

一　好莱坞的亚裔龙套

　　同游朝凯一样，小说主人公威利斯祖籍台湾，是出生在美国的第二代华裔，"从小便梦想成为好莱坞影片中的功夫高手"⑤。他从做群众演员起步，踏上了所有"功夫高手"必经的"向上攀爬"之路：从没有台词的"背景中的东方人""一个亚裔死者"，到"类型化的亚裔男子三号（外卖员）、二号（服务生）和一号"，再到冲出职业瓶颈期、成为有台词和镜

---

① Jeff VanderMeer, "A Devastating (and Darkly Hilarious) New Novel From the 'Westworld' Writer Charles Yu", *New York Times*, Feb. 28, 2020, https://www.nytimes.com/2020/02/28/books/review/interior-chinatown-charles-yu.html.
② Clark Collis, "Westworld writer Charles Yu managed to confuse even himself creating meta-novel *Interior Chinatown*", *Entertainment Weekly*, Jan. 23, 2020, https://ew.com/author-interviews/2020/01/23/westworld-writer-charles-yu-interior-chinatown-book/.
③ "Kirkus Review on *Interior Chinatown*", https://www.kirkusreviews.com/book-reviews/charles-yu/interior-chinatown/.
④ Pete Hsu, "All the World's a Stage: On Charles Yu's *Interior Chinatown*", *Los Angeles Review of Books*, Jan. 28, 2020, https://lareviewofbooks.org/article/all-the-worlds-a-stage-on-charles-yus-interior-chinatown/.
⑤ Charles Yu, *Interior Chinatown*, New York: Pantheon Books, 2020, p. 3.

头的"客串明星",直到抵达亚裔演员的职业巅峰——以"功夫高手"的身份成为"特邀明星"。[1] 小说开篇的威利斯以"客串"的身份在一部以唐人街中餐馆为场景的警匪剧中扮演一个没有名字的"唐人街当地人",负责协助警方调查一起亚裔男子死亡案。在这部以《黑与白》命名的美剧中,威利斯对选角的"用心良苦"有着清醒的认知:男主角和女主角分别来自黑白种族,有时还会有一个拉美裔女演员"时隐时现"地印在宣传海报的角落里,以迎合特定社区的宣传需要,但"这里没有黄种人的位置"。因此,他所能做的不外乎"呈现出一张面具化的脸庞,一双死人一般的眼睛",因为他在剧中扮演的"并不是一个真正的人,而是一种类型",被抹去了所有个性,被"亚洲佬"三个字"定义、熨平、套牢、固定"[2]。

　　终其半生努力也改变不了龙套宿命的不只是威利斯这个虚构人物,而是一个多世纪以来好莱坞亚裔演员的真实写照。事实上,亚裔形象在美国电影中出现得并不算晚,最早可追溯至电影诞生之初的1896年[3],但早期的亚裔角色不仅模糊了国籍身份而被统称为"东方人",而且多由白人演员乔扮。1919年,黄柳霜作为好莱坞最早的华裔演员出演电影《红灯笼》,却也只扮演了一个无名的角色,之后的她虽凭借主演多部英国电影享誉欧洲,但在好莱坞电影中依然只有配角的戏份。1935年,赛珍珠荣获诺贝尔文学奖的中国题材小说《大地》被米高梅[4]改编电影,然而在女主角的竞选中,黄柳霜却因自己的亚裔身份败给了一个白人女星。作为最早研究美国电影中亚裔形象的专题著作之一,尤金·F.王出版于1978年的《视觉媒体的种族主义:美国电影中的亚裔》对好莱坞历史上的亚裔演员进行了系统梳理,指出亚裔演员长久以来的边缘化境遇来自美国电影产业中的"体制性种族主义",而非"针对某个演员的排挤",其根源在于美国将"亚洲人和亚裔认定为下等种族"的普遍偏见以及好莱坞的牟利需求:重用白人影星是为了迎合以白人群体为主的观影市场,而植入亚裔形象是为了增加电影的异域色彩、打造电影的一个卖点。[5]

　　当亚裔人物仅充当一种异域标识出现在好莱坞荧屏,不仅导致亚裔演

---

[1] Charles Yu, *Interior Chinatown*, pp. 11–12.
[2] Charles Yu, *Interior Chinatown*, pp. 91–94.
[3] Eugene F. Wong, *On Visual Media Racism: Asians in the American Motion Pictures*, New York: Arno Press, 1978, p. 2.
[4] 米高梅电影公司成立于1924年,是好莱坞最负盛名的电影公司之一,其雄狮利奥标志一度被认为是美国的象征。
[5] Eugene F. Wong, *On Visual Media Racism*, p. 15.

第四章　美国"自我"的展望："9·11"之后美国小说中的民族性重构　　177

员只能是好莱坞的龙套，成为白人文化主导的电影的道具和点缀，更造成了亚裔角色本身的扭曲、扁平和固化。以华裔银幕形象为例，在一百多年间好莱坞拍摄的数百部电影中，"华人一般被描述成两种刻板形象：魔鬼撒旦和奴仆家臣"，即占据绝大多数的负面华人形象逃不出阴险邪恶的"傅满洲"① 原型，而寥寥可数的正面华人形象也摆脱不了顺从听命的"陈查理"② 原型。前者多以黑帮老大、罪犯和阴谋家等形象出现在"正义与邪恶之战"的故事中，后者则以仆人、随从和性工作者③等形象呈现在为白人主人服务的故事中。④ 如果说"傅满洲"是美国人为了彰显自己的民族优越性、维护白人优势地位而臆造出的假想敌，是一种对立感强烈的外部他者，"陈查理"则代表了美国内部的隐形异类，他们要么被自诩包容的"主人"驯服为"听话的奴隶"，要么成为满足"主人"猎奇心、被欲望的对象。值得注意的是，尽管两者都是对华人形象的简单化与刻板化，但相比"撒旦"尚具一定鲜明的个性和银幕控制力，温顺的"家臣"则没有任何人物主体性可言，完全沦为抽象的符号和模糊的背景板。就像《唐人街内部》中的威利斯，奋斗多年的他终于从"默默无语"的无名群演"上升"至有台词、有镜头的"客串明星"，但依然不得不通过"操着浓重的异域口音、讲着不合语法的英语"⑤ 来增加角色的存在感。

打破"傅满洲"和"陈查理"银幕形象、突破亚裔龙套局限的是华裔影星李小龙。如同威利斯，李小龙在几经坎坷、饱受好莱坞选角种族歧视之后，终以功夫明星的身份"打"入好莱坞。20 世纪 60 年代末，不满 30 岁的李小龙凭借其在武术界积攒的一定声望成功涉足美国影视界，以不凡

---

① 傅满洲（Fu Manchu）是英国作家萨克斯·若摩尔（Sax Rohmer）笔下最著名的华人角色，被刻画为拥有撒旦一样的脸型、集聚了东方民族所有狡诈的人物，被形容为"黄祸"的具体化身。1913—1959 年，若摩尔连续炮制了 13 部以"傅满洲博士"为主题的系列长篇小说，轰动欧美大陆，而后被好莱坞等影视公司改编为电影和电视剧而成为家喻户晓的华人形象，是西方流行文化中最早的亚洲原型人物。
② 陈查理（Charlie Chan）是美国作家厄尔·德尔·比格斯（Earl Derr Biggers）塑造的一名华裔警探，被刻画为傅满洲的反面形象——一个睿智和蔼、对美国政府忠心耿耿的侦探哲学家，但缺乏性特征和个人魅力，具有逢迎的奴性气质。1925—1932 年，比格斯出版了 6 部关于陈查理的小说，后成为几十部美国电影的主人公，掀起了美国银幕的陈查理热，成为欧美流行文化中与傅满洲齐名的第二大亚裔原型人物。
③ 如黄柳霜在参拍的好莱坞电影中，多次饰演舞女、妓女、被抛弃的底层少女等角色，在荧幕上多打扮妖艳、淫荡，包括夸张的中国服饰和妆容、裸露的肌体、扭动的身躯，流露出性挑逗的意味。
④ 黎煜：《撒旦与家臣——美国电影中的华人形象》，《电影艺术》2009 年第 1 期，第 131 页。
⑤ Charles Yu, *Interior Chinatown*, p. 92.

的身手博得观众的青睐，但"纷至沓来"的片约要么是客串和配角，要么是请他担任影片的武术指导，就连他"主动请缨"创作的功夫题材影片也因种种原因被好莱坞拒绝拍摄或另选了白人影星做主演。之后他回到香港，凭借《唐山大兄》《精武门》《猛龙过江》等电影红遍亚洲，在美国上映后亦引起巨大轰动，垂涎他当红明星身份的好莱坞才再次向他抛出橄榄枝。1972 年华纳和他合作拍摄的《龙争虎斗》[①] 风靡全球，掀起了世界范围的李小龙热。从此，"中国功夫"不仅在好莱坞占据了一席之地，更成为华裔电影的代表性主题，成为一种新的中国/亚洲文化符号。然而，悖论的是，"功夫"逐渐演变成华人/华裔演员被好莱坞接纳的"前提条件"，"功夫高手"也成为他们好莱坞演艺事业的"天花板"。例如，成龙、李连杰、杨紫琼等已在华语电影世界具有一定威名的武打明星成为李小龙的好莱坞接班人，但其主演的角色无一不是武艺高强的功夫侠，而在非动作片或对其他不擅打斗的华人/华裔演员而言，配角和稍纵即逝的龙套依然是主流。不仅如此，同"傅满洲"和"陈查理"一样，好莱坞银幕上的功夫侠往往单一刻板、性格扁平甚至缺乏正常人性，不是沉迷打斗、沉默寡言的盖世英雄，就是冷酷残忍、十恶不赦的功夫坏蛋，抑或是神秘莫测、不近人情的冷血超人，远远不及那些有情有义、人格魅力十足的白人英雄。

一定意义上，"功夫高手"仅仅是好莱坞创造的另一种具有异域特征和视觉冲击力的"非人"景观，不仅能够像"傅满洲"和"陈查理"那样满足西方观众的猎奇心和优越感，还可以凭借华人主演和中国元素为好莱坞吸引巨大的亚洲票房市场，从而实现文化压制和商业逐利的双丰收。回到小说中，威利斯的父亲是唐人街最早的"功夫高手"，多年摸爬滚打后迎接他的并非他曾期待的"无须再扮演别人……一切都将越来越好"，而是很快意识到"除了酬劳略增、荣誉头衔及其带来的影片中的不同地位，他依然是傅满洲，依然是黄种人"。哪怕"他有无可挑剔、已达最高武林境界的功夫"，拍摄方依然"要求他在讲英语的时候操着异国口音。让他头顶滑稽的帽子，烹饪炒杂碎，一脚飞踢便能将蔬菜分解成万千碎片。无论他走到哪儿，都会伴着鸣锣声"。威利斯父亲明白，成为"功夫高手"的他"依然不是一个具有人性的人，而是一种神秘的东方力量，一种干瘪的中国佬形象……而这才是片方想要他成为的样子，也是他一直以

---

① 1973 年，李小龙的突然离世使这部电影成为他主演的第一部也是唯一一部完整的好莱坞影片。

来不断奋斗能够达到的至高境界，他只是李小龙的低配山寨"①。不出所料的是，威利斯父亲很快被新的"功夫高手"取代，再次成为无名"亚裔老头"而被人遗忘。

二 "黑与白"世界的局外人

在好莱坞之外的美国，身为第一代移民的威利斯父母和第二代亚裔的威利斯同样难逃"局外人"的宿命。整部小说以相互内嵌的多个"剧本"呈现，不仅包括威利斯参拍警匪剧的剧本，还包括由威利斯片场之外的生活和威利斯父母的移民故事写成的"剧本"，而小说叙事犹如蒙太奇镜头一般在不同剧本和场景间来回切换。同万千远渡重洋的移民一样，威利斯父母曾将美国视为"充满无限机遇的新世界"②。然而，现实证明"美国梦"只是一场虚无的"美国白日梦"：威利斯父亲以接近满分的绩点硕士毕业，却在找工作时屡遭拒绝，其中一个面试官的理由是他"讲英文没有（中国）口音，这让人觉得诡异"③，最终他不得不放弃自己的所学专长，在唐人街一家中餐馆打工；威利斯母亲初到美国时曾在医院做护工，不仅被挑逗称为"肤滑如瓷、杏仁眼的中国娃娃"，还时常遭到服侍病患的性骚扰，④最终她也住进了唐人街，在同一家中餐馆做女迎宾。他们相恋后，曾梦想有朝一日"能租一套甚至拥有一座房子，找到一份体面的工作，穿上新衣服，不再是别人口中的'亚裔女人'和'亚裔男人'"⑤，却因自己的黄皮肤租不到房子，只能住在餐馆楼上的廉价出租单间。⑥"曾经充满希望的浪漫爱情故事画上句号，逐渐演变成一个移民家庭的故事，直至沦为两个人苟且度日的故事"⑦，威利斯父母一生都被"亚洲佬"的身份标签死死围困，只能将希望寄托到在美国出生长大的威利斯身上，在他小时候，母亲便叮嘱他"长大不要当'功夫高手'，要突破这个局限"⑧。

然而，威利斯走上了父亲的老路，他期待自己能够"成为那个实现实质性突破的人"⑨。同父亲一样，当多年后"梦想成真"、成为"功夫高

---

① Charles Yu, *Interior Chinatown*, pp. 159–161.
② Charles Yu, *Interior Chinatown*, p. 58.
③ Charles Yu, *Interior Chinatown*, p. 150.
④ Charles Yu, *Interior Chinatown*, p. 134.
⑤ Charles Yu, *Interior Chinatown*, p. 132.
⑥ Charles Yu, *Interior Chinatown*, p. 152.
⑦ Charles Yu, *Interior Chinatown*, p. 21.
⑧ Charles Yu, *Interior Chinatown*, p. 56.
⑨ Charles Yu, *Interior Chinatown*, p. 39.

手",威利斯发现"参演的剧集依然没有自己的位置","功夫高手只是另一种形式的类型化的亚裔人"①。现实的不断拷打使威利斯彻底领悟:"黑(人)与白(人)"不单是那部警匪片的主角,而且是"所有事情的中心",而他"即使拥有一个当代美国人的头脑,却长着和五千年前中国农民一样的面庞",正是这张脸"不断提醒,你是一个亚裔"②。小说的最后,游朝凯将黑色幽默的"剧集"推向了高潮,威利斯以"被告"的身份出现在一场有关"消失亚裔人案件"的审判中。最为讽刺的是,威利斯"既是嫌疑人,也是受害者",因为这位"消失的亚裔人"不是别人,正是"遁形于'黑与白'世界"的威利斯自己。③ 因为在"原告"看来,威利斯成为美国社会"消失的亚裔人"全是他的"咎由自取",源于他甘愿沦为"类型化的亚裔人"。其中,"原告"的黑人"证人"指控他"具有内化的(种族)自卑感,无论在白人,还是在黑人面前",白人"证人"指控他"一心想被当成白人,拥有白人一样的待遇"④。同为亚裔的威利斯的"辩护律师"则援引美国政府系列排华法案和排亚案件力证亚裔美国人遭受的双重种族主义歧视——"一方面,他们尚未也永远不可能完全融入主流群体,即同化为白人;另一方面,他们无法同黑人及其他受压迫群体团结起来……尽管饱受各种个人和体制性种族主义歧视,但因自己的祖先不曾经历奴隶制这个美国的原罪,其遭受的不公也无法同黑人比拟,亚裔受到的种族主义压迫被认为是次要的、无足轻重的",他们"只想被当成真正的美国人",历史与现实却一再确认"黄种人在美国注定是永远的外国人"⑤。

此时,已无法辨别这场荒诞的审判是威利斯参拍的影视剧还是威利斯现实的经历,但无论是"原告"和"证人",还是"辩护律师"的陈词,无一不指向虚构小说之外的真实美国。正如《洛杉矶书评》的一篇评论指出的,"游朝凯的书写模糊了小说讲故事和亚裔美国研究的边界。他不仅梳理了美国移民历史,还选取了华裔美国记者崔灵凤⑥、社会学家欧文·

---

① Charles Yu, *Interior Chinatown*, pp. 180, 245.
② Charles Yu, *Interior Chinatown*, pp. 162-166.
③ Charles Yu, *Interior Chinatown*, p. 230.
④ Charles Yu, *Interior Chinatown*, pp. 224, 228.
⑤ Charles Yu, *Interior Chinatown*, pp. 232-233, 228, 238.
⑥ 崔灵凤(Bonnie Tsui)是出生在纽约的第三代华裔美国人,曾收集旧金山、纽约、洛杉矶、夏威夷和拉斯维加斯五个华埠居民的口述史并出版《美国唐人街:五个社区的人民历史》。

第四章　美国"自我"的展望:"9·11"之后美国小说中的民族性重构　181

高夫曼①、历史学家菲利普·乔伊②的话作为章节引语，更在小说故事内部以人物对话或者自我反思的形式论述了许多社会学研究理论"③。事实上，游朝凯借虚构人物之口描述的正是真实的亚裔美国人身份困境。

20世纪90年代开始，美国族裔研究学界就亚裔美国人独特的种族地位，即在美国种族等级体系中游离于"黑与白"之间/之外的话题展开热议。1990年，在亚洲法律联谊会④的一场筹款宴会上，美国律师、法学教授玛丽·松田提出"种族布尔乔亚"概念。她借用马克思对"经济布尔乔亚"⑤的描述，认为亚裔美国人处在以白人居顶和黑人垫底的种族等级链的中间，是白人至上主义建构出的"种族布尔乔亚"，旨在通过打造"(亚裔)成功神话"形成"责备受害者意识形态"以及"将美国的衰落归咎于东方威胁"的替罪羊论调。⑥ 1994年，美国学者、亚裔研究专家盖瑞·Y.奥奇赫在《边缘与主流：美国历史和文化中的亚裔》一书中抛出"黄种人是黑人还是白人？"的著名论题。⑦ 通过系统梳理欧美对亚洲的妖魔化想象及其引发的"黄祸论"，美国内战之后为替代黑奴而雇佣华人苦力与其后一系列排华法案的渊源历史，以及民权运动后期"模范少数族裔"话语的诞生背景及其潜在逻辑，奥奇赫指出亚裔美国人的处境"既不同于黑人也有异于白人"，他们从历史上的"类同黑人"演变为"接近白人"，不变的却是始终处在社会"主流"之外的"边缘"地带。1998年，加州大学伯克利分校荣休教授伊莱恩·H.基姆提出"种族缓冲区"概念，指出在美国的种族关系中，亚裔美国人扮演着"中间人"角色：他们"通常被放置于一种中间位置——(两种群体的)交点、间隙、缓冲区域——无论是亚洲人与美国人、黑人与白人，还是老移民和新移民、主流群体和

---

① 欧文·高夫曼 (Erving Goffman) 是出生在加拿大的美国社会学家、社会心理学家，被称为20世纪最有影响力的美国社会学家之一，著有《日常生活中的自我呈现》等。
② 菲利普·乔伊 (Philip Choy) 是美国华裔历史研究学者和建筑家，著有《旧金山唐人街：历史与建筑指南》等。
③ Pete Hsu, "All the World's a Stage: On Charles Yu's *Interior Chinatown*".
④ 亚洲法律联谊会 (Asian Law Caucus) 成立于1972年，是美国第一个保护低收入亚太裔群体民权及提供相关法律普及和援助的组织。
⑤ 布尔乔亚 (bourgeoisie) 指称一些小工商业者、中产阶级和小资产阶级，他们崇拜并有意模仿成功的大资产阶级的行为和意识形态。
⑥ Mari Matsuda, "We Will Not be Used: Are Asian Americans the Racial Bourgeoisie?" in Jean Yu-wen Shen Wu, and Thomas C. Chen eds., *Asian American Studies Now: A Critical Reader*, New Brunswick: Rutgers University Press, 2010, pp. 560–561.
⑦ Gary Y. Okihiro, *Margins and Mainstreams: Asians in American History and Culture*, Seattle: University of Washington Press, 1994, p. 31.

边缘群体之间"[1]。1999年，美国政治学家克莱尔·J. 基姆提出"种族三角形"理论。她打破了在黑白种族分置两端的垂直等级体系中讨论亚裔美国人"夹层"境遇的传统范式，提出"在美国的种族场域中，若以白人和黑人为参照，亚裔所处的位置与黑白种族形成了一种三角形结构"。按照基姆的分析，这个"种族三角形"是由"两种同步发生、相互关联的机制共同塑造的"，一个是"相对增值"[2] 机制，另一个是"公民排斥"机制。具体而言，前者是指优势种族白人通过"提升"亚裔相对于黑人的"价值"，实现对这两个从属种族特别是黑人的统治压迫；后者是指白人通过将亚裔定性为"永久外国人和不可同化的族群"，实现对亚裔在国家公民认可和参与方面的排斥。[3] 根据基姆对亚裔美国移民史的梳理，无论是19世纪对华人劳工进行经济"赋值"却拒绝承认其公民权，还是20世纪下半叶对成功实现阶层上升的亚裔进行文化"赋值"却将其归于有别于白人的"异类文明"，这两种机制始终相伴相行，使亚裔在种族优劣的"纵轴"上处在黑白种族之间，而在公民认可的"横轴"上则被排挤在黑白种族之外。

三 从"配角"到"主角"

尽管研究视角和提出的概念各不相同，但这些亚裔研究学者共同致力的是超越"非白即黑"的简单化种族架构，试图将亚裔拉出美国种族主义讨论的盲区，正如著名种族理论批评家、南非教授大卫·西奥·戈德堡在其编辑的《种族主义的解剖》一书前言中指出的，"那种认为仅存在一种单一向度的种族主义的观念，正逐渐被一种多元向度、具有不同历史形成根源的种族主义图景所取代"[4]。他们的研究均显示，亚裔同其他有色种族一样，是白人至上思维主导的种族主义的受害者，而且从一开始，亚裔便"遭到了四处泛滥的偏见和最激烈、通常是暴力形式的歧视"[5]。然而，亚

---

[1] Elaine H. Kim, "'At Least You're Not Black': Asian Americans in U. S. Race Relations", *Social Justice*, Vol. 25, No. 3, 1998, p. 3.
[2] 增值（valorization）一词套用了马克思主义经济学中资本的价值增值概念，即在生产过程中通过运用形成价值的劳动来实现资本价值的增值。
[3] Claire J. Kim, "The Racial Triangulation of Asian Americans", *Politics Society*, Vol. 27, No. 1, 1999, p. 107.
[4] David T. Goldberg ed., *Anatomy of Racism*, Minneapolis: University of Minnesota Press, 1990, p. xiii.
[5] Martin N. Marger, *Race and Ethnic Relations: American and Global Perspectives*, Belmont: Wadsworth, 1993, p. 349.

第四章 美国"自我"的展望:"9·11"之后美国小说中的民族性重构 183

裔在美国历史上是"永恒的配角",不仅是白人统治的主流社会的配角,也是以黑人为主的反种族主义斗争的配角。有学者曾指出,由于亚裔"从未发起过民权运动或其他重要的政治动议"而无法获得足够的社会关注,同时,"模范少数族裔的标签将他们认定为成功者、辛勤工作又毫无怨言、忠心耿耿的人,使针对亚裔种族歧视的研究显得没有必要"[1]。如同游朝凯笔下以威利斯和父亲为代表的"永远的龙套配角"和好莱坞历史上饱受排挤的华裔演员,其作用均是为了满足影片的情节设定、突出异域色彩、提升票房业绩,亚裔在美国历史上所充当的"配角"角色也是为了满足白人"制片人"在不同历史时期的不同经济、政治和文化需要,其造成的后果是亚裔美国人一直以来不得不承受来自白人和黑人的双重排挤。

从内战结束到 20 世纪上半叶,当白人将亚裔刻画为邪恶"傅满洲"和温顺"陈查理"时,黑人则以"更接近西方文化、更像美国人"自居,而将亚洲人和亚裔移民描述为"愚昧的异教徒""谄媚白人的东方人""劳务市场上的竞争者"[2],就连著名的美国黑人民权领袖布克·T. 华盛顿也曾将生活在美国的华裔群体描述为"最格格不入的另类"[3]。到了民权运动时期,当白人为了例证美国"人人平等"的体制而将亚裔"吹捧"为其他少数族裔的"榜样"时,黑人则将亚裔视为自己声讨白人种族主义压迫、追求平等民权道路上的绊脚石。时至 21 世纪,黑人对亚裔的"敌意"犹存,美国一般社会调查[4]追踪多年的调查数据显示,"虽然亚裔美国人被视为模范少数族裔,但黑人、拉美裔、犹太人和白人都不愿同亚裔做邻居或赞成自己的近亲与亚裔结婚"[5]。另一篇分析报告也有相似的结论:"尽管相比白人,黑人持种族平等观念的比例更高,但就那些具有一定种族偏见的黑人而言,他们对亚裔美国人的看法同白人一样负面。"[6] 2008 年奥

---

[1] Cliff Cheng and Tojo J. Thatchenkery, "Why is There a Lack of Workplace Diversity Research on Asian Americans?" *Journal of Applied Behavioral Sciences*, Vol. 33, No. 3, 1997, p. 217.

[2] Arnold Shankman, "Black on Yellow: Afro-Americans View Chinese-Americans, 1850 – 1935", *Phylon*, Vol. 39, No. 1, 1978, pp. 16, 12 – 14.

[3] 转引自 Arnold Shankman, "Black on Yellow", *Phylon*, Vol. 39, No. 1, 1978, p. 11。

[4] 一般社会调查(General Social Survey)是由芝加哥大学的国家意见研究中心于 1972 年创建的一项社会学调查,通过定期收集保存美国公民就国家财政支出、惩治犯罪、种族关系等领域问题的看法,形成对美国社会变化的动态监控。

[5] Charles N. Weaver, "Prejudice in the Lives of Asian Americans", *Journal of Applied Social Psychology*, Vol. 48, No. 8, 2012, p. 1860.

[6] Jun Xu and Jennifer C. Lee, "The Marginalized 'Model' Minority: An Empirical Examination of the Racial Triangulation of Asian Americans", *Social Forces*, Vol. 91, No. 4, 2013, p. 1379.

巴马成功当选总统，被认为开启了美国的"后种族时代"①，然而，随后的研究显示，美国既没有进入"种族观念彻底消失或者说无关紧要的时代"，也没有进入"即使种族区分犹在，种族主义却不复存在的时代"②。一定程度上，"后种族时代"话语本身进一步强化了以"黑与白"界定美国国民构成的传统思维。对比盖勒普在 2008 年和 2009 年针对美国种族关系展开的民意调查，奥巴马的上任更加激化了白人与黑人对种族主义认知的分裂，越来越多的白人和相当高比例的黑人均坚称自己是种族主义歧视的受害者。③但不可忽视的一个细节是，盖勒普在调查中仅按白人、黑人、拉美裔三个种族进行了类别划分④，更没有提供亚裔美国人的相关统计数据，很大程度上反映了在美国，亚裔至今仍未被视为一个足够重要的种族，亚裔民众对待种族问题的看法也无须考虑在内。

"永恒的配角"意味着亚裔美国人不仅不会被当作"美国人"，就连黑人那样争取被平等对待甚至"被看见"的机会也被剥夺了。知名华裔美国作家赵健秀在《唐人街牛仔的自白》一文中曾回忆道，即使是像他这样的出生在美国的第五代华裔，仍会被当作"中国佬"而非"美国人"，因为"美国并不想让我们成为土生土长、能够被看见的少数族裔，而是希望我们一直都是美国化的外国人"⑤。回到《唐人街内部》，在拍摄《黑与白》警匪剧的片场，威利斯曾向饰演主角的演员"抗议"自己被简单概括地称为"亚洲佬"，当那位白人演员尚且流露出"难为情的神色"，那位黑人演员反倒更加激烈地回击："你不断向上攀爬，最终进入体制，但这并不代表你打败了这个体制。相反，这是对体制的强化……如果你不喜欢这里

---

① 早在 2008 年年初，随着奥巴马胜选呼声越来越高，美国媒体涌现了一批有关"后种族时代来临"的讨论。如美国国家公共电台（NPR）的高级分析员曾在具有全美最高收视率的公共广播节目《万事皆晓》（All Things Considered）中发表了题为"一个新的、'后种族'政治时代降临美国"的评论，声称"奥巴马是后种族时代的化身，这是一个上个世纪民权运动的退伍老兵可以隐居历史、美国人不会再对他们的领导者进行种族相关的评判的时代"。参见 Daniel Schorr, "All Things Considered: A New, 'Post-Racial' Political Era in America", *NPR*, Jan. 28, 2008, https://www.npr.org/templates/story/story.php?storyId=18489466。

② Michael Lwin, "The Numbers Game: Covering Asian Americans and Post-Racial America", *Asian Pacific American Law Journal*, Vol. 15, No. 1, 2009, p. 93.

③ 转引自 Michael Lwin, "The Numbers Game", *Asian Pacific American Law Journal*, Vol. 15, No. 1, 2009, p. 100。

④ 盖勒普提供的种族类别包括白人、黑人、拉美白人、非白人、非拉美白人。

⑤ Frank Chin, "Confessions of the Chinatown Cowboy", *Bulletin of Concerned Asian Scholars*, Vol. 4, No. 3, 1972, p. 65.

的体制,那就回中国去。"① 显然,在那位黑人"主角"的眼中,亚裔只是无足轻重的"配角",甚至连抗议的资格都没有。小说最后的审判中,在被认定"有罪",即犯下了让自己"消失"的"罪过"后,威利斯代表所有亚裔发出诘问:"来到这里两个世纪了,我们为什么还不是美国人?为什么我们始终被排除在'黑与白'故事之外?……我的父亲是一个真正的功夫高手,拥有高超的武艺。但又怎样呢?你们从不以他的能力评估他、认可他。你们连一个名字都未曾给过他。"② "有罪"的威利斯不惜以死抵抗,最终死在了"黑白执法者"的枪下。然而,在小说结尾,游朝凯却以魔幻现实主义的笔法赋予了威利斯一种重生:当"亚洲佬"死了"黑与白"的剧集中,威利斯·吴在唐人街活了过来,此时的他不再是昔日的"功夫小子"、曾经的"功夫高手"和"功夫老爸",而仅仅是一个儿子,一个丈夫,一个父亲。"利用能够获得的东西,努力创造一种生活……处在边缘的生活,是由细碎的部分拼接而成的"③,从被历史和社会设定的"配角"到成为自己生活的"主角",威利斯似乎做到了。至此,不禁会问,好莱坞的亚裔演员和现实中的亚裔美国人也能做到吗?

在 2021 年 1 月接受《纽约时报》的采访中,游朝凯解释了《唐人街内部》的创作灵感,"激发我以这种方式讲故事的最初动因来源于让一个亚裔人物鲜活起来的渴望——赋予他内在的生命和主观的意识——这是他不曾有过的待遇"。回顾自己从小到大的观影经历,游朝凯称很少能在银幕上看到亚裔角色,"即便看到,也多半只是道具,充当一个笑柄或者扮演诸如服务生那样的特定角色。因此,从'内部'出发描写威利斯的想法令我激动不已"④。事实上,缺乏"内在生命"和"主体性"的不仅是银幕上模糊卑微、单一刻板的亚裔角色,更是一个多世纪以来一直扮演"永恒的配角"的千千万万亚裔美国人,用赵健秀的话来说,"我们被当作白人的右手去打击黑人和其他所谓'同化程度低'的族裔。我们的数量足够庞大而被树立为少数族裔的榜样,我们的身份却如此卑微而无法分得美国

---

① Charles Yu, *Interior Chinatown*, pp. 94–96.
② Charles Yu, *Interior Chinatown*, p. 251.
③ Charles Yu, *Interior Chinatown*, p. 256.
④ Charles Yu, "Charles Yu Talks About *Interior Chinatown*: An Interview with Pamela Paul", *New York Times*, Jan. 8, 2021, https://www.nytimes.com/2021/01/08/books/review/podcast-charles-yu-interior-chinatown-david-brown-henry-adams-last-american-aristocrat.html.

媒体时空中的一席之地、无法让自己被看到被听到"①。

在英国广播公司（BBC）的访谈中，游朝凯也曾欣慰地表示"不可否认，近年来的好莱坞在亚裔角色刻画方面取得了一定进步，特别是2018年上映的《摘金奇缘》全由亚裔演员出演，为亚裔美国作家和演员打开了更多的大门"，但他认为实质性的突破尚未到来，"只有当一个亚裔演员出演了某一个角色，却不再被当成影片的卖点时，亚裔银幕形象才实现了真正具有里程碑意义的改变"②。反观现实中的美国社会，亚裔美国人又将如何摆脱"永恒的配角"的宿命？特别是新冠肺炎疫情暴发后至今，面对频发的"仇视亚裔"暴力事件，破解美国种族主义者对亚裔群体的扭曲认知与偏见歧视显得尤为迫切。尽管小说中威利斯获得重生的结局在现实中的美国不免过于简单、理想化了，但他代表千千万万亚裔发出的"为何我们始终不被当作美国人"的诘问是对当下多层面日趋极化的美国的一次有力质询。很大程度上，质询的意义不在于解构"自我"，而在于检省"自我"的缺陷、完善"自我"的认知，这不失为美国"自我"的另一种展望，也为进一步重构美国民族性作出了一种有益的尝试。

---

① Frank Chin, "Confessions of the Chinatown Cowboy", *Bulletin of Concerned Asian Scholars*, Vol. 4, No. 3, 1972, p. 69.
② 转引自 Yvette Tan, "*Interior Chinatown*: The novel taking on Hollywood's Asian tropes", *BBC News*, Dec. 13, 2020。

结　　论

　　作为一个最典型的想象的共同体、一个由观念缔造的国家，美国的民族性呈现出显著的动态性。"山巅之城"的自我标榜使美国从一开始便深植着浓厚的"他者"意识，"他者"的变更、强化抑或遁形都影响着美国民族性的彰显。种族矛盾的根深蒂固和种族冲突的频繁激化不断昭示着"自由""平等""美国梦"等美国自诩理想的内在悖论，不断揭露着许诺与现实的巨大鸿沟，也不断鞭笞着美国民族性的自我检省与完善。多元族裔的国民构成不断丰富，也不断质询着美国文化和价值观中的"白人—盎格鲁—撒克逊—新教"原始基因，使美国民族性始终处在协商与被建构的状态。霸权主义和强权政治的外交战略使美国处处树敌，民粹主义和逆全球化力量的日渐盛行使美国与大时代背景格格不入，打破二元对立的思维局限、以跨越边界的世界视角重新审视并重构美国民族性成为一种历史必然。

　　从1991年到2021年的30年间，美国在不同领域经历了不同程度的跌宕起伏：冷战结束让美国体味了失去"他者"的焦虑，"文化战争"让美国对诸如宗教、文化、政治等传统价值理念进行了全方位检省确认，"9·11"事件让美国遭受了不曾想象的被袭重创，奥巴马的当选让美国一度相信"后种族时代"业已来临，特朗普的上台让美国陷入前所未有的内部分裂与政治极化，新冠肺炎疫情暴发让美国针对亚裔的歧视与暴力持续发酵升级……而这些跌宕起伏也成为一种催化剂，使美国民族性"建构—反思—再建构"的动态性再次集中而突出地显现。

　　也正是在这30年间，美国小说对"何为美国"与"谁是美国人"的历史谜题进行了不同维度的追问、自省与展望。厄普代克、罗斯这样的美国文坛常青树延续了他们一如既往对美国"自我"的关注，在新千年来临之际纷纷推出新作——前者以"公民宗教"为抓手，后者以"民族神话"为着力点，例证了建构美国民族性的两大核心要素、内在悖论及其在20世纪的嬗变轨迹。尤金尼德斯、弗兰岑这样的在21世纪之交声名鹊起的新兴作家则从独具一格的小说叙事形式和改良创新的小说创作理念入手，贡献了对美国"自我"的另类书写——前者以杂糅的叙述者诠释了美国民族性本身的"杂糅"特质，后者以"悲剧现实主义"的新型小说创作观解析了小说的当代使命：一面对世界的复杂真相进行"冷酷"的揭露，一面对自我的修复与和解报以"温情"的期许，这些具有美学意义的小说形式创新同样启迪了美国民族性的革新。奥尼尔、贝蒂、阮越清、游朝凯这些刚刚斩获普利策小说奖、曼布克奖或美国国家图书奖的新锐作家则站在更近的当下，从不同角度展望了美国"自我"的重塑——奥尼尔洞穿了"伊甸园本就缺失而非失去"的真相，旨在以此疗愈"9·11"的个体创伤；贝蒂拆穿了所谓的"后种族时代"假象，力图唤起对种族主义的重新重视；阮越清呈现了别样的越战书写，诠释了以人为本的世界主义伦理观；游朝凯剖析了亚裔美国人在历史和当下充当"永恒配角"的宿命，以期打破亚裔被黑白种族双重排挤的困圈。这些具有强烈现实隐喻色彩和启发意义的虚构人物和故事为当下美国民族性的再建构作出了诸多有益的尝试。

在美利坚合众国两百多年的历史中，这30年不过占据了1/10不到，但其见证的内外创伤、社会动荡、自我分裂、文化价值观衰落等种种危机却足以引人注目、发人深思。本书进行的文学与非文学、历史与当下的互读互证，不仅力图从微观层面细致剖析美国"自我"的诸多问题和美国民族性的动态演变轨迹，也旨在从宏观视角把握美国和美国小说的独特之处，即美国内在的悖论性和由此产生的强烈反思意识，以及美国小说对美国民族性建构的持续关注和积极参与。

内在悖论性是美国"自我"与生俱来、无法剥离的特质：它一方面承继了欧洲文明的衣钵，另一方面又坚决将曾经的宗主国视为"他者"；它一方面拥有宗教色彩浓厚的文化源头，另一方面又在不同社会变体和文化表征中融入了显著的世俗关怀；它一方面拥有多元族裔的天然基因，另一方面又试图凝聚并不断巩固统一的民族意识；它一方面将"自由""平等""民主"等理念确立为立国根基和对外吹嘘的筹码，另一方面又在国家运行体制内部埋下不自由、不平等、不民主的种子；它一方面使民众对"美国梦"的美好愿景笃信不疑，另一方面又用残酷的现实一再拆穿"美国梦"的虚伪与虚幻。然而，正是由于美国"自我"融合了各种意义上的矛盾因子，使它拥有了不断回望审视、不断反思自救、不断展望修复的能力，从而也造就了它对自己的反复确认和重新认识。这种矛盾性、反思性、动态建构性均可谓美国民族性的显著特点，是美国成为"美国"的典型标识。作为思想意识形态的表征，美国小说不仅是再现美国现实的有效手段，更凭借虚构的特权成为美国独特理念和话语的建构者、解构者、再造者。尤其是每逢重要历史时期，美国小说便通过各种戏剧化手段演绎美国"自我"的审视、拯救与展望，在美国民族性的建构—反思—再建构过程中发挥着不容忽视的重要作用。无论是荒诞的讽刺，还是真挚的谏言，无论是矛盾的揭露与自我的解构，还是危机的化解与自我的拯救，美国小说不断穿梭于历史与当下、理想与现实、美国与世界，并以此剖析美国民族性的立身之本，挖掘美国民族性的衰变之因，启迪美国民族性的修正之源。可以说，游走于真实与虚构之间的美国小说业已成为洞悉美国民族性的一面镜子。

20世纪曾被称为"美国世纪"，然而，冷战结束以来的30年见证并不断确认的正是"美国世纪"的结束——这不仅仅意味着一种时间意义上的流逝，更指向一种隐喻意义上的终结。当21世纪已进入第3个10年，面对前所未有的危机与挑战，美国"自我"已被各种自相矛盾和内部分裂重重围困：无论是党派政治的分化、共识理念的濒临瓦解，还是单边主义的坚挺、狭隘民族主义的兴起；无论是种族主义的抬头、身份政治的矫枉过正，还是贫富鸿沟的日益加剧、民愤民怨的加剧累积……但不容忽视的是，与此同时，强烈的忧患、反思和自救意识也会被再次唤起。可以想见的是，美国民族性的建构将会一直"与时俱进"、动态发展，而美国小说也将一如既往地扮演剖析者、批判者与重构者，为我们理解美国民族性的"变与不变"不断提供新的启示。在这个意义上，本书的终点也将是新的起点。

附　录

对话朱诺·迪亚兹

朱诺·迪亚兹（Junot Díaz）是多米尼加裔美国作家，现任麻省理工学院创意写作教授兼《波士顿评论》小说编辑。他生于多米尼加共和国的圣多明各，六岁那年随家人移民美国新泽西。他在罗格斯大学获得文学学士学位，在康奈尔大学获得艺术硕士学位。迪亚兹1996年创作的短篇小说集《沉溺》曾广受赞誉。2008年，他凭借长篇小说《奥斯卡·瓦奥短暂而奇妙的一生》获得了普利策小说奖和美国国家图书评论奖。2012年，他的短篇小说集《你就这样失去了她》被《纽约时报》评为年度畅销书并获得了美国国家图书奖提名。迪亚兹于2012年获得了麦克阿瑟"天才"奖，同时也是马拉默德短篇小说奖、戴顿文学和平奖、古根海姆奖和欧亨利短篇小说奖的获得者。2018年4月，他被任命为普利策委员会主席。本次采访于2019年9月6日在马萨诸塞州剑桥市的麻省理工学院进行。

孙璐（以下简写为孙）：感谢您在百忙之中抽空接受我的采访。我们先谈一谈您的小说《奥斯卡·瓦奥短暂而奇妙的一生》吧。

朱诺·迪亚兹（以下简写为迪亚兹）：好的，这也是我的唯一一部长篇小说。

孙：说实话，在这本小说获得美国国家图书评论奖和普利策小说奖之后，我才对这本小说有所耳闻。结合您的身份背景，我的猜想自然是您在书中以美国移民的体验为视角，探索一些典型的美国主题，例如：美国梦，美国人的身份认同。但是，在我读完这本小说后，我感到有些意外，因为您花了大量的笔墨描写多米尼加当地发生的事情。那么您如何界定这部小说的类型？一本用英语来描写多米尼加风土人情的小说？一本以多尼米加裔美国移民为主人公的美国小说？一本以民族身份模糊性或中间性而出名的跨民族小说？或者可以说这是一本具有全球意义的小说，呼吁人们更加关注普遍存在的焦虑和危机?

迪亚兹:确实,关于全球小说的崛起,人们各执一词,也有一些评论家把我的小说归为那类。我不会反驳这样的归类,因为我认为别人对小说的归类有比我更清晰的认识。作为这本小说的创作者,我的看法也只是一家之言,并不权威。我认为我们作家在创作的过程中,常常过于投入而根本无法意识到我们创造的是哪一类作品。因此,我认为作者往往是最不可能意识到他所创作的作品的类别和他的创作方式的人。鉴于这些局限,这部作品总是会引起人们在作品归类方面的不同意见。我希望这本小说可以引起人们对于多米尼加小说或美国小说的热情和期待。在某种程度上,我希望每当人们自以为了解这本小说时,这本小说总是能够令他们出乎意料,使他们有所疑问。我也希望这本书可以颠覆人们的期待,并引起不同的反响。这本书中出现了一个多米尼加的神话角色,叫作巴卡(Baka),在多米尼加共和国的历史上,巴卡变化多端,没有人知道其原本的形态。对于我而言,我希望这本小说能有像巴卡一样的功能,也就是说,我希望人们每一次阅读这本小说时,都能有不一样的体会。

孙:实际上,您已经简要地回答了我的下一个问题,即您对这本小说的读者有何期待?当然读者不限于多米尼加读者和美国读者,因为在过去的10年里,这本小说被翻译为了多种语言,包括中文。那么您期待读者从他们的阅读中有何收获呢?是希望他们了解多米尼加的历史和文化?窥见多米尼加人在美国的流散生活?还是希望他们把这本小说当成具有全人类意义的小说并对您的人文见解感触深刻?

迪亚兹:我认为我的亲身经历可以帮助我回答这个有关读者的问题。作为一个移民,我学会宽容他人的不理解,敞开心扉,理解并包容我并不完全理解的故事。总的来说,每一本小说都是一个新的国度,一些是我们熟悉的国度,例如,某个人从美国去往加拿大,这是一个与美国有相似性的国家。我希望这本小说的读者是一群对目的地国度有很大包容性的迁徙者。即使他们对于目的地并不完全了解,但他们在行走的过程中乐于学习,主动了解,这就是我对读者的期待。我并不奢望99%的读者都能够充分理解我在书中传达的全部内涵。我写这本小说的目的并不是让人们初步了解多米尼加人在多米尼加共和国的生活,或者多米尼加人在美国的生活,也不是讲述移民的经历,同样也不是粗略地介绍特鲁希略的独裁统治。我希望通过这本小说向人们展现一个全新的国度,包罗万象,但仍旧自成一派。这是一个独特的世界,包含所有的纷繁复杂,世俗烦扰,离经叛道,兴奋和欢笑。在这个全新的世界中,我们有机会透过新的视野去看待自己和一切事物。这是一个伟大的梦想，这个梦想引导着我的写作。我从来都不设想我的作品将会成为一本优秀的旅行指南，或历史读物，或人类学抑或社会学著作，尽管我在这些学科的推荐作品中看到了这本小说。我希望这本小说能够产生更多而且更好的效果。

孙：也就是说您希望您的读者跟随您的叙述，探索这个全新且独特的虚构世界是吗？

迪亚兹：是的，独特的世界，如果可以的话，我希望这个世界的特点是明确的。比如说，人们不会漫无目的地展示有关中国的事物，以便使你产生了解中国的兴趣，对吗？但是最好的情形是，接下来当你亲身去当地体验时，你会经历一次充满惊喜的冒险般的旅程，收获颇丰。对于一本小说来说，这也是最理想的情形。比如，当人们提及小说时会说道："哦，我知道这是一本关于书呆子和移民的故事，对此我有所了解，所以我想走进书中的世界一探究竟。"然而接下来的阅读会完全出乎他们意料，这就是我希望看到的效果。

孙：我非常认同您的观点。在我看来，当读者对于作品的最初期待在阅读的过程中得以印证或得以优化或被完全推翻时，读者便会从作品中获得巨大的满足。回报读者的不仅仅是使他们获得对于某种事物的更确切的看法，还有书中的起承转合。当然，对于一些读者来说，冒险般的阅读是妙趣横生的，但对于另一些读者来说，他们可能会在这样的阅读中感到迷惑，需要引导。说到这，我想起来您的一位忠实读者金姆创作了这本小说的"专业（在线）阅读指南"，名为《注释下的"奥斯卡·瓦奥"：笔记与翻译》，您一定也听说过这本书吧？您觉得这本书的准确性怎么样呢？

迪亚兹：没错，我知道这本书，据说看过这本书的人都对这本书赞不绝口。

孙：那么您怎样看待这种注释的行为？您是否会觉得，这在某种程度上会使读者们的阅读体验达不到您最初期待的效果呢？

迪亚兹：不会的。大多数的读者在阅读时并不会求助于这份在线阅读指南，他们只是凭自己的感觉去理解这本书。另外，作为一本阅读指南，人们在进行注释时并不会创造出文本以外的新的东西，是否愿意接受注释完全取决于读者本身，对此我并不介意。即使我对于小说的阅读效果有我自己的设想，但这并不意味着我希望读者们完全遵从我的写作意图。实际上，这便是阅读的本质，即不论作者的意图是怎样的，读者总是可以随心所欲地解读，这是令人兴奋的。这也就是为什么书籍，尤其是小说如此复杂晦涩，这样一来读者便有机会颠覆作者的创作意图。因此，一些读者想借助注释来阅读，从而实现对我意图的反叛。读者们的想法很难被摸清，可能这也就是为什么权威人士不喜欢作家或读者这一类人。但是我很欢迎我的读者，他们带给我欢乐。

孙：您的这番话也使我明白了为什么我通读小说之后会让我觉得这本小说非常复杂，当然阅读的过程充满了惊喜。因为我对于这本小说的最初期待有时和您的创作意图不相一致。比如说，通过小说的题目，我猜这本小说是一本聚焦奥斯卡·瓦奥的成长小说。但是，读完后我发现它更像是一本家世小说，因为超过一半的篇幅都在描写他的妈妈、姐姐、外祖父和其他人物。那么您是如何想到用这个书名的呢？为什么这本书不以其他的人物来命名呢，比如以他的姐姐劳拉来命名，因为书中第一人称的叙述就是基于她的视角的。

迪亚兹：在某种程度上，这本小说的创作目的是探寻作为个人和群体的我们是从哪里开始，又是在哪里结束的，多米尼加共和国是在哪里开始，又是在哪里结束的，以及美利坚合众国是从哪里开始，又是在哪里结束的。我认为这本变幻莫测的小说超越了类别、界限和身份的限制，甚至书名也可以使我们浮想联翩，一下子想起来很多事物。首先，奥斯卡·瓦奥这个标题会使人们想起海明威，自然也会想起《神秘博士》，最后也会想起奥斯卡·王尔德。虽然小说书名聚焦奥斯卡本人，但同样也提及其他人物。在我看来，一个个体是一个群体的缩影，至少我的经历是这样告诉我的。你知道的，在美国或欧洲的环境下，奥斯卡·瓦奥这类人是陌生的，但是对我而言不是。在我探究一个群体时，其中的个体总是可以打动我。

孙：这样一来，奥斯卡只是这个群体的代表，这类人拥有很多文学作品中人物的特点，因此可以从不同的视角进行解读。

迪亚兹：没错。在现代主义的创作背景下，主题的统一性和绝对性是完全实现不了的，甚至透过这本书的标题我也想表达这一点。作品是社会、历史、文化和文学等多方面因素的沉淀。

孙：不仅仅是书的标题会使人产生疑惑，整本书的叙述内容阅读起来也有些挑战性，英语混合着西班牙语，多样的体裁杂糅着多样的语体。似乎某些读者始终无法阅读这本小说，但矛盾的是，这本好像只有特定读者才能够读懂的小说实际上比其他作品吸引了更广泛的读者。在您创作的过程中，您是否会担心，可能因为小说的晦涩失去了许多读者呢？

迪亚兹：作者不可能回过头推翻自己的写作意图和特色，然后为了读者把小说写得更容易理解，这一想法和我作为移民的经历息息相关。在我作为移民的最初阶段，没有人会关心我是否会理解周围的一切，一个国家不可能为了一个陌生人重新改变，变成可以使他产生归属感的地方。我认为阅读是一场探索的旅程。因此，一本小说自然不可能一直顾及所有的读者群体。如果当人们翻开书，开始阅读时，他们没有发现新颖或惊喜的内容，没有获得不同寻常的收获，那么，这样才叫作品失去了读者。我从来都不会认为理解能力是用单一标准衡量的，如果那样的话，作为移民的我们就无法立足了。

孙：也就是说小说的晦涩和您的移民经历是相关的，那么您是有意地再现自己的经历吗？

迪亚兹：我不确定我是不是有意为之。我知道即使人们只明白他人说的话的一半意思，他们也可以很好地生活在这个世界上，我就是这么过来的。当然如果能够理解80%那就更好了。我试图创造一种语言，尽管它晦涩难懂，但任何人都可以通过阅读这种语言有所收获，有所见解。那是我的梦想，不过我并不知道这个梦想会不会实现。

孙：那么，我可以把这种独特的语言看成是您想革新英语主导的文学的一种策略吗？

迪亚兹：可以这么说，但是我希望这种小说对于英语文学是锦上添花，而不是背道而驰。我们可以简单认为一本小说就应该具有明确性，因为你知道的，有了明确性，你就可以始终限制它的可读性。我常常想我过去是不是过多地考虑明确性了，因为一本小说的成功与否取决于它的独特性。所有的读者在阅读时都追求两个紧密相关但又完全不同的乐趣。一方面他们追求自己熟悉的内容，即熟知感；另一方面，他们也追求不熟悉的内容，也就是我们说的疏离感。所以说对于书中的内容无法完全了如指掌也属于阅读的乐趣，因为每个人都想要那份疏离感。

孙：确实如此，熟知感和疏离感在阅读体验中都是缺一不可的。

迪亚兹：是的。可能一些读者对于疏离感的宽容度更低一些，而我创作的小说就需要读者具有更高的宽容度，但我并不认为这种疏离感等同于陌生感。

孙：是的。我还发现这本小说的另一处创新是不同寻常的脚注。一般而言，脚注是文本的补充，使得文本更利于理解。但是，在这本书中，脚注完全成了文本的组成部分，例如，在小说的33个脚注中，80%都是关于多米尼加历史的，其中有的脚注内容翔实，而有的非常简略。我想问一下，您是以什么样的原则去选择脚注和规定脚注的篇幅长短呢？

迪亚兹：我认为这部小说很有趣的一点是一个爱好历史的年轻叙述者

在正统故事的背景下提供一个关于多米尼加的逸事,这是非常有吸引力的,令人耳目一新。我们得意识到即使这些脚注是关于历史的,但是大多数都只是小道传言。在这本书中小道消息被提升到了学术言论的水平,这让我乐在其中。因为对于我们这样生活在专制统治下的人来说,若不是小道消息,我们无法获知很多真实的新闻了。

孙:是的,叙述者使这本小说具有双重意义从而表现多米尼加的专制统治,即正式的历史叙述和非正式的小道传言。叙述者本身穿梭在其中,例如,一些脚注把两种叙述风格进行结合,使得小说具有很明显的虚构性,也就是说,叙述者自己承认他获得了专业人士的建议从而对小说背景的描述进行完善。在某种程度上,这样的脚注就不是客观的知识补充了,而是具有主观性的叙述。那么,为什么您会采用这样的形式呢?

迪亚兹:因为这是一本揭示专制统治和威权政治危害性的小说。就最普遍的意义而言,反对权威对于任意一本书的作者及其权力也有警醒作用。书中尤诺反对权威同时又对于作家的权力态度模糊,我认为让他去削弱作家的权威是尤为重要的。即使尤诺作出很多重要的历史言论,但是他一直对此懊恼不已,他会说:"哦,我搞砸了,总有一天我得改正过来。"他不是那种成天宣称"我总是正确的"人。通过这个角色,反映出了人们多么需要权威,但权威人士又多么容易犯错。在某种意义上,尤诺给那些追逐专制统治的人提供了一个图灵测试,如果你很喜欢尤诺这个角色并对他的话深信不疑,那么你便深陷作家和泛滥的权威的诱惑。

孙:那也就是为什么在书中随处可以找到专制统治的踪影,或是对于专制统治的影射,尤诺是这本书中的权威人士,但他的自白又在某种程度上颠覆了他的权威。

迪亚兹:确实如此。人们很轻易地就想赋予叙述者权威,就如人们赋予专制者权威那样。叙述者和专制者都在讲述故事,一个传达给国家,另一个传达给读者。但是人们常常期盼权威,而这是尤诺嗤之以鼻的。很遗憾的是即使你承认自己是个骗子,还是有人愿意相信你是权威的,即便尤诺透露的消息绝大部分是编造的,还是有读者在阅读时仍然会惊呼,"哇,这本书充满了历史知识!"人们对书中的信息深信不疑,是因为尤诺的语气听上去非常具有权威性,更是因为没有其他人反对他的观点。

孙:那恰好反映了专制统治,人们知道这唯一的权威反对一切挑战,但他们仍然深信这一权威。

迪亚兹:尤诺在书中说:"在一个更进步的世界里,允许许多不同声音的存在。但不幸的是,你被困在了小说里,所以只能选择唯一一种声音,这种声音垄断所有的权力,应对所有的问题。"尤诺认为你不应该相信唯一发言的人,不论他是谁,我想这对我来说也是非常有用的,因为我也十分怀疑那个唯一的权威。

孙:我们已经谈论了小说中的尤诺这个人物形象,人们相信他是您的另一个自我。这个人物使我想起《了不起的盖茨比》中的尼克·卡拉维和菲利普·罗斯小说中的祖克曼,您是如何想起用这个人物来代替您自己的呢?

迪亚兹:他的身上有我的特征,同时也有我作为一个作家所需要的特征。因为我想谈论某些话题,所以我创造了尤诺这个形象,使我可以直接且细致地应对这些话题。尤诺对于女性的着迷使我对性别、男性和父系社会进行思考。在创作初期,我小心翼翼地创造这样一个角色:他生活在女性受到压迫的男性政权下,他对于女性的极大兴趣中包含了对于男性气质的兴趣。所以,我认为像尤诺这样的人是小说叙述者的不二人选,通过他我可以思考许多对我所在的群体产生深刻影响的话题。

孙:那么是不是可以说尤诺这个人物的独特性和主要的作用就是他提供了一个完全不同并相当有颠覆性的视角来看待男权社会中的女性和女性的角色。

迪亚兹:在你深刻意识到女性的人性之前,你无法在一个教导你女性不具有人性的社会中拥有人类的品质。对我而言,这本书可以看成是尤诺人性方面的完善。特鲁希略专制统治和美国社会都贬低女性的地位,而在这本小说中,尤诺很多时候至少产生了,即便只是暂时产生了对于女性的同情,这是社会从未教导过他的,这个人物的人性光环也有了更全面的彰显。当你的脑海里考虑他人时,你就不会为所欲为了。

孙:在您的这本小说里,奥斯卡和尤诺以及其他的人物实际上热衷暧昧关系,而这也使他们遭受痛苦,折磨甚至死亡。当然,他们的苦难和阴暗的专制统治是分不开的,那么请问您是有意地将个人私事和宏大的叙述背景结合起来的吗,从而实现更扣人心弦的碰撞?

迪亚兹:这个问题使我想起了电影《布拉格之恋》中的著名场景。小说的主要人物在感情遭到背叛时堕落,但是在电影中主人公的堕落恰逢苏联军事入侵。这样就使得个人私事和国家历史紧密地联系起来。不过电影中可以呈现出的效果往往是小说呈现不了的,反之亦然。作为一个作家,我当然会寻找时机打破国家政治和主人公混乱的私生活之间的距离。在我看来,感情的纠缠就可以很好地反映出国家的历史和家庭生活是如何联系在一起的。

孙：那么小说人物对于风流韵事的着迷是否和多米尼加的文化有关？或者说是否和多米尼加人的移民经历有关呢？

迪亚兹：这是没有关系的。每个人都认为加勒比海地区充满着诱惑和浪漫，但事实并非如此。事实上，我们每个人都在寻找栖息地，时间上的也好，空间上的也好。同样，我们也渴望从他人身上获得家的感觉，这是很正常的。文化背景会使主人公们对于归属感有不同程度的渴望，通过不同方式去追寻归属感，但通常寻找归属感本身是极其普遍正常的。

孙：是的，爱和家无疑是人们共同追求的。

迪亚兹：我们都不愿形单影只，孤独是令人难以忍受的。因此，在某种程度上，爱是寻找归属感的表现。我对于被迫背井离乡，努力寻找身心归属感的民族非常感兴趣。

孙：下面我们来谈一谈这本小说独特的写作风格吧，这本小说中的科幻和奇想元素使我不禁想起拉美文学的一个众所周知的特点，即魔幻现实主义。然而，您的作品与魔幻现实主义作品的区别又是显而易见的，特别是主人公公开怀疑书中科幻和奇想的元素，例如，奥斯卡不相信超自然猫鼬的存在。那么这样的怀疑可以看作您对于魔幻现实主义的修正吗？

迪亚兹：我认为这只是代表了奥斯卡对于文学类别的喜好，也就是说奥斯卡不喜欢魔幻现实主义。按照这种思路，你可以认为这本书体现了一个年轻男子对于某些文学类别的喜好，魔幻现实主义是其中一种他没什么兴趣的类别，他感兴趣的是奇幻故事和科幻小说。因此，主人公既对魔幻现实主义抱有怀疑，又认为书中的想象元素更可能属于科幻小说的类别，而非魔幻现实主义。

孙：那是主人公奥斯卡的偏好，那么您的偏好是怎样的呢？有哪些作家是您写作生涯的领路人？

迪亚兹：有太多作家了，我可以简单地列举几个：非常著名的非裔美国学者兼作家塞缪尔·德雷尼，还有帕特里克·夏穆瓦佐，他创作了《德士古》这本惊艳的小说，还有保罗·马歇尔，以及奥斯卡·希胡洛斯，他的小说《失落世界的家》对我产生了巨大的影响。当然还有托尼·莫里森和玛丽斯·孔德，很多是来自加勒比地区的作家。

孙：除了来自加勒比地区或少数族裔的作家，您仰慕的作家中有属于所谓主流英语文学的吗？

迪亚兹：有些是的。和其他作家一样，我的阅读没有界限，海明威就是其中之一。同时我在小说中会致敬一些我崇敬的作家，比如说约瑟夫·康拉德，他也有移民经历，并且他最终在英语文学中获得了举足轻重的地位。还有麦尔维尔，我被他作品的生动性和百科全书式的丰富性所折服，同时也很认同他对于多元化的美国社会的看法。当然，乔伊斯也是我的偶像。

孙：您刚刚提到了托尼·莫里森，我记得您在另一个采访中提到过拉尔夫·埃里森，这两位作家都对您的影响极大，那么主要是哪一方面呢？是指普遍意义上小说的人物性格刻画和叙事手段，还是具体特指他们刻画少数族裔的技巧呢？

迪亚兹：如果你是一个非常好学的人，那么你的老师可以教给你的知识就是无限的，我努力地使自己成为这样出色的人。例如，如果我是非洲裔作家，那么非洲裔作家描写本群体的方式和非洲裔在世界上扮演的角色对我来说同样重要。人们用不同的方式讲述非洲的人情世故，同样的，有移民经历的作家也会不断变换技巧来表现移民在这个充满敌意的世界里的身份和地位。这样，你就能够学到多种叙事手段和叙事技巧：如何刻画某些非洲裔人，如何刻画某些加勒比人，如何描述一个主流社会还未注意到的现实情况，这些都是你可以从你的文学导师们那里努力学习到的，你慢慢知道了什么是一本优秀的小说，它可能与种族和种族特性没有直接的关系，但是它可以使你对这两方面都有充分的了解。詹姆斯·乔伊斯的作品乍一看和种族没什么关系，但其实他是从爱尔兰人的视角进行写作的，在历史上爱尔兰人曾被殖民过，因此他的小说和种族是有关系的。爱尔兰的被殖民史和乔伊斯对此的描述使我收获很多。

孙：说到族裔文学，容易引起争议的就是小说的文学性和政治追求的关系，或者说小说美学价值和社会影响之间的博弈。令我印象很深的是您在一次采访中说道您在创作每一部作品时，都想赋予其政治意味。同样我也听说过如果少数族裔的作家的作品不涉及政治，那么人们就会批评他背弃了自己的种族。对此您的看法是什么呢？您认为族裔文学的任务又是什么呢？

迪亚兹：打个比方：我们都知道即使你为你的孩子详细地规划了每一步成长轨迹，他还是会按自己的想法选择出路。写作的过程也是一样，不论我对我的作品有何打算，作品并不会完全符合我的设计。创意写作是很复杂的，但很有趣的一点是作品不会仅仅因为作者想要在作品中增加政治色彩就会达到作者希望达到的政治目的。这也就是为什么许多作家自诩自己的思想多么进步，而实际上他们的作品中传达出来的思想却非常落后。同时一些被认为是思想保守的作家，却创作出了离经叛道的作品。所以说，在某种程度上，作者个人的政治取向和作品传达出的政治取向并不总是有关系，作者只能期盼作品表现出的政治取向和自己的如出一辙，而没法指望对其进行实际的规划。对我而言，我想让作品呈现政治意味，这样的打算使我避免一些显而易见的文学创作恶习，但这样的打算本身并不会让作品看起来更有进步意义。例如，拉尔夫·埃里森个人是非常保守的，并且对于其他黑人作家抱有很大的敌意，然而他的作品却超越了他的政治取向和政治愿景。

孙：那是不是意味着作为作家，您只关心作品的美学价值呢？

迪亚兹：我只能说能够给予小说力量，使小说变得充实并拥有灵魂的往往是作者无法控制的事物。我无法控制在写作时无意间会做什么。如果把小说比作一辆车，或许我可以选择汽车的表面颜色，但是到底是哪辆车以及行车方向却是无意间作出的选择。所以虽然我对于小说的政治层面很感兴趣，但是我无法控制小说在政治方面会产生的实际效果。

孙：看起来似乎是一种源于叙事和语言内部的"神秘的"力量而不是您对外在事物的追求和偏好引导您按照某种方式进行写作。

迪亚兹：有意识和无意识这两种状态是辩证来看的，但是无意识可以引导我写作。我一般会这样解释：当我在写小说时，我的无意识思维引导我写作，我意识清醒的思维并不像一个端坐在车厢里的乘客，而是被关在了后备箱里，我可能会有意识地命令车子往哪里开，但是我无法看到车子实际的行驶方向。我以为我的意识可以帮助我，让我可以对车子下指令"往左开，因为我的政治偏好需要我往左开"，并且希望车子可以听我的话。

孙：这个类比很新颖。一些评论家认为这本小说在移民写作的诗学方面掀起了一场革命，特别是因为书中多语种的叙述方式，以及对于多米尼加共和国的描写和对于美国的描写相互穿插跳跃，这样便可以多方面地了解您的故乡和侨居国，使您具有局外人和局内人两种身份。那么您对移民主题小说中种族性和美国性的关系有什么看法呢？

迪亚兹：这个问题又使我想起了麦尔维尔。在我看来，他的小说《白鲸》提出了美国始于何处这个问题。书中捕鲸船裴廓德号是美利坚民族的缩影，因为船上载着来自世界各地的人民，其中一些人不在美国出生，但他们却是美国社会的一部分。我认为这样的国家并没有很强的民族一元性，这是移民定居的地方，这里的历史并不悠久，并且在这里也很难找到单一民族身份的人。对于一个想了解国家民族性的作家来说，美国可以帮助他们很清楚地了解大多数同类国家，这些国家的民族寓言只是虚构的。

孙：没错，美国是一个自我创造的国家，换句话说，是一个最典型的想象的共同体。

迪亚兹：是的，美国这样的国家是一个驻领殖民地，是在部落征服、奴隶制和移民基础上建立的，没有这些基础也就不会有美国。但是民族神话讲述的是另一套辞令，因为我们想用这些想象来忘记国家出现之初的丑陋历史。

孙：那么您更希望自己被称为多米尼加作家还是美国作家呢？

迪亚兹：都可以，但我认为自己是多米尼加作家。

孙：是因为您不喜欢被称为美国作家吗？

迪亚兹：实际上，我并不介意自己的称号，人们想怎么称呼我都可以。因为我是一个移民，我不会和我出生在这个国家的弟弟有同样的体验。美国的一切对我来说都不寻常，需要我去习惯，在这里总是有需要我努力去理解的陌生之处。如果我有孩子，他们可能是多米尼加裔美国人或美国人，我从未体会过出生于此的人拥有的那份坚定的归属感。一些人认为如果他们在一个国家生活了 30 年或 40 年，他们就成了当地人，但我并不会那么认为。相反，我认为事实上我一直以来都是移民，以后这个身份也不会改变。我无法获得美国人身份，但我的孩子可以获得。

孙：那么您曾试图获得自己的"美国人身份"，试图获得所谓的"美国特性"吗？

迪亚兹：我确实设法这样做过，但我发现成功的可能性为零。

孙：那么您是如何看待这样的零可能性呢？您会对此感到沮丧吗？

迪亚兹：每个美国人都会有难以获得身份认同感的情况，想要完完全全达到美国民族神话中的理想境界对于每个人来说都是不可能的。

孙：可以看出您拥有强烈的种族意识，这也成为您的一部分。

迪亚兹：我不确定这种种族性是否强烈，但我不愿将它磨灭。我知道一些人和我一样有移民经历，并且可以轻松地将自己在多尼米加的过去从自己身上抹掉，但我不想这样做。为什么要那样做呢？民族身份基于单一的民族认同，也就是说你只能有一种身份，而不能同时拥有两种民族身份，每种民族身份都具有排他性。因此，像我们这样有多种民族背景的人就会发现自己像个局外人。

孙：我理解您的想法了，那下面我们谈一谈您作品的文学风格。很显然，您在作品中表现出对类型文学的极大热情，包括奇想小说、恐怖小说、科幻小说、漫画故事等。这样安排是否是因为您有意识地想要颠覆人们对于严肃文学的期待呢？从更广泛的意义上讲，您是如何看待不同类型文学的大版图中某一个具体的文学作品？您是否认为某些特点能帮助某种类型的文学，如种族文学、民族文学、类型文学等超越国界，超越限制，在更大的文学舞台上大放异彩或成为世界文学的一部分？

迪亚兹：能够经久不衰的作品往往是极其特别的作品，例如莎士比亚的作品就非常特别，只有拥有严谨的知识储备，才能与当时的人一样体会到其中的精彩。然而就是这样的特殊性才造就了莎士比亚作品的普遍适读性。时间会改变一切，当然也会削弱作品的光彩。看起来似乎只有文学"怪咖"才能够抵挡时间的侵蚀。换句话说，之所以一些作品历经两个世纪仍然被人们所推崇，就是因为这样的作品有独特之处。作品的特殊和怪异是其得以长久流传的原因之一，而一部平庸的作品要不了三四百年就会被遗忘。

孙：您所说的也属于评价一部作品时参考的标准。作为普利策奖委员会的成员，您能说说您在评价一部作品时会用到的标准吗？

迪亚兹：我们的评价过程是不公开的，甚至评价标准也是要求保密的。但是我可以告诉你，就我个人而言，在评价一部作品时，我总是会对作品提出一个很有挑战性的问题：这部作品有灵魂吗？你会把它长期带在身边吗？如果我愿意把一部作品长久地留在身边，那么它一定得能够引发一些值得我去探讨的重要问题。真正优秀的作品内容广泛并愿冒风险。

孙：我还想问一下除了美学价值，是否还有其他的评判标准，比如说政治影响？小说的政治正确性？

迪亚兹：评判标准和政治没有关系，我们有17位成员参与投票，有些人非常保守。没有人能够预测哪本书最终会得奖。回顾我在任期间，我发现我们并不会总是把奖颁发给最具有政治正确性的作品。

孙：在当前特朗普总统的任期内，种族问题成为敏感且有争议的话题。你认为政治向左或向右的倾斜会影响美国文学吗？

迪亚兹：不论有什么样的影响，相比于其他的影响，政治影响都是微不足道的。事实上，因为智能手机的出现，人们的阅读量骤减。老实说，手机出现之前，我的时间基本都用来专注地阅读，而现在我的手机上有一个小软件会提醒我已经看了多久的手机。过去大多数人都会花大量的时间阅读，而现在，人们的注意力受到了科技的干扰，也越来越无法集中精神，但阅读恰恰需要注意力和集中精神。同时，在阅读时，人们需要有包容和主动的心态暂时放下对作品的评判，而政治化的时代催生不了这些美好的品质。我认为在政治化严重的时代里，人们很难为自己找寻一处空间，开放心态，包容小说中的内容。可能在四五十年前，小说和阅读都有很大的繁荣空间，但是现在这个空间正在缩小。

孙：是的，在新媒体的力量不断崛起面前，小说的命运引起了人们广泛的担忧。随着脸书、推特和其他更高效的社交媒体的出现，有耐心读书看报的人越来越少。在您看来，小说如何在这样的环境下生存呢？

迪亚兹：小说很可能会像歌剧那样生存下来。因为小说像歌剧一样都是适应能力很强的艺术形式。可能未来阅读小说会完全成为小众的消遣方式，只有一小部分人参与。如果人们集中精神的能力和阅读的能力被破坏，那将是很残酷的。即使出版商们销售大量的书籍，但是往往是差不多的类型，现在人们不仅阅读量减少，阅读的种类也在减少。所以，小说面临着许多挑战，但是我们得充满希望，我相信小说一定可以在现在的社会中生存下来。

孙：您认为小说有哪些特质可以使其永葆生机呢？

迪亚兹：小说可以使我们最有机会拥有心灵感应的能力。智能手机无法使我们感到自己和另一个灵魂在交流。我这里指的是真正意义上的合二为一，即走进另一个人的内心，这不仅仅是"我可以感同身受"的能力。小说可以使我们真正了解另一个人的主观世界。

孙：我知道您在麻省理工学院教授创意写作，那么您对您的学生有何期待？

迪亚兹：首先，每个人对于事物的评判标准都不是完美的，我也会对自己的评价标准抱有怀疑，因此我会努力地使自己心态更加开放更加包容，从而弥补我并不完美的评判标准。我希望我的学生有学习的机会，我并不要求他们可以创作出惊天大作（如果他们可以的话那当然是再好不过的了），我只希望他们可以虚心学习。

孙：您能详细地解释需要学习的内容吗？

迪亚兹：学习文学形式，了解作品语境，学会辩证思考，学会如何用叙事的方式进行思考等，写作中需要学习的地方太多了。

孙：您认为创意写作课和英语文学课的区别是什么呢？

迪亚兹：英语文学课的授课重点是阅读和分析文本，而创意写作课的重点是创作故事和诗歌。两门课的练习可以相互影响。我认为英语文学课上获得的收获对从事创意写作的作家来说比自己从练习中获得的收获更多，阅读可以提高作家的写作能力。

孙：那么，您会要求您的学生特别注意一些创意写作的技巧吗？

迪亚兹：是的，我时刻会提醒他们注意。但是我一直想让自己的学生成为更优秀的阅读者，就算他们不想成为作家，成为优秀的阅读者也是同样重要的。学会写作会使他们更善于阅读。再举个例子：如果我让你参加一部电影的制作，我向你保证这是你看过的最独特的电影。那么你对这部电影的欣赏水平会比从未制作过电影的人更高。创作故事对于想成为作家的人非常重要，但对于在这个世界上生活的人来说更重要，因为想要顺利生活，你得有读写能力，首先你必须得会认的就是这个世界的标识。

孙：您的回答太棒了！非常感谢您分享了这么多观点，使我深受启发，祝您一切顺利！

对话西格莉德·努涅斯

西格莉德·努涅斯（Sigrid Nunez）凭借 2018 年出版的第七部小说《朋友》获得了当年美国国家图书奖，并入围了 2019 年乔伊斯·卡罗尔·奥茨奖终选名单。这部小说被《纽约时报》评为畅销书籍，并入选了 2020 年国际都柏林文学奖短名单。

努涅斯现任美国艺术与科学学院院士，波士顿大学的常驻作家。她生于纽约市，并在这里长大。她的母亲是德国人，父亲是巴拿马籍华人。努涅斯于 1972 年获得巴纳德学院的学士学位，于 1975 年获得哥伦比亚大学的艺术硕士学位。毕业之后，她在《纽约书评》杂志社任编辑助理。在那里，她认识了该刊的主要撰稿人苏珊·桑塔格。后来她开始和桑塔格的儿子，作家戴维·里夫约会，在那一年里，他们三个人一起住在曼哈顿上西区。努涅斯以小说创作著名，著有《救赎之城》《最后的斗士》等。她的处女作《上帝吹落的羽毛》被《纽约时报》誉为是"一部由才华横溢的作家创作的震撼人心的小说"。此外她还撰写了《苏珊·桑塔格回忆录》，她的短篇小说和散文被刊登在很多报刊上，包括《纽约时报》《巴黎评论》《哈波氏杂志》《麦克斯威尼评论》《信徒评论》《三便士评论》《华尔街日报》，她的一篇短篇小说入选 2019 年美国最佳短篇小说奖。努涅斯获得过怀丁作家奖、柏林奖学金、美国文学艺术学院罗森塔尔家庭基金会奖、罗马文学奖和古根海姆奖。

《朋友》这部小说的叙述者是一个女作家，她亦师亦友的至交突然自杀，只留下一只大型丹麦犬，她沉痛地悼念着她的至交，这部小说讲述了女作家和丹麦犬之间发生的感人至深的故事。这部作品不仅仅是对于自杀、痛失至交、友谊和亲密关系的思考，也不仅仅是对于奇妙的人犬关系的歌颂，还包含了对于写作这个职业和当代文学现状的深刻反思。和《朋友》这部作品的主人公一样，努涅斯认为写作应当被看作是一种天职而不是自救和自我提升的途径，这从某种程度上也解释了为什么她不结婚生子，并在过去 24 年间坚持创作和出版小说。在美国国家图书奖的颁奖礼上，她说道："我会成为作家，并不是因为我想追求归属感，而是因为在我看来，写作是我可以在属于我的私人空间里独自完成的事情。在写作中，我既是这个世界的一部分又可以置身于世界之外，这对于我来说是多么奇妙多么幸运啊！"

以下的采访于2019年9月9日在波士顿大学进行，而后又以邮件的方式进行。在采访中，努涅斯回顾了她的写作生涯，从过去屡遭失败到获得美国国家图书奖。她谈论了作为作家的信念，分享了写作课程的教学经验，分析了当代文学现状和作为移民后代的身份背景。本次采访旨在向人们提供一种方式去思考这样一种观点，即写作是一种艺术形式，其存在目的是写作本身，而不是迎合市场的必然需求，同时希望此次采访能够对把握小说的未来发展有所启发。

孙璐（以下简写为"孙"）：感谢您在百忙之中抽空接受我的采访，如果您不介意的话，可以分享一下您平时的日程吗，特别是创作时期的时间安排？您是否像一个隐士一般，隐居在房间里创作，切断与外界的联系？

西格莉德·努涅斯（以下简称为"努涅斯"）：我并不认为自己过着隐居的生活。虽然我没有结婚，也没有孩子，但是我一直居住在热闹的纽约市，我大部分的朋友也住在那里，我们经常见面，并且，我也是一位老师，需要面对很多学生。但是，我在工作时，也像所有作家一样，花大量的时间独自坐在桌前直到完成工作。在创作时，我比其他人更容易坐得住，坐得久，因为我独自生活。对我来说，同样很容易抽出时间写作，因为教师不是我的全职，事实上，我从未当过全职老师。我工作是为了维持生计，同时不耽误我把主要的时间放在写作上。我毕业之后的第一份工作是在《纽约书评》，那里工作氛围严谨，文学气氛浓厚，使我受益匪浅。但是我当时只是个小助理，做些预订图书、打印来信之类的工作。后来呢，我尝试了很多文本校对的兼职。当我开始教书时，我就确保教书只能是一项兼职，也就是说，除了授课，我的全部时间会用来写作，不会有繁重的行政事务或其他职责。所以，虽然"隐居"这个词用来描述我的生活比较夸张，但是我确实在过着孤独的生活，这种孤独非常有利于创作。不过我的一些出色的小说是在艺术家交流营中完成的，在那里我可以很好地平衡独处和人际交往，那是一种非常理想的安排。

孙：在创作《朋友》之前，您已经完成了6部作品，获得了很多卓越的奖项，但奇怪的是，您并没有获得过多的追捧，为此您会感到沮丧吗？是什么信念支撑着您坚持创作？您是否想过修改一下小说内容从而使之迎合市场口味，吸引更多读者呢？

努涅斯：我确实沮丧了好几年，但是我也知道很多作家都会经历沮丧，都会碰壁。菲利普·罗斯把写作比作棒球运动，在《朋友》中，我引用了他的话"你三分之二的时间都在经历失败"。不仅是写作，图书出版的过程也充满了挑战：比如你的作品得和其他作品竞争，从而获得出版商、编辑、书店老板、评论员，当然还有图书购买者的青睐。虽然有这些挑战，但是你一旦决定创作，你便会无怨无悔，坚持到底。你会提醒你自己生命中大多数有价值的事情都需要付出努力，经受困难，如：养育子女，接受艰苦培训获得医生资格等。但是我从未想过让自己的写作为市场服务，从而获得商业上的成功。因为首先，我认为自己无法紧跟流行小说的潮流。我认识很多作家梦想着自己的写作能够带来商业价值，他们会想着"哦，我可以先暂停创作严肃小说，转攻类型小说"，接着他们认为广泛地阅读完约翰·格里沙姆的作品，自己就可以成功地创作出格里沙姆风格的小说，广泛地阅读完斯蒂芬·金的小说后，自己也可以创作出同样流行的小说，但是这样的努力都是白费力气，创作出的小说，即使有幸被出版，也不会带来巨大的成功。如果你真的想写出斯蒂芬·金风格的小说，你得成为斯蒂芬·金那样的优秀作家才行，拥有和他一样的想象力和独特的叙事天赋。我理解他们这样做的冲动，因为一个非常受欢迎的小说家会让人们误以为受欢迎的作品可以很容易被创作出来，但是事实上并非如此。

孙：那么您是如何看待这部作品的成功的呢？它和前6部小说相比有什么独特之处呢？

努涅斯：我不确定为什么《朋友》比我之前的小说更受欢迎。很多人说那是因为狗是这本书的一个重要角色，而现实中狗深受人们的喜爱。我同意这可能是小说成功的一部分原因，除此之外，我觉得一本书的成功也一定离不开运气。这本书的口碑很好，喜欢这本书的人们把它介绍给其他人，很多的书友会也把这本书列入阅读清单。口碑对于这本书的成功非常重要，因为给我之前的作品刊登过书评的报刊并不看好这本书，大多数重要媒体也无视它，出版商也没有打算大力推荐这本书，没有举办图书签售的计划。但是在这本书出版的当天，《纽约时报》日刊上的一则书评给予了这本书一个很高的评价，之后《时代书评》上也刊登了一个积极的评价，这两份书评给我带来了好运，它们的出现，使《朋友》这部作品受到了人们的关注。接着，这部作品便相继入围了美国国家图书奖的长名单和短名单，接连几个月，都备受关注。最后，在这本书出版的10个月之后，我很幸运地获得了美国国家图书奖，图书销售量也飞速增长。没有运气加持，《朋友》这本书就不会比我的其他作品更受欢迎。

孙：刚刚您提到本书的一个独特之处在于围绕狗以及人与狗的关系进行叙述。您是如何想到让狗成为小说主人公的呢？您是否认为与塑造人物角色相比，设计狗的角色有独特的优势呢？

努涅斯：我还是一个孩子的时候就很喜欢动物，不仅仅是狗，我喜欢所有动物。我一直想要写一本以动物为主要角色的书，就像是我童年时读过的描写小狗和马儿的故事书。1998 年，我发表了一篇中篇小说《米茨：布卢姆斯伯里的绒猴》，这部小说聚焦 20 世纪 30 年代，与伦纳德和弗吉尼亚·伍尔夫生活了四年的宠物猴。创作的过程是充满乐趣的，这本书不仅仅描写了绒猴，更使我有机会描述两位我非常喜欢的作家，他们俩被他们的朋友们戏称为"两只小狼"，同时小说也反映了布卢姆斯伯里的风土人情。在《朋友》这本书中，我给了动物一个更重要的角色，但是创作之初，我并没有打算把狗写进去，写了很多页之后，我才决定增加狗这个角色。这一决定使之后的创作变得很顺畅，我便自然而然花更多的笔墨描写狗"阿波罗"以及它与叙述者不断升温的友谊。我并不知道把狗当作主要角色是否比塑造一个主要人物更有优势，但是对我来说把狗当作主要角色来描写是一个很有趣的创作过程，因为这与以往的创作完全不同，我也会试着想象狗的生活和心理并乐在其中。

孙：确实，故事的一开始没有出现狗，而是一起作家的自杀事件。然而悖论的是，叙事者在一家写作中心工作，帮助那些遭受心灵创伤的人通过写作来疗伤。您是怎样看待用写作来疗伤这一想法呢？

努涅斯：在小说中，叙事者的一个老朋友是心理医生，在一家治疗中心为遭受过被迫性交易的女性提供心理治疗。她问叙事者是否可以为这些女性开设写作讲习班，叙事者答应了这个老朋友的请求。当然，人们都知道，写作和其他的艺术形式对于遭受创伤后应激障碍和其他创伤的人有很好的宣泄和治疗效果，最典型的例子是弗吉尼亚·伍尔夫在小说《到灯塔去》中描写了自己的母亲之后，她一直遭受的童年丧母的创伤缓解了许多。但我又不太认同写作可以有效地治疗个人情感问题，可以使人们增加对自己的认同感或者提高人们的自尊。我看过很多人通过写作来疗伤，但结果却不尽如人意。指望写作来减轻内心痛苦并不是明智的，因为当创作出来的作品反响不好，甚至遭到更多的指责和反感时，创作者会非常气愤、沮丧。所以，写作有一定的疗愈作用，但是写作很难让创作者自救。很多职业作家长期内心沮丧，自怨自艾，贬低自己的职业，如果想通过写作来治疗抑郁，宣泄情绪，那么他们的心理问题可能有所减轻，但同样也可能有所加剧。

孙：美国国家图书奖的评委称《朋友》这本书"构思巧妙，从人道主义的角度探索了悲伤、文学和记忆的含义"。这本书涉及的主题有生与死、失去与伤痛，这都和人性相关，并且以一种自然朴实的方式呈现出来，达到感人至深的效果。我也发现现在书店里的新书陈列架上，很多书都聚焦普通人的日常生活，描写人们是如何应对家庭事务、复杂的人际关系，而不再是对历史事件、社会问题和国家危机进行宏观的描述。您是否认为当代小说发生了某种变化，尤其是小说主题方面有所变化？

努涅斯：确实，当前作家们很热衷于在小说中用日常口吻进行叙事，并且这类小说的叙事者多是作者本人的代言人，我可以联想到一些自传体小说作者，如蕾切尔·卡斯克、王洋、卡尔·奥韦·克瑙斯高、加思·格林威尔和爱德华·路易斯。还有作家萨莉·鲁尼，她的一部很出名的作品反映了所谓"千禧一代"的普通人复杂的人际关系。这类小说出现之后，确实有很多作家紧跟这一潮流。但是，在广泛地阅读一些广为人知的作家（如希拉里·曼特尔、科尔森·怀特黑德、马龙·詹姆斯、奇玛曼达·恩戈齐·阿迪奇埃、玛格丽特·阿特伍德、迈克尔·翁达杰、彼得·凯里、李翊云、萨尔曼·鲁西迪、哈金、韩江，以及诺贝尔奖获得者奥尔加·托卡尔丘克等）的作品，并对之进行客观的评价之后，你会发现他们的作品依然包罗万象，描述了历史事件、更迭的历史场景，反映当代重大社会、文化和政治议题等。我知道有时候看似一类小说傲视群雄，但如果你进一步探索就会发现事实并非如此，尽管流行小说在文学的发展中有一定的地位，但小说始终是百花齐放的。

孙：说到小说类别，我突然想到了一个有些模糊的概念——"伟大的美国小说"。汤亭亭曾经说过，每一位美国作家都希望写出"伟大的美国小说"。请问您也希望如此吗？老实说，在这本书获得2018年美国国家图书奖之后，我才对这本书有所耳闻，所以自然我猜想这本书有很鲜明的美国特征，书中应该会探索典型的美国主题。然而，当我通读这本书之后，我感到很惊讶，因为这本书并没有鲜明的美国特性，或者可以说，这本书模糊了任何的民族特征，转而聚焦全人类普遍关注的问题。对此，您是怎么看的呢？

努涅斯：普利策小说奖评选标准往往倾向于"描写美国生活的"小说，尽管这也不能一概而论，我获得的美国国家图书奖并没有这个倾向。我不会要求我的小说一定要有美国性或非美国性，这本书已经在很多国家出版，而且我发现不同国家的人们阅读方式并没有什么不同，由此表明这本小说的魅力不在国家特性上，而在于别处。这本小说涉及友谊、失去、悲痛、文学、写作艺术和人狗关系。严格来说，这些话题确实不仅仅是美国人关注的。至于写一部伟大的美国小说，我也从未这么计划过。因为我和其他女性作家都很清楚我们的小说永远都不可能被冠上"伟大的美国小说"这个称号，只有白人男性作家的小说才可以获得这个殊荣。我认识的作家里，没有人提到创作伟大的美国小说。大多数作家都在思考如何使小说的发展永葆生机，拉近小说与大众的距离以及挖掘更多小说的内涵，比如，作家斯维特拉娜·阿列克谢耶维奇认为最适合描写当代生活的小说不是传统的现实主义小说，而是纪实小说。创作纪实小说时，你不需要虚构人和事，相反，你只需要创造一种叙事方式来讲述真人真事。

孙：就普遍意义上的小说写作而言，小说的前景引起了人们广泛的担忧，尤其是在新媒体力量不断崛起面前。一些人甚至预测小说将会消亡，因为新媒体会取代小说，人们会更倾向于智能手机上的碎片式阅读。对此您的想法是什么？

努涅斯：一直以来人们都预测小说会消亡，这已经屡见不鲜了，但事实上，小说出版依然源源不断。不同的是，在我们这个时代，小说的定义变得更加广泛，有传统的现实主义小说，有各种类型小说，同时还出现了包含杂糅文学类别的小说，例如自传体小说，穿插散文的小说，穿插回忆录的小说。至少在部分程度上，因为竞相出现的新媒体，越来越少有人愿意坐下来，阅读内容严肃、读起来难度大的长篇小说。但是理查德·鲍尔斯的《上层林冠》就是这样一本小说，也正是这本小说获得了去年的普利策奖，并在《纽约时报》的畅销书榜霸榜一年多。

孙：我认为您来评价当代社会中的小说地位更有优势，因为您既是作家，又是大学老师，教授文学和创意写作。您认为文学评论家和作家在阅读时会有不同之处吗？您对您的学生有什么期待呢？

努涅斯：文学评论家也属于作家的范畴，所以你指的大概是身为小说作家的读者吧。对于我的学生们，我只希望他们努力学习，坚持自我。这里的坚持自我指的是创作自己想写的内容，而不是在他们看来，他人想让他们写的内容。我也希望他们接受失败和被拒，因为这是作家生涯的常事，如果一个作家没有任何负面评论，那么很可能他并不称职。我还希望他们广泛阅读其他作家的作品。让我有些头疼的是我的一些学生告诉我他们并不想阅读，事实上，他们厌恶读书，包括小说。他们说他们想看到别人阅读他们的作品，这也就是为什么他们会来上写作课，而且觉得没有必要阅读我布置的书籍。我并不认为这类学生应该选择写作课程。但是每年我和我的同事都会在写作课上看到很多这样的学生。我的一个朋友之前很享受教学，但去年从英语系退休时却非常开心，因为他不必再强迫自己教授厌恶阅读的英语专业本科生，这对他来说太残酷了。

孙：很多评论家谈到您的私生活时，都会提到您和苏珊·桑塔格还有她儿子的关系。人们在反复八卦您时，记住的只是您是桑塔格的助手或者她儿子前女友的身份，对此您会感到厌烦吗？

努涅斯：苏珊·桑塔格是她那一代人心目中极其重要的文化名人之一，在国际上都有很大的影响力，所以如果有人（譬如我）和她走得近，这层关系肯定会被人们提及。我在写关于桑塔格的回忆录时，对我们的关系进行了详细的描述，所以人们谈论我们的关系时我并不吃惊。但不管怎样，我并不认为我被人们记住更多是因为我与她以及我与她儿子的关系，我被人们记住是因为我自己的作品。《朋友》这本书的很多读者甚至都不知道过去我和他们俩的关系。

孙：在您的个人简介中，我还注意到您的母亲是德国人，父亲是华裔，这样多元文化的家庭背景对您有何影响呢？

努涅斯：这个问题要回答的太多了，我无法在短时间内完整地回答你。我的第一部小说《上帝吹落的羽毛》具有自传性质，其参照的原型就是我本人在纽约移民家庭出生成长的经历。如果不是写了那本小说，我也不会产出其他的作品，因为首先我得思考和明白很多有关我的父母以及我的童年的事情。

孙：那么当前您有何创作？

努涅斯：我一直在忙着校对我的第8本小说《你正在经历什么》，这本书将在2020年9月问世。不久前我给我的英国出版商写了一篇博客短文，他将在9月出版我的小说《救赎之城》。这本书在2010年问世，但是因为书中关于全球流行疫病的内容和当下发生的事情有很多的契合点，所以一些外国出版商对这本书很感兴趣。除此之外，我刚完成一份书评不久。对于新的故事和新的小说，我有很多想法，但是像当下的大多数人一样，我也在努力适应新冠肺炎疫情导致的生活方方面面发生的巨大变化，感到非常焦虑，所以我还无法真正开始创作一个新作品，但可以肯定的是，我不会再创作一本有关流行病的书了。

参考文献

一 中文文献

陈致远：《多元文化的现代美国》，四川人民出版社2003年版。
傅洁琳：《解读厄普代克小说〈圣洁百合〉的精神意蕴》，《广西社会科学》2005年第3期。
江宁康：《美国当代文学与美利坚民族认同》，南京大学出版社2008年版。
金衡山：《百年嬗变：〈美丽百合〉中的历史迷幻》，《外国文学》2007年第5期。
黎煜：《撒旦与家臣——美国电影中的华人形象》，《电影艺术》2009年第1期。
钱满素：《美国自由主义的历史变迁》，生活·读书·新知三联书店2006年版。
姚文放：《"文学性"问题与文学本质再认识——以两种"文学性"为例》，《中国社会科学》2006年第5期。
袁凤珠：《宗教+好莱坞=？——约翰·厄普代克近作〈圣洁百合〉》，《外国文学》2001年第1期。
朱刚编著：《二十世纪西方文艺批评理论》，上海外语教育出版社2001年版。
〔德〕贝尔托·布莱希特：《布莱希特论戏剧》，丁扬忠等译，中国戏剧出版社1990年版。
〔德〕康德：《历史理性批判文集》，何兆武译，商务印书馆1996年版。
〔俄〕什克罗夫斯基：《关于散文的理论》，《俄国形式主义文论选前言》，方珊等译，生活·读书·新知三联书店1989年版。
〔法〕卢梭：《社会契约论》，何兆武译，商务印书馆1987年版。
〔法〕托克维尔：《论美国的民主》，董果良译，商务印书馆2004年版。
〔美〕爱德华·萨义德：《东方学》，王宇根译，生活·读书·新知三联书店 1999 年版。

〔美〕奎迈·安东尼·阿皮亚:《荣誉法则:道德革命是如何发生的》,苗华建译,中央编译出版社 2011 年版。

——:《世界主义:陌生人世界里的道德规范》,苗华建译,中央编译出版社 2012 年版。

——:《认同伦理学》,张容南译,译林出版社 2013 年版。

〔美〕理查德·罗蒂:《偶然、反讽与团结》,徐文瑞译,商务印书馆 2003 年版。

〔美〕托马斯·潘恩:《常识》,马清槐等译,商务印书馆 1982 年版。

〔美〕西摩·马丁·李普塞特:《一致与冲突》,张华青等译,上海人民出版社 1995 年版。

〔英〕特里·伊格尔顿:《马克思主义与文学批评》,文宝译,人民文学出版社 1980 年版。

〔英〕托尼·本尼特:《文化与社会》,王杰等译,广西师范大学出版社 2007 年版。

〔英〕亚当·斯密:《道德情操论》,谢宗林译,中央编译出版社 2008 年版。

二 英文文献

Adams, James T., *The Epic of America*, Boston: Little, Brown and Company, 1933.

Adams, Tim, "Purity by Jonathan Franzen Review—Piercingly Brilliant", *The Guardian*, Sep. 6, 2015, http://www.theguardian.com/books/2015/sep/06/purity-jonathan-franzen-review-piercingly-brilliant.

Anderson, Benedict, *Imagined Communities: Reflections on the Origin and Spread of Nationalism*, London: Verso, 1983.

Anderson, Sam, "The Precisionist", *New York Magazine*, Aug. 12, 2010, http://nymag.com/arts/books/reviews/67497/.

Anker, Elizabeth S., "Allegories of Falling and the 9/11 Novel", *American Literary History*, Vol. 23, No. 3, 2011.

Annesley, James, "Market Corrections: Jonathan Franzen and the 'Novel of Globalization'", *Journal of Modern Literature*, No. 2, 2006.

Armstrong, Nancy, *How Novels Think: The Limits of British Individualism from 1719 – 1900*, New York: Columbia University Press, 2005.

Bacon, Katie, "The Great Irish-Dutch-American Novel", *The Atlantic*, May 6, 2008, https://www.theatlantic.com/magazine/archive/2008/05/the-great-irish-dutch-american-novel/306788/.

Baker, Houston A., Jr., "Critical Memory and the Black Public Sphere", in The Black Public Sphere Collective ed., *The Black Public Sphere*, Chicago: University of Chicago Press, 1995.

Bakhtin, Mikhail, *The Dialogic Imagination: Four Essays*, ed. Michael Holquist, trans. Caryl Emerson and Michael Holquist, Austin: University of Texas Press, 1981.

Barnes, Julian, "Grand Illusion: Review of In the Beauty of the Lilies by John Updike", *New York Times*, Jan. 28, 1996, https://archive.nytimes.com/www.nytimes.com/books/97/04/06/lifetimes/updike-lilies.html?_r=1.

Bartlett, Donald L. and James B. Steele, *The Betrayal of the American Dream*, New York: Public Affairs, 2013.

Baudrillard, Jean, *Simulacra and Simulation*, trans. Sheila Faria Glaser, Ann Arbor: University of Michigan Press, 1994.

——, *The Spirit of Terrorism and Requiem for the Twin Towers*, trans. Chris Turner, London: Verso, 2002.

Beattie, James, "An Essay on Laughter and Ludicrous Composition", in *The Philosophical and Critical Works*, Vol. 1, Hildesheim: George Olms, 1975.

Beatty, Paul, *The Sellout*, London: Oneworld Publications, 2016.

Bell, Daniel, *The Cultural Contradictions of Capitalism*, New York: Basic Books, Inc., 1978.

Bellah, Robert N., *Beyond Belief: Essays on Religion in a Post-Traditional World*, New York: Harper & Row Publishers, Inc., 1970.

——, et al., *Habits of the Heart: Individualism and Commitment in American Life*, Berkeley: University of California Press, 1985.

Benjamin, Walter, *Illuminations*, ed., Hannah Arendt, trans. Harry Zohn, New York: Schocken Books, 1969.

Bennett, William, *Why We Fight: Moral Clarity and the War on Terrorism*, Washington: Doubleday Books, 2002.

Bercovitch, Sacvan, *The Puritan Origins of the American Self*, New Haven and London: Yale University Press, 1975.

——, *The American Jeremiad*, Madison, Wisconsin: The University of Wisconsin

Press, 1978.

―― and MyraJehlen, eds. , *Ideology and Classic American Literature*, New York: Cambridge University Press, 1986.

――, *The Rites of Assent: Transformations in the Symbolic Construction of America*, New York: Routledge, 1993.

Berger, James, *After the End: Representations of Post-Apocalypse*, Minneapolis: University of Minnesota Press, 1999.

Beuka, Robert, " 'Cue the Sun': Soundings from Millennial Suburbia", *Iowa Journal of Literary Studies*, No. 3, 2003.

Bhabha, Homi, *The Location of Culture*, London and New York: Routledge Classics, 2004.

Biale, David, ed. , *Insider/Outsider: American Jews and Multiculturalism*, Berkeley: University of California Press, 1998.

Bloom, Allen, *The Closing of the American Mind: How Higher Education Has Failed Democracy and Impoverished the Souls of Today's Students*, New York: Simon & Schuster, 1987.

Bonilla-Silva, Eduardo, "Racial Attitudes or Racial Ideology? An Alternative Paradigm for Examining Actors' Racial Views", *Journal of Political Ideologies*, Vol. 8, No. 1, 2003.

―― and Victor Ray, "When Whites Love a Black Leader: Race Matters in Obamerica", *Journal of African American Studies*, No. 13, 2009.

――, "The Structure of Racism in Color-Blind, 'Post-Racial' America", *American Behavioral Scientist*, Vol. 59, No. 2, 2015.

Boorstin, Daniel J. , *America and the Image of Europe: Reflections on American Thought*, New York: Meridian Books, 1960.

Borradori, Giovanni, Jacques Derrida, and Jurgen Habermas, *Philosophy in a Time of Terror: Dialogues with Jurgen Habermas and Jacques Derrida*, Chicago: University of Chicago Press, 2003.

Bradley, Adam, *Ralph Ellison in Progress*, New Haven: Yale University Press, 2010.

Bridgman, Richard, "Satire's Changing Target", *College Composition and Communication*, Vol. 16, No. 2, 1965.

Brooks, Roy L. , "Making the Case for Atonement in Post-Racial America", *The Journal of Gender, Race & Justice*, No. 14, 2011.

Buchanan, Patrick, "1992 Republican National Convention", *Internet Brigade*, Aug. 17, 1992, http: //web. archive. org/web/20071018035401/http: //www. buchanan. org/pa-92 – 0817-rnc. html.

Buell, Lawrence, *The Dream of the Great American Novel*, Cambridge, Mass. : Harvard University Press, 2014.

Bullen, Jamie, "Man Booker Prize 2016: US author Paul Beatty wins with The Sellout", *Evening Standard*, Oct. 25, 2016, https: //www. standard. co. uk/news/uk/man-booker-prize-2016-us-author-paul-beatty-wins-prize-with-the-sellout-a3378726. html.

Burn, Stephen J. , *Jonathan Franzen at the End of Postmodernism*, New York: Continuum, 2008.

——, "Jonathan Franzen: The Art of Fiction No. 207", *Paris Review*, No. 195, 2010, https: //www. theparisreview. org/interviews/6054/jonathan-franzen-the-art-of-fiction-no-207-jonathan-franzen.

Bush, George W. , "Address to a Joint Session of Congress and the American People", Sep. 20, 2001, https: //2001 – 2009. state. gov/coalition/cr/rm/2001/5025. htm.

——, "President Sworn-In to Second Term", Jan. 20, 2005, https: //georgewbush-whitehouse. archives. gov/news/releases/2005/01/20050120 – 1. html.

Campbell, David, *Writing Security: United States Foreign Policy and the Politics of Identity*, Minneapolis: University of Minnesota Press, 1998.

Cannan, Gilbert, *Satire*, London: Folcroft, 1974.

Cawelti, John, *Apostles of the Self-Made Man*, Chicago: University of Chicago Press, 1965.

Charles, Ron, "Paul Beatty wins the Man Booker Prize", *Washington Post*, Oct. 26, 2016, https: //www. washingtonpost. com/entertainment/books/paul-beatty-becomes-first-american-to-win-man-booker-prize/2016/10/25/f08640a8-9ad6-11e6-b3c9-f662adaa0048_ story. html? utm_ term =. edcac8da1621.

Chase, Richard, *The American Novel and Its Tradition*, New York: Doubleday Anchor Books, 1957.

Cheng, Cliff and Tojo J. Thatchenkery, "Why is There a Lack of Workplace Diversity Research on Asian Americans?" *Journal of Applied Behavioral Sciences*, Vol. 33, No. 3, 1997.

Chin, Frank, "Confessions of the Chinatown Cowboy", *Bulletin of Concerned Asi-*

an Scholars, Vol. 4, No. 3, 1972.

Clapp, Rodney, "Free for What?" Christian Century, No. 2, 2010.

Cohen, Samuel, "The Novel in a Time of Terror: Middlesex, History, and Contemporary American Fiction", Twentieth Century Literature, Vol. 53, No. 3, 2007.

Collis, Clark, "Westworld writer Charles Yu managed to confuse even himself creating meta-novel Interior Chinatown", Entertainment Weekly, Jan. 23, 2020, https://ew.com/author-interviews/2020/01/23/westworld-writer-charles-yu-interior-chinatown-book/.

Connery, Christopher, "The Liberal Form: An Interview with Jonathan Franzen", Boundary 2, 2009.

Crevecoeur, John Hector St. John de, Letters from an American Farmer and Other Essays, ed., Dennis D. Moore, Cambridge, Mass.: The Belknap Press, 2013.

Cronon, William, "The Trouble with Wilderness; or, Getting Back to the Wrong Nature", in William Cronon ed., Uncommon Ground: Rethinking the Human Place in Nature, New York: Norton, 1995.

Cross, William E., Jr., "The Negro-to-Black Conversion Experience", Black World, Vol. 20, 1971.

Cullen, Jim, The American Dream: A Short History of an Idea That Shaped a Nation, New York: Oxford University Press, 2003.

Delbanco, Andrew, "The Decline and Fall of Literature", New York Review of Books, Nov. 4, 1999.

Delbanco, Andrew, The Real American Dream: A Meditation on Hope, Cambridge, Mass.: Harvard University Press, 1999.

DeLillo, Don, Blurb on Back Cover of Jonathan Franzen's The Corrections, New York: Farrar, Straus, and Giroux, 2001.

Denning, Michael, "The Special American Conditions: Marxism and American Studies", American Quarterly, Vol. 3, 1986.

Derian, James Der, Anti-Diplomacy: Spies, Terror, Speed, and War, Oxford: Basil Blackwell, 1992.

Díaz, Junot, The Brief Wondrous Life of Oscar Wao, New York: Riverhead Books, 2007.

Dickson-Carr, Darryl, African American Satire: The Sacredly Profane Novel, Columbia: University of Missouri Press, 2001.

"Direction of the Country", *Pollingreport Network*, Aug. 6, 2006, https://www.pollingreport.com/right2.htm.

Dorrien, Gary, *Imperial Designs: Neoconservatism and the New Pax Americana*, New York: Routledge, 2005.

Dubey, Madhu, "Post-Postmodernism Realism?" *Twentieth-Century Literature*, Vol. 57, No. 3, 2011.

Eakin, Emily, "Jonathan Franzen's Big Book", *New York Times Magazine*, Sep 2, 2001.

Elborough, Travis, "All Over America: Travis Elborough Talks to Joseph O'Neill", in Joseph O'Neill, *Netherland*, London: Fourth Estate, 2009.

Elliott, Emory et al., eds., *Aesthetics in a Multicultural Age*, New York: Oxford University Press, 2002.

Ellison, Ralph, *Conversations with Ralph Ellison*, Maryemma Graham and Amritjit Singh eds., Jackson: University Press of Mississippi, 1995.

——, *The Collected Essays of Ralph Ellison*, John F. Callahan ed., New York: Modern Library, 1995.

——, *The Journals and Miscellaneous Notebooks of Ralph Waldo Emerson*, Vol. 9, Ralph H. Orth and Alfred R. Ferguson eds., Cambridge, Mass.: Harvard University Press, 1971.

Engelhardt, Tom, *The End of Victory Culture: Cold War America and the Disillusioning of a Generation*, New York: Basic Books, 1995.

Eugenides, Jeffrey, *Middlesex*, New York: Farrar, Straus and Giroux, 2002.

Evans, MeiMei, "'Nature' and Environmental Justice", in Joni Adamson, Mei Mei Evans, and Rachel Stein eds., *The Environmental Justice Reader: Politics, Poetics, and Pedagogy*, Tucson: University of Arizona Press, 2002.

Faludi, Susan, *Stiffed*, New York: William Morrow, 1999.

Feidelson, Charles, *Symbolism and American Literature*, Chicago: University of Chicago Press, 1953.

Fett, Sebastian, "The Treatment of Racism in the African American Novel of Satire", Diss: University of Trier, 2008.

Fiedler, Leslie, *An End to Innocence: Essays on Culture and Politics*, Boston: Beacon, 1955.

——, *Love and Death in the American Novel*, Champaign: Dalkey Archive

Press, 1960.

Foer, Jonathan Safran, "Jeffrey Eugenides", *BOMB*, Vol. 81, 2002.

Frangos, Stavros, *Greeks in Michigan*, East Lansing: Michigan State University Press, 2004.

Franzen, Jonathan, *The Twenty-Seventh City*, New York: Picador Books, 1988.

——, *Strong Motion*, New York: Farrar, Straus, and Giroux, 1992.

——, "Perchance to Dream: In the Age of Images, a Reason to Write Novels", *Harper's Magazine*, Apr. 1996.

——, *The Corrections*, London: Fourth Estate, 2001.

——, *How to Be Alone*, New York: Farrar, Straus, and Giroux, 2002.

——, *Freedom*, London: Fourth Estate, 2011.

——, "Interview with Jeffrey Brown", *PBS*, Sep. 1, 2015, http://www.pbs.org/newshour/bb/purity-jonathan-franzen-dismantles-self-deception-idealism/.

——, "Interview with Laura Miller: First Words on Purity", *Facebook*, Jun. 2015, http://www.fsgworkinprogress.com/2015/06/jonathan-franzen/?utm_source=facebook&utm_medium=FBPost&utm_term=FranzenFBPage&utm_content=na_readblog_BlogPost&utm_campaign=9780374239213.

——, *Purity*, New York: Farrar, Straus and Giroux, 2015.

Friedan, Betty, *The Feminine Mystique*, New York: Norton, 1963.

Frye, Northrop, *Anatomy of Criticism: Four Essays*, Princeton: Princeton University Press, 1957.

Fukuyama, Francis, "The End of History?" *National Interest*, 1989.

Gaddis, John Lewis, "Setting Right a Dangerous World", *Chronicle of Higher Education*, Jan. 11, 2002, http://chronicle.com/article/Setting-Right-a-Dangerous/7477.

Gado, Frank, "Interview with John Updike", in Frank Gado ed., *First Person: Conversations on Writers & Writing*, Schenectady, N.Y.: Union College Press, 1973.

Gardner, James, "*In the Beauty of the Lilies*—Book Review", *National Review*, Feb. 26, 1996.

Garner, Dwight, "The Ashes", *The New York Times*, May 18, 2008, https://www.nytimes.com/2008/05/18/books/review/Garner-t.html.

Gautier, Amina, "On Post-Racial America in the Age of Obama", *Daedalus*,

Vol. 140, No. 1, 2011.

Gellner, Ernest, *Nations and Nationalism*, Ithaca: Cornell University Press, 1983.

Gessen, Keith, "A Literary Correction", *The American Prospect*, Nov. 5, 2001.

Giannaris, George, *The Greeks Against the Odds: Bilinguism in Greek Literature*, New York: Seaburn Publishing Group, 2004.

Gitlin, Todd, *The Twilight of Common Dreams: Why America Is Wracked by Culture Wars*, New York: Metropolitan Books, 1995.

Glissant, Edouard, *Caribbean Discourse: Selected Essays*, trans. J. Michael Dash, Charlottesville: University Press of Virginia, 1989.

Goldberg, David T. ed., *Anatomy of Racism*, Minneapolis: University of Minnesota Press, 1990.

Gordon, Dexter B., "Humor in African American Discourse: Speaking of Oppression", *Journal of Black Studies*, Vol. 29, No. 2, 1998.

Gordon, Milton M., *Assimilation in American Life: The Role of Race, Religion, and National Origins*, New York: Oxford University Press, 1964.

Gray, Richard, "Open Doors, Closed Minds: American Prose Writing at a Time of Crisis", *American Literary History*, Vol. 21, No. 1, 2009.

——, *After the Fall: American Literature Since 9/11*, Malden: Wiley-Blackwell, 2011.

Green, Jeremy, *Late Postmodernism: American Fiction at the Millennium*, New York: Palgrave Macmillan, 2005.

Grossman, Lev, "Great American Novelist: Interview with Jonathan Franzen", *Time*, Aug. 12, 2010, http://content.time.com/time/magazine/article/0,9171,2010185,00.html.

Guerrero, Lisa, "Can I Live? Contemporary Black Satire and the State of Postmodern Double Consciousness", *Studies in American Humor*, Vol. 2, No. 2, 2016.

Handlin, Oscar, *The Uprooted: The Epic Story of the Great Migrations That Made the American People*, Boston: Little, Brown and Company, 1951.

Hart, Albert B. ed., *Selected Addresses and Public Papers of Woodrow Wilson*, New York: Boni & Liveright, Inc., 1918.

Hassan, Ihab, *Radical Innocence: Studies in the Contemporary American Novel*, Princeton: Princeton University Press, 1961.

Hatcher, Harlan, *Creating the Modern American Novel*, New York: Farrar and Rinehart, 1935.

Hawkins, Ty, "Assessing the Promise of Jonathan Franzen's First Three Novels: A Rejection of 'Refuge'", *College Literature*, Vol. 37, No. 4, 2010.

Hayes, Carton, *Nationalism: A Religion*, New York: MacMillan, 1960.

Heise, Ursula K., *Sense of Place and Sense of Planet: The Environmental Imagination of the Global*, New York: Oxford University Press, 2008.

Held, David, *Cosmopolitanism: Ideals and Realities*, Cambridge: Polity, 2010.

Hess, CarolLakey, "Fiction is Truth, and sometimes Truth is Fiction", *Religious Education*, Vol. 103, 2008.

Hidalga, Jesus Blanco, *Jonathan Franzen and the Romance of Community: Narratives of Salvation*, New York: Bloomsbury Academic, 2017.

Higham, John, *Strangers in the Land: Patterns of American Nativism 1860 – 1925*, New York: Atheneum, 1981.

Hochschild, Jennifer, *Facing Up to the American Dream: Race, Class, and the Soul of the Nation*, Princeton: Princeton University Press, 1995.

Hoffman, Daniel, *Form and Fable in American Fiction*, Charlottesville: University of Virginia Press, 1961.

Holland, Mary, *Succeeding Postmodernism: Language and Humanism in Contemporary American Literature*, New York: Bloomsbury Academic, 2013.

Hollinger, David A., *Postethnic America: Beyond Multiculturalism*, New York: Basic Books, 1995.

Hsu, Pete, "All the World's a Stage: On Charles Yu's *Interior Chinatown*", *Los Angeles Review of Books*, Jan. 28, 2020, https://lareviewofbooks.org/article/all-the-worlds-a-stage-on-charles-yus-interior-chinatown/.

Hughes, Robert, *Culture of Complaint: The Fraying of America*, London: Harvill, 1994.

Hunter, James Davison, *Culture Wars: The Struggle to Define America*, New York: Basic Books, 1991.

Huntington, Samuel P., *Who Are We: America's Great Debate*, London: The Free Press, 2005.

Hutcheon, Linda, *A Theory of Parody: The Teachings of Twentieth-century Art Forms*, New York: Methuen, 1985.

——, *A Poetics of Postmodernism: History, Theory, Fiction*, New York: Routledge, 1988.

Hutchinson, Colin, "Jonathan Franzen and the Politics of Disengagement", *Critique*, Vol. 50, No. 2, 2009.

Jackson, Chris, "Our Thing: An Interview with Paul Beatty", *The Paris Review*, May 7, 2015, https://www.theparisreview.org/blog/2015/05/07/our-thing-an-interview-with-paul-beatty/.

Jameson, Fredric, *The Political Unconscious: Narrative as a Socially Symbolic Act*, Ithaca, N. Y. : Cornell University Press, 1981.

——, *Postmodernism, or, The Cultural Logic of Late Capitalism*, Durham, NC: Duke University Press, 1991.

Jones, Radhika, "In Jonathan Franzen's New Novel, Wealth and Identity Are All but Clear-cut", *Time*, Aug. 31, 2015.

Kakutani, Michiko, "Seeking Salvation on the Silver Screen: Review of *In the Beauty of the Lilies* by John Updike", *New York Times*, Jan. 12, 1996.

Kallen, Horace M. , *Culture and Democracy in the United States*, New York: Boni & Liveright, 1924.

Kant, Immanuel, *Critique of Judgment*, trans. J. H. Berhard, New York: Hafner, 1973.

Kennan, George, "The Source of Soviet Conduct", http://www.historyguide.org/europe/kennan.html.

Kiley, Frederick and J. M. Shuttleworth, eds. , *Satire from Aesop to Buchwald*, New York: The Odyssey Press, 1971.

Kim, Elaine H. , " 'At Least You're Not Black': Asian Americans in U. S. Race Relations", *Social Justice*, Vol. 25, No. 3, 1998.

Kim, Claire J. , "The Racial Triangulation of Asian Americans", *Politics Society*, Vol. 27, No. 1, 1999.

King, Desmond, *Making Americans: Immigration, Race and the Origins of the Diverse Democracy*, Cambridge, Mass. : Harvard University Press, 2000.

"Kirkus Review on *Interior Chinatown*", https://www.kirkusreviews.com/book-reviews/charles-yu/interior-chinatown/.

Knapp, Kathy, *The Everyman and the Suburban Novel after 9/11*, Iowa City: University of Iowa Press, 2014.

Kourvetaris, George A. , *Studies on Greek Americans*, New York: Columbia University Press, 1997.

Kracauer, Siegfried, *Theory of Film*, New York: Oxford University Press, 1960.

Kristeva, Julia, *Desire in Language: A Semiotic Approach to Literature and Art*, New York: Columbia University Press, 1980.

Kristol, Irving, *Neoconservatism: The Autobiography of an Idea*, New York: Free Press, 1995.

Kucich, John, "Postmodern Politics: Don DeLillo and the Plight of the White Male Writer", *Michigan Quarterly Review*, Vol. 27, No. 2, 1988.

LaCapra, Dominick, "Trauma, Absence, Loss", *Critical Inquiry*, Vol. 25, No. 4, 1999.

Lasch, Christopher, *The Culture of Narcissism: American Life in An Age of Diminishing Expectations*, New York: W. W. Norton & Company, Inc., 1979.

Lazarus, Neil, "Cricket and National Culture in the Writings of C. L. R. James", in Hilary McD Beckles and Brian Stoddart eds., *Liberation Cricket: West Indies Cricket Culture*, Manchester: Manchester University Press, 1995.

Lentricchia, Frank, ed., *Introducing Don DeLillo*, Durham: Duke University Press, 1991.

Lewis, R. W. B., *The American Adam: Innocence, Tragedy and Tradition in the Nineteenth Century*, Chicago: The University of Chicago Press, 1955.

Lind, Michael, *The Next American Nation: The New Nationalism and the Fourth American Revolution*, New York: The Free Press, 1995.

Lippmann, Walter, "National Purpose", in John K. Jessup et al., eds., *The National Purpose*, New York: Holt, Rinehart & Winston, 1960.

Lipsit, S. Martin and Sheldon S. Wolin, eds., *The Berkeley Student Revolt*, New York: Doubleday, 1965.

Llena, Carmen Zamorano, "Transnational Movements and the Limits of Citizenship: Redefinitions of National Belonging in Joseph O'Neill's *Netherland*", *Cross/Cultures*, Vol. 167, 2013.

Luce, Henry R., "The American Century", in Michael Hogan ed., *The Ambiguous Legacy: US Foreign Relations in the American Century*, New York: Cambridge University Press, 1999.

Lwin, Michael, "The Numbers Game: Covering Asian Americans and Post-Racial America", *Asian Pacific American Law Journal*, Vol. 15, No. 1, 2009.

Mann, Arthur, *The One and the Many: Reflections on the American Identity*, Chicago: The University of Chicago Press, 1979.

Mansfield, Harvey C. , "The Legacy of the Late Sixties", in Stephen Macedo ed. , *Reassessing the Sixties: Debating the Political and Cultural Legacy*, New York: W. W. Norton & Company, 1997.

Marcuse, Herbert, *One-Dimensional Man*, Boston: Beacon Press, 1964.

Marger, Martin N. , *Race and Ethnic Relations: American and Global Perspectives*, Belmont: Wadsworth, 1993.

Marqusee, Mike, *Anyone But England: Cricket and the National Malaise*, London: Verso, 1994.

Marx, Leo, *The Machine in the Garden: Technology and the Pastoral Ideal in America*, New York: Oxford University Press, 1964.

——, "Pastoralism in America", in Sacvan Bercovitch ed. , *Ideology and Classic American Literature*, Cambridge: Cambridge University Press, 1986.

Matsuda, Mari, "We Will Not be Used: Are Asian Americans the Racial Bourgeoisie?" in Jean Yu-wen Shen Wu, and Thomas C. Chen, eds. , *Asian American Studies Now: A Critical Reader*, New Brunswick: Rutgers University Press, 2010.

Matthiessen, F. O. , *American Renaissance: Art and Expression in the Age of Emerson and Whitman*, New York: Oxford University Press, 1941.

Melville, Herman, *White Jacket*, London: Oxford University Press, 1924.

——, *Redburn*, England: Harmondsworth, 1976.

Mills, C. Wright, *White Collar: The American Middle Classes*, New York: Oxford University Press, 1951.

Moretti, Franco, *The Way of the World: The Bildungsroman in European Culture*, trans. Albert Sbragia, London: Verso, 2000.

Myrdal, Gunnar, *An American Dilemma: The Negro Problem and Modern Democracy*, New York: Harper & Brothers, 1944.

Nash, Gary, "The Great Multicultural Debate", *Contention*, Vol. 1, No. 3, 1992.

Nguyen, Viet Thanh, *The Sympathizer*, London: Corsair, 2015.

——, "Interview with Terry Gross: Author Viet Thanh Nguyen Discusses 'The Sympathizer' And His Escape from Vietnam", *NPR*, May 17, 2016, http://www.npr.org/2016/05/17/478384200/author-viet-thanh-nguyen-discusses.

——, *Nothing Ever Dies: Vietnam and the Memory of War*, Cambridge, Mass. :

Harvard University Press, 2016.

Nunez, Sigrid, *The Friend*, New York: Riverhead Books, 2018.

Nussbaum, Martha, et al., *For Love of Country: Debating the Limits of Patriotism*, Boston: Beacon, 1996.

O'Brien, Conor Cruise, *God Land: Reflections on Religion and Nationalism*, Cambridge, Mass.: Harvard University Press, 1988.

O'Neill, Joseph, *Netherland*, London: Fourth Estate, 2009.

O'Sullivan, John, "The Great Nation of Futurity", *Democratic Review*, No. 6, 1839.

Offner, Arnold A., "Rogue President, Rogue Nation: Bush and U. S. National Security", *Diplomatic History*, Vol. 29, No. 3, 2005.

Okihiro, Gary Y., *Margins and Mainstreams: Asians in American History and Culture*, Seattle: University of Washington Press, 1994.

Parini, Jay, *Promised Land: Thirteen Books That Changed America*, New York: Doubleday, 2008.

Parrington, Vernon L., *The Beginnings of Critical Realism in America 1860 – 1920*, New York: Harcourt, 1930.

——, *Main Currents in American Thought*, New York: Harvest Books, 1954.

Pew Research Center, "Public's Agenda Differs from President's", *Survey Reports*, Jan. 3, 2005, http://www.people-press.org/2005/01/13/publics-agenda-differs-from-presidents/.

Pilkington, Ed, "Jonathan Franzen: 'I Must Be Near the End of My Career—People are Starting to Approve'", *The Guardian*, Sep. 24, 2010, https://www.theguardian.com/books/2010/sep/25/jonathan-franzen-interview.

Pollard, Albert, *Factors in Modern History*, London: Constable & Company, 1907.

"President Obama delivered his farewell speech Tuesday in Chicago", *Los Angeles Times*, Jan. 10, 2017, http://www.latimes.com/politics/la-pol-obama-farewell-speech-transcript-20170110-story.html.

Quinn, Arthur Hobson, *American Fiction: An Historical and Critical Survey*, New York: Appleton, 1936.

Rahv, Philip, *Image and Idea: Twenty Essays on Literary Themes*, Norfolk, CT: New Directions, 1957.

——, *The Myth and the Powerhouse: Essays in Literature and Ideas*, New York:

New Directions, 1965.

Rebein, Robert, *Hicks, Tribes, and Dirty Realists: American Fiction after Postmodernism*, Lexington: University Press of Kentucky, 2001.

Reilly, Charlie, "An Interview with John Updike", *Contemporary Literature*, Vol. XLIII, 2002.

Renan, Ernest, "What is a Nation?" in Homi K. Bhabha ed. , *Nation and Narration*, London: Routledge, 1990.

Riesman, David, Nathan Glazer and Reuel Denney, *The Lonely Crowd: A Study of the Changing American Character*, New Haven: Yale University Press, 1950.

Rorty, Richard, *Achieving Our Country: Leftist Thought in Twentieth-Century America*, Cambridge, Mass. : Harvard University Press, 1998.

Roth, Philip, "On the Great American Novel", *Reading Myself and Other*, New York: Farrar, Straus and Giroux, 1975.

——, "Writing American Fiction", *Reading Myself and Others*, New York: Farrar, Straus and Giroux, 1975.

——, *American Pastoral*, New York: Vintage Books, 1998.

——and Charles Mcgrath, "Zuckerman's Alter Brain", *New York Times*, May 7, 2000, http://www. nytimes. com/books/00/05/07/reviews/000507. 07mcgrat. html.

Rothberg, Michael, "A Failure of the Imagination: Diagnosing Post-9/11 Novel: A Response to Richard Gray", *American Literary History*, Vol. 21, No. 1, 2009.

Rottenberg, Catherine, *Performing Americanness: Race, Class, and Gender in Modern African-American and Jewish-American Literature*, Hanover, N. H. : Dartmouth College Press, 2008.

Ryan, David, *US Foreign Policy in World History*, New York and London: Routledge, 2000.

Samuel, Lawrence R. , *The American Dream: A Cultural History*, New York: Syracuse University Press, 2012.

Schaub, Michael, "*The Sellout* is a Scorchingly Funny Satire on 'Post-Racial' America", *NPR*, Mar. 2, 2015, http://www. npr. org/2015/03/02/388955068/the-sellout-is-a-scorchingly-funny-satire-on-post-racial-america.

Schechter, William, *The History of Negro Humor in America*, New York: Fleet,

1970.

Schiff, James A. , *John Updike Revisited*, New York: Twayne Publishers, 1998.

——, "The Pocket Nothing Else Will Fill: Updike's Domestic God", in James Yerkes and Grand Rapids eds. , *John Updike and Religion: The Sense of the Sacred and the Motions of Grace*, Michigan: William B. Eerdmans Publishing Company, 1999.

——, "A Conversation with Jeffrey Eugenides", *The Missouri Review*, Vol. 29, 2006.

——, "Updike, Film, and American Popular Culture", in Stacey Olster ed. , *The Cambridge Companion to John Updike*, New York: Cambridge University Press, 2006.

Schlesinger, Arthur M. Jr. , *The Disuniting of America: Reflections on a Multicultural Society*, New York: W. W. Norton & Company, 1992.

——, "Eyeless Iraq", *New York Review of Books*, Oct. 23, 2003, https://www.nybooks.com/articles/2003/10/23/eyeless-in-iraq/.

Schmidt, Alvin J. , *The Menace of Multiculturalism: Trojan Horse in America*, Westport, Conn. : Praeger Publishers, 1997.

Schorr, Daniel, "All Things Considered: A New, 'Post-Racial' Political Era in America", *NPR*, Jan. 28, 2008, https://www.npr.org/templates/story/story.php?storyId=18489466.

Shankman, Arnold, "Black on Yellow: Afro-Americans View Chinese-Americans, 1850 – 1935", *Phylon*, Vol. 39, No. 1, 1978.

Sharp, Joanne P. , *Condensing the Cold War: Reader's Digest and American Identity*, Minneapolis: University of Minnesota Press, 2000.

Shostak, Debra, " 'Theory Uncompromised by Practicality': Hybridity in Jeffrey Eugenides's *Middlesex*", *Contemporary Literature*, Vol. 49, No. 3, 2008.

Sittenfeld, Curtis, "*Freedom* by Jonathan Franzen", *The Guardian*, Sep. 19, 2010, https://www.theguardian.com/books/2010/sep/19/freedom-jonathan-franzen-review.

Smith, Henry Nash, *Virgin Land: The American West as Symbol and Myth*, Cambridge, Mass. : Harvard University Press, 1970.

Smith, Tom W. , Kenneth A. Rasinski and Marianna Toce, "America Rebounds: A National Study of Public Response to the September 11th Terrorist Attacks", *NORC Report*, Oct. 25, 2001, https://www.unc.edu/courses/2008spring/poli/472h/

001/Course% 20documents/RESOURCES/Misc/National% 20Tragedy% 20Study. pdf.

Smith, Zadie, "Two Paths for the Novel", *New York Review of Books*, Nov. 20, 2008, http://www.nybooks.com/articles/22083.

Snell, George, *The Shapers of American Fiction 1798 – 1947*, New York: Dutton, 1947.

Snyder, Katherine V., "'Gatsby's' Ghost: Post-Traumatic Memory and National Literary Tradition in Joseph O'Neill's *Netherland*", *Contemporary Literature*, Vol. 54, No. 3, 2013.

Sollors, Werner, *Beyond Ethnicity: Consent and Descent in American Culture*, New York: Oxford University Press, 1986.

——, *Ethnic Modernism*, Cambridge, Mass.: Harvard University Press, 2008.

Spiller, Robert E., *Literary History of the United States of America*, New York: Macmillan Publishing Co., Inc., 1963.

——, "Unity and Diversity in the Study of American Culture: The American Studies Association in Perspectives", *American Quarterly*, No. 5, 1973.

Stephens, John F., "American Studies in the United States: An Overview", *U. S. Society and Values*, Oct. 1996.

Streitfeld, David, "For Viet Thanh Nguyen, Author of 'The Sympathizer', a Pulitzer but No Peace", *New York Times*, Jun. 21, 2016, www.nytimes.com/.../viet-thanh-nguyen-prizewinning-author-of-the-sympathizer.

Suderman, Peter, "Freedom to Fail", *Reason*, Vol. 42, No. 8, 2011.

Tan, Yvette, "*Interior Chinatown*: The novel taking on Hollywood's Asian tropes", *BBC News*, Dec. 13, 2020, https://www.bbc.com/news/world-asia-55182826.

Tanenhaus, Sam, "Sex, Lies and the Internet", *New Republic*, Sep./Oct. 2015.

The National Security Strategy of the United States of America, Mar. 2006, https://www.state.gov/documents/organization/64884.pdf.

Toibin, Colm, "Great Expectations", *The New York Times Book Review*, Aug. 30, 2015.

Triandafylidou, Anna, "National Identity and the Other", *Ethnic and Racial Studies*, Vol. 21, 1998.

Trilling, Lionel, *The Liberal Imagination: Essays on Literature and Society*, New

York: Doubleday & Company, Inc. 1953.

Turner, Bryan, *Rights and Virtues: Political Essays on Citizenship and Social Justice*, Oxford: Bardwell, 2008.

Turner, Frederick J., *The Frontier in American History*, New York: Holt, Rinehart and Winston, Inc., 1962.

Twain, Mark, *Life on the Mississippi*, New York: New American Library, 1961.

Ulin, David L., "Review: Why Read Controversial Author Jonathan Franzen's New 'Purity'? The Fierce Writing", *Los Angeles Times*, Aug. 25, 2015, http://www.latimes.com/books/jacketcopy/la-ca-jc-jonathan-franzen-20150830-story.html.

Updike, John, *Assorted Prose*, New York: Alfred A. Knopf, 1965.

——, *Self-Consciousness: Memoirs*, New York: Alfred A. Knopf, 1989.

——, *Odd Jobs: Essays and Criticism*, New York: Alfred A. Knopf, 1991.

——, *More Matters: Essays and Criticism*, New York: Alfred A. Knopf, 1999.

——, *In the Beauty of the Lilies*, London: Penguin Books, 2006.

VanderMeer, Jeff, "A Devastating (and Darkly Hilarious) New Novel From the 'Westworld' Writer Charles Yu", *New York Times*, Feb. 28, 2020, https://www.nytimes.com/2020/02/28/books/review/interior-chinatown-charles-yu.html.

Vonnegut, Kurt, *Slaughterhouse-Five*, London: Vintage Books, 2000.

Wagg, Stephen and Jon Gemmell, "Cricket and International Politics", in Anthony Bateman and Jeffrey Hill eds., *The Cambridge Companion to Cricket*, Cambridge: Cambridge University Press, 2011.

Walzer, Michael, *What It Means to be an American*, New York: Marsilio, 1992.

Ward, Geoff, *Writing of America: Literature and Cultural Identity from the Puritans to the Present*, Cambridge: Polity Press, 2002.

Ware, Caroline F., *The Cultural Approach to History*, New York: Columbia University Press, 1940.

"Washington Post-ABC News Poll", *The Washington Post*, Jun. 26, 2006, http://www.washingtonpost.com/wp-srv/politics/polls/postpoll_natsecurity_062606.htm.

Waters, Mary C., "Ethnic and Racial Groups in the USA: Conflict and Cooperation", 1992, http://archive.unu.edu/unupress/unupbooks/uu12ee/uu12ee0o.htm.

Watt, Ian, *The Rise of the Novel: Studies in Defoe, Richardson and Fielding*, Berkeley: University of California Press, 1957.

Waugh, Patricia, *Metafiction: The Theory and Practice of Self-Conscious Fiction*, London and New York: Methuen & Co. Ltd. , 1984.

Weaver, Charles N. , "Prejudice in the Lives of Asian Americans", *Journal of Applied Social Psychology*, Vol. 48, No. 8, 2012.

Weber, Max, *The Protestant Ethic and the Spirit of Capitalism*, trans. Talcott Parsons, New York: Scribner, 1958.

Weinstein, Philip, "More Human Trouble", *Sewanee Review*, Vol. 119, No. 3, 2011.

White, Theodore H. , "The American Idea", in Diane Ravitch ed. , *The American Reader: Words That Moved a Nation*, New York: Harper Collins Publishers, Inc. , 2000.

Whyte, William H. , *The Organization Man*, New York: Simon and Schuster, 1956.

Williams, John, "Paul Beatty, Author of *The Sellout*, on Finding Humor in Issues of Race", *New York Times*, Mar. 3, 2015.

Winthrop, John, "A Model of Christian Charity", *The Winthrop Society*, 2015, https://www. winthropsociety. com/doc_ charity. php.

Wise, Gene, " 'Paradigm Dramas' in American Studies: A Cultural and Institutional History of the Movement", *American Quarterly*, Vol. 31, No. 3, 1979.

Wolfe, Tom, "Why They Aren't Writing the Great American Novel Anymore", *Esquire*, Vol. 78, 1972.

——, "Stalking the Billion-footed Beast: A Literary Manifesto for the New Social Novel", *Harper's Magazine*, Nov. 1989.

Wong, Eugene F. , *On Visual Media Racism: Asians in the American Motion Pictures*, New York: Arno Press, 1978.

Wood, James, "Among the Lilies: Updike's Sage of Lost Faith", *The Christian Century*, Mar. 6, 1996.

Wood, James, "Beyond a Boundary", *The New Yorker*, May 26, 2008, https://www. newyorker. com/magazine/2008/05/26/beyond-a-boundary.

Wright, Richard, "Blueprint for Negro Writing", *New Challenge*, No. 2, 1939.

Xu, Jun and Jennifer C. Lee, "The Marginalized 'Model' Minority: An Empirical Examination of the Racial Triangulation of Asian Americans", *Social

Forces, Vol. 91, No. 4, 2013.

Yu, Charles, *Interior Chinatown*, New York: Pantheon Books, 2020.

——, "Charles Yu Talks About *Interior Chinatown*: An Interview with Pamela Paul", *New York Times*, Jan. 8, 2021, https://www.nytimes.com/2021/01/08/books/review/podcast-charles-yu-interior-chinatown-david-brown-henry-adams-last-american-aristocrat.html.

Zangwill, Israel, *The Melting Pot*, New York: The MacMillan Co., 1909.

Žižek, Slavoj, *First as Tragedy, Then as Farce*, London: Verso, 2009.

后　　记

"后记"两个字，期待已久。但真正敲下，心绪却颇为复杂，有如释重负，有遗憾不舍，但更多的是感叹感念。

感叹时光荏苒，岁月如梭；感念一路承蒙厚爱，世界待我不薄。

2013 年，我进入硕博连读的博士阶段。由于之前曾参与过冷战时期美国文学和文化的相关课题研究，便萌生了延展研究范围的想法。于是，我开始有意识地关注 20 世纪 90 年代以来的美国小说，而这些小说对美国民族特质的共同关注和不同再现引发了我强烈的研究兴趣。2014 年至 2015 年，受国家公派留学基金委资助，我在加拿大英属哥伦比亚大学（UBC）从事联合培养博士生项目。刚到 UBC 不久，在与我的外方合作导师艾拉·B. 纳达尔（Ira B. Nadel）教授的一次交谈中，我因检索"美国性"（Americanness）相关文献却收获甚微而向他求教，他告诉我："倘若找不到它的具体所指和确切定义，你可以去建构它。"我的思路一下子被点亮了。由此，美国民族性如何被建构以及美国小说如何参与其中成为我的主要研究问题。在完成我的博士论文《后冷战时代美国小说中的美国性》之后，我将研究视野进一步扩大，持续追踪 21 世纪美国小说的发展动态，密切关注美国近些年在社会、文化、国内政治、国际关系等领域面临的诸多问题与危机，本书的核心架构也由此诞生。

2019 年，我受邀到哈佛大学访学并在美国研究中心担任客座研究员。借助哈佛丰富的学术资源，我收集并研读了大量课题相关资料，帮助我在历史维度更深入地理解、更系统地梳理和阐释美国民族性和美国小说的双向互构与互研关系。访学期间，我得到了哈佛大学英文系大卫·奥尔沃斯（David Alworth）教授、约翰·斯托弗（John Stauffer）教授和美国研究中心诸多同事的大力帮助，结识了当代美国作家朱诺·迪亚兹（Junot Díaz）和西格莉德·努涅斯（Sigrid Nunez）并分别进行了面对面访谈，回国后又与他们以邮件形式探讨了许多相关话题，极大推进了本书雏形的完成。2020 年，受中国社会科学出版社推荐，本书初稿获批国家社科基金后期资助一般项目立项。立项和结项审批过程中，匿名评审专家对书稿的一致肯定给了我许多信心与鼓励，提出的中肯意见和建议更给了我诸多启发和动力，为本书的完成与完善提供了莫大帮助，在此一并向他们表示衷心感谢！

我要特别感谢我的博士导师金衡山教授，他的敏捷才思和深厚学涵帮助我不断扩宽研究视野、不断挖掘研究深层，他的勤奋执着和笔耕不辍更为我树立了榜样，一直鞭策我不能懈怠。特别感谢查明建教授，他赤诚纯粹的学者之心、高远开阔的学术境界深深感染了我，激励我不忘学术追求的初心、不断提升学术研究的立意。多年来他们亦师亦友，每当我遇到瓶颈或感到迷茫，他们的鼓励和关怀令我感动不已，更给了我坚持的勇气和力量。感谢上海外国语大学特别是英语学院优秀的同事们，他们的德才兼备鼓舞我不断进取、见贤思齐，他们的谦和诚朴让我得以在友爱包容的环境中潜心教研。我还要感谢盛宁研究员、虞建华教授、杨金才教授的指点和帮助。最后，一如既往，感谢我的父母和亲友，是他们坚定不移的支持和不离不弃的陪伴给了我心无旁骛的可能，是他们毫无保留的爱与近乎宠溺的包容成就了我的笃定。

本书的研究对象跨越30年，而前前后后加起来，我为此投入了近10年，其中曲折难以道尽，个中滋味唯有自知。如果说阅读小说和研读文献为我带来了不少愉悦和享受，那么学术写作对我而言从来不是一件轻松的事。无论前期准备得多么充分，从落笔成文的那一刻开始，紧张焦虑便挥之不去。直至初稿完成，之前想象应有的兴奋与喜悦也被精疲力竭的疲惫感所取代。尽管本书的大部分章节均已成功发表在 CSSCI 期刊，但相当一部分文章的投稿过程却充满了坎坷与一言难尽的辛酸。朝霞之所以迷人，是因为经历了黑暗，也正是因为经历了反复推敲斟酌、不断修改打磨，体味了失望沮丧、自我怀疑甚至自我否定，本书的完成才带来了真切的欣慰和如释重负感。

完成也意味着一种告别，但告别的仪式感不仅在于敬畏过往，更在于期许未来。学术山高水远，所幸吾道不孤，有趣有盼，来日方长。

孙　璐

2023 年 1 月